BESTSELLER

Jennifer L. Armentrout es una autora superventas internacional cuyos libros se han colocado en las listas de los más vendidos según *The New York Times*. Escribe novelas *new adult* de romance contemporáneo y paranormal bajo el pseudónimo J. Lynn. Los títulos de su serie Te Esperaré fueron galardonados con el Reviewers Choice Award en 2013 y el Editor's Pick en 2015. También es autora de la saga De Sangre y Cenizas, que ganó el Goodreads Choice Award en 2020 en la categoría de romance.

Cuando no está ocupada escribiendo, pasa el tiempo leyendo, viendo películas de zombis malísimas o echando el rato con su marido y sus mascotas: sus dos perros, Apolo y Artemis, seis alpacas muy criticonas, dos cabras maleducadas y cinco ovejas supersuaves.

JENNIFER L. ARMENTROUT

Para siempre contigo

Traducción de
Laura Paredes Lascorz

DEBOLS!LLO

Papel certificado por el Forest Stewardship Council®

MIXTO
Papel | Apoyando la
silvicultura responsable
FSC
www.fsc.org   FSC® C117695

Penguin
Random House
Grupo Editorial

Título original: *Forever With You*

Primera edición en Debolsillo: julio de 2025

© 2015, Jennifer L. Armentrout
Derechos de traducción acordados por Taryn Fagerness Agency
y Sandra Bruna Agencia Literaria, S. L.
© 2024, 2025, Penguin Random House Grupo Editorial, S. A. U.
Travessera de Gràcia, 47-49. 08021 Barcelona
© 2024, Laura Paredes Lascorz, por la traducción
Diseño de la cubierta: Penguin Random House Grupo Editorial
basado en el diseño original de Brian Moore
Imagen de la cubierta: © Getty Images

Printed in Spain – Impreso en España

ISBN: 978-84-663-8007-2
Depósito legal: B-8.815-2025

Impreso en Novoprint
Sant Andreu de la Barca (Barcelona)

P 3 8 0 0 7 2

Para los lectores.
Nada de esto sería posible sin vosotros

I

La caja de la mudanza, que estaba llena a rebosar, se tambaleó precariamente en mis brazos al moverme hacia un lado y usar la cadera para cerrar la puerta trasera del coche. Contuve la respiración, totalmente inmóvil en el aparcamiento, junto a una motocicleta inmensa, mientras la caja temblaba peligrosamente.

«Uno. Dos. Tres. Cuatro. Cinco…».

La caja dejó por fin de moverse y sacudirse al llegar a seis, y solté el aire. Lo que había dentro era demasiado valioso como para que se me cayera. Algo que tendría que haber pensado antes de meter tropecientas cosas en ella.

Demasiado tarde.

Con un suspiro, miré por encima del borde de cartón para ver la acera y la entrada de mi piso y avancé, decidida a no dejar caer la caja ni partirme la crisma en el intento. Di gracias a Dios y a todos sus ángeles con trompeta por vivir en un bajo.

Esperaba de veras no tener que mudarme de nuevo, al menos por un tiempo. Aunque no tenía demasiadas cosas que trasladar, seguía siendo una faena. Por suerte, ya había enviado y recibido lo más voluminoso, como la cama, el sofá y otros muebles. Lo que pasa es que no tenía ni idea de cómo había podido acumular tantos trastos viviendo en una residencia de estudiantes.

Cuando logré llegar hasta la acera, cerca de la amplia escalera que conducía a las plantas superiores, me empezaron a arder más los músculos de los brazos. La caja empezó a tambalearse de nuevo, y maldije en voz baja, soltando un improperio que habría despeinado hasta a la vecina del quinto.

«Venga, unos cuantos pasos más —no paraba de decirme a mí misma—, solo unos pasos más y...».

Se me resbaló la caja de las manos. Doblé las rodillas para intentar recuperarla, pero era demasiado tarde. La caja, llena de cosas extremadamente frágiles, empezó a caer.

—Hostia puta, joder, me cago en la...

La caja se detuvo de repente a unos treinta centímetros del suelo, lo que me sorprendió tanto que me quedé a media sarta de palabrotas. La caja cargada ya no me pesaba nada, y mis brazos, evidentemente débiles, lloraron de alivio. Al principio, me pregunté si habría desarrollado algún tipo de superpoder, pero entonces vi dos manos muy grandes que no eran las mías, una a cada lado de la caja.

—Admiro a cualquiera que pueda usar las palabras «hostia» y «puta» con tanta soltura.

Me quedé de piedra al oír una voz tan cálida. Rara vez me sonrojo. Casi nunca. De hecho, soy yo quien suelo hacer sonrojar a los demás. Pero en esa ocasión lo hice. Sentí que mi cara ardía, como si hubiera apoyado la mejilla contra el sol. Por un instante me quedé allí clavada, mirándole las manos. Tenía los dedos largos y elegantes, las uñas bien limadas y la piel de un tono algo más oscuro que la mía.

La caja se desplazó entonces hacia arriba y, al enderezarme, dejé que mi mirada vagara por encima de ella hacia unas anchas espaldas y, después, hacia el origen mismo de aquella voz.

«Menudo pibonazo...».

Delante de mí tenía a la mismísima encarnación del prototipo de hombre alto, moreno y atractivo. Había visto muchos tíos buenos, pero este se llevaba la palma. Puede que tuviera que ver con su tez única. Su cabello castaño, corto a los lados y algo más largo en la parte superior, enmarcaba unos pómulos bien definidos y una mandíbula fuerte y angulosa. Su piel tenía una fuerte tonalidad aceitunada que, de alguna manera, sugería su procedencia. ¿Tal vez hispana? No estaba segura. Mi bisabuelo era cubano, y yo había heredado algunos de sus rasgos.

Unos ojos asombrosos me observaban desde detrás de unas tupidas pestañas, eran verdaderamente extraordinarios. De un tono verde claro alrededor de las pupilas, aunque parecían casi azules por los bordes. Sabía que tenía que ser alguna clase de ilusión óptica, pero eran sensacionales.

Y el chico entero ya era… impresionante.

—Especialmente cuando esas palabras las dice una chica tan guapa —añadió mientras esbozaba media sonrisa.

Salí de mi ensimismamiento antes de que se me cayese la baba.

—Gracias. Ni con un milagro habría podido salvar esa caja yo sola.

—No ha sido nada. —Sus ojos recorrieron mi cara y después descendieron, remoloneando en algunas zonas más que en otras. Como había estado abriendo cajas y corriendo de acá para allá, solo llevaba unos pantalones cortos de deporte y una camiseta ajustada a pesar del fresco que hacía. Bueno, «pantalones» por decir algo, porque eran extremadamente cortos—. Puedes terminar cuando quieras esa frase de «me cago en la…». Siento curiosidad por saber qué otra combinación ibas a soltar.

—Estoy segura de que habría sido épico, pero el momento pasó. —Una sonrisa asomó en mis labios.

—Es una auténtica pena. —Se hizo a un lado, sujetando todavía la caja. Estábamos el uno al lado del otro, y aunque yo soy bastante alta, me sacaba una cabeza—. Dime dónde va esto.

—No te preocupes. Ya me encargo yo. —Alargué la mano hacia la caja.

—No me importa —dijo arqueando una de sus oscuras cejas—. Aunque, si vas a ponerte a soltar palabrotas otra vez, podría cambiar de idea.

Solté una carcajada y bajé los ojos para echarle un vistazo. Llevaba una chaqueta de cuero, pero habría apostado todos mis ahorros a que había unos músculos muy bien definidos acechando debajo.

—Adelante, entonces. Vivo justo ahí.

—Las damas primero.

Le dirigí una sonrisa mientras me pasaba la larga coleta por encima del hombro y me dirigí hacia nuestra izquierda.

—Casi lo consigo sin que se me caiga la caja —le dije cuando le abría la puerta—. Estaba tan cerca…

—Y a la vez tan lejos —sentenció, guiñándome un ojo cuando le lancé una mirada.

—Ya te digo —aseguré mientras le sujetaba la puerta.

Entró detrás de mí y se detuvo. Mi piso estaba hecho un desastre. Lo que había conseguido sacar de las cajas estaba esparcido por el sofá y por el suelo de parqué.

—¿Dónde quieres que ponga esto?

—Aquí está bien. —Señalé el único espacio vacío que había cerca del sofá.

Tras acercarse, dejó con cuidado la caja en el suelo, y yo, como si fuera una perra en celo, no pude evitar quedarme mirándole el culo al agacharse. Magnífico. Cuando se enderezó y se volvió hacia mí, sonreí y junté las manos.

—¿Acabas de mudarte? —preguntó, echando un vistazo a su alrededor. Había cajas amontonadas cerca de la cocina tipo galera y en la pequeña mesa de comedor.

Solté una carcajada y la media sonrisa reapareció.

—Me mudé ayer.

—Me da que aún te falta mucho para terminar. —Avanzó hacia mí, agachó la barbilla y alargó la mano—. Por cierto, soy Nick.

Le estreché la mano. Su apretón fue cálido y firme.

—Yo soy Stephanie, pero casi todo el mundo me llama Steph.

—Es un placer conocerte. —Su mano seguía sujetando la mía cuando bajó las pestañas para descender de nuevo la mirada—. Un gran placer, Stephanie.

Sentí un calor en la tripa al oír la forma en que decía mi nombre.

—Igualmente —murmuré, alzando los ojos hacia él—. Después de todo, si no nos hubiéramos encontrado, lo más seguro es que siguiera ahí fuera cagándome en todo.

Nick soltó una risita, y ese sonido me gustó. Mucho.

—Puede que no sea la mejor forma de conocer gente.

—Contigo no me he tenido que esforzar mucho.

La sonrisilla se ensanchó despacio, hasta convertirse en una sonrisa plena, y si antes había pensado que era atractivo, no tenía comparación con lo que pensaba ahora. Joder. Este chico era tan guapo como servicial.

—Te voy a contar un secreto —dijo, estrechándome la mano antes de soltármela—. No te hará falta esforzarte mucho conmigo.

Me enderecé al instante. Qué ligón.

—Es… bueno saberlo. —Me acerqué más, levantando un poco la cabeza. Desprendía un tenue olor a colonia, una fragancia fresca—. Dime, Nick, ¿vives en este edificio?

Sacudió la cabeza y un mechón de pelo moreno cayó sobre su frente.

—Vivo en la otra punta de la ciudad. Solo pasaba por aquí, esperando a chicas guapas para ayudarlas a meter cajas en sus casas.

—Vaya, una pena.

Le centellearon los ojos y el verde claro de los iris se intensificó. Me sostuvo un instante la mirada antes de hablar.

—Pues sí. —Levantó otra vez la mano, y me quedé de piedra cuando me tocó la mejilla y deslizó su pulgar hasta la comisura de mis labios—. Tenías una motita ahí. Ya está.

Se me aceleró el pulso y, ahí plantada, mirándolo, me quedé sin palabras por primera vez en mi vida. Yo era atrevida, joder. Mi padre decía que tenía un buen par de huevos. No era la mejor de las metáforas, pero era verdad. Cuando quería algo, iba a por ello. Me habían inculcado esa mentalidad desde que era pequeña. Con las notas, el equipo de baile en el instituto, los chicos, en la universidad, con mi carrera profesional… Pero a pesar de todo mi descaro, este hombre tonteaba un poco conmigo y me descolocaba.

Interesante.

—Tengo que marcharme —comentó Nick, y bajó la mano. La sonrisa de su cara, esa media sonrisa torcida, decía que sabía perfectamente el efecto que causaba. Se encaminó hacia la puerta y se volvió para mirarme—. Por cierto, trabajo de barman en un local que no queda lejos de aquí. Se llama Mona's. Si te aburres… o si quieres replantearte tu capacidad para unir palabrotas bajo petición, tendrás que venir a verme.

Sabía interpretar a los chicos. Era una habilidad que había perfeccionado, y era obvio que aquello era una invitación. La había soltado tal cual, y eso me gustó. Yo lucía una leve sonrisa que, desde luego, imitaba la suya.

—Lo tendré en mente, Nick.

Una fina capa de polvo me cubría los brazos al regresar de donde había dejado las últimas cajas desmontadas, en el momento menos oportuno me llevé las manos a la cara y estornudé con tanta fuerza que la coleta me pasó por encima de la cabeza y casi me golpeó.

Con el cuerpo doblado por la cintura, aguardé unos segundos. Otro estornudo parecía venir en camino, y no me equivocaba. Estornudé de nuevo, sorprendida de no haber derribado las cajas amontonadas con él.

Tras erguirme, me pasé la coleta por encima del hombro y esperé un momento para que todo aquello calara en mí, más allá del polvo y de la piel, hasta llegar a la médula. Finalmente lo había hecho.

Me había mudado.

No a un piso en la misma ciudad en la que había crecido o en la que había ido a la universidad, sino a otro estado, y, por primera vez en veintitrés años, no estaba a veinte minutos en coche de mi madre. Incluso en la universidad había vivido en una residencia de estudiantes a poca distancia de su casa. Había sido difícil, más difícil de lo que jamás imaginé. Desde que tenía quince años, habíamos sido solo mi madre y yo. Dejarla, a pesar de que era lo que ella quería, fue muy duro para mí. Había derramado lágrimas, y eso era decir mucho. Rara vez lloraba. Simplemente no era una persona… emocional.

A no ser que pusieran por la tele uno de esos putos anuncios de la ASPCA para prevenir la crueldad hacia los animales, especialmente aquel en el que se oía la canción «Arms of an Angel». Uf. Entonces era como si tuviera pequeños ninjas peladores de cebolla bajo los ojos.

Cabrones.

Tras dos días enteros deshaciendo cajas, por fin había terminado y, cuando eché un vistazo a mi alrededor, me sentí muy bien por lo que había conseguido.

El piso de una habitación era precioso, a pesar de que lo que yo quería en realidad era uno de dos habitaciones. Pero, por una vez en mi vida, tenía que ser sensata, al quedarme con uno de una sola habitación, podría ahorrar. Tenía una espléndida cocina tipo galera con electrodomésticos de acero inoxidable y unos fogones de gas; algo que probablemente ni iba a usar gracias a mi miedo irracional a morir en una explosión.

Pero la sala de estar y el dormitorio eran espaciosos, y además estaba bastante segura de que vivía un policía en el edificio, porque había visto varias veces un coche patrulla que entraba y salía del aparcamiento desde que me había instalado hacía dos días.

Y alguien que vivía aquí tenía un amigo que estaba buenísimo y se llamaba Nick.

Punto a favor.

Me acerqué a la encimera de la cocina, donde había dejado una fotografía enmarcada, me sacudí el polvo de las manos en los pantalones cortos de algodón y cogí el marco. Le quité con cuidado el plástico de burbujas que lo envolvía para dejar al descubierto la foto que se mantenía bien protegida en el interior. Con los labios fruncidos, paseé el pulgar por el marco plateado.

Un hombre guapo de mediana edad con uniforme de combate beige me devolvía la sonrisa, con el infinito desierto dorado del fondo. A su lado había un mensaje garabateado con rotulador permanente negro.

«Ni de lejos tan bonito como tú, Stephanie».

Me mordí el interior de la mejilla y llevé la fotografía a mi habitación. La colcha gris y los muebles blancos y envejecidos habían sido un regalo de mi madre y mis abuelos. Conferían a toda la habitación un ambiente acogedor, campestre.

Me dirigí hacia el estante que había instalado justo encima de la tele, centrada sobre el tocador, alargué los brazos y di un nuevo hogar a la foto junto a otra foto especial. Era de mis amigas de la universidad y yo en Cancún durante nuestras últimas vacaciones de primavera. Una sonrisa me asomó a los labios.

El biquini negro que llevaba puesto apenas me tapaba las tetas. De hecho, por no tapar no me tapaba ni el culo, si no recordaba mal, y eso era prácticamente lo único que recordaba de esas vacaciones. Bueno, eso y los gemelos de la Universidad de Texas A&M…

Estaba claro que todo era más grande en Texas.

A cada lado de las fotos había velas grises, y me pareció que el conjunto quedaba bien.

Como si fuera su lugar.

Retrocedí y, tras mirar las fotos unos instantes, me volví con un enorme suspiro. El reloj de la mesita de noche me indicó que era demasiado pronto para acostarme, y a pesar de haberlo descargado todo, no estaba cansada. Mis pensamientos se dirigieron a Nick y lo que había dicho el día anterior sobre el bar donde trabajaba. Había pasado por delante con el coche la noche anterior al salir a comprar.

Me mordí el labio inferior y cambié el peso de un pie al otro. ¿Por qué no salía y me tomaba una copa? Una copa podía ser el primer paso de algo bastante divertido. Estaba cien por cien a favor de los rolletes sin compromiso, nunca había entendido, y nunca entendería, la doble moral con respecto a este tema. ¿Estaba bien que los hombres satisficieran su necesidades de placer, pero no las mujeres?

En mi mundo, no.

Si Nick estaba ahí y me entraba como ayer, la noche... bueno, la noche, podría resultar de lo más interesante.

Estaba claro que iba a llevarme a Nick a casa conmigo esa noche, no solo eso sino que iba a hacerle toda clase de cosas malas y divertidas en pelotas, de esas que deberían hacer que me pusiera colorada como un tomate. O, por lo menos, que sintiera vergüenza, porque me estaba imaginando hacer todas esas cosas en un lugar público.

Pero no era el caso.

En absoluto.

Tenía un caso grave de lujuria instantánea. Ese chico me atraía a un nivel puramente físico, y tenía suficientes ovarios como para admitirlo.

Sus ojos color musgo se cruzaron con los míos una vez más. Bajó entonces sus tupidas pestañas y ocultó esos extraordinarios luceros verde claro. Madre mía, siempre me habían gustado los chicos morenos de ojos claros. Era un contraste tan espectacular que me hacía sentir cosas muy poco sanas en todos mis puntos de pulso interesantes. Nunca había visto a nadie con unos ojos de su color. Eran definitivamente verdes, pero cada vez que se alejaba de las luces brillantes que cubrían la barra y se sumía en las sombras, el color parecía volverse turquesa.

Esos ojos le sumaban muchos puntos.

—Me puede tanto la curiosidad que tengo que preguntártelo. ¿Qué diablos te trae a Plymouth Meeting, Steph?

Al oír esa conocida voz, me giré en el taburete y alcé la vista para encontrarme mirando los ojos azul cielo que pertenecían a Cameron Hamilton. Cuando había entrado en el Mona's, había flipado al ver a unas cuantas personas con las que había ido a la universidad. Seguía estupefacta por el hecho de que Cam y los demás estuvieran ahí, a varias horas de distancia de su territorio habitual, que era la Universidad de Shepherd.

Los había saludado y enseguida me había dejado caer en el taburete de la barra, a pesar de haberme dado cuenta de que tenían un montón de preguntas, pero, la verdad, verlos me había descolocado. No esperaba encontrarme a nadie que conociera y, desde luego, no esperaba ni de coña que fuera, no uno, sino dos chicos con los que había… bueno, había intimado mucho en un momento dado.

Era algo incómodo, si tenemos en cuenta que nunca había sabido muy bien si las novias de Cam y de Jase Winstead me tenían en alta estima. Había descubierto, hacía mucho tiempo, que a muchas chicas no les caían bien las demás mujeres con las que sus novios habían estado, sin importarles lo seria que hubiera sido esa relación anterior o que no hubiera habido ninguna. No todas las chicas eran así, pero la mayoría… sí, la mayoría lo era.

Era algo que me resultaba… bueno, estúpido de cojones, la verdad.

La mayoría de chicas eran la ex de algún chico en algún momento de su vida. Así que realmente a quien odiaban era a sí mismas.

Por eso había procurado mantenerme alejada de ellos cuando estábamos todos en Shepherd, y la cosa funcionó la mar de bien hasta la noche que me había encontrado a Teresa, la novia de Jase y hermana pequeña de Cam, gritando como una histérica tras haber encontrado el cadáver de su compañera de habitación en la residencia de estudiantes. Desde entonces, a pesar de que Jase y yo habíamos seguido quedando durante un tiempo, Teresa había estado decidida a ser amiga mía. Me ponía de los nervios, y me recordaba a una chica de la que me había hecho amiga en mi primer año en Shepherd: Lauren Leonard.

Uf. Con solo pensar en su nombre me daban ganas de tirarle mi bebida a alguien a la cara. Lauren había fingido ser mi amiga cuando, en realidad, no me tragaba porque el chico con el que salía me había besado un año antes de que se conocieran siquiera.

Y el beso no había sido nada del otro mundo; desde luego, no era merecedor de todo el drama que Lauren me había montado.

—Yo podría haceros la misma pregunta —dije, por fin, alzando la copa.

Cam se apoyó en la barra con una sonrisa relajada en los labios y los brazos cruzados delante del pecho.

—Conoces a Calla Fritz, ¿verdad?

—He oído hablar de ella. —Dirigí la mirada hacia donde estaba la bonita chica rubia con el brazo alrededor de la cintura de un chico que llevaba «Ejército» escrito en la cara. Si alguien podía notarlo era yo. Mi padre tenía ese aspecto. El aspecto que gritaba: «Sé cómo romperte todos los huesos del cuerpo, pero tengo un fuerte código moral que me impide hacerlo… a no ser que amenaces a uno de los míos». Aquel chico con el cabello rojizo y ondulado tenía ese aspecto.

—Su novio, Jax, es el dueño de este bar. Solía ser de la madre de Calla, pero eso es una larga historia. —Cam hizo una pausa y prosiguió—: El caso es que Teresa es muy amiga de Calla y, cuando ella viene a verla, los demás nos apuntamos. Y como está tan cerca de Filadelfia, es una buena escapada.

—Oh —murmuré. El mundo era un pañuelo—. He encontrado trabajo en la Lima Academy y he alquilado un piso no muy lejos de aquí.

—¿En serio? —soltó Nick, lo que atrajo nuestra atención e hizo que el estómago me diera un vuelco agradable—. ¿Trabajas para el entrenador de Brock Mitchell, *La Bestia*?

Hice una mueca al oír la evidente admiración que rezumaba la voz de Nick. Cada vez que se mencionaba el nombre de Brock, esa era la reacción habitual. Brock era un luchador de artes marciales mixtas y era de la zona. Todo el mundo parecía adorarlo.

—Sí. Pero todavía no he conocido a *La Bestia*. Ahora mismo está en Brasil, según tengo entendido.

Nick apoyó los codos en la barra y sus ojos se deslizaron por mi cuerpo sin el menor disimulo.

—Entonces ¿eres luchadora de artes marciales mixtas?

Eché la cabeza atrás y solté una carcajada.

—Uy, no. Voy a trabajar en las oficinas como asistente ejecutiva.

—Genial —respondió Cam—. Es en lo que te especializaste, ¿verdad? ¿Administración de empresas?

Asentí con la cabeza, sin que me sorprendiera del todo que se acordara. Habíamos sido amigos, y Cam era un buen chico. Lo mismo que Jase. Y, hablando de él, cuando eché un vistazo hacia donde estaban todos reunidos alrededor de una mesa de billar, me dio la impresión de que Jase tenía a Teresa... ¿atrapada en una llave de cabeza?

Vale.

Sonreí.

—¿Cuánto tiempo vais a quedaros aquí? —pregunté, dando un sorbo a mi bebida mientras una barman con gafas de montura rosa pasaba a toda velocidad por delante de Nick y le lanzaba una mirada que no acabé de entender.

Nick la ignoró.

—Regresaremos el domingo. —Cam se separó de la barra—. No seas antipática —añadió con una sonrisa cuando puse los ojos en blanco—. Levanta el culo del taburete y ven a vernos, ¿vale? —Cuando asentí de nuevo con la cabeza, miró a Nick—. Vendrás mañana por la noche a casa de Jax, ¿no?

—Dependerá de la hora a la que salga de aquí, pero lo intentaré.

Interesante. Así que Cam y Nick eran colegas. Me alivió saberlo. A Cam se le daba muy bien juzgar a las personas, y yo ya sabía que Nick era encantador y servicial, pero me pareció que ahora podía asegurar, sin lugar a dudas, que no era ningún asesino en serie.

Acaricié mi copa mientras Cam volvía tranquilamente a las mesas de billar. Todavía no estaba preparada para ir a verlos. Tal vez lo hiciera. Tal vez no.

—¿Otra copa?

Mis labios esbozaron una sonrisa al oír la voz profunda y melosa de Nick. Habíamos estado charlando intermitentemente desde que me había sentado y parecía contento de que yo estuviera ahí.

Todo eran puntos a favor para este chico.

—Estoy servida, pero gracias. —Lo último que quería era pillarme un pedo. Le sonreí encantada cuando volvió a bajar los ojos—. ¿Soléis tener tanto jaleo los fines de semana?

Me di cuenta de que hablar de cosas sin importancia era algo que se le daba de maravilla a Nick, lo que tenía sentido dada su profesión. Era un auténtico ligón. Las mujeres se agolpaban a su alrededor en la barra. La otra barman, la chica con las gafas rosas, parecía tomárselo con calma.

—No estoy seguro de que pueda decirse que esto sea mucho jaleo, pero los sábados suele venir más gente. —Nick bajó la vista hacia la barra antes de seguir—: ¿O sea que fuiste a la universidad con ellos? —preguntó, señalando con el mentón la dirección en la que se había ido Cam.

—Sí. —Me incliné hacia delante y apoyé los codos en la barra—. No tenía ni idea de que tuvieran relación con este sitio. Ha sido toda una sorpresa.

—El mundo es un pañuelo —dijo, haciéndose eco de lo que yo había pensado antes—. Pero no tienes demasiada amistad con ellos.

Era una afirmación, no una pregunta.

—¿Qué te hace pensar eso?

—Bueno, si la tuvieras, supongo que estarías allí con ellos. O...

Nick era observador.

—¿O qué?

Esbozó media sonrisa mientras cruzaba los brazos delante del pecho. El movimiento captó mi atención. Soy de las que se fijan muchísimo en el físico. Aunque nadie podría haberme culpado en ese momento. La camiseta negra que llevaba se le ajustaba alrededor de los bíceps bien definidos.

—O es que prefieres pasar el rato conmigo.

El estómago me dio un vuelco.

—¿Tan transparente soy?

—De la mejor manera posible. —Cogió una botella—. Me alegra que te hayas pasado por aquí. Cada vez que se abría la puerta ayer por la noche, alzaba los ojos y esperaba que fueras tú.

—Ah, ¿sí?

—Así es. —Su sonrisa era ociosa—. ¿Has acabado de abrir las cajas?

—Sí.

—¿Hubo alguna combinación más con «hostia puta»?

—Unas cuantas más —respondí con una carcajada.

—Me da rabia habérmelas perdido.

—Todavía estás a tiempo. —Jugueteé con mi vaso mientras le sostenía la mirada—. Dime, Nick, ¿tienes apellido?

—Blanco —respondió tras vacilar un momento—. ¿Y tú?

—Keith. —Sonreí mientras él descruzaba los brazos—. Tengo otra pregunta para ti.

—Dispara —dijo acercándose y apoyando las manos en la barra.

—¿Tienes novia? —Contuve un poco la respiración cuando se inclinó de repente hacia mí. Nuestras bocas estaban tan cerca que respirábamos el mismo oxígeno—. ¿O novio?

—Ninguna de las dos cosas —contestó sin pestañear—. ¿Y tú?

¡Explosión de puntos a favor!

—Tampoco —aseguré, alegrándome del cosquilleo que me recorría la espalda al sentir la calidez de su aliento en mis labios.

Nick ladeó la cabeza para alinear sus labios con los míos a tan solo unos centímetros de distancia. Empecé a sentir que me ruborizaba un poco.

—¿Tienes planes esta noche, Stephanie Keith? —preguntó con la voz más profunda y más ronca.

Sacudí la cabeza mientras mi pulso se tropezaba consigo mismo en una pequeña danza de felicidad.

La sonrisa de Nick se ensanchó de un modo que debía dejar un rastro de mujeres desmayadas a su paso, sin duda.

—Pues ahora sí.

2

spérame, ¿vale? —dijo con una sonrisa lenta a la vez que recogía dos vasos vacíos mientras yo me levantaba del taburete—. Salgo a la una. Estaré ahí en veinte minutos como mucho.

Me alejé de la barra sin responder, saludándolo con la mano. No tenía la menor duda de que se presentaría, y un entusiasmo pícaro me repiqueteaba en las venas. Me di la vuelta sonriendo para mí misma.

La chica con las gafas rosas estaba justo delante de mí, tan cerca que casi choqué con ella. Tras la barra parecía mucho más alta, pero yo, con mi metro setenta y cinco, destacaba sobre ella. Un mechón rosa hacía juego con sus gafas, pero eso no fue todo en lo que me fijé. De cerca, vi que también tenía un ojo ligeramente morado.

¿Pero qué...?

—Hola, soy Roxy. —Me alargó la mano.

—Hola. —Se la estreché—. Yo me llamo...

—Steph. Ya lo sé. Tus amigos me lo han contado todo sobre ti —explicó, y me esforcé al instante en poner cara de póquer, aunque me había puesto tensa. Solo Dios sabía qué le habrían contado—. Fuiste a la universidad con ellos.

—Sí. —Lancé una mirada rápida por encima de ella hacia

donde estaban Teresa y Jase con Jax y Calla. Avery y Cam ya se habían marchado—. Me ha sorprendido verlos aquí.

—Ya me imagino. —Roxy me miraba con una sonrisa cálida y sorprendentemente auténtica—. Bueno, como me han dicho que acabas de mudarte aquí, quería saludarte y decirte que espero que esta no sea tu última visita al Mona's.

Vale. Esa frase era rara.

—Me gusta el… ambiente del local, así que probablemente sí vuelva.

—Me alegra muchísimo oír eso. —Le brillaron los ojos castaños tras las gafas—. Tiene que ser un asco mudarse a un sitio nuevo y no conocer a nadie.

—Ya te digo —asentí con la cabeza—. No te das cuenta de lo importantes que son tus amigos hasta que estás lejos y ninguno de ellos está ahí contigo.

Su cara reflejó compasión.

—A lo mejor suena un poco raro, pero los domingos, Katie, que es una chica genial, aunque un poco excéntrica, y yo quedamos para desayunar. Eres más que bienvenida a formar parte de nuestro grupo de tres y, a veces, de cuatro. Así no estarás en un sitio donde no tienes ningún amigo —concluyó con otra amplia sonrisa.

Vaya. Era realmente… simpática, pero, por algún motivo, tuve la sensación de que se me estaba escapando algo. Como si hubiera llegado en medio de una conversación.

Antes de tener ocasión de pensar cómo responder a esa oferta, Roxy prosiguió:

—Y, por cierto, Nick es muy buen chico.

Mi semblante estaba empezando a perder parte de su inexpresividad. ¿Tenía que ver algo con Nick su acogida exageradamente simpática? Obvio. A lo mejor le gustaba y nos había visto charlando y haciendo planes juntos para después. También estaba lo de esa mirada extraña que le había visto dirigirle. ¿Era algo tipo «mantén cerca a tus amigos, pero más cerca a tus enemigos... o competidores»? Parte del entusiasmo que había estado sintiendo se desvaneció.

Dios mío, qué cínica era. Tendría que echar la culpa a mis experiencias del pasado.

—¿Estás interesada en él? —pregunté, porque, aunque no la conocía, era nueva en el pueblo, y lo último que quería hacer era pasar por encima de nadie.

Roxy se me quedó mirando un momento y, después, echó la cabeza hacia atrás y empezó a reírse a carcajadas mientras la coleta se le balanceaba.

—Nick está para mojar pan, pero ya tengo a un hombre al que quiero muchísimo, así que no. Nick y yo somos amigos. Solo quiero que sepas que es un buen chico y, bueno... —Se le apagó la voz y sacudió un hombro—. Solo quería decir eso.

La verdad es que no tenía ni idea de qué decir al respecto.

—Vale. Me... esto, me alegra saberlo. —Volví la cabeza y vi que Nick nos estaba mirando. Me giré de nuevo hacia Roxy—. Bueno, voy a marcharme. Me ha encantado conocerte.

—Igual —respondió con alegría, sonriendo encantada—. Espero verte pronto.

La rodeé, sonriente, saludé con la mano hacia donde estaban Teresa y Jase, y salí cagando leches de allí. Fuera, el aire era tan frío que hasta tuve que poner la calefacción en el coche. No había duda de que el otoño ya había llegado y el invierno no le iba demasiado a la zaga.

En el corto trayecto hasta mi casa, mi cabeza no podía parar de pensar en el encuentro imprevisto con todos los de Shepherd, en la rápida e inesperada charla con Roxy o en lo que era muy probable que pasara esa noche.

No sabía qué pensar de la conversación con Roxy. Seguía teniendo la sensación de que se me escapaba algo, y, la verdad, no estaba acostumbrada a que una total desconocida fuera simpática o amable, especialmente conmigo. Más de una vez me han acusado de ser distante y de tener mala leche.

Lo cierto era que no se trataba de que fuera mala o antipática. Simplemente era que, por lo general, se me daba mal entablar una conversación con gente que no conocía y, lo que era más importante, tenía un caso grave de cara de pocos amigos.

Si me dieran un dólar por cada vez que alguien me ha dicho que sonriera, tendría más dinero que la reina de Inglaterra.

En cuanto entré en mi piso, recogí las cajas que había junto a la puerta y las llevé enseguida al gran contenedor que había detrás del edificio. Mientras las tiraba, eché un vistazo al jardín con el césped bien cortado. No había demasiado terreno libre porque los altos árboles eran gruesos y se elevaban hacia el cielo nocturno con unas ramas desnudas que me recordaron unos dedos esqueléticos. Me giré y me apresuré a cruzar a toda prisa el aparcamiento. De noche, con el ruido lejano del tráfico, este sitio asustaba un poco.

Cuando regresé, miré el reloj del horno y enfilé el pasillo dando brincos hacia el cuarto de baño. Tenía tiempo para arreglarme; siempre había que tener tiempo para arreglarse.

Con una sonrisa, cogí una cuchilla limpia del armario de debajo del lavabo y me puse manos a la obra mientras unos nudos muy agradables comenzaban a formarse en mi estómago. Me sentía un poco ida mientras me preparaba, como si me hubiera bebido una caja entera de bebidas energéticas.

Una excitación nerviosa me revoloteaba por el cuerpo como un insistente colibrí. No tenía dudas sobre lo que estaba haciendo. Joder, había conocido gente que se había enrollado habiendo pasado incluso menos tiempo desde que se habían saludado por primera vez. En cuanto a lo de esa noche, no iba a andarme con estupideces. Si llegábamos al punto en que nos quedábamos sin ropa o necesitábamos un condón, ya lo sacaría yo si él no tenía.

El nerviosismo se debía a que me atraía muchísimo a un nivel puramente físico. Nada más.

Un rollo de una noche te podía dejar con una sensación de vacío si esperabas más, y yo no esperaba nada más allá de que me dejara con una sonrisa en la cara. Para ser sincera, ni una sola vez en toda mi vida había querido nada más de un chico salvo las cosas necesarias, como el respeto mutuo, la seguridad y, a veces, la amistad.

Jamás había estado enamorada.

No era que no creyera en el amor. Y tanto que creía en él. Pero quería la clase de amor que mis padres habían sentido el uno por el otro, esa clase de amor duradero, hasta el final, y todavía no me había acercado siquiera a experimentarlo.

Y hasta que lo hiciera, no tenía ningún problema en ir probando aquí y allá. Porque, a ver, ¿te comprarías un coche sin conducirlo antes para probarlo? Diría que no. Me reí como una tonta de mí misma.

Volví a ponerme los vaqueros y, sin calzarme, me decidí por un top de tirantes con sujetador incorporado. Tras dejarme el pelo suelto, regresé a la cocina y cogí un mechero de la encimera. Encendí una vela que había puesto en la mesita auxiliar. El olor a *pumpkin spice* impregnaba el ambiente cuando volví a entrar en la cocina y dejé el encendedor en la cesta.

Un motor rugió fuera, y me di la vuelta para echar un vistazo al reloj del horno. La una y cuarto. ¿Podía ser ya él? Salí disparada hacia la ventana y aparté con mucho cuidado la cortina para mirar fuera, como una auténtica pervertida.

—¡Qué bueno está! —susurré.

Era Nick.

Era Nick en moto.

Recordé haberla visto aparcada fuera el jueves, pero lo había olvidado por completo. Aparcó allí mismo, cerca de la puerta principal, y, al bajar de la moto, se quitó el casco. Subió un brazo y se pasó los dedos por el pelo. Observé cómo se volvía hacia la parte trasera, detrás del asiento. Empezó a levantar algo, y fue entonces cuando me obligué a mí misma a alejarme de la ventana.

Giré sobre mí misma, inspiré hondo y esperé con el corazón acelerado, bailando claqué en mi pecho. Ni siquiera había pasado un minuto cuando llamaron a la puerta. Me acerqué lentamente y eché un vistazo por la mirilla para asegurarme de que era él antes de abrirla.

—Hola —me saludó esbozando una sonrisa con los labios. De una mano le colgaba una bolsa de plástico azul, y llevaba el casco bajo el otro brazo.

—Dijiste a y veinte —solté retrocediendo.

Él me siguió y cerró la puerta con el pie al entrar.

—Como mucho. Has olvidado esa parte.

—Ah, pues sí.

Nick levantó la bolsa al pasar por delante de mí hacia la cocina.

—He traído algo. —Dejó la bolsa en la encimera y metió la mano dentro para sacar dos botellas—. ¿Tienes abridor?

Encendí las luces del techo, me acerqué al cajón que estaba cerca de los fogones y saqué un abridor.

—¿Cerveza Apple Ale? Me gusta. ¿Cómo lo sabías?

Me quitó el abridor de las manos y destapó las botellas con pericia.

—Me imaginé que te gustaría algo dulce. —Me pasó una botella.

Noté el cristal frío en la palma de la mano.

—También me gusta empalmarlas… —Me dirigió una mirada penetrante, y yo sonreí—. Unas bebidas con otras, quiero decir.

—¿En serio has dicho eso? —dijo Nick tras soltar una risita.

—En serio. —Sonreí antes de llevarme la botella a los labios y dar un sorbito.

Nick se quitó la chaqueta de cuero y la lanzó a la encimera, al lado de la bolsa.

—Creo que me gustas.

—Tienes que eliminar la palabra «creo» de esa frase —le advertí—. Para que sea exacta.

Soltó otra carcajada ronca mientras alzaba su botella.

—Bueno, ya que estamos siendo totalmente sinceros el uno con el otro, no era que tuviera la esperanza de que te presentaras en el bar.

—Ah, ¿no? —Bajé la botella con una ceja arqueada.

—No. —Se le movió la nuez al dar un trago—. Es que sabía que vendrías. Era inevitable.

—¿Inevitable? —repetí—. Esa es una palabra muy rotunda.

Su mirada penetrante se encontró con la mía, y noté que ese vuelco del estómago se repetía con fuerza.

—Bueno, es la verdad —insistió.

—Vas un poco de sobrado, ¿no?

—¿Y tú, vas de sobrada?

—Puede —dije apoyándome en la encimera frente a él con una carcajada.

—Me gusta. Veo que eres la clase de persona que no se anda con rodeos.

Crucé las piernas por los tobillos mientras acariciaba mi bebida.

—¿Ya puedes ver todo eso?

Asintió con la cabeza.

—En cuanto tus ojos se encontraron ayer con los míos, vi que eras el tipo de chica que sabe que puede parar el puto tráfico con solo salir a la calle. Y no te importa demostrarlo —comentó—. No tienes ni un pelo de vergonzosa o tímida.

—¿Y descubriste todo eso con tan solo mirarme a los ojos? —resoplé.

—Bueno, lo descubrí al ver esos pantaloncitos cortos que llevabas ayer —respondió para mi sorpresa—. No hay una sola mujer ahí fuera con unas piernas tan largas como las tuyas que no sepa que cualquier chico con el que se encuentre se las está imaginando rodeándole la cintura.

Parpadeé, me había vuelto a descolocar. Tardé un instante en recuperarme.

—¿Así que te gustan mis pantalones cortos?

—Joder, me encantaron esos pantalones cortos. —Sonrió y se llevó la botella a los labios.

Tal vez tendría que habérmelos puesto esta noche.

—Bueno, parece que ya me tienes totalmente calada después de dos breves conversaciones, pero yo no soy tan observadora como tú. No sé nada de ti.

—No es verdad —me reprendió en voz baja—. Sabes mi nombre y mi apellido. Y dónde trabajo.

—Madre mía. Podría escribir tu biografía. —Observé cómo sus labios esbozaban de nuevo una media sonrisa—. ¿Y si jugamos a algo? Una pregunta por otra.

Ladeó la cabeza con los labios fruncidos.

—Creo que puedo hacerlo. Las damas primero.

—¿Cuántos años tienes? —pregunté apartándome el pelo del hombro antes de dar otro trago.

—Veintiséis.

—Todavía eres un crío, entonces.

—¿Cuántos años tienes tú? —dijo con el ceño fruncido.

—Veintitrés —respondí.

—¿Qué? —Al reírse, se le formaron unas arruguitas alrededor de los ojos—. Eso no tiene sentido —dijo, y tras una pausa, añadió—: ¿A no ser que te vayan los hombres mayores?

—No es tu turno todavía —dije tras soltar un chasquido suave—. Me toca a mí. ¿Has vivido aquí toda tu vida?

—Voy y vengo. Nací cerca de aquí. —Le brillaron los ojos—. Contesta mi pregunta.

—Normalmente no me van los hombres mayores, pero, para serte sincera, no creo que haya algo concreto que «me vaya».

—¿No haces distinciones, entonces?

—Me da que no entiendes cómo va este juego, Nick.

—Culpa mía —dijo con una sonrisa satisfecha.

—¿Has ido o vas a la universidad? —pregunté.

—¿No son eso dos preguntas? —soltó con una ceja arqueada.

—Ahí me has pillado. Elige una.

—He ido a la universidad, sí. ¿Es la primera vez que vives lejos de casa? —me preguntó con la cabeza gacha.

Di un trago mientras observaba cómo movía el pulgar por la botella.

—Vivía en una residencia de estudiantes cuando estaba en la universidad, pero esta es la primera vez que salgo del estado. Y tú, ¿te graduaste?

—Sí —dijo asintiendo con la cabeza.

La pregunta tomó forma en la punta de mi lengua. Quería saber por qué trabajaba de barman. Sentía curiosidad, pero no para criticarlo, porque ser camarero no tenía nada de malo. Seguramente ganaba más dinero que yo, pero decidí desechar la pregunta. Era demasiado… personal para mí. Di unos golpecitos en la botella con un dedo y busqué otra que fuera buena:

—¿Tienes algún *hobby*?

—¿Aparte de follar? —soltó con la mirada oculta tras sus tupidas pestañas.

Noté un vacío en el estómago. Madre mía, eso sí que era ir de frente, y algunos puntos susceptibles de mi cuerpo se excitaron de muchas formas distintas al oírlo.

—Sí, ¿y aparte de eso?

—Mmm… —Dirigió la mirada al techo con los labios fruncidos y, acto seguido, la concentró en mí—. Si tuviera que elegir uno, me decantaría por trabajar con las manos.

Me inundó una oleada de placer.

—Por alguna razón, creo que eso tiene doble sentido.

Levantó un hombro y dio un trago.

—¿Y tú? ¿Algún *hobby*?

—¿Aparte de follar?

La carcajada de Nick fue grave, pero su mirada ya no era ociosa.

—Sí, aparte de eso —dijo, repitiendo mis palabras.

—Pues… —Nick deslizaba el pulgar arriba y abajo por el cuello de la botella, y no pude evitar imaginarme esa mano en mi cuerpo mientras ese pulgar se movía de la misma manera. Se me secó la boca, y mis pensamientos empezaron a dirigirse de nuevo hacia lugares sucios, muy sucios. Alcé la vista—. Supongo que ver películas. Habré visto cientos de ellas.

—Interesante. —Me miró por encima de la boca de la botella.

Dejé mi cerveza a un lado y me sujeté a los bordes de la encimera, con las manos a cada lado de mis caderas, a la espera de su siguiente pregunta. Se estaba tomando su tiempo.

—¿Sabes qué? —Dejó también su botella, se separó de la encimera y yo me incorporé, apartando las manos de ella—. No he venido aquí a jugar a las veinte preguntas.

—¿No me jodas? —solté ladeando la cabeza. Sonreí con dulzura a pesar de que notaba pesadez en los pechos y parecía habérseme espesado la sangre.

Nick volvía a esbozar esa media sonrisa.

—Y tú tampoco me quieres aquí para contestar preguntas.

Encontré su mirada y él avanzó hasta detenerse justo delante de mí. Todas las células de mi cuerpo fueron superconscientes de su proximidad.

—Si digo no me jodas otra vez, ¿me estoy repitiendo?

—Solo un poco —murmuró, se inclinó hacia mí y colocó sus manos en mis caderas—. Así que a la mierda las preguntas y las respuestas, pasemos a lo que los dos estamos deseando.

Sentí un cosquilleo en el pecho que fue bajando lentamente hacia el vientre.

—No eres la clase de chico que se va por las ramas, ¿verdad?

—No. —Sus manos se aposentaron en mis caderas, y mis ojos se dirigieron directamente hacia los suyos. Él me sostuvo la mirada—. Y tú tampoco. Sabes muy bien que estás harta ya de las preguntas.

—Ah, ¿sí? —Contuve la respiración al notar que me sujetaba las caderas con más fuerza.

—Sí, y tanto. —Agachó la cabeza hasta dejar su boca cerca de mi oreja—. ¿Quieres saber cómo lo sé? Has empezado a excitarte en cuanto he dicho que mi *hobby* era follar —dijo. Alzó una mano sin dejar de mirarme a los ojos y me puso un pulgar en la punta del pecho, encontrando y acariciando hábilmente el pezón—. Y estos se te han estado poniendo más duros a cada minuto que pasaba.

Ay, Dios. El estallido de placer que se originó en mi pecho se propagó por todo mi cuerpo, encendiendo todos mis nervios. Me quedé sin palabras, algo que era nuevo para mí.

—Y quiero darte las gracias por llevar esta camiseta. —Nick volvía a tener las dos manos en mis caderas—. Me gusta casi tanto como esos pantalones cortos.

Puse las manos en su tórax y las deslicé hacia abajo por su abdomen, siguiendo de cerca con la punta de mis dedos los pronunciados contornos de sus abdominales.

—Pues me da que te gustará lo que tengo debajo de estos vaqueros.

Emitió un sonido grave mientras sus manos descendían por mi zona lumbar y seguían hacia abajo hasta rodearme el culo.

—No puedo esperar a averiguarlo.

—Pues no lo hagas. —Tiré de su camiseta, y la risita que soltó fue ronca. Alcé la mirada y le solté la camiseta—. Esto solo será cosa de una noche.

—Estamos en el mismo punto, entonces, ¿no? —Dio un paso atrás y se metió la mano en el bolsillo trasero. Sacó de él la cartera y la abrió. Cuando vi en sus dedos el envoltorio plateado, no pude evitar reírme.

—¿Un condón en la cartera? —solté—. ¡Típico!

—Y preparado —contestó guiñándome un ojo. Dejó la cartera y el condón en la encimera. Tras sujetarse el dobladillo de la camiseta, tiró de ella hacia arriba y se la quitó. Los músculos de sus hombros y sus antebrazos se flexionaron y se tensaron cuando tiró la camiseta donde había dejado la chaqueta.

Cielo santo, no podía quitarle los ojos de encima. El chaval se cuidaba. Tenía el tórax bien definido, y la cintura, esbelta. Su abdomen era una obra de arte. Tenía los abdominales marcados, pero nada exagerado. Me recordó a un atleta o a un nadador, y quise tocarlo.

—Te toca —dijo.

Se me escapó el aire de los pulmones. No era lo que se dice una persona vergonzosa, pero, aun así, me temblaron los dedos cuando rodeé con ellos el dobladillo de la camiseta que llevaba puesta. De un modo extraño que no entendí, que no nos conociéramos hizo que me resultara más fácil quitármela. Puede que fuera porque no había expectativas entre nosotros o porque iba a ser cosa solo de una noche.

La mirada de Nick se separó despacio de la mía, y dejé de pensar en general. Ver la firmeza de sus labios y su mandíbula era como acercarse demasiado a una llama, pero el calor y la intensidad de su mirada fueron los que prendieron el fuego. Era una mirada hambrienta, y fue como un puñetazo en el pecho que me dejó sin aire en los pulmones.

Sin decir nada, levantó una mano y me rodeó el pecho. El grito ahogado que solté sonó entrecortado. Me pasó el pulgar por el pezón endurecido y lo sujetó entre sus dedos. Cuando arqueé la espalda, una media sonrisa engreída le iluminó los labios.

—Eres preciosa —dijo con voz ronca—. Seguro que el resto es igual de espectacular.

El corazón me latía con fuerza.

—¿Quieres averiguarlo? —solté con voz ronca.

—¿Necesitas hacerme esa pregunta?

Con una sonrisa, alcé la mano y rodeé con ella su muñeca. Hice descender sus dedos por mi estómago hasta el botón de mis vaqueros. No necesitó ninguna explicación más. Batió récords de velocidad a la hora de quitarme los vaqueros.

—Tenías razón. —Sus dedos me recorrieron la fina tira sobre mi cadera al darme la vuelta, mientras que su mano seguía moviéndose y se deslizaba por debajo del encaje de la parte central—. Esto también me gusta mucho.

El tanga era un pedazo de tela finísimo que no supuso la menor barrera a su calor cuando me puso la mano entre los muslos.

—Dios mío —comentó con un susurro denso—. Estás empapada.

Lo estaba.

Llevaba empapada desde el momento en que me había dejado claras sus intenciones. Con su mano entre mis piernas, me atrajo hacia él, y pude notar su pene, fuerte y duro, presionándome a través de los vaqueros. Arqueé la espalda y se me escapó un gemido entrecortado cuando sus dedos se pusieron manos a la obra, deslizándose por debajo de la tela y a través de la humedad que se acumulaba. Le sujeté el brazo para que no se apartara de mí mientras que situaba de golpe la otra mano en la encimera. Me preparé cuando encorvó su cuerpo hacia el mío y pegó su tórax a mi espalda. La tensión cobró vida cuando moví las caderas contra su mano, y aumentó de lo lindo al notar su cálido aliento tan cerca de mi cara.

—Podemos hacerlo aquí si es lo que quieres. Puedo levantarte del suelo y depositar ese culo tan bonito que tienes en la encimera. O contra la nevera —dijo rozándome el borde de la oreja con los labios—. O puedo llevarte hasta la mesa o el sofá y follarte ahí. —Ascendió una mano por mi costado y, al rodearme con ella el pecho, me provocó un escalofrío que me recorrió el cuerpo—. O puedo darte la vuelta, aquí mismo, y follarte desde detrás. —Sus labios se deslizaron por mi cuello hasta detenerse en el pulso que me latía alocadamente. Me mordisqueó a la vez que añadía otro dedo, y yo solté un grito ahogado—. Dime lo que quieres.

«Dios mío...».

Esas palabras casi me llevaron al éxtasis, y estaba cerca, muy cerca. El chico tenía unos dedos mágicos, y si seguía así, todo habría acabado antes de que empezáramos.

—Así —solté.

—Cojonudo —gruñó.

Tenía el tanga en los tobillos y, entonces, por encima del estrépito de los latidos de mi corazón, oí el ligero ruido de su cremallera al bajar. Nick recogió el condón de la encimera y se lo puso antes de que tuviera ocasión de impacientarme.

Me sujetó las caderas, me hizo ponerme de puntillas y un segundo después de que una de sus manos desapareciera, lo noté entre mis piernas. No tuve que verla para saber que la tenía grande. Y, entonces, la sentí. Se introdujo en mí, centímetro a centímetro, y tan despacio que todas mis terminaciones nerviosas reaccionaron cuando me penetró del todo. La punzada de dolor se desvaneció, y la presión fue casi abrumadora.

Me rodeó la cintura con un brazo y me atrajo hacia él. Su gemido, deliciosamente ronco en mi oído, fue como una droga para mí. Nick empezó a mover sus caderas, balanceándose hacia dentro y hacia fuera. Era todo lo contrario a lento. Cada embestida era profunda y rápida, precisa. La cosa iba... la cosa iba de follar, y eso era lo que hacía; y también lo que hacía yo. Empujé mi cuerpo hacia atrás para recibir cada embestida con la misma ferocidad.

No tuve oportunidad de contribuir siquiera al clímax. Yo tenía las dos manos apoyadas en la encimera, y el espacio entre nosotros aumentó hasta que él encorvó su cuerpo sobre el mío y empujó la parte superior de mi cuerpo hacia la encimera. Sentí la superficie muy fría en contraste con la temperatura ardiente de mi piel.

Los sonidos de nuestros cuerpos al unirse, de mis jadeos y mis gemidos, y de sus gruñidos roncos llenaron la cocina. La tensión creció y creció, acumulándose hasta que empecé a sentir un cosquilleo en los dedos de los pies. Nick deslizó una mano por el centro de mi espalda para sujetarme el pelo mientras me mantenía ahí inmovilizada y me golpeaba las caderas con las suyas.

Me corrí, y mi orgasmo fue como un estallido, rápido, portentoso y casi cegador. Grité, y mi cuerpo se quedó quieto como si me estuvieran dilatando, mientras sus caderas seguían moviéndose, seguían embistiéndome hasta estar totalmente dentro de mí, apretujado contra mi cuerpo. El placer me inundó, intensificándose con cada embestida. Su grito ronco se unió al mío, y su cuerpo se sacudió antes de quedarse inmóvil.

Sentí nuevas oleadas de placer. Más contracciones. Aturdida, dejé que el frescor de la encimera calmara la encendida piel de mi mejilla. Tras lo que pareció una eternidad, abrí los ojos y me encontré mirando los fogones. Mis labios se curvaron hacia arriba para esbozar una sonrisa ociosa.

Vaya. Jamás me imaginé que estaría estrenando la cocina tan rápido.

Nick se separó de mí, su mano descendió por el centro de mi espalda, remoloneó en mi cadera unos segundos y, después, noté una ráfaga de aire frío en mi piel.

—¿Sigues viva? —preguntó.

—Todavía no lo sé. —No quería moverme.

Su carcajada hizo que mi sonrisa se ensanchara. Me aparté de la encimera y me agaché para subirme el tanga.

—Joder —gruñó Nick, y me di cuenta de que le estaba ofreciendo unas vistas espectaculares—. No tengo palabras —prosiguió—. No tengo ni una puta palabra.

Me subí el tanga y me volví. Él ya tenía los pantalones abrochados y estaba tirando el condón a la basura. Alargué la mano hacia mi top y, cuando volví a agacharme, me sorprendió la cantidad de humedad que tenía entre los muslos.

Había pasado ya un tiempo desde la última vez que había echado un polvo, pero, joder, me sentía un poco ridícula.

Me puse la camiseta y me la ajusté bien. Alcé los ojos hacia los suyos, y me dirigió esa sonrisa torcida.

—Yo tampoco tengo palabras —admití.

—Parece que seguimos en el mismo punto. —Recogió mis vaqueros del suelo, se acercó a mí, y para mi sorpresa, me ayudó a ponérmelos mientras sus manos vagaban por mi cuerpo. Cuando terminó, retrocedió—. Es tarde.

—Sí. ¿Puedes conducir?

Su cara reflejó sorpresa un breve instante.

—Diría que me quedan suficientes neuronas como para llegar a casa.

—Follar como un loco puede ser peligroso —repliqué—. Estoy segura de que existe algún tipo de advertencia sobre la conducción y el manejo de maquinaria.

Nick echó la cabeza hacia atrás y se rio mientras recogía la chaqueta y se la ponía.

—Joder, me gustas un montón.

—Pues claro.

Sin dejar de sonreír, sacudió la cabeza y cogió su casco.

—Te dejo lo que queda de cerveza —soltó, y se dirigió hacia la puerta mientras yo lo seguía despacio. Abrió la puerta y se volvió. Su mirada se cruzó con la mía, y el verde de sus ojos era claro y cálido—. Esta noche ha sido…

—Esta noche y nada más —terminé por él—. Me lo he pasado bien.

—Pues claro —me imitó, y yo me reí.

—Ten cuidado —le dije.

Abrió la boca como si fuera a decir algo, pero pareció cambiar de parecer. Se movió deprisa y, antes de que supiera qué iba a hacer, se agachó y puso sus labios en la comisura de los míos. El contacto fue breve y, aun así, totalmente inesperado. Me sacó de mi ensimismamiento y me dejó ojiplática cuando levantó la cabeza.

—Nos vemos —dijo.

No respondí, fui incapaz de hacerlo, mientras él se volvía y cerraba la puerta al salir. Ni siquiera sé el rato que me quedé allí plantada, pero, en algún momento, me había llevado la mano a la comisura de los labios. Sentí un cosquilleo en la piel.

Era lo más cerca que un chico había estado de besarme en mucho tiempo.

3

Estoy bien. Estoy genial. —En el espejo retrovisor, mis ojos azules parecían demasiado abiertos mientras aferraba el volante hasta que los nudillos se me quedaron blancos—. Lo tengo controlado. Lo tengo totalmente controlado.

A pesar de mi charla motivadora, tenía el estómago revuelto. Solté el volante y alargué la mano hacia mi bolso. Lo abrí y saqué el frasquito de Tums para tomarme una pastilla para la acidez. La última vez que había estado así de atacada había sido hacía ocho años, y acabé potando sobre los zapatos de mi mejor amiga.

Hoy no iba a potar.

No iba a hacerlo el primer día del resto de mi vida.

Vale. Estaba exagerando un pelín. Pero hoy era muy importante porque era mi primer día como asistente ejecutiva en la Lima Academy. Lo cierto era que, ahora que había acabado mis estudios, no tenía ni idea de qué esperar. Podría llegar a hacer el trabajo para el que había estado años formándome en la universidad o podría quedarme estancada preparando cafés y llevando prendas a la tintorería para mi jefe. Si finalmente era lo segundo, sería un asco, pero lo haría de todos modos. Fuera como fuese, tenía que empezar en algún sitio. Tenía que tomarme mi tiempo.

Tras inspirar hondo, cerré el bolso de golpe y bajé del coche. Me pasé una mano por la falda de tubo, volví a tomar aire entrecortadamente y empecé a cruzar el aparcamiento oyendo cómo el repiqueteo de mis tacones se hacía eco de los latidos fuertes de mi corazón.

La Lima Academy estaba en el centro, en un edificio inmenso que, en su día, había sido una fábrica, pero que ahora estaba totalmente reformado y se había convertido en una de las mejores instalaciones de entrenamiento de Estados Unidos.

Ya había estado varias veces en el edificio durante el proceso de selección, y después para hacerme una idea general. La planta baja consistía en un gimnasio de lo más moderno, equipado con prácticamente todas las máquinas de cardio y de pesas imaginables. En el primer y segundo piso había diversos cuadriláteros, jaulas y áreas con el suelo cubierto de colchonetas hasta donde alcanzaba la vista. La Lima Academy no se centraba solo en las artes marciales mixtas o combates en jaula. En sus instalaciones se entrenaba boxeo, *kick-boxing*, kárate, *jiu-jitsu* brasileño, *krav magá*, y algunos días, por la noche, se daban clases de defensa personal al público en general. El tercer y cuarto piso estaban en obras. Andrew Lima, el propietario y fundador de la academia, planeaba añadir más cuadriláteros de entrenamiento. Las oficinas estaban todas en el quinto piso, salvo por el despacho de Lima, que ocupaba el sexto.

No conocí a Andrew Lima en ningún momento durante el proceso de selección, ni tampoco a ninguno de los miembros de su familia, que, al parecer, trabajaban todos en la academia. Solo me había entrevistado Marcus Browser, de quien sería asistente.

Cogí el ascensor en el vestíbulo del primer piso, que daba al aparcamiento, hasta el quinto piso. Tenía un fuerte nudo en el estómago y estaba rebosante de ilusión al salir de él y encontrarme cara a cara con las puertas de cristal esmerilado que rezaban OFICINAS DE LA LIMA ACADEMY.

El despacho del señor Browser estaba al fondo, más allá de la zona de los cubículos de trabajo y los despachos cerrados. Con una sonrisa en la cara, recorrí el pasillo central, más tranquila gracias al murmullo de las conversaciones que tenían lugar a mi alrededor.

Antes de que llegara a su despacho, la puerta se abrió y el señor Browser salió. De mediana edad y en forma, parecía estar como en su casa, con sus pantalones planchados y su polo con el logo de la empresa. No estaba solo. A su lado había otro hombre, vestido con pantalones de chándal de nailon y una camiseta también con el logo de la empresa.

—Ah, justo a tiempo. —La piel morena alrededor de los ojos del señor Browser se llenó de arruguitas cuando sonrió—. Esta es Stephanie Keith, nuestra nueva asistente. Señorita Keith, este es Daniel Lima. Es el supervisor de las instalaciones de entrenamiento.

Me pasé el bolso a la mano izquierda y alargué la derecha. Su apretón fue firme y cálido.

—Encantada de conocerlo, señor Lima.

—Llámame Dan. Hay demasiados Lima por aquí como para andarse con formalidades. —Me soltó la mano con una sonrisa—. Y Marcus está exagerando.

El señor Browser se mofó, pero su sonrisa no se desvaneció mientras Dan proseguía:

—Yo solo superviso el entrenamiento de *kick-boxing* y de boxeo.

—Y Dan es demasiado modesto —explicó el señor Browser cruzando los brazos—. Ayuda en todas las áreas. Sin él, Andre y Julio estarían temblando perdidos en algún rincón.

No tenía ni idea de sobre quién estaban hablando, así que asentí con la cabeza y sonreí. Si tenía que hacer alguna suposición, diría que Andre y Julio formaban también parte de la enorme familia Lima.

—Tengo que marcharme —comentó Dan—. Ha sido un placer conocerte, Stephanie. Buena suerte. —Se pasó una mano por la cabeza calva—. Trabajando para él, vas a necesitarla.

El señor Browser puso los ojos en blanco cuando Dan se marchó.

—Es el miembro del clan Lima con quien es más fácil trabajar. Tenlo en cuenta.

—¿Cuántos hay? —pregunté.

—¿Que trabajen aquí? Cinco, incluido Andrew. Hay muchos primos y sobrinos, y Dios sabe qué más, porque te juro que están emparentados con media Filadelfia, pero a la mayoría de ellos nunca los verás. Los hermanos, sin embargo, son los únicos que mandan más que yo —explicó—. Ahora que eres miembro oficial de la academia, voy a ir al grano.

Mmm...

—Muy bien —dije parpadeando despacio—. Estoy a favor de ir al grano.

Sus ojos castaños brillaron divertidos.

—Aquí, lo que los hermanos Lima dicen, va a misa. Aparte de mí, ellos son los únicos ante los que tienes que rendir cuentas y que tienen autoridad para encargarte tareas.

Con el rabillo del ojo pude ver que algunas de las cabezas en los cubículos de trabajo se habían vuelto para mirarnos.

—Los de *marketing* se meterán mucho contigo, seguro —prosiguió el señor Browser—. Te van a pedir que hagas chorradas, como hacer fotocopias e ir a comprar material de oficina. Ese no es tu trabajo. Ya tienen a alguien para eso. —Miró a nuestra izquierda—. Sí, Will, estoy hablando de ti y de tu perezoso culo.

Se oyó una carcajada grave que salía de algún lugar tras las paredes de los cubículos, y supuse que se trataba de Will.

—Bueno, Deanna Cardinali, a quien conociste cuando hiciste el papeleo, dirige Recursos Humanos. Vas a ser su asistente, y pronto vendrá para charlar contigo. Esta —dijo señalando el amplio cubículo de trabajo en forma de *U*—. Esta va a ser tu nueva casa. Así estarás cerca cuando te necesite.

Me volví hacia el escritorio y sentí algo de vértigo. Era una tontería, pero la mesa, el ordenador, el teléfono, la impresora y los archivadores eran míos. Bueno, vale, pertenecían a la empresa, pero eran míos.

Desde ahí podría contestar llamadas y tomar notas, preparar manuales y organizar visitas y viajes de negocios, llevar archivos y, según el señor Browser, pasar del equipo de ventas y de *marketing*. Desde ahí empezaría mi carrera profesional desde lo más bajo e iría ascendiendo hasta llegar al puesto que ostentaba el señor Browser. Puede que no ahí, en la Lima Academy, sino en algún otro sitio. Todo eso era experiencia que algún día lo compensaría todo.

Sonreí de oreja a oreja y dejé el bolso sobre mi mesa.

—Entendido —aseguré.

—Estupendo. —El señor Browser retrocedió, se metió la mano en el bolsillo y sacó un papelito amarillo—. Bueno, necesito que me recojas algo de la tintorería.

Costó unos dos días y tres horas que los chicos de ventas le dieran la razón al señor Browser. Eran dos, y sinceramente, al principio, me resultaba difícil distinguirlos.

Ambos iban peinados igual, con ese estilo alborotado a propósito que precisaba utilizar el fijador de una semana en un solo día. Los dos llevaban polos blancos que eran por lo menos dos tallas menos de lo que deberían, como si compraran en Baby Gap. Los dos hacían ejercicio... en exceso. Tenían unos músculos exagerados. Hombros gruesos, cuellos anchos, bíceps como bolas de billar, y sus manos eran puños rollizos.

Y los dos se pasaban más rato mirándome las tetas que hablando conmigo.

No tenía ni idea de lo que pensaban cuando fijaban la vista en mi pecho. A no ser que tuvieran visión de rayos X, ninguna de mis blusas enseñaba nada. Y si no me estaban mirando el pecho, se fijaban en mis piernas o en mi culo. Ni siquiera trataban de disimular. Cada vez que los pillaba, su sonrisa adquiría un matiz lascivo.

También intentaban que fuera a recogerles prendas a la tintorería, que les llevara café, que les imprimiera sus informes, que llamara para organizarles reuniones de ventas, y más o menos todo lo habido y por haber. Normalmente no habría tenido ningún problema en llevarles café a ellos o a cualquiera si tenía que ir a buscar ya alguno, pero siempre esperaban a que regresara a la oficina.

El jueves por la mañana, cuando volví con el expreso doble para el señor Browser y, además, unas peonías frescas para su despacho, uno de los Gemelos Hormonados estaba pululando cerca de mi mesa. Estaba casi segura de que era el que se llamaba Rick.

Fingí no verlo cuando cerré la puerta del señor Browser al salir y me dirigí a mi mesa. Dejé mi capuchino y lancé una mirada esperanzada hacia el teléfono. No había ninguna luz parpadeando que indicara la existencia de un mensaje. Mierda.

Dejé el bolso debajo del escritorio, puse en marcha el ordenador e hice clic en el documento de Word. Estaban tratando de modernizar el paquete para nuevos empleados, y Deanna me había pedido que trabajara en la carta de bienvenida y las hojas sobre las políticas de la empresa. Había que actualizar ambas cosas con la información que me había dado el día anterior. Repasé mis notas, deteniéndome en algunas palabras que había garabateado tan deprisa que no tenía ni idea de lo que había querido escribir.

Unos fuertes pasos se acercaron a mí.

Me concentré más en mis notas y levanté mi capuchino. Se me erizó el vello de la nuca. Prácticamente notaba su mirada clavada en la parte posterior de mi cráneo. ¿Cuánto rato tendría que ignorarlo para que se marchara? Los ojos se me iban desorbitando a medida que pasaban los segundos. ¿Se notaría demasiado si descolgaba el teléfono y fingía hacer una llamada?

Rick asomó la cabeza por el otro lado del cubículo, justo delante de mí.

—Hola, Stephanie.

Estaba claro que ignorarlo no iba a servir de nada. Di un sorbo a mi delicia de caramelo humeante y me obligué a mí misma a hablar:

—Hola. —No quería ser borde, pero él y su Gemelo Hormonado se situaban en lo más alto de mi escala de repelús.

—¿Qué haces? —preguntó apoyando sus fuertes brazos en la pared.

—Estoy trabajando —dije con cara de póquer señalando la pantalla con el meñique.

—Eso ya lo veo —respondió, impertérrito—. ¿En qué estás trabajando?

Contuve un suspiro y dejé la taza de poliestireno.

—Estoy trabajando en el paquete de bienvenida para nuevos empleados.

—Parece aburrido de cojones. —Tamborileó con los dedos en la pared—. ¿Haces algo después del trabajo?

Oh, no. Alcé los ojos y, efectivamente, no me estaba mirando para nada a la cara. Tenía la vista fija en mi pecho como si tuviera todas las respuestas de la vida.

—Tengo que ocuparme de algunas cosas esta tarde.

—Unos cuantos vamos a ir al Saints, está aquí al lado —comentó sin desplazar la mirada—. Si cambias de opinión, vente.

—Lo tendré presente. —Aguardé otro segundo, y cuando vi que me seguía mirando el pecho, carraspeé.

Rick alzó rápidamente los ojos, y tuvo la decencia de parecer algo avergonzado por haberlo pillado comiéndome con los ojos. Sus mejillas bronceadas se sonrojaron un poco.

—Vale, bueno, ¿en qué has dicho que estás trabajando?

No pude evitar preguntarme qué tal haría Rick su trabajo. Por suerte, él y su maravilloso gemelo no estaban demasiado en la oficina. Por lo general, pasaban el día en el gimnasio, consiguiendo nuevos miembros o levantando pesas o algo.

—Estoy trabajando en el manual para nuevos empleados —le recordé lanzando una mirada esperanzada al teléfono.

—Ah, sí, aburrido que te cagas —repitió.

Si hubiera podido tener algún superpoder en ese momento, habría elegido hacer sonar mi teléfono a voluntad.

—No sé por qué te contrataron para trabajar aquí arriba —prosiguió, y yo arqueé despacio una ceja—. Porque, a ver, estás buenísima.

Empecé a pensar si sería muy raro que, qué se yo, golpeara el teclado con la cara.

—Si te tuvieran en la planta baja, conseguiríamos mogollón de miembros, especialmente entre los tíos —comentó, riendo con una especie de chillido agudo, y entonces me planteé el método de la cara en la pantalla del ordenador—. Me parece un desperdicio tenerte escondida aquí arriba. Es obvio por qué te contrataron.

Parpadeé y alcé los ojos hacia él.

—¿Cómo dices? —pregunté.

Me guiñó un ojo, y yo cerré los puños.

—Cualquiera que tenga ojos en la cara sabe que es por tu aspecto, así que parece un desperdicio tenerte aquí arriba sentada haciendo cosas aburridas. Nos vendría bien alguien como tú en nuestro equipo.

Me quedé de piedra, sin palabras, mirándolo. ¿Acababa de decirme en serio que el único motivo por el que me habían contratado era mi apariencia física? En plan, ¿me lo había dicho así tal cual a la cara?

—Joder, estaba claro por qué la última chica estaba aquí arriba. No era demasiado guapa, a mi entender. Aunque, coño, espero que no acabes como ella —soltó y, golpeando la pared del cubículo con la palma de la mano y separándose de ella, añadió—: Bueno, si cambias de opinión, estaremos en el Saints. Te invitaré a una copa.

Antes me quedaría atrapada en un aeropuerto durante una tormenta de nieve.

Rick se marchó despacio, estando, evidentemente, muy orgulloso de lo que me había dicho, mientras que yo volví a dirigir los ojos a la pantalla. Veía las palabras borrosas en el ordenador. Era como si el aturdimiento me hubiera helado la sangre en las venas. Sabía, sin ninguna duda, que no me habían contratado porque el señor Browser creyera que era guapa. Me habían contratado porque había terminado la carrera con las notas más altas. Me habían contratado porque lo había hecho de coña en la puta entrevista. Me habían contratado porque estaba cualificada.

Puse la mano sobre el ratón, cliqueé en la pantalla y sacudí la cabeza para alejar los pensamientos que me había dejado la conversación con Rick. Bueno, casi todos. ¿Quién era la chica que había ocupado ese puesto antes y qué coño le había pasado?

4

Los zapatos puntiagudos de tacón blancos y negros con un delicado lacito detrás eran encantadores, pero también despiadados. Me apretujaban mis pobres dedos, y estaba segura de que se me había caído ya casi toda la piel del talón.

En contra de lo que decía el refrán, para lucir no tendríamos por qué sufrir, y por más bonitos que fueran los zapatos, no me valía la pena sentir una terrible punzada de dolor cada vez que daba un paso.

Lancé ese calzado monstruoso al fondo de mi armario y me puse un par de zapatos planos que mis pies agradecieron. Agité los dedos de los pies con alivio y levanté las manos para pasármelas por el pelo.

Mis dos primeras semanas en la Lima Academy habían sido agotadoras, pero en plan bien, divertido y productivo, si no tenía en cuenta los encontronazos con los Gemelos Hormonados. Eran gilipollas, pero unos gilipollas relativamente inofensivos, fáciles de ignorar la mayoría del tiempo. Sobre todo, desde que había aprendido a ser más rápida para fingir llamadas telefónicas cuando los veía entrar en la oficina.

Todos los días tenía alguna tarea que era un tostón y que conllevaba tener que recorrerme las congestionadas calles de Filadelfia a pie o en coche en busca de algo que el señor Browser necesitaba sin falta. Pero también estaba aprendiendo, y la ilusión por el nuevo empleo estaba lejos de desvanecerse, a pesar de que la mayoría de los chicos del equipo de ventas eran unos imbéciles rematados, que se pasaban más tiempo mirándome el culo o las tetas que trabajando.

Contuve un bostezo, cerré la puerta del armario y dirigí una larga y ávida mirada a mi cama. Empecé a acercarme a ella, pero me detuve a mí misma. La noche anterior me había sentado hacia las ocho de la tarde, para descansar unos minutos, y había acabado quedándome frita y ya no me había despertado en toda la noche.

No iba a caer otra vez en esa trampa.

Además, no era que tuviera sueño en sí, sino que, por extraño que pareciera, estaba cansada. Esperaba no haber pillado un resfriado o algo. Lo último que necesitaba era faltar al trabajo por estar enferma, y por eso sabía que debería quedarme en casa y descansar esa noche, pero estaba aburrida a más no poder. Y era viernes por la noche.

Y echaba de menos a mis amigas.

De momento hablaba por Skype con Yasmine y Denise, dos chicas que habían estado conmigo durante toda mi experiencia universitaria, siempre que teníamos tiempo, que no era tan a menudo como a mí me hubiera gustado. Yasmine se había trasladado a Atlanta y Denise estaba en Baltimore, demasiado lejos de aquí. Una vez estuviera completamente instalada, quería hacer un pequeño viaje para ir a ver a Denise.

Cogí el bolso y salí en dirección al coche. La verdad era que me sentía muy sola y necesitaba salir. En casa siempre había alguien con quien quedar a tomar algo o algún lugar al que ir, pero aquí no había conectado con nadie realmente.

Bueno, salvo con Nick, pero aquello no tenía pinta de relación a largo plazo. Todavía no, por lo menos. Aunque, vete a saber, podríamos acabar siendo amigos. Lo que estaba claro era que no iba a conocer a nadie quedándome sentada en mi casa, haciendo un maratón de todas las temporadas de *Supernatural*.

El aparcamiento del Mona's estaba bastante lleno, y al entrar me pregunté si Nick estaría trabajando... y sí, también me pregunté si tendría planes después. Ese último pensamiento me hizo sonreír.

La música y el ruido de las bolas de billar al chocar entre sí me recibieron al cruzar la puerta. Contenta de no llevar puesto nada más grueso que una chaqueta, porque dentro hacía bastante calor, pasé junto a dos chicos y me acerqué a la barra.

Vi primero a la chica de las gafas: Roxy. Se había cambiado de color las gafas y el mechón de pelo. Esa noche, ambas cosas eran azules y hacían juego con su camiseta. Solté una carcajada cuando se giró, y pude leer lo que rezaba su camiseta:

«Un barman sabe darle a la lengua».

El otro chico, el del cabello corto color bronce que llevaba el ejército escrito en todas partes, estaba también tras la barra. Si mal no recordaba, se trataba de Jax, el dueño. Roxy estaba trabajando tras la barra; me deslicé entre dos taburetes.

Apenas pasaron unos segundos antes de que su mirada con gafas me pasara de largo y regresara hacia mí de golpe. Se le desorbitaron los ojos de la sorpresa.

—Has vuelto.

Qué frase más rara.

Se volvió de golpe hacia el propietario y gritó:

—¡Ha vuelto!

Mmm...

Jax nos miró arqueando una ceja y sacudió la cabeza. Sin que la desanimara la falta de interés por su parte, Roxy daba la impresión de estar a nada de ponerse a dar volteretas.

—Me alegro muchísimo de que estés aquí —soltó, apoyándose en la barra delante de mí—. ¿Qué te pongo?

Dejé a un lado su extraño saludo, lancé una mirada hacia las botellas que había detrás de ella y, al final, dejé de intentar pensar en alguna bebida que me apeteciese.

—Me tomaré lo que tengáis de barril.

—Ahora mismo. —Roxy se giró a toda velocidad, se movió por la barra como un pequeño tornado y regresó con un vaso lleno—. ¿Quieres que te lo apunte?

Sacudí la cabeza y le pagué en metálico. Lo de apuntar las copas para pagarlas al final acababa siempre conmigo bebiendo demasiado.

—Quédate el cambio —dije.

Roxy sonrió, y me fijé que el cardenal que le había visto el otro día en la cara había desaparecido por completo. Volvió de la caja registradora después de servir una botella a un chico sentado dos taburetes más allá.

—Estaba empezando a pensar que no volvería a verte nunca. Ha pasado, ¿cuánto? ¿Dos semanas?

—He empezado a currar en un sitio —expliqué—. Creo que me ha agotado un poco.

—Totalmente comprensible. —Apoyó los codos en la barra—. ¿Te lo pasas bien aquí?

—Me está costando un poco acostumbrarme a la ciudad —respondí asintiendo con la cabeza—. De donde yo vengo, no tenemos nada parecido.

—Sí, Calla, la novia de Jax, también lo dijo en su día. Pero, de hecho, ella es de aquí, aunque va a Shepherd. —Hizo una pausa lo suficientemente larga para inspirar deprisa—. Pero tú no la conoces mucho, ¿no?

—Solo he oído hablar de ella. Pero parece una chica muy maja. —Di un sorbo a mi cerveza—. ¿Has vivido aquí toda tu vida?

—Nací y me crie aquí. Me encanta. Es el lugar perfecto. Cerquísima de la ciudad, pero sigue teniendo el aire de un pueblo…

un segundo. —Recorrió como una exhalación la barra para encargarse de alguien que se había acercado con una bebida vacía.

Di otro sorbo y me giré para echar un vistazo al bar. Había una mezcla única de personas en él, jóvenes y mayores, todas de distintos orígenes y condiciones.

—Hay muchos bares más de moda en la ciudad —comentó Roxy al volver. Sonreía cuando me volví hacia ella—. Perdona. Tenías que haberte visto la cara. No era mala —añadió enseguida—. Básicamente, cara de estar observándolo todo. Me flipa que venga gente más joven. Hay muchas más opciones en Filadelfia.

—Pero el Mona's está bien —le dije, y hablaba en serio—. Vale, no es… lo más en decoración. —Eché un vistazo al letrero de neón de la cerveza Coors sobre una de las mesas de billar—. Pero me gusta.

—Tienes que salir más —dijo una voz detrás de mí.

Roxy cruzó los brazos a la vez que arqueaba las cejas mirando al intruso. Me volví de lado. Había un hombre alto ahí plantado, con un cabello castaño cortísimo que le enmarcaba a la perfección su cara tradicionalmente atractiva. Le guiñó un ojo a Roxy.

—Me recuerda a casa —respondí, llevándome el vaso a los labios.

—Entonces me preocupa un poco tu casa —dijo con una carcajada.

Antes de que pudiera responder, Roxy suspiró y soltó:

—Cállate, Reece.

Una sonrisa iluminó su cara al dirigir la mirada hacia ella.

—Oh, me encanta cuando te pones mandona conmigo.

—Eres idiota.

—Me quieres —contestó Reece.

—No sé por qué. —Roxy suspiró de nuevo, esta vez con mucho más dramatismo—. Pero sí.

Así que este era el novio que mencionó la última vez. Vaya. Roxy tenía buen gusto. Reece dio unos golpecitos con los dedos en el hombro del chico que ocupaba el taburete. Cuando el hombre alzó la mirada hacia él, Reece arqueó las cejas.

—¿Por qué no te portas como un caballero y le cedes el asiento a esta señorita? —soltó.

—No es…

Antes de que pudiera protestar, el hombre se había levantado.

—Todo suyo, agente —dijo.

¿Agente? ¿El novio de Roxy era poli? Por alguna razón, me costaba imaginármela con un policía.

—Todo tuyo —me ofreció Reece.

—Gracias. —Me senté, y mis pies me lo agradecieron—. Aunque no tenías por qué hacerlo.

Reece ocupó el lugar en el que había estado yo de pie.

—Un hombre no debería estar sentado cuando hay una mujer de pie. Es así de simple. —Alargó la cintura, se inclinó por encima de la barra y se dio unos golpecitos con un dedo en los labios.

Roxy se sonrojó, pero le dio un beso. Cuando empezó a separarse de él, Reece extendió el brazo y le rodeó la nuca con la mano. Así sujeta, ladeó la cabeza y se empleó a fondo.

Madre mía.

Al verlos, se me desorbitaron los ojos y sentí la necesidad de abanicarme. Eso era mucho más que un beso, y seguía y seguía. Roxy había rodeado los hombros de Reece con uno de sus brazos, y casi esperaba que la levantara y la pasara por encima de la barra. Esbocé lentamente una sonrisa, pero bajo la diversión, había una ligera inquietud. Casi como desazón, pero teñida de otra emoción que ya había sentido antes. No sabía muy bien por qué me sentía así, en ese momento, dejé la cerveza en la barra, al lado de mi bolso.

A poca distancia, Jax se volvió hacia nosotros.

—¿En serio, chicos?

Con una risita grave y atronadora, Reece soltó a Roxy, que recuperó el equilibrio con los ojos desenfocados. Alguien silbó, y ella parpadeó deprisa. Entrecerró sus ojos hacia su novio y se puso bien las gafas.

—Eres terrible —lo reprendió—. Y causas una primera impresión horrible.

—Creo que causo una primera impresión asombrosa —replicó, dirigiéndome una sonrisa—. Soy Reece Anders... el amor de la vida de Roxy.

No pude resistirme a esa sonrisa.

—Yo soy Steph Keith.

—Ah, la infame Steph. —Miró a Roxy—. ¿Dónde está...?

—Tomándose un descanso. —La sonrisa de Roxy era demasiado alegre, demasiado amplia—. Siento que nos haya interrumpido de un modo tan grosero. Es un inepto social.

—También soy alguien muy sediento —respondió, echando un vistazo al grifo del barril.

—¿Ves ahí a Jax? —dijo Roxy ladeando la cabeza—. ¿Por qué no le pides a él que te sirva?

—Eso es cruel —murmuró, pero seguía sonriendo al separarse de la barra—. Volveré. —Se giró y se dirigió hacia Jax, que estaba más allá en la barra. Al pasar por detrás de mí me dio unos golpecitos en el hombro con los dedos—. Me gusta cuando se pone peleona.

Me reí abiertamente mientras Roxy soltaba un gruñido exasperado del que Reece pasó por completo.

—Parece de armas tomar —comenté cuando estuvo cerca de Jax.

—No tienes ni idea, amiga. —Se le desorbitaron los ojos tras las gafas—. Pero es... es un hombre excelente, y tengo muchísima suerte, más de lo que puedes imaginarte.

—Oh, me da que detrás de eso hay una historia.

—Pues sí —sonrió con dulzura—. Yo estaría... —Se le fue apagando la voz a la vez que otra sonrisa le iluminó la cara—. ¡Perfecto!

Como vi que estaba mirando algo que tenía detrás de mí, volví la cabeza. Me quedé boquiabierta. Acababa de entrar una mujer, y… y ni siquiera sabría decir qué llevaba puesto.

Era un vestido. Creo. Un vestido hecho de… ¿tal vez de cinta adhesiva negra? Eso era lo que parecía. Ajustadísimo, no era más que pedazos de algún tipo de tela negra colocados en lugares estratégicos. Se entrecruzaban por su esvelto cuerpo y dejaban muy poco a la imaginación dada la cantidad de pecho que mostraba el escote. Sus tacones eran lo bastante altos como para hacerme sentir como una imbécil por haberme rendido y haberme decantado por unos zapatos planos.

Se pavoneó hacia nosotras, meneando las caderas de una forma que atrajo la atención de casi todos los hombres del bar. Aquella rubia alta, escultural, estaba segurísima de sí misma.

—Ya sabes lo que necesito —indicó a Roxy, que ya estaba cogiendo una botella de tequila. Dirigió la vista hacia mí y frunció los labios rosa chicle—. Eres un pibonazo. Joder.

Abrí la boca, pero no tenía ni idea de qué responder a eso. En absoluto. No. Nada.

—Esta es Steph —dijo Roxy, y dejó un vaso de chupito en la barra—. Steph, esta es Katie.

—Hola —saludé, moviendo los dedos.

Katie bajó la mirada y me escudriñó con un descaro con el que ningún chico me había mirado jamás.

—Espera. —Sus largas uñas con las puntas decoradas de color rosa arañaban su vaso—. ¿Es esa Steph?

—Esa Steph, sí —corroboró Roxy—. Fue la siguiente en entrar al bar después de Aimee. —De sus palabras se desprendía algo importante—. Y…

Empecé a fruncir el ceño. Antes, Reece se había referido a mí como la «infame Steph», ¿y ahora era «esa Steph»? ¿Qué coño estaba pasando aquí?

—Vaya. Es impresionante —comentó Katie y, tras llevarse el vaso a los labios, golpeó con él la barra como una profesional—. La hostia de impresionante. Es que lo sabía. Acerté de lleno. —Se dio unos golpecitos en la sien con los dedos—. Tengo poderes.

Sin palabras, sacudí la cabeza mirando a Roxy. Se estaba poniendo colorada.

—Las predicciones de Katie se han cumplido siempre —comentó encogiendo un hombro.

—Es un don. Una maldición —intervino Katie—. Una noche me caí de una barra de *pole dance* y me golpeé la cabeza. Es una larga historia que seguro que tengo tiempo para contarte más adelante. —Avanzó una cadera hacia la barra mientras yo me limitaba a mirarla fijamente—. ¿Es ese tu bolso?

Cuando asentí con la cabeza, alargó la mano hacia él y, totalmente alucinada, vi cómo lo abría y sacaba mi móvil. Lo normal es que me hubiera puesto como una moto, pero fui incapaz de hacer otra cosa que contemplar boquiabierta cómo sus dedos volaban sobre mi teléfono.

—Nos he mandado un mensaje a Roxy y a mí desde tu móvil. Así tienes nuestros números, y nosotras, el tuyo. Ya no tienes escapatoria. Vamos a adoptarte como nuestra nueva mejor amiga del mundo mundial. —Volvió a meter mi móvil en mi bolso y lo depositó en la barra delante de mí—. Vas a desayunar el domingo con nosotras. Lo más seguro es que estés pensando «Ni de puta coña», pero vas a venir.

Seguía mirándola boquiabierta.

—Tenemos muchas cosas que contarte. —Se volvió hacia Roxy y fue a hablar de nuevo, pero se detuvo y dio una palmadita—. Soy oportunísima. Siempre.

Por un instante no supe de qué hablaba y, entonces, lo vi. Nick. El corazón me dio un saltito, y eso me asombró tanto como Katie. El corazón rara vez me daba saltitos, y la verdad es que no había pensado mucho en Nick durante esas dos semanas.

Bueno, vale, eso no era cierto del todo. Había pensado en él una o dos, o diez veces, pero eran pensamientos fugaces. Así que mi reacción, el modo en que noté que me ruborizaba y se me tensaba la espalda, me sorprendió.

Nick salía de un pasillo que había al otro lado del bar. Llevaba otra camiseta oscura que pareció estar a nada de que se le rompieran las costuras cuando levantó la mano para pasarse los dedos por el pelo, y era tan apetitoso como lo recordaba.

Se acercó donde Jax estaba hablando con Reece, y pudimos ver cómo levantaba una caja de botellas para dejarla en la barra y los músculos se le tensaban bajo la camiseta. Reece dijo algo, y él retrocedió, riendo. Su carcajada fue fuerte y contagiosa, y mis labios reaccionaron esbozando una sonrisa. Cuando le contestó, se volvió hacia nosotras, con una sonrisa franca. Alzó los ojos y recorrió con ellos el bar.

Nuestras miradas se encontraron en un instante.

Nick se detuvo en seco, como si se hubiera dado de bruces con una pared invisible. Una tensión extraña se adueñó de sus rasgos mientras la sonrisa se desvanecía de sus labios. Con una expresión de asombro total, avanzó hacia nosotras desde su lado de la barra, ignorando a Roxy, que se apartó con una cara que decía que lo único que le faltaba era un bol de palomitas.

—Hola, Nick —susurró Katie.

Nick, concentrado en mí, pasó también de ella y me miró con unos ojos fríos como el invierno. Cuando apoyó las dos manos en la barra y bajó el mentón, se me formaron unos pequeños nudos en el estómago. Solo podía pensar en dónde habían estado sus dedos la última vez que lo había visto y en si acabarían otra vez ahí, porque ¿por qué no?

—Stephanie —dijo con esa voz grave suya, y sentí unas punzaditas de placer—. ¿Qué estás haciendo aquí?

5

Su pregunta aplastó los incipientes tentáculos de placer como si los hubiera estrujado con su propia mano. Me eché hacia atrás e inspiré de golpe con el estómago cerrado.

—¿Perdona? —solté.

—Oh, no —murmuró Roxy, girándose hacia un lado. Alguien agitó un billete de veinte dólares como si fuera una bandera blanca y eso atrajo su atención.

—Eres gilipollas —le dijo Katie a Nick, y entonces se volvió hacia mí—. Hazlo sufrir. El resultado es mucho mejor. Nos vemos el domingo. ¡Hasta luego!

Cuando Katie se largó pavoneándose, un tenue rubor coloreó el centro de las mejillas de Nick.

—Creía que teníamos un acuerdo —soltó bajando la voz.

¿Acaso, al entrar esa noche en el Mona's, había ido a parar a una especie de universo alternativo? Era como si me estuviese perdiendo la mitad de todas las conversaciones.

—¿Un acuerdo de qué?

—No has vuelto al bar en dos semanas —respondió ladeando la cabeza.

—Ah, sí. He estado liada. —El cabello me resbaló por delante del hombro cuando me incliné hacia delante, de modo que rozaba la barra con las puntas—. Creo que no entiendo hacia dónde va esto.

—No has vuelto desde la noche que nos enrollamos —explicó con una expresión fría en sus ojos verde musgo—. Así que imaginé que estábamos en el mismo punto.

—Es obvio que no.

Volvió un instante la cabeza para echar un vistazo a la barra. Tenía los hombros tensos cuando sus ojos se posaron de nuevo en los míos. Al hablar, su voz era tan baja que apenas pude oírlo.

—Esa noche fue una noche y nada más. Una vez. No hay motivo para que vuelvas aquí, especialmente tú.

Vaya. Había tantas cosas mal en esa frase que ni siquiera sabía por dónde empezar. La rabia afloró a la superficie, copando mis sentidos, lo que agradecí, porque bajo esa fuerte emoción había una intensa sensación de… de decepción. No conocía demasiado bien a Nick, pero, por el poco tiempo que habíamos pasado juntos, creía que veíamos las cosas del mismo modo. Estaba claro que no. Su modo de verlas era el de un auténtico gilipollas.

—Vamos a aclarar algo —dije con una voz sorprendentemente tranquila—. ¿Creías que no volvería al bar porque nos hemos enrollado?

Tardó un buen rato en contestar.

—Siempre ha sido así. Una sola noche. Tú misma lo dijiste —soltó.

«¿Siempre ha sido así?». Hostia. Casi me partí de la risa, solo que nada de aquello era gracioso.

—Y, solo para asegurarme de que estamos exactamente en el mismo punto, ¿crees que he vuelto aquí solo para verte?

—Bueno —respondió esbozando media sonrisa—, ¿por qué ibas a venir aquí, si no? Alguien como tú encaja más en los bares y las discotecas de la ciudad.

Separé lentamente los labios.

—¿Alguien como yo? —pregunté.

—Sabes que estás buenísima. Sabes...

—Alto ahí —ordené, poniendo ambas manos en la barra—. No estamos y es evidente que nunca hemos estado en el mismo punto, Nick. Tú no me conoces. Yo no te conozco. Y, francamente, mi aspecto no tiene absolutamente nada que ver con los bares a los que voy o dejo de ir.

Nick parpadeó, y la sorpresa se adueñó de nuevo de sus rasgos.

—Oye, estoy...

—Eres increíble. —Me puse de pie y recogí el bolso de la barra—. Pues mira, que sepas que no tienes este bar a tus pies y, desde luego, tú tampoco eres para tanto. Tal vez puedas decir a otras personas, a otras mujeres, lo que pueden y lo que no pueden hacer, pero eso nunca, jamás, funcionará conmigo.

Se echó hacia atrás con el ceño fruncido, pero yo no había acabado.

—Nunca me había arrepentido de algo que hubiera hecho. Hasta ahora.

Admitir la verdad me dolió más de lo que debería. Me volví antes de que me diese por atizarle en la cabeza con el bolso. Tras dar dos pasos, oí que me llamaba.

—Stephanie. Steph. —Hubo una pausa, seguida de—: Mierda.

Se oyeron unos gritos ahogados, y volví la cabeza justo a tiempo de ver a Nick saltando por encima de la barra como un puto gimnasta. La superó por varios centímetros de altura. Me quedé estupefacta cuando aterrizó de cuclillas y se levantó sin problemas. ¿Era alguna especie de superhombre? Ese movimiento había sido bastante... impresionante.

Roxy estaba al lado de Jax detrás de la barra. Los dos se habían quedado a medio servir una bebida. El líquido rebosaba del vaso que Roxy había estado llenando. Jax parecía no saber si reír o gritar a Nick.

La tensión se apoderó de mis músculos cuando Nick se plantó donde yo estaba. Me rodeó una mano con la suya, con cariño. Como me sacaba algo más de una cabeza, se elevaba por encima de mí, y yo solo tenía ganas de darle un puñetazo en la boca del estómago.

—Tenemos que hablar —dijo.

—Creo que eso es lo último que tenemos que hacer —solté.

—No puedo estar de acuerdo contigo. Hablemos —dijo, y su mirada se había suavizado. Un mechón de pelo castaño le caía sobre la frente—. Por favor.

Una parte enorme de mí seguía queriendo atizarle con el bolso, o mejor aún, clavarle la rodilla en una zona sensible de su cuerpo, pero la mayoría, por no decir toda la gente del local, nos estaba mirando. Estábamos, mejor dicho, Nick estaba montando todo un numerito. Teníamos un montón de ojos clavados en nosotros. Empecé a acalorarme.

—¿Vas a hacer que me ponga de rodillas y te lo suplique? —preguntó, y sus labios esbozaron de nuevo una sonrisa—. Porque lo haré. Aquí mismo.

—No serás capaz.

—Claro que sí —comentó, y sus ojos brillaron bajo la tenue luz.

Me dolía la mandíbula de lo mucho que estaba apretando los dientes.

—Muy bien. Hablemos —dije.

—Perfecto. —Nick guiñó un ojo, se volvió y me condujo por el bar.

—No hace falta que me lleves de la mano.

—Pero lo estoy haciendo. —Volvió la cabeza para mirarme, con los ojos desorbitados, llenos de inocencia—. Tengo miedo de que cambies de idea y salgas pitando, porque eso me pondría muy triste.

Le lancé una mirada asesina mientras tiraba de mí. Todo el mundo nos estaba mirando. Eché un vistazo a Roxy y observé que se había recobrado lo suficiente para dejar de regar la barra. Nick y yo nos dirigimos hacia el pasillo.

—Nick. —Jax apareció en el extremo de la barra más cercano a nosotros—. No quiero tener que limpiar el despacho después.

Me quedé boquiabierta. Estaba a pocos segundos de escupir fuego por la boca.

—Bueno, eso no será necesario —aseguré.

—Me gusta esta chica. Mucho —sonrió Jax al volverse hacia la barra.

—Cómo no —murmuró Nick.

Le hice una peineta con la mano libre, pero no la vio, tirando de mí por un estrecho pasillo. Abrió una puerta a nuestra derecha y, en cuanto entré, liberé inmediatamente mi mano mientras él cerraba la puerta de una patada.

Tiré el bolso a un sofá de cuero negro y me giré para mirarlo. Ahora que estábamos en privado, iban a hacer acto de presencia todos los tacos habidos y por haber. Avancé hacia él con la boca abierta y los puños cerrados.

Nick cruzó la distancia que nos separaba en un abrir y cerrar de ojos. Fue tan rápido que me quedé allí plantada como una idiota mientras él ocupaba mi espacio personal y me ponía las manos justo debajo de la mandíbula. Sus manos eran grandes y cálidas, y extendió los dedos para acariciarme con los pulgares la piel a cada lado de los labios.

Fijó sus ojos en los míos y vi que los tenía encendidos como aquella noche en mi piso.

—Voy a ser tremendamente sincero contigo.

—¿No lo has sido ya? —repliqué, y alargué las manos hacia sus muñecas. Se las rodeé con los dedos.

Nick sonrió, dejando al descubierto unos dientes blancos y regulares.

—¿Lo ves? Es eso.

—¿El qué?

—Tu actitud —explicó, tirando más de mí hacia él—. Cuando me echas la bronca así, lo único en lo que puedo pensar es en volver a estar dentro de ti.

Me quedé otra vez boquiabierta. Me daba que iba a pasarme toda la noche de aquí para allá abriendo la boca de par en par.

—Normalmente no quiero repetir. Las cosas siempre se… complican, pero contigo… —Bajó la voz y noté su aliento cálido en mis labios. Mi cuerpo era imbécil porque un escalofrío ilícito de placer me recorrió la zona del bajo vientre—. Sí, estaría dispuesto a hacer una excepción y romper mis normas.

Al principio no estaba segura de haberlo oído bien. No podía estar sugiriendo en serio lo que me parecía, pero descendió despacio sus manos por mi cuello hacia mis hombros. El espacio entre nosotros había desaparecido. Me presionó con las caderas la zona inferior del abdomen, estaba hablando *muy* en serio.

Le planté las manos en el pecho y lo empujé con fuerza. Se tambaleó un paso, aunque, en el fondo, yo sabía que solo había sido porque lo había pillado desprevenido.

—¿Estás de coña? —pregunté.

—Va a ser que no —contestó.

—Pues debes de ser el hijo de puta más tonto del mundo —repliqué, aferrándome a la irritación que crecía en mi interior.

Las comisuras de sus labios se movieron, y desvió la mirada, apretándolos.

—¿Te parece gracioso? —Me puse las manos en las caderas y lo fulminé con la mirada—. Lo que es gracioso es que creas que vas a volver a «estar dentro de mí». Antes me arrancaría todos los pelos del cuerpo, uno a uno.

Sus ojos se dirigieron hacia los míos.

—No es que tuvieras ningún problema en quedarte en pelotas conmigo hace dos semanas.

—Pues no. Pero después has abierto la boca y has empezado a soltar gilipolleces machistas y te has cargado todo el placer.

65

—¿Gilipolleces machistas? —repitió, apartándose el pelo de la frente—. Muy bien. Sé que soy imbécil, de veras, pero tú y yo...

—Pasamos una noche juntos. Tienes razón. Nos enrollamos. Te fuiste de mi casa sin la menor expectativa entre nosotros, y me pareció bien. Es lo que quería. Pero es obvio que crees que eres el puto ombligo del mundo. —Entrecerré los ojos—. Disfruté lo que hicimos, pero que me guste follar no significa que esté desesperada ni que sea una puta o una estúpida.

Dio un paso atrás y se puso las manos en la cintura. Su cara reflejó sorpresa.

—Nunca he dicho que fueras ninguna de esas tres cosas.

—Ah, ¿no? —Solté una carcajada irónica—. Puede que no hayas dicho exactamente esas palabras, pero que creas que he venido aquí solo por ti insinúa que estoy desesperada. Que creas que puedes tenerme después de hablarme como lo has hecho me dice que no tienes una opinión demasiado buena de mí. Y que, después de pasar una noche conmigo, creas que puedes decirme dónde puedo ir y qué puedo o no hacer... Debes de creer que soy estúpida.

—Steph... —dijo con las cejas arqueadas.

—No. —Levanté una mano para detenerlo. Puede que tuviera el dedo corazón levantado mientras lo rodeaba y recuperaba mi bolso—. Esta conversación termina con un «que te jodan».

6

Era poco después de la una de la madrugada y llevaba puestos unos pantalones cortos de algodón de estar por casa y una vieja sudadera de la Universidad de Shepherd. Había vuelto del bar y me había comido media tarrina de helado. Estaba apretujando el cojín con estampado chebrón gris contra mi pecho viendo cómo empezaba la cuenta atrás en la tele y la cámara enfocaba a Drew Barrymore. Tenía los ojos muy abiertos, lo que reflejaba toda la esperanza y la ilusión que cualquier chica siente cuando llega el momento de averiguar si tu verdadero amor siente lo mismo que tú.

Madre mía, esa era, sin duda, una de mis escenas favoritas de todas las películas, de todos los tiempos, del mundo entero. Los instantes que conducían al momento en que Sam aparece en el campo de béisbol, demostrando por fin que quiere a Josie a pesar de su traición.

Tío, qué boba era.

Pero no me arrepentía. Para nada.

Una de mis amigas de la universidad, Cora, detestaba a Drew Barrymore. Era de lo más raro, pero su rabia nunca había podido hacer que me gustara menos esa película.

Cierto, no tenía nada de romántico que una veinteañera volviera al instituto fingiendo ser adolescente y se enamorara de su extremadamente atractivo y sensible profesor de inglés. Esta película nunca se habría rodado en la actualidad, pero había algo en ese primer beso entre ellos que me derretía el corazón.

Me incorporé, y apretujé el cojín mientras el reloj se quedaba sin tiempo y la pobre Josie parecía desconsolada. Las cámaras enfocaban al público para captar sus expresiones de compasión y se oía un murmullo que se convertía en una aclamación. Todo el mundo se giraba y ahí estaba él. Sam. Alias Michael por-qué-no-serás-tú-el-padre-de-mi-bebé Vartan. Él bajaba corriendo por las gradas, y noté que un chillido crecía en mi interior mientras me aferraba más al cojín…

—¡Ay! —Solté el cojín, crucé los brazos sobre los pechos y los presioné para sofocar el repentino dolor que sentía en ellos. También los había tenido sensibles esa mañana—. Qué dolor...

Cuando había empezado a calcular mentalmente cuándo me tenía que bajar la regla, llamaron a la puerta.

—¿Qué cojones? —pregunté, sobresaltada.

Sentí una ligera inquietud. ¿Era casi la una y media de la madrugada y había alguien en mi puta puerta? Joder. Tampoco es que importara demasiado la hora porque casi nadie me conocía lo bastante bien como para saber dónde vivía.

Cogí el mando a distancia del brazo del sofá y puse la película en pausa justo cuando Sam entraba en el campo. Volvieron a llamar cuando acababa de levantarme. Me puse bien la sudadera y me acerqué sigilosamente a la puerta con imágenes de asesinos en serie danzándome en la cabeza. Alargué el cuello y eché un vistazo por la mirilla.

—¿Qué coño…? —murmuré.

Nick estaba al otro lado de la puerta con las manos metidas en los bolsillos de sus vaqueros echando un vistazo a la entrada vacía. Me quedé observando como una tonta su imagen distorsionada. No tenía ni idea de por qué me di cuenta de que no llevaba el casco, porque eso no era importante. ¿Qué estaba haciendo aquí? Estaba segura de que mis palabras al despedirme antes habían dejado claro que no estábamos en términos demasiado amistosos. Nick era arrogante, pero no podía ser tan estúpido como para venir a enrollarse conmigo.

Mi curiosidad le pudo a mi sentido común en apenas un nanosegundo. Aunque sabía que tendría que apagar todas las luces y pasar de él, bajé la mano y abrí la puerta.

Nick se volvió hacia mí y sacó las manos de los bolsillos. Sus ojos verde claro descendieron un instante hasta la punta de mis pies, que llevaba cubiertos con calcetines gruesos, y regresaron hacia arriba. ¿En serio? Fruncí los labios, crucé los brazos sobre mi pecho y arqueé una ceja.

Un ligero rubor coloreó sus mejillas, y alargó la mano hacia mí con una sonrisa avergonzada.

—Hola. Soy Nick Blanco —dijo.

¿Qué? Contemplé su mano y alcé de golpe los ojos.

—He pensado que podríamos empezar de cero —prosiguió, agitando los dedos—. Creo que empezamos con mal pie.

—Creo que empezamos… con muy buen pie.

—Vale. —Su sonrisa se volvió divertida—. Ahí le has dado. Empezamos con muy buen pie.

—Pero después lo arruinaste todo. —Cambié el peso de un pie a otro—. Lo arruinaste de verdad.

Su sonrisa decayó un poquito.

—Tienes razón. Por eso estoy aquí —dijo, agitando los dedos una vez más—. Quiero empezar de cero.

La sospecha arraigó en mí. Normalmente no era una persona paranoica ni desconfiada, pero no entendía qué sentido tenía aquello.

—¿Por qué?

—¿Por qué? —repitió con la mano todavía suspendida entre nosotros.

Asentí con la cabeza.

—Sí, ¿por qué? Nos enrollamos. Nada más. Y me da que no te importaría nada no volver a verme nunca más. Que lo preferirías, así que ¿por qué querrías empezar de cero?

Mi frase debió de pillarlo desprevenido porque no había ni rastro de una sonrisa en su cara.

—Pues… no lo sé.

—¿No lo sabes? —solté con ambas cejas arqueadas.

—Normalmente no me importa no volver a ver la cara de una chica —dijo sacudiendo la cabeza—. Eso es así… es así como me gusta.

Abrí los ojos como platos.

—Bueno… al menos eres sincero, pero mejor me lo pones.

—Lo sé. —Los dedos de Nick se movieron de nuevo, atrayéndome—. Yo solo… mira, ¿puedo entrar y hablamos? Hace algo de frío aquí fuera y diría que a tus vecinos no les va a hacer ninguna gracia escuchar nuestra conversación a la una de la madrugada.

Miré por encima de su hombro y cambié de nuevo el peso de un pie al otro.

—No sé…

—Eres difícil de disuadir —soltó bajando la mano.

—Eso es porque soy *indisuadible*.

—Creo que la palabra *indisuadible* no existe —comentó con una sonrisa incipiente.

—¿Qué pasa? ¿Ahora eres lingüista?

Su sonrisa, ahora amplia, suavizaba las líneas más duras de su rostro.

—Soy esa persona que corrige en silencio los errores gramaticales de los demás.

—Oh. Vaya. Así que no solo eres un capullo, eres un capullo pesado.

Soltó una fuerte carcajada y eso me sorprendió. Era la clase de risa que le había oído esa noche en el bar antes de darse cuenta de que yo estaba ahí. Una risa grave y contagiosa.

—Y tú siempre dices lo que se te pasa por la cabeza, ¿no?

—Pues sí —contesté—. ¿Te supone algún problema?

—No. Para nada. —Parecía sorprendido—. Bueno, ¿qué? ¿Vas a dejarme entrar o no?

Me planteé qué debía hacer. Nick había sido un gilipollas conmigo, y su opinión sobre los rollos de una noche era arcaica no, lo siguiente. ¿Se creía que podía decir a las chicas que, una vez se habían acostado, no podían volver al bar? Pero ¿qué cojones...? Aunque puede que las chicas fueran del todo conscientes de ello cuando se liaban con él. Yo no, pero por alguna razón, Nick creía que sí.

La gente comete errores y la caga sin parar, y yo no soy de las que guardan rencor, pero aquello acababa de pasar, literalmente. Y, la verdad, debajo de la rabia había dolor. Aunque no había tenido demasiadas expectativas con Nick, no me esperaba esa clase de recibimiento. Me había dolido. Soy humana.

—Por cierto, no sé si te habías dado cuenta ya, pero Reece vive en este mismo edificio. Arriba —soltó, lanzando una mirada hacia arriba. No. No lo sabía—. Y Roxy pasa mucho tiempo aquí. Es probable que vengan para acá en cuanto ella acabe su turno, así que será bastante violento estar aquí fuera plantado y que ellos pasen por aquí.

—No he visto a ninguno de los dos, pero tiene sentido —comenté entrecerrando muchísimo los ojos—. He visto el coche patrulla unas cuantas veces.

Su atractivo rostro reflejó incertidumbre hasta que suspiré y me aparté.

—No va a pasar nada —le advertí.

Alzó sus tupidas pestañas.

—No he venido aquí para eso. No. En serio —dijo cuando vio mi expresión de duda—. Por más que te cueste creerme; y no voy a mentirte, cuando te miro, el sexo no está demasiado lejos de mis pensamientos, pero no estoy aquí para eso.

—Tú también dices siempre lo que se te pasa por la cabeza.

—Culpable. —Entró, y cerré la puerta tras él—. Sé que es tarde, pero no tengo tu número. Si no, te habría llamado.

—Podrías haber esperado hasta mañana.

Me miró sacudiendo la cabeza.

—De hecho, me habría estado rayando toda la noche si no hubiera venido a intentar por lo menos hablar contigo.

Sin saber qué pensar de todo eso, me mordí el interior de la mejilla y lo rodeé. Nick echó un vistazo a la tele y arqueó una ceja.

—¿*Nunca me han besado*? —soltó.

—Di algo malo de esta película y ya te puedes ir largando.

—No iba a decir nada —aseguró levantando las manos a modo de rendición.

—Ajá. —Me dejé caer en el sofá y me puse el cojín en el regazo—. ¿Así que te vas a disculpar o algo?

Nick se sentó en el sofá con los ojos puestos en la tele con la película en pausa. Por un momento me quedé absorta mirándolo. No tenía ningún ángulo malo. Su perfil, con los pómulos altos y la mandíbula marcada, serviría para lanzar mil campañas de cuchillas de afeitar.

—Siento... Siento cómo me he portado. Soy bastante capullo en lo que se refiere a ciertas cosas —dijo, soltando el aire con fuerza—. Sé que no es excusa. Y sé que no has hecho nada para merecerte la forma en que me he portado. Ha sido todo culpa mía.

Decidí cambiar un pelín de actitud.

—Esta noche, cuando he ido al Mona's, no lo he hecho porque tú trabajaras ahí —expliqué.

—Lo sé.

—Aunque tú eras una ventaja adicional de ir al Mona's —dije inspirando hondo.

Fijó sus ojos en los míos y me sostuvo la mirada.

—No una ventaja enorme. Una pequeñita —añadí.

Se recostó de nuevo en el sofá con una sonrisa.

—Una ventaja pequeñita, ¿eh? Me conformaré con eso. —Levantó la mano izquierda y se apartó el pelo de la frente—. Me... me has sorprendido.

Abracé el cojín y desvié la mirada.

—¿Y eso? —quise saber.

—No lo sé. —Fue su respuesta ya conocida—. Lo cierto es que no te conozco, por lo que debería sorprenderme todo de ti, pero es algo... más profundo.

—¿Te he sorprendido porque no me ha parecido bien que esperaras que no volviese a poner un pie en el bar nunca más? —La incredulidad impregnó mi tono.

—Sé cómo suena. De veras. Lo sé. —De repente el hastío fue evidente en su voz, lo que atrajo mi mirada de nuevo hacia él. Estaba contemplando la tele con el ceño fruncido. Aparté los ojos enseguida, en cuanto exhaló con fuerza—. No me van las relaciones.

Me entraron ganas de reír, pero las contuve.

—Eso suena... a tópico.

Soltó una risita, y con el rabillo del ojo lo vi pasarse los largos dedos por debajo de la boca.

—Sí, lo es. Pero ese tipo de cosa... bueno, no me va. Las... las mujeres con las que salgo lo saben. No engaño a nadie.

—A mí no me engañaste, pero la verdad es que no sabía que se te iba a ir la pinza si me pasaba por el bar.

—Supongo que imaginé que no lo harías. Bueno, sabía que vendrías al bar la primera vez, pero no creía que fueras a volver. —Hizo una pausa y pude oír el tictac del reloj de pared—. Es probable que lo que estoy diciendo no tenga sentido.

Pues no mucho, pero quería intentar comprenderlo, Hay quien dice que la curiosidad mató al gato, pero yo era de las que creían que el saber lo resucitó.

—En el bar has dicho algo… ¿algo sobre tener normas?

—Sí.

Mi mirada volvió a posarse en su perfil, despacio. Tenía que dejar de mirarlo fijamente, en serio, pero no parecía poder evitarlo.

—¿De veras tienes normas sobre estas cosas?

—¿Tú no? —respondió.

—No. Yo… —Se me apagó la voz. Era una buena pregunta, y ahí me había pillado. Sí tenía normas—. Bueno, supongo que sí. Usar siempre protección. Asegurarme de no tener expectativas diferentes a las de la otra persona. Tiene que ser alguien que me guste. Tiene que haber algún tipo de conexión —divagué—. Pero no tengo por norma no volver a verlos nunca.

Apoyó la cabeza en el sofá y se volvió de cara a mí.

—Tengo esa norma para que nadie se haga una idea equivocada. No me gusta que las cosas se… compliquen o se líen.

Pensé en lo que decía y comenté:

—O simplemente no quieres intimar con nadie.

—¿Y tú? —preguntó en voz baja.

—Sí.

—Entonces ¿por qué te acuestas con un chico al que acabas de conocer? Mira, no lo digo en plan mal. Me encanta que tú… lo hicieras conmigo. Pero no me parece una forma de intimar con nadie.

Cambié de postura y acerqué mis piernas a mi pecho a la vez que dejaba el cojín.

—Puede que sea porque no tengo ningún problema en quedar o en conocer mejor a alguien con quien me he acostado.

—Vale —dijo, y su sonrisa se volvió irónica—. Ahí me has pillado. —Hizo una pausa—. Pero ¿por qué no tienes novio? Alguien como tú no puede estar soltera demasiado tiempo.

—No sé si me gusta el modo en que no paras de referirte a mí como «alguien como tú» —admití.

—No es ningún insulto. —Sus ojos serios se fijaron en los míos, y yo desvié enseguida la mirada—. En serio, no lo es.

Me rodeé las rodillas con los brazos y decidí dejarlo correr de momento.

—Hace mucho que no tengo novio.

—Y una mierda.

—Ha sido una elección totalmente mía —aseguré con una carcajada.

—Explícate —pidió—. Quiero saber más detalles.

—¿Por qué es tan sorprendente? Tú no tienes novia y estás bueno. Es verdad que eres gilipollas, pero muchas chicas no lo tendrían en cuenta a cambio de unos buenos abdominales.

—¿Te parece que tengo unos buenos abdominales?

—Sabes que los tienes —respondí poniendo los ojos en blanco.

Soltó una risita.

—Ya te he dicho por qué no tengo novia. No me van las relaciones.

—Bueno, a mí tampoco.

Hubo una pausa antes de que dijera:

—Supongo que somos muy parecidos.

Lo miré y me di unos golpecitos en las rodillas con los dedos.

—Eso creía yo —afirmé.

—En pasado, ¿eh?

Asentí despacio con la cabeza.

—Yo no tengo nada en contra de las relaciones —dije—. Es solo que creo firmemente que no hay que perder el tiempo a no ser que veas que tienes futuro con alguien. Eso no significa que no se pueda disfrutar el uno del otro, pero ¿por qué dedicar esfuerzo a algo que sabes que no va a ir a ninguna parte? —Encogí un hombro—. Ese es mi lema.

—¿Y nunca has conocido a nadie con quien pensaras que llegaría a ir a alguna parte?

—No.

—¡Ja! —murmuró. Una expresión distante se adueñó de sus rasgos.

—¿Y tú? —Mis dedos se quedaron quietos.

Pasado un instante levantó un hombro y contestó:

—Me pasó una vez. Al parecer, estaba equivocado. —La sonrisa reapareció y se desvaneció enseguida—. Muy equivocado.

—Bueno… como he dicho, no te gusta intimar.

—No —contestó con el ceño fruncido—. No es así.

—Vale —solté arqueando una ceja con una carcajada suave—. Lo que tú digas. —Desdoblé las piernas y las extendí delante de mí. Mientras movía los dedos de los pies noté que Nick tenía los ojos puestos en mí, y a pesar de que me dije a mí misma que no debía hacerlo, volví la cabeza hacia él. Nuestras miradas se encontraron un momento, y después desvié la mía y tragué saliva con fuerza—. Por cierto, acepto tus disculpas.

—¿Sí? —preguntó en voz baja.

Como me negaba a mirarlo, fijé la vista en mis calcetines.

—Pero todavía creo que eres un capullo.

—Me cuesta creer que aceptes mis disculpas si piensas así.

—Bueno, ayuda que seas tan guapo. Soy así de superficial. —Estaba mintiendo. No era tan superficial, pero me gustó su reacción.

Soltó una carcajada de sorpresa.

—Tengo la sensación de que te estás aprovechando de mí.

—No des más importancia de la que tiene a mi superficialidad —le advertí, conteniendo una sonrisa.

—Supongo que eso significa que tú…

—Si esa frase tiene que ver con algo sexual, te sugiero que no la termines.

Nick soltó una risita.

—En realidad iba a decir que supongo que eso significa que tú… —Se le apagó la voz, y cuando lo miré disimuladamente, lucía la sonrisa más infantil que había visto nunca en un chico de su edad—. Muy bien, te he mentido. Claro que era algo sexual.

Escondí mi sonrisa pasándome las manos por la cara.

—Eres… eres terrible.

—Es posible. —Pasó un instante—. Me gusta cómo llevas el pelo, que lo sepas.

Por suerte, las manos me tapaban todavía la cara y no vio cómo mi sonrisa se ensanchaba. Se me había olvidado que, al llegar a casa, me había hecho unas trenzas de raíz.

—Gracias —respondí, con la voz apagada por mis manos.

—¿Puedo preguntarte algo? —soltó.

—Claro. —Bajé las manos y me volví hacia él.

Nick agachó el mentón, lo que hizo que ese puto mechón de pelo le cayera sobre la frente.

—Antes me estabas mirando, ¿verdad?

Maldita sea. Intenté evitarlo, pero noté cómo el calor me subía por el cuello.

—Qué fantasma eres. No te estaba mirando.

—Tú dices fantasma, y yo digo observador. —Se movió antes de que pudiera reaccionar, y alargó la mano para tirar de una de mis trenzas. Lo hizo con cariño, rodeando la trenza con los dedos—. ¿Estamos bien?

Tardé un momento en contestar, y ni siquiera sabía muy bien por qué. En el fondo, ya sabía la respuesta, así que me obligué a mí misma a decirla.

—Sí, estamos bien.

—Genial. —Me recorrió la trenza con los dedos hasta posarlos en el lazo, lo que captó mi atención, y fui incapaz de no contemplar cómo sus dedos descendían por mi pelo—. ¿Volveré a verte mañana en el Mona's?

Inspiré brevemente, alcé la mirada, pero él me estaba observando la trenza.

—Puede.

—Di que sí.

—Sí. —El corazón empezó a acelerárseme.

—Ha sido fácil.

—Para ver a Roxy —añadí, y sonreí cuando se rio—. Supongo que te saludaré si por algún casual estás por allí.

—Hazlo. —Sonriente, tiró de nuevo de mi trenza y me la pasó por encima del hombro. Su mano remoloneó en el espacio que nos separaba y me rodeó después la mejilla. Contuve la respiración cuando me recorrió la piel de debajo del labio con el pulgar—. Es una auténtica lástima.

—¿El qué? —pregunté con el ceño fruncido.

—Nosotros —respondió en voz baja mientras su pulgar hacía otro recorrido, y contuve la respiración—. Que tú y yo seamos como somos. Es una puta lástima.

7

El olor a beicon frito y sirope de arce hizo que el estómago me rugiera como un monstruo salido de una película de terror. Gritaba: «Quieeero comeeer».

Me paré delante de la recepción y me puse de puntillas con mis zapatillas deportivas para recorrer con la mirada las mesas en busca de dos caras conocidas. Los mensajes de Roxy y Katie habían empezado a llegarme el sábado por la noche, y habría aceptado de inmediato verlas el domingo por la mañana, pero sus mensajes y súplicas cada vez mayores me habían resultado de lo más entretenidas. Llegó un momento en que Katie me había amenazado con colarse en mi casa y dibujarme un bigote en la cara si no iba.

Lo más divertido era que no les habría dicho que no. Desde luego, a Katie, a quien solo había conocido brevemente, parecían faltarle unos cuantos tornillos, pero bueno. ¿Quién era yo para juzgar a nadie? Extrañaba a mis viejas amigas y nuestros encuentros semanales, o a veces trisemanales. Lo cierto es que era un animal social la mayoría del tiempo, y la soledad en la que había estado regodeándome no me llevaba a ninguna parte.

Vi a Roxy y sus gafas azules hacia el fondo del concurrido restaurante. Los pasillos entre las mesas estaban llenos de niños que corrían cubiertos de mermelada pringosa y de personas mayores que trataban de refrenarlos a medida que yo avanzaba hacia ellas.

Roxy, que llevaba el pelo recogido en lo alto de la cabeza en un moño alborotado, entrecerró los ojos al alzarlos hacia mí.

—Era verdad que ibas a correr antes de venir aquí. No estabas mintiendo.

—No. Intento correr todos los días. —Me senté al lado de Katie, quien, en comparación con el viernes por la noche, iba vestida de una manera mucho más informal, con un jersey sin mangas azul cielo al que parecía que le hubieran potado lentejuelas encima. Llevaba el pelo rubio recogido en una coleta baja—. Tengo que hacer ejercicio —expliqué, dejando el bolso entre Katie y yo—. Engullo como cinco universitarios hambrientos. Es de lo más vergonzosa la cantidad de comida que puedo consumir de una tirada.

—Yo no tengo ese problema —comentó Katie con una carcajada—. Puedo comer todo lo que quiera sin ganar ni un gramo. De hecho, es probable que pierda peso. —Se encogió de hombros—. Una mierda estar en vuestro pellejo.

—Tampoco hace falta que nos lo restriegues en la cara —dijo Roxy mirándola con el ceño fruncido.

—No me odiéis solo porque nací así. —Katie sonrió cuando Roxy puso los ojos en blanco—. Tal vez es Maybelline. Tal vez es Katie.

Me partí de la risa.

La camarera vino a nuestra mesa y le dio al botón del bolígrafo que se había sacado del bolsillo del delantal. Nos tomó la comanda de bebidas y se marchó para servírnoslas tan deprisa que sus zapatillas deportivas chirriaron en el suelo.

—Me alegra que hayas venido —dijo Roxy, apoyando los codos en la mesa—. Me preocupaba tener que ir a buscarte para obligarte a venir a comer con nosotras.

Reí de nuevo.

—Me da que te habría costado lo suyo.

—Soy muy guerrera —sonrió Roxy—. Podría contigo.

Al recordar el cardenal que lucía la primera vez que la vi, decidí que podía estar diciendo la verdad.

—Me alegra que me invitarais —aseguré. Hice una pausa mientras la camarera volvía con nuestras bebidas antes de desaparecer de nuevo, y añadí—: Bueno, sé que Roxy trabaja en el bar, ¿y tú, Katie?

—En el club que hay delante del Mona's —respondió Katie mientras vertía un paquetito de azúcar en su café y, tras coger cinco más, lograba cortarles de golpe la parte superior con un movimiento impresionante—. Es un club de estriptis.

—Ah. —¿Cómo no me había fijado en que había un club de estriptis enfrente del Mona's?

—Hago estriptis —prosiguió Katie echando el azúcar en su café—. No bailo. Me desnudo para ganarme la vida y me pagan de coña por hacerlo.

—Eso es genial —dije, parpadeando.

—¿No te supone ningún problema? —Su mirada se había vuelto perspicaz.

—No si a ti tampoco. —Miré a Roxy, que estaba atareada limpiándose las gafas con una sonrisita en los labios. Cogí mi refresco y di un buen trago.

Katie ladeó la cabeza para observarme mejor.

—¿En serio?

—Que no. En serio. Me parece genial que tengas los ovarios para hacerlo —aseguré tras levantar un hombro.

Esbozó lentamente una sonrisa.

—Deberías hacerlo tú —dijo—. Ganarías muchísimo dinero. Coño, hasta yo pagaría para verte…

—Katie. —Roxy suspiró y apoyó la barbilla en su mano—. Deja de intentar reclutar estríperes novatas. Haces lo mismo cada vez que conoces a alguien. Hasta ahora nadie ha aceptado.

Sonreí al imaginarme a la extraña rubia deambulando por la ciudad en busca de mujeres que quisieran desnudarse.

—No creo que pudiera hacerlo. Me subiría ahí y se me olvidaría cómo quitarme la ropa.

—Quitarte la ropa es la parte más fácil —aseguró Katie muy seria.

—Esos pantalones de correr de licra dejan muy poco a la imaginación —intervino Roxy con un tono de duda—. Si yo tuviera tu cuerpo, iría por ahí desnuda todo el día.

—No tengo ningún problema en desnudarme cuando es... yo qué sé, una situación íntima —anuncié—, pero hacerlo en público es otra historia.

—Es bueno saberlo —dijo la camarera con el boli en la mano—. ¿Sabéis ya qué queréis comer?

—Qué violento —murmuré en voz baja con los ojos desorbitados.

Roxy soltó una risita y nos dispusimos a pedir rápidamente lo que queríamos. Katie pidió sémola y un gofre, y yo me decidí por una tortilla con beicon de guarnición. Roxy se decantó por algo que llevaba fruta y un *bagel*. Observé cómo la camarera se iba a toda pastilla y solté:

—Pues bueno...

—Me da que necesitaba saber tus preferencias a la hora de desnudarte —comentó Roxy, recostándose en el gastado respaldo rojo—. Cuéntame, ¿cómo te va en la Lima Academy?

—Estás rodeada de tíos buenos de nueve a cinco, ¿verdad? —Katie alzó la cabeza como si hubieran tocado una campana—. Especialmente Brock. Mmm... Dios mío. Brock puede ponerse bruto conmigo cuando quiera —comentó, y casi escupí la bebida cuando añadió—: Mi vagina tendría su propia pista de aterrizaje para él.

—Por Dios —susurró Roxy con una risita—. Menuda imagen. No podré quitármela nunca de la cabeza.

Yo nunca quise tener esa imagen en mi cabeza.

—Lo cierto es que no veo a demasiada gente, y todavía no he conocido a Brock. Creo que va a volver la semana que viene o algo así, pero el curro está bien. Hago muchos recados, aunque, al final, es lo que me esperaba. —Alcé los ojos y me senté con las piernas cruzadas. Siempre tenía que hacerlo. Era raro, pero no estaba cómoda si no lo hacía—. Todos son muy majos. Bueno, salvo dos chicos que trabajan en ventas.

—¿Son muy bordes o qué? —preguntó Roxy.

—Más bien lo contrario —respondí sacudiendo la cabeza—. Pero prepotentes e idiotas. Uno de ellos dijo que la única razón por la que me habían contratado era por mi aspecto físico. —Me pasé la coleta por encima del hombro y puse los ojos en blanco—. Y lo decía como un cumplido. En serio. Como si tuviera que darle las gracias por ello.

—Joder —exclamó Roxy frunciendo el ceño, y las gafas le resbalaron por la nariz—. Menudo imbécil.

—Ya te digo. —Era algo indiscutible—. Me comentó algo sobre la chica que ocupaba antes mi cargo, pero no recuerdo demasiado aparte de que mencionó que esperaba que yo no acabara como ella.

Roxy palideció tan deprisa que me incliné de golpe hacia delante.

—Cielo santo, ¿estás bien? —dije, preguntándome si tendría algún tipo de afección.

—Sí. Sí. Es solo que… —Se le apagó la voz y se puso bien las gafas.

—Espera. —Katie frunció la nariz—. ¿No fue esa la chica a la que atacó el asqueroso de Kip Corbin?

—Sí —confirmó Roxy en voz baja.

No había duda de que estaba pasando algo, y no tuve que esperar demasiado para que Katie se explayara con los detalles.

—A mi entender, un tío cuyo nombre de pila y apellido son dos nombres de pila no presagia nada bueno —comentó, y yo apreté los labios, porque para mí aquello no tenía mucho sentido—. Kip Corbin era un pervertido que estuvo meses acosando a Roxy y atacó a unas cuantas mujeres más.

—¿Cómo? —solté con la voz un pelín más alta mientras casi se me salen los ojos de las órbitas.

Nuestra conversación se interrumpió cuando la camarera nos trajo la comida, y todos los platos llenos de delicias apetitosas permanecieron intactos mientras Roxy jugueteaba con su tenedor.

—Era un chico que vivía en el piso de arriba —explicó—. Parecía normal. Está claro que no lo era. Era, básicamente, un potencial asesino en serie.

Me quedé boquiabierta.

—Atacó a muchas otras chicas. Tuve suerte. —Sonrió tensa, y una vez más pensé en el cardenal que le había visto en la cara. Ahora tenía una explicación. Dios mío. El horror me invadió—. Reece apareció a tiempo y… —dijo contemplando su plato de comida sin que el color le volviera a las mejillas—. Tuve mucha suerte.

—Fue un auténtico caballero de brillante armadura. —Katie pinchó la sémola de su bol con el tenedor—. Pero esa chica que trabajaba en la Lima Academy fue la última asistente ejecutiva.

Joder.

Y Rick había hecho como si la marcha de la pobre mujer no fuese nada del otro mundo. Dios mío, era más asqueroso de lo que me había parecido. Al echar un vistazo a Roxy, vi que no estaba demasiado bien. Alargué el brazo y le apreté la mano.

—Lo siento. No era mi intención sacar el tema.

—No pasa nada. —Me devolvió el apretón—. No podías saberlo. Y es cosa del pasado.

—Y Kip Corbin está muerto —comentó Katie antes de meterse un montón de sémola en la boca—. La chica que trabajaba en la Lima Academy era prima de Isaiah. Y, por supuesto, tú no sabes quién es Isaiah, pero seguramente te lo habrás cruzado en algún momento en la Lima. Creo que es uno de los fundadores de la academia o algo así, o como sea que se llamen las personas que ponen dinero. —Dio otro bocado—. El caso es que Isaiah es un auténtico mafioso. Aquí todo el mundo lo sabe. No te lo pongas en tu contra.

—¿En serio? —pregunté volviendo la cabeza de golpe hacia Roxy.

—En serio. —Pinchó una fresa con el tenedor—. Kip acabó ahorcándose en la cárcel, pero fue muy sospechoso. Nadie cabrea a Isaiah ni se mete con uno de los suyos.

Cogí el cuchillo y el tenedor y empecé a cortar mi tortilla en trocitos ridículamente pequeños. Atractivos luchadores de la UFC. Camareros atractivos. Un asesino en serie. ¿Y ahora un capo de la mafia? Era como una novela romántica. O una película de las de después de comer. Madre mía.

—Hablemos de otra cosa —sugerí. El alivio suavizó la tensión en los hombros de Roxy. Busqué otra cosa y me decidí por algo conocido: la relación entre ese lugar y Shepherdstown—. Todavía estoy flipando con que conozcáis a todos los de Shepherd. El mundo es un pañuelo.

—¡Y que lo digas! —exclamó Roxy con un brillo en los ojos—. Es raro, increíble, pero una locura. Sé que alucinaron tanto como tú. Sé que no conoces bien a Calla, pero espero que puedas verla cuando vuelva de visita. Suele pasar findes alternos aquí con Jax.

—Eso sería genial —murmuré, llevándome un trocito de tortilla a la boca.

—Lo has dicho con el mismo entusiasmo que un niño al abrir un paquete con calcetines la mañana de Navidad —se rio Katie—. ¿Por qué? ¿No te cae bien Calla?

—No. A ver, Calla me cae bien, lo que pasa es que no la conozco, pero…

—Pero ¿qué? —me apremió Katie.

Moví el esponjoso alimento amarillo por el plato sin saber qué responder, porque no estaba demasiado segura de cuánto sabría Calla y cuánto le habría contado a Roxy. Elegí una tira de beicon crujiente y la mastiqué. Para cuando terminé, había decidido ser sincera porque ¿por qué no?

Tampoco era que estuviese avergonzada de nada que Calla le pudiera haber contado a Roxy.

—No estoy segura de caerle bien —solté, cogiendo otra tira de beicon salado y grasiento.

—¿Qué? —preguntó Roxy boquiabierta mientras se subía las gafas por la nariz—. ¿Por qué piensas eso?

—Bueno, tal vez porque tuve una relación con Cam… y con Jase en su día —conté antes de alargar la mano hacia el refresco frío—. No cuando salían con Avery o con Teresa ni nada por el estilo, pero… bueno, hay chicas a las que no les importa si es algo del pasado, anterior a ellas. Y Calla es muy amiga de Teresa.

—Ah. —Roxy parpadeó una vez, y después otra—. Calla nunca ha mencionado nada de eso.

Fruncí los labios y contuve las ganas de abofetearme a mí misma. Bueno, puede que ese fuera un tema de conversación todavía peor. ¡Bravo, Steph!

—Bueno… —Levanté las manos encogiéndome de hombros—. Veréis, no me llevo demasiado bien con ninguna de esas chicas por eso.

—Pero todas ellas parecían encantadas de verte —insistió Roxy con el ceño fruncido—. Ninguna de ellas te trató ni te miró mal. Y yo veo estas cosas a un kilómetro de distancia. Es como un radar especial que tengo.

Mmm… ¿Quizá no les caía mal? Pero ni siquiera estaba segura de que Teresa supiera lo de Jase y nuestro rollo de literalmente un solo día. Sabía que Avery se había enterado de lo de Cam, pero siempre era difícil saber qué pensaba Avery. Tal vez tendría que haber mantenido la boca cerrada. Apenas conocía a esas chicas y acababa de contarles que me había enrollado con dos chicos a los que ellas conocían.

Volví a empujar mi tortilla por el plato.

—Pensaréis que soy una guarra.

—No. Qué va —aseguró Roxy con firmeza—. Para nada.

Mis labios esbozaron una sonrisa.

—Contrariamente a lo que pueda pensarse, la lista de chicos con los que he estado no es tan larga como mi brazo.

—La mía es tan larga como mi pierna —replicó Katie, y echó la cabeza hacia atrás. Frunció el ceño y añadió—: Bueno, espera. Puede que sea tan larga como mis dos piernas y un brazo.

—Vaya —murmuró Roxy, haciéndose la impresionada.

—Parece que me ganas —comenté ensanchando un poquito mi sonrisa mientras la miraba de reojo—. Pero sería raro ser amiga de Avery y Teresa. Lo que es aún más extraño, porque una de mis otras amigas, Yasmine, también estuvo con Cam, y a nosotras no nos resulta nada raro.

—¿Estaba Yasmine enamorada de Cam y Cam enamorado de ella? —preguntó Roxy—. Porque si no, puede que esa sea la explicación—. Se metió un pedacito de melón en la boca—. Y tú tampoco estabas enamorada de él, ¿verdad?

—No. Bien visto.

—Me apuesto a que algunas chicas piensan que eres una auténtica zorra —se rio Katie.

La sonrisa se desvaneció de mi cara.

—Pues sí, estoy segura de que algunas lo piensan. De hecho, conozco a varias. —De repente me vino a la cabeza Nikki Glenn, una chica que estaba en mi clase de inglés del segundo semestre en Shepherd—. Hubo una chica, hace un par de años, que escribió «zorra vengativa» con crema de afeitar en el capó de mi coche.

A Roxy se le desorbitaron los ojos tras las gafas.

—Oh, vaya —dijo.

—En septiembre, durante una ola de calor —asentí con la cabeza, frunciendo los labios—. Sí. Terminé teniendo que pintar el coche. No salía. E imaginad las miradas que me lanzaban cuando llevé el coche al taller.

—¿Te acostaste con su chico o lanzaste a su perro de una patada a la calzada en medio del tráfico? —quiso saber Katie.

—No —respondí, riendo a la vez—. Nunca me he acostado con un chico que estuviera saliendo con alguien, a sabiendas por lo menos. Ni tampoco he dado ninguna patada a ningún animal. Esa chica estaba cabreada porque era amiga de su novio. Hacía años que lo conocía, mucho antes de que ella apareciese en escena. Habíamos ido juntos al instituto y un año habíamos ido como pareja al baile. Eso era todo. Según ella, dada mi fama, me había acostado con todos los chicos con los que había hablado alguna vez. —Hice una pausa para recordar—. Irónicamente, ya no están juntos y yo todavía hablo con el chico cada vez que nos vemos.

Encogí un hombro.

—Lo curioso es que Donnie, que es el novio de la chica, era un ligón de mucho cuidado antes de conocer a Nikki. Seguramente la lista de chicas con las que ha estado es tan larga como sus dos piernas y sus dos brazos, y ella no tenía ningún problema con que él se acostara con un ejército entero de chicas, pero, joder, lo tenía conmigo, y eso que yo ni siquiera le había besado en la mejilla.

—Siempre es así —fue la respuesta sabia de Katie.

—No lo pillo. —Roxy untó el *bagel* con una cantidad descomunal de queso crema—. ¿Por qué iba a importarle a nadie con quién haya estado alguien si fue en el pasado y todo el mundo ha pasado página? El sexo consentido o lo que sea entre dos personas no es nada excepcional. Yo no voy por ahí pensando que Reece no ha estado nunca con nadie más que yo, y él sabe que yo he estado con otros chicos antes. Y sé muy bien que Avery y Teresa no piensan que sus chicos no han estado con nadie más. Es un punto de vista totalmente absurdo.

—Ya te digo —murmuré, contemplando mi plato mientras una vieja sensación ardiente crecía en mis entrañas. La mayoría de veces no me importaba lo que los demás pensaran de mí, en especial personas prácticamente desconocidas que no tenían ningún impacto en mi vida. Pero Cam y Jase me caían bien de verdad, por lo que, por extensión, sus novias me caían bien, y…. sí, también quería caerles bien a ellas. No quería que pensaran que estaba acechando entre las sombras, a punto de abalanzarme sobre sus chicos. Aunque la verdad era que había ocasiones en las que la opinión de auténticos desconocidos como Nikki Glenn me afectaban. Momentos en los que palabras susurradas y miradas duras me habían dolido más de lo que deberían… momentos en los que expresiones como «zorra» y «puta» estaban cargadas del suficiente veneno como para tumbarme.

Ahí sentada, mirando las manchas rojas y verdes de los pimientos sobrantes, comprendí que nunca iba a entender por qué las vidas sexuales de los demás importaban tanto a la gente, sobre todo a otras mujeres. De todas las personas, cabría pensar que las mujeres serían más tolerantes con las elecciones de las demás, pero por desgracia, muchas no lo eran. En muchos sentidos podían ser incluso peores que los chicos. No era que yo criticara a quienes esperan hasta casarse o creen que el sexo equivale automáticamente al amor. Me la sudaba si alguien tenía dos parejas o cincuenta. ¿Por qué a ellos no?

—¿Sabes qué? Que se jodan —respondió Katie, atacando el gofre, que era tan grande como su plato—. Ese es mi lema. Porque, verás, ¿te odian porque has tenido sexo mutuo y consentido con chicos que ni siquiera estaban saliendo con alguien, mientras que adoran el puto suelo que pisa él, como si se hubiera resbalado y caído dentro de tu vagina, por hacer lo mismo? Eso es lo que yo llamo una doble moral absurda, y lo que en el sector nos gusta llamar también «métete en tus asuntos». Da igual cuántas veces se le explique a esa clase de personas, no van a pillarlo. Nunca. Pues mira, eso es problema suyo, no tuyo.

—Cierto —dijo Roxy, asintiendo con la cabeza.

—Las mujeres son las peores enemigas de ellas mismas, ¿sabes? —prosiguió Katie—. Hay esposas y novias que vienen sin parar al club, cabreadas conmigo porque su marido o su novio ha ido allí por voluntad propia. Como si por el mero hecho de hacer estriptis me lo quisiera montar con el atontado de su marido. —Puso sus ojos azules tan en blanco que temí que se le quedaran atascados—. Y si hacer eso, y pasar ratos seguros y divertidos con tíos disponibles, me convierte en una puta, no tengo ningún problema en tatuármelo en el dedo corazón.

De repente, sin que hubiera ninguna razón concreta, se me llenaron los ojos de lágrimas, y creo que en ese momento me encariñé un poco de Roxy y de Katie.

Eran mi gente.

La mirada de Roxy pasó de Katie a mí, y su sonrisa se volvió dulce y pícara.

—Y hablando de chicos que son ligones, pero ligones de verdad, tengo que mencionar a Nick —dijo.

Una extraña presión me oprimió el pecho mientras me comía el último trozo de tortilla. Nick. Oh, vaya por Dios, Nicky. Con lo que me estaba esforzando por no pensar en él y en sus palabras al despedirse.

«Que tú y yo seamos como somos».

¿Qué coño había querido decir y por qué era una lástima? ¿Y por qué tenía que ser tan jodidamente guapo y tan imbécil a la hora de tratar con el sexo opuesto? Uf. Doble y triple uf.

—Sí —dijo Katie—. Pasemos ahora a las cosas buenas. —Se giró hacia mí—. O sea que tú y Nick os habéis enrollado. Felicidades. Me imagino que sería un sexo de cojones.

El huevo esponjoso y los pimientos troceados que acababa de comer casi se me quedaron atragantados en la garganta. Tragué saliva deprisa e inspiré aire.

—¿Qué? —solté.

Como había acabado de comer, Roxy me clavó una mirada penetrante que habría enorgullecido a mi madre.

—Sabemos que te has enrollado con él.

—¿Os lo ha dicho? —exclamé.

—No —sonrió Roxy—, pero tú acabas de confirmarnos lo que ya sabíamos.

Entrecerré los ojos. Maldita sea.

—Si no os lo ha dicho, ¿cómo lo habéis sabido?

—Por lo que te dijo cuando te vio el viernes por la noche en el bar —explicó Katie—. No esperaba que volvieras. Lo que significa que hicisteis cochinadas. Es su *modus operandi*.

—¿Así que supongo que sabéis lo de su… su norma? —Empecé a juguetear con el envoltorio de la pajita y a doblarlo como si fuera un acordeón. Aunque lo había perdonado de corazón, sentí rabia—. ¿Todo el mundo lo sabía excepto yo?

—Bueno, lo sabe todo el mundo que lo conoce. —Roxy me observó con el ceño fruncido—. ¿No te expuso las normas básicas o algo así antes de que pasarais a la acción?

Pensándolo bien, esa conversación era la mar de extraña.

—Pues no. Por lo menos no de una forma clara. Tener una norma por la que una chica no puede regresar al bar después de acostarse con él es lo más tonto que he oído nunca.

—Te sorprendería con cuántas chicas ha follado a las que les parecía bien —respondió Roxy con sequedad, y después se inclinó hacia delante, apoyando los codos en la mesa—. Mientras a ellas no les importe, qué más da. Pero, oye, fue alucinante cuando le pegaste la bronca en el bar. No me malinterpretes. Nick es mi amigo, y nos llevamos bien porque solo somos amigos, pero ojalá se me hubiera ocurrido grabarlo.

Me alegraba que no lo hubiera hecho.

—Qué rabia me da habérmelo perdido —suspiró Katie con fuerza—. Pero se lo hiciste pasar mal. Y él lo necesitaba. Joder, la mayoría de gente lo necesita de vez en cuando.

—Madre mía, ¿y cuando saltó por encima de la barra para impedir que te marcharas? —Roxy se abanicó la cara con la mano—. Tengo que conseguir que Reece haga eso por mí una vez a la semana por lo menos.

Se me atragantó una carcajada.

—Sí, fue bastante impresionante.

—Y también me lo perdí —comentó Katie haciendo pucheros—. Menuda putada.

—Entonces ¿qué? —sonrió Roxy—. ¿Vas a contarnos los detalles?

—Parece que ya lo sabéis todo. —Enderecé el envoltorio de la pajita y empecé a doblarlo de nuevo—. No quedan muchos detalles que contar.

—Siempre hay detalles —me corrigió Katie—. Pero no me hace falta preguntar si es bueno o no, porque solo con mirarlo, sé que se le da bien.

—Y esta no es la clase de detalles que estamos pidiendo —comentó Roxy sonrojándose—. Sé que fue a verte al salir del Mona's el viernes por la noche. Su coche estaba en el aparcamiento del edificio.

Así que sí tenía coche. Sacudí la cabeza.

—Se pasó el viernes por la noche, pero no hicimos nada. En realidad, vino para disculparse.

Roxy arqueó las cejas mientras intercambiaba una mirada con Katie.

—¿Cómo dices?

Eché un vistazo a la chica estupefacta que tenía al lado.

—Vino para disculparse por cómo se había portado. —Hice una pausa—. Está claro que debe de ser asombroso que Nick haga algo así.

—Asombroso ni siquiera se le acerca. —Roxy parpadeó un par de veces—. ¿Intentó hacer algo después de disculparse?

—Pues no —contesté, dejando que el envoltorio se desdoblara en la palma de mi mano.

—Madre mía —murmuró Katie.

No sabía muy bien si ese «madre mía» era bueno o malo.

—Parecía sinceramente arrepentido, la verdad. Charlamos un rato y se marchó, pero dijo algo así como que volviera al bar.

—Madre mía —repitió Roxy.

—¿De veras es tan alucinante? —Me recosté en el asiento y dejé caer el envoltorio de la pajita en mi plato.

Roxy asintió despacio con la cabeza.

—Sí, para Nick, sí —aseguró—. Mira, no sé cómo decirlo de forma agradable, pero…

—¿Es gilipollas? —Terminé por ella, y cuando hizo una mueca, tuve que contener la sonrisa—. Sé que es gilipollas, créeme. Nunca había habido un chico que actuara así después de habernos enrollado. Y solo lo perdoné porque, como he dicho, parecía sinceramente arrepentido. Lo que no borra el modo en que se portó.

—Sí, es gilipollas —dijo Roxy—. Pero puede ser un chico muy majo. Nick estuvo ahí para mí cuando tuve que lidiar con lo de ese… ese pervertido, pero tiene problemas con el compromiso —acabó.

—No creo que sea mal chico comenté—. Solo creo que no está hecho para las relaciones.

Roxy se quedó callada un momento mientras se pasaba la mano por el pelo hasta detenerse al llegar al moño.

—Realmente creo que soy su única amiga. Apenas habla con Calla. Es algo extraño. Es como si ella no existiera para él.

Vale, eso era raro. Pensé en que Nick había creído conocer a la «mujer de su vida», pero se había equivocado. ¿Sería Calla? No sabía lo suficiente sobre ella como para atreverme siquiera a aventurar esa posibilidad.

—Pero es que él es así —dijo Roxy, que frunció el ceño al proseguir—: Y tampoco es que seamos íntimos. No es demasiado hablador. A veces tiene rachas en las que sí, pero la mayoría del tiempo es más bien callado, en plan observador.

Ahora que lo pensaba, no había sido demasiado hablador la primera noche que estuvimos juntos. Aunque, bueno, los dos teníamos otras cosas en mente.

—Fue de lo más hablador el viernes por la noche.

—Eso es muy revelador. —Roxy dejó de fruncir el ceño—. Cuando volviste al bar el viernes por la noche, supe que iba a pasar algo entre vosotros dos.

—Pues claro que sí, porque yo lo predije la primera noche que Steph entró en el bar.

—¿Lo predijiste? —pregunté a Katie.

—Recuerda que tengo poderes. —Se dio golpecitos en la sien con un dedo—. Lo predije.

—Pues sí —confirmó Roxy, sonriendo con alegría, mientras que estoy segura de que yo llevaba *Qué coño* escrito en la cara—. Katie dijo a Nick que iba a entrar en el bar alguien de quien se iba a enamorar y que iba a dar con la horma de su zapato. ¿Y sabes qué?

—¿Qué? —solté secamente.

—Esa noche entraste tú. —Dio una palmadita, entusiasmada—. Y aquí estamos.

Por un instante no pude hacer otra cosa que mirarla fijamente y, después, solté una carcajada. Algunos de los comentarios extraños que habían hecho Roxy y Katie cuando las conocí cobraban sentido ahora.

—A mí no me parece nada del otro mundo. Nick es un ligón que no suele disculparse ni portarse decentemente con las chicas con las que se ha acostado. Saber eso no lo hace más atractivo a mi modo de ver. Y hasta tú dijiste que era gilipollas.

—Vaya, no me digas, pero que se esté portando distinto contigo significa algo —replicó Roxy, y entrecerró los ojos—. A no ser que tú no quieras que signifique algo.

—No quiere —respondió Katie, y me volví para dirigirle una mirada penetrante—. Va a romperle el corazón.

Me la quedé mirando, totalmente alucinada.

—No voy a romperle el corazón a nadie.

—Oh, lo harás. No querrás hacerlo, pero va a pasar. —Estaba seria, y una expresión de tristeza se apoderó de sus rasgos al poner sus ojos en los míos—. Sí, va a pasar.

Sacudí la cabeza y me giré hacia Roxy. Estaba mirando a Katie con la perplejidad reflejada en la cara. Levanté las manos.

—¿Por qué estamos teniendo esta conversación? Que haya aceptado sus disculpas y que parezca querer que seamos amigos no significa que ninguno de los dos contemple la idea de volver a hacerlo.

—La gente puede cambiar —comentó Roxy.

Le dirigí una mirada inexpresiva.

—Por favor, no añadas «para su persona ideal» al final de esa frase.

—No —dijo haciendo una mueca—. Iba a añadir «cuando quiere hacerlo» al final de esa frase.

—Oh. —Esbocé una breve sonrisa—. Suena más creíble pero, aun así, da lo mismo. Puede que Nick y yo lleguemos a ser amigos en algún momento, pero ya está. No creo que nuestros caminos vayan a cruzarse mucho más, salvo cuando vaya a visitarte.

—No sé yo —intervino Katie, y cuando me miró, esa tristeza rara e injustificada permanecía en su bonita cara—. Me da que no vas a poder elegir en este asunto.

8

El primer día de octubre golpeó la ciudad del amor fraternal con vientos tempestuosos y unas temperaturas que me llevaron a replantearme la decisión que había tomado de trasladarme más al norte en lugar de hacerlo al sur. Mientras trabajaba en mi escritorio, esperaba no tener que volver a salir. Mi blusa y mis pantalones de lino fino, incluso con la chaqueta, la bufanda y los guantes puestos, no servían de nada para combatir el frío.

Era muy probable que hubiera pillado algo.

Me mordí el interior de la mejilla con la mano puesta en la tripa. El estómago me rugía como una lavadora. Llevaba haciéndolo desde que me había levantado. Correr en medio del viento había sido bastante duro, pero si le sumaba las náuseas y el agotamiento constante, apenas podía con mi alma esa mañana.

Faltar cuando solo hacía cuatro semanas que trabajaba en la academia era inaceptable. Lo que tenía que hacer era pasarme por la farmacia de Walgreens que había calle abajo a la hora del almuerzo y hacerme con algún medicamento para la gripe.

Me puse de nuevo a trabajar y decidí que iba a intentar obligarme a mí misma a no caer enferma. La mente dominando al cuerpo y todo eso.

Mis dedos se detuvieron sobre el teclado al oír la risa aguda de Rick, y apreté los dientes. Cuando volví a concentrarme en la pantalla, sonó el móvil desde donde lo había dejado, debajo del monitor. Le eché un vistazo. Era un mensaje, y había un número en el pequeño bocadillo que aparecía sobre el mensaje, un número que no reconocí.

Hola.

Era todo lo que decía el mensaje. Con el ceño fruncido, aguardé unos segundos, y al ver que no llegaba ninguno más, cogí el móvil, hice clic en el mensaje y elegí la opción de añadir una fotografía. Me desplacé por la pantalla hasta encontrar la imagen de una niña contemplando la cámara con una expresión perfecta de «qué coño» en su carita. Sonriente, reenvié la foto a modo de respuesta y dejé el móvil.

En el momento perfecto, además, porque oí la voz del señor Browser, quiero decir…, de Marcus. Había insistido en que lo llamara Marcus. Alargué el cuello para asomarme por encima de mi cubículo. Se me desorbitaron los ojos. Era Marcus y se acercaba con Andrew Lima. El propietario de la Lima Academy era más bajo que yo, pero, a pesar de tener cincuenta y tantos, su cuerpo bajo la camiseta y los pantalones de nailon era el de un veinteañero. Sonreía por algo que había dicho Marcus, y el blanco brillante de sus dientes destacó contra una piel que me recordó la arcilla secada al sol. El hombre era guapísimo, incluso con las dos orejas de coliflor y la delgada cicatriz que le cruzaba una nariz que, sin duda, se había roto unas cuantas veces. Era una locura, es probable que aquel hombre mayor supiera dónde asestar exactamente un golpe para inmovilizar, o algo peor, a una persona en menos de un segundo.

Se me aceleró el corazón y me creció la acidez del estómago. Conocer a mi jefe me tenía atacada.

Además, Andrew y Marcus no estaban solos.

Al lado de Andrew Lima estaba el inigualable Brock Mitchel, *La Bestia*. Lo supe porque era lo que decía su camiseta. Además estaba macizo. No de forma exagerada como Rick, pero esos hombros podían derribar puertas. Llevaba una gorra de béisbol azul oscuro, puesta hacia atrás, pero, por lo demás, iba vestido igual que Andrew Lima. Caminaba con la mirada baja, envolviéndose la muñeca derecha con una venda blanca. Supuse que se estarían preparando para entrenar.

Brock alzó la vista al oír algo que dijo Andrew, y sus labios esbozaron una amplia sonrisa. Sus ojos castaños eran de un tono intenso y cálido, y sus rasgos, marcados, casi perfectamente asimétricos. Vaya. Había visto fotos de Brock, pero no le hacían justicia. Entonces comprendí por qué Katie había dicho que tendría una pista de aterrizaje solo para él. Ese tío estaba buenísimo, casi demasiado bueno para exponer esa cara a puñetazos y patadas.

Me sonó el móvil otra vez, pero antes de que pudiera echarle un vistazo, Marcus estaba junto a mi mesa. Nuestros ojos se encontraron, y me levanté con una sonrisa en la cara, pasando de las náuseas provocadas por las volteretas con las que mi estómago había decidido deleitarme.

El grupo se detuvo, y a Marcus se le formaron unas arruguitas en las comisuras de los ojos al señalarme.

—Ah, Andrew, no has tenido ocasión de conocer a mi nueva asistente. Esta es Stephanie. —Marcus inclinó su cuerpo hacia ellos—. Y este es Brock —me dijo—. Acaba de regresar con Andrew.

«No le potes encima al jefe. No le potes encima al jefe».

Alargué la mano, y el apretón del señor Lima fue firme y breve.

—Encantada de conocerlo.

«No potes encima del dios en forma de luchador de artes marciales. No potes encima del dios en forma de luchador de artes marciales».

Alargué también la mano hacia él.

—Encantada de conocerte también.

Los ojos castaños de Brock parecieron reconocerme al estrecharme la mano con la suya.

—Eres la infame Steph.

Me quedé de piedra, sin tener ni idea de qué estaba hablando. Me volví, ojiplática, hacia Marcus y noté el sabor de la bilis al fondo de la garganta.

Marcus arqueó una ceja.

Andrew se apoyó en la pared de mi cubículo soltando una risita.

—¿Infame? Tengo que oír esta historia —soltó.

—Me han dicho que Stephanie le echó una bronca a Nick en el Mona's la semana pasada —explicó Brock, y era muy probable que se me fueran a saltar los ojos de las órbitas—. Le bajó un poco los humos delante de todo el mundo.

Oh, Dios mío.

—Todo el mundo habla de ello —prosiguió Brock, para mi creciente horror—. Jax me lo describió con todo lujo de detalles por teléfono la otra noche. Ojalá lo tuviera grabado.

Igual que Katie.

Andrew parecía impresionado al mirarme.

—Puedo imaginarme qué haría Nick para merecérselo.

¿Quedaría raro que me lanzara en plancha bajo la mesa y me quedara ahí escondida?

—¿Cómo le va últimamente a Nick? —preguntó Andrew a Brock, que estaba sonriendo como un loco—. No se ha pasado por el gimnasio. Echo de menos entrenar con él.

¿Nick se entrenaba con Andrew Lima? Toma ya. Con razón estaba tan en forma.

—Echas de menos darle palizas —respondió Brock con una risita mientras empezaba a vendarse la mano izquierda—. No sé yo. —Sus pestañas oscuras ascendieron y sus ojos castaños se clavaron en mí—. Me da que vamos a ver más a menudo a Nick.

La madre que me parió.

No pude más que sonreír débilmente. Por fin se me había asentado el estómago, pero entonces me sentía mal por otra razón. Jamás se me ocurrió que nada que tuviera que ver con Nick fuera a surgir de alguna forma en el trabajo. Sin previo aviso, la extraña frase de Katie me cruzó la mente a toda velocidad.

No iba a poder elegir si nuestros caminos se volvían a cruzar.

¿Era de verdad Katie una estríper vidente?

No. Me di a mí misma un buen bofetón mental y me concentré en los hombres que tenía delante de mí. Miré a Marcus y sacudí la cabeza:

—Tengo una personalidad… algo combativa. A veces.

Andrew se rio de nuevo.

—Pronto te darás cuenta de que la mayoría de gente que hay por aquí tiene la misma personalidad. —Los ojos de Marcus relucieron bajo la luz brillante—. ¿Has acabado el informe que te pedí?

—Sí —respondí juntando las manos—. Lo he dejado en tu mesa.

—Perfecto —respondió Marcus.

—¿De dónde eres, Stephanie? —preguntó educadamente Andrew, levantando la mano para pasársela por el pelo corto. La luz se reflejó en una alianza de matrimonio—. ¿De aquí o de fuera del estado?

—De fuera del estado —contesté—. Soy de Virginia Occidental. —Hice una pausa a la espera del inevitable comentario sin gracia o de la típica expresión de sorpresa. Como eso no pasó, les di puntos extras a todos—. Me licencié en la Universidad de Shepherd.

—¿En serio? —El interés centelleó en los ojos del propietario, y un músculo se marcó en la mandíbula de Brock mientras se aseguraba la venda de la mano—. Mi hija va a ir a estudiar a Shepherd en primavera —comentó Andrew—. Me gustaría que se quedara más cerca de casa, por supuesto, pero no puedes tenerlos en casa contigo para siempre, ¿verdad?

—Puedes intentarlo —murmuró Brock en voz baja.

—No, señor. —Lo miré. Había muchos centros de estudios superiores y universidades cerca de Filadelfia, pero comprendía la necesidad de echar a volar por tu cuenta—. Shepherd es un centro excelente en una comunidad estupenda. Será muy feliz allí.

—Eso creo —dijo el hombre mayor con una sonrisa—. He echado un vistazo a la ciudad y sus alrededores. No hay instalaciones de entrenamiento allí, no de la clase que ofrecen la experiencia extensiva y la amplia variedad que ofrecemos nosotros.

Vaya por Dios.

—Mi hija… desconoce mis pesquisas, pero hay varias propiedades que se ajustarían a nuestras necesidades. —La inteligencia asomó a los ojos del hombre—. ¿Qué opinas de que la Lima Academy pueda establecerse por allí?

—Creo que, sin duda, hay mercado para ello —respondí con sinceridad. Las luchas de la UFC lo habían petado cuando estaba en la universidad. Podía imaginarme a mogollón de chicos que conocía apuntándose a las clases y recibiendo palizas—. Y tiene razón. No tendrá demasiada competencia.

El señor Browser asintió con la cabeza cuando Andrew se volvió hacia él y arqueó las cejas a modo de pregunta.

—Lo sé —respondió con paciencia—. Ya he organizado varias reuniones con la Cámara de Comercio local. Tendríamos que saber algo antes de finales de este año.

Andrew iba a hablar, pero algo atrajo su atención hacia la entrada de las oficinas. Sus rasgos se suavizaron.

—Hablando del rey de Roma… —soltó.

Seguí su mirada y vi entrar a una chica joven. Lucía su cabello castaño claro como si hubiera cruzado un túnel de viento, algo con lo que podía solidarizarme. Si yo no llevara el pelo recogido, tendría ese mismo aspecto.

Llevaba una bufanda color malva alrededor del cuello, enredándose con sus largos mechones. Su jersey era grueso, y sus vaqueros oscuros, amplios, de una talla que no era la suya, le daban un aspecto holgado, como si su cuerpo careciese de formas. Al aproximarse, pude ver que sus rasgos eran delicados, pero un tupido flequillo le empequeñecía la cara.

Su mirada nerviosa nos recorrió deprisa, encontró a Brock y permaneció puesta en él mientras avanzaba deprisa hacia donde estábamos, toqueteándose las puntas de las mangas con los dedos. Se fue sonrojando más a medida que se acercaba a nosotros.

—Hola, papá —dijo a la vez que hacía un saludo breve e incómodo al pararse al lado de Brock.

Andrew fue hacia ella y se agachó para plantarle un beso en lo alto de la cabeza. Me fue imposible ignorar la envidia que sentí dentro de mí.

—Hola, chiquitina, ¿has venido a verme? —preguntó al incorporarse.

Mi padre… solía saludarme así, siempre así de contento, siempre con esa calidez. Un nudo sustituyó las náuseas, y me esforcé por no desviar la mirada.

Brock esbozó una sonrisa fácil y depositó un brazo sobre los hombros de la chica. Le sacaba más de treinta centímetros, pero la situó contra su corpulento cuerpo como habría hecho un millón de veces.

—No, ha venido a verme a mí. Se siente, viejo.

Andrew soltó una carcajada grave y sacudió la cabeza mientras su hija se ponía roja como un tomate. Levantó el mentón, y en ese momento lo vi en sus ojos. Todo el mundo debió de verlo. La adoración llenaba su mirada, pero eso no era todo.

Amor.

Esa chica miraba a Brock como si él fuera el responsable de poner las estrellas en el cielo por la noche y él único motivo por el que el sol salía cada mañana. El color no abandonó sus mejillas, sino que pareció aumentar, y me pareció que no era consciente de la presencia de nadie más cuando Brock le sonrió. La punzada de envidia resurgió. Mamá solía mirar así a papá cada vez que sus ojos se cruzaban, y mi padre tenía esa misma expresión en su mirada.

Brock, sin embargo, levantó el brazo que le había pasado por el hombro para alborotarle el pelo, algo que imaginé que haría un molesto hermano mayor.

Ay.

Brock bajó la mano hacia el hombro de la chica, y casi la tiró. Desvié enseguida la mirada y vi que Marcus hacía lo mismo y se examinaba las cuidadas uñas.

—Jillian, cielo, esta es Stephanie —dijo Andrew, lo que captó mi atención. La chica ya no miraba con adoración a Brock, sino que observaba a su padre con cierta vacilación—. Acaba de licenciarse en Shepherd.

Eso despertó su interés, y sus ojos castaños se encontraron un instante con los míos.

—Voy a empezar a estudiar ahí en primavera. De hecho, me traslado. —Su mirada se apartó de la mía y se dirigió hacia su padre para bajar después hacia mis zapatos—. En primavera, pero eso ya lo he dicho, así que…

Brock le apretó el hombro con la mano.

—Eso es justo lo que estaba diciendo tu padre —comenté—. Te gustará, seguro.

—Imagino que sí —respondió Jillian, pero la falta de entusiasmo me hizo dudar que se lo creyera.

Miré a Brock, pero él estaba contemplando su cabeza agachada con el ceño fruncido.

—Si tienes alguna pregunta sobre el campus o lo que sea, estaré encantada de ayudarte —me ofrecí.

La aprobación se reflejó en los rasgos del rostro de Andrew.

—Es una buena idea, la verdad. Jillian, podrías quedar para tomar café con Stephanie.

Jillian asintió con la cabeza sin mirarme y, bueno, supe que lo más probable era que eso no pasara. Se hizo un silencio incómodo que Brock rompió.

—¿No tienes clase hoy?

—No —respondió Jillian sacudiendo la cabeza—. He tenido un examen y he acabado temprano, así que no tengo nada hasta esta tarde. Se me ha ocurrido pasarme por aquí.

—Admítelo. Te has enterado de que había vuelto y has venido a verme —la chinchó Brock, y yo me mordí el labio inferior al ver lo colorada que se ponía Jillian. Por el amor de Dios, ¿tan en la inopia estaba Brock? Sí. Estaba totalmente en la inopia—. Ven, bombón, ayúdame a prepararme.

Jillian miró a su padre, y este asintió con la cabeza.

—Adelante y al lío. Enseguida estaré con vosotros.

—Encantado de conocerte, Stephanie —dijo Brock, y sin dejar de rodear los hombros de Jillian con un brazo, se la llevó hacia la puerta—. Seguro que nos vemos.

—Encantada de conocerte a ti también —respondí saludándole ligeramente con la mano.

Cuando iban solo a medio camino por el pasillo, Jillian se detuvo y se volvió.

—Un p-placer conocerte.

Sonreí a Jillian, pero su cara parecía un tomate a punto de reventar. Pobrecita.

—Igualmente —dije.

Cuando llegaron a la puerta, su padre suspiró con fuerza y se giró hacia mí.

—Gracias por ofrecerte a hablar con ella. Dudo mucho que acepte la oferta. No es nada personal. No se abre demasiado a los desconocidos. No lo ha hecho, bueno… desde hace mucho, pero te lo agradezco de todos modos.

—Ningún problema. Aun así, espero que se anime a quedar para tomar café o lo que sea. —Y lo decía en serio.

Andrew asintió otra vez con la cabeza, y la conversación entre nosotros acabó. Cuando Marcus y Andrew desaparecieron en el despacho cerrado, volví a sentarme y alargué la mano hacia el ratón. En cuanto mis dedos lo tocaron, recordé el extraño mensaje de texto.

Cogí el móvil y vi que había otro mensaje del número desconocido.

Pero qué coño? Jajaja

Bueno, no era la respuesta que esperaba. Por lo menos, quienquiera que fuese no mensajeaba en lenguaje SMS, gracias a Dios. Dudé si enviarle otra foto. Tenía un buen arsenal, pero luego pensé que no tenía sentido alargarlo. Envié un: «quién eres» y dejé caer el móvil en mi regazo.

Unos minutos después vibró. Al echarle un vistazo, separé los labios, alucinada. La respuesta no tenía sentido.

No me lo podía creer, ni siquiera podía imaginar cómo era posible, pero sabía leer y, a no ser que algo me funcionara mal en la cabeza, vi quién me estaba mensajeando.

Era Nick.

9

Soy Nick.

Cuando no le contesté, porque estaba demasiado ocupada contemplando estupefacta el móvil, este vibró otra vez.

He liado a Roxy para que me diera tu número.

Mis ojos se llenaron de asombro.

Me llegó otro mensaje casi al instante: Básicamente porque imaginé que en algún momento pedirías el mío. Te he ahorrado la molestia ;)

Oh, por Dios, su arrogancia no conocía límites. No tenía pensado pedir su número.

Bueno, puede que se me hubiera pasado por la cabeza, pero había decidido que lo mejor era dejar las cosas como estaban. Sí. Era obvio que Nick me atraía, lo mismo que yo a él, pero no estaba segura de que pudiéramos ser solo amigos deseándolo como lo deseaba, y no estaba segura de poder confiar en que él no tuviera la misma reacción que tuvo la última vez después de que estuviéramos juntos.

Me llegó un cuarto mensaje: No te enfades con Roxy, por favor. Le caes bien. Pero yo también.

Arqueé las cejas. Sentí irritación, pero fue mínima. Había vuelto a quedar con Roxy y con Katie el domingo anterior para desayunar. Esa vez no habíamos hablado de Nick, pero a una parte de mí no le sorprendió que le hubiera dado mi número.

Espero que no estés cabreada. Salí de mi ensimismamiento, cogí el móvil y le contesté el mensaje: **No lo estoy.**

Y era verdad. Tampoco es que hubiera hecho nada para que Roxy pensase que me cabrearía si le daba mi número. Aunque seguramente tendría que habérmelo preguntado antes, pero eso era agua pasada a esas alturas.

Genial, respondió. Y, pasado un instante, llegó otro mensaje: **Te has guardado mi número?**

Esbocé una sonrisa y le contesté: **No.**

Eso me valió una cara con el ceño fruncido, seguida de: **Me rompes el corazón, Stephanie. Yo sí que he guardado tu número.**

Lo dudo, fue mi respuesta. Pero enseguida guardé su número y alcé la vista al oír que alguien se reía unos cubículos más allá.

Pasaron unos instantes y Nick me escribió de nuevo: **Te has guardado mi número, a que sí?**

Contuve una carcajada y sacudí la cabeza. **Pues sí.**

Lo sabía. Como apareció la indicación de que estaba escribiendo, esperé. **Bueno, yo te había escrito con un objetivo.**

Fruncí los labios y le mandé una respuesta rápida: **Ah, sí?**

Jaja. Hubo una pausa y, después: **Reece va a hacer algo esta noche en su casa. Algo pequeño. Roxy estará trabajando, pero te gustaría venir?**

El estómago me dio un vuelco en lugar de revolvérseme, y no supe muy bien si me gustaba o no esa sensación. Me invadió la duda, algo a lo que no estaba nada acostumbrada. Normalmente sabía lo que quería hacer, pero, por primera vez desde hacía mucho tiempo, estaba indecisa.

Alcé la mirada y eché un vistazo alrededor de la oficina mordiéndome el labio inferior. Dudaba que la respuesta a lo que debería hacer me estuviera esperando en las luces del techo. Dirigí de nuevo los ojos hacia el móvil y empecé a teclear mi respuesta.

No me encuentro demasiado bien. Era verdad. Pero si estoy bien por la noche... ¿Qué coño estaba haciendo? No lo sabía, pero lo estaba haciendo, y muy en serio. ... Podría pasarme. A qué hora habéis quedado?

Vi que escribía. Hacia las 8 pm. Estás bien?

Sí, solo el estómago algo revuelto. Es probable que no fuera algo que Nick necesitara saber. Te escribo más tarde y te digo algo.

Ok. Espero que te mejores.

Gracias.

No hubo más mensajes después de ese, y a medida que los segundos se convirtieron en minutos, y los minutos en horas, seguía sin tener la menor idea de lo que estaba haciendo.

Y no sabía si me fastidiaba esa sensación.

O si más bien me gustaba.

Llegué a casa poco después de las seis y media y me puse unos vaqueros y un jersey holgado de chenilla. Me gustaba tanto ese jersey que quería acurrucarme con él, pero sería raro.

Descalza, entré en la cocina y abrí la puerta de la despensa. Estuve unos minutos toqueteando una lata de atún para acercarme después a los paquetes de arroz. Ninguna de esas cosas me interesaba, así que me dirigí despacio hacia la nevera. Hacer beicon en el microondas era algo apetecible, pero algo de jamón con miel y queso suizo me llenaría más. Tampoco quería comer eso. Cerré la puerta y abrí el congelador. Había un paquete de carne de hamburguesa y un bistec, pero las dos cosas estaban totalmente congeladas, y detestaba descongelar carne en el microondas, así que no me servían de nada. Cerré también esa puerta, suspirando. Tenía hambre, pero no. Mi estómago parecía estar mejor, aunque mi apetito se estaba comportando de una forma muy rara.

Abrí el cajón que estaba cerca de los fogones y empecé a mirar las cartas de comida para llevar que había empezado a acumular desde que me había mudado. Comida china. Pizza. Italiano. Sándwiches tipo Subway. Todo tenía buena pinta, pero nada despertaba mi interés como debería.

Eché un vistazo al reloj con la carta del restaurante chino en la mano y noté que se me tensaba la tripa con una mezcla de entusiasmo y de confusión, una combinación bastante extraña. Quien fuera a ir a casa de Reece esa noche llegaría más o menos en una hora. Nick, por ejemplo.

Nick.

Mierda.

Seguía sin tener ni idea de si iba a pasarme por casa de Reece ni cómo me hacía sentir siquiera que Nick hubiera conseguido mi número, se hubiera puesto en contacto conmigo y me hubiera invitado a casa de su amigo.

Que no sería nada raro si lo que buscaba era algo informal entre nosotros. De hecho, era bastante habitual, pero me costaba mucho creer que pensara que una cosa así pasaría tan pronto entre nosotros después de lo que ocurrió en el bar.

Volví los ojos hacia la carta, solté un profundo suspiro y la dejé en la encimera. Había un paquete de calabazas de Halloween de Reese's. ¿Contaría como cenar si me comía las nueve?

Me parecía que sí.

Cogí una pinza, formé un moño alborotado con el pelo y lo sujeté con ella. Cuando iba a ponerme otra vez con las cartas, llamaron a la puerta. El corazón me dio un vuelco al cerrar el cajón. Con el pulso acelerado, me dirigí hacia la puerta y eché un vistazo por la mirilla, aunque ya imaginaba quién podía ser.

Efectivamente.

Nick estaba fuera, en la entrada de mi piso. Llena de curiosidad, hice girar la llave y abrí la puerta. Él se volvió hacia mí, y noté una especie de opresión en el pecho. No era desagradable, pero… pero sí desconocida del todo para mí.

Tenía el cabello mojado y los mechones castaños se le rizaban en la frente. Las gotas de lluvia salpicaban sus portentosos hombros. ¿Cuándo se había puesto a llover? Dios mío, me había concentrado demasiado en esas cartas, sin el menor resultado.

—Hola —solté bajando los ojos hacia la bolsa de plástico que sujetaba.

—Hola —dijo alargando la palabra, y mi mirada ascendió de nuevo. Tenía buen aspecto, pero también era verdad que él siempre tenía buen aspecto, desde que se despertaba hasta cuando apoyaba esa cabeza suya en la almohada—. Te he traído algo.

—Ah, ¿sí? —Di un paso atrás, parpadeando.

—Sí. ¿Puedo pasar?

Asentí con la cabeza y vi cómo entraba y cerraba la puerta. Llevó la bolsa hacia la pequeña mesa que había instalado en la zona del comedor. Empezó a hablar cuando yo aún no había encontrado las palabras.

—Cuando era pequeño y no me encontraba bien, mi madre solía prepararme sopa casera de fideos con pollo. —Sacó un recipiente de plástico y se volvió hacia mí—. Es mucho mejor que la de tetrabrik. Solía ponerle algunas hierbas aromáticas que van bien para el estómago y que le daban un sabor muy rico, así no queda tan insípida. —Se dirigió hacia la cocina—. ¿Dónde tienes los boles?

—Sobre la encimera izquierda. —Estaba petrificada.

Sacó un bol de cerámica, lo dejó en la encimera y destapó el recipiente de plástico. Con cuidado, vertió los fideos, los trocitos de pollo y el caldo en el bol—. Todavía está tibia, pero hay que calentarla un poco. ¿Te va bien el microondas?

Separé despacio los labios. Era obvio que no era sopa de conserva.

—Sí. El microondas va perfecto. —Me acerqué un pelín a la cocina—. ¿La ha… la ha hecho tu madre?

—No —respondió, y puso el bol en el microondas. Unos pitidos retumbaron en medio del silencio. Apoyó las manos en la encimera, delante del microondas, de espaldas a mí—. Mi madre murió hace tres años.

—Oh. —Me llevé la mano al pecho—. Lo siento mucho.

Asintió con la cabeza, pero tenía la espalda tensa con los hombros encorvados. Abrí la boca porque la pérdida de un progenitor era algo con lo que podía identificarme, pero, aparte de lo que ya había dicho, no encontraba las palabras adecuadas. No era algo de lo que yo hablara a menudo. Sonó la alarma del microondas y Nick sacó de él el bol. El aroma, maravilloso, hizo que el estómago me rugiera feliz. Encontró una cuchara y la llevó a la mesa. Con las pestañas subidas, sus ojos verde musgo se encontraron con los míos.

—¿La has hecho tú? —pregunté tras inspirar con fuerza.

Nick asintió una vez más con la cabeza.

—Oh. Yo… —No me podía creer que me hubiera traído sopa y mucho menos que hubiera dedicado tiempo a prepararla él mismo. Era algo increíblemente dulce y del todo inesperado; no podía hablar. Me quedé ahí plantada, mirándolo como una idiota.

Se le sonrojó la piel bajo los prominentes pómulos.

—No es tan complicado.

—Yo no sé preparar sopa de pollo desde cero…

Sus rasgos imponentes lucieron una sonrisita.

—A lo mejor te enseño algún día a hacerla.

—¿De verdad me has preparado sopa?

—Pues sí —respondió. Se le ensanchó la sonrisa, y agachó la barbilla—. ¿Te vas a sentar a comértela? Te prometo que hará que te sientas mejor del estómago.

Aturdida, me dirigí hacia la mesa arrastrando los pies. El estómago se me revolvió de nuevo, pero no tenía nada que ver con las náuseas que había sentido durante el día. Me senté a la mesa, y juro por Dios que me había emocionado hasta el punto de no pensar siquiera en lo gilipollas que había sido conmigo en el bar.

—Gracias —dije, y mi voz era extrañamente ronca—. Lo digo en serio. Gracias.

—No es nada. —Me pasó una cuchara—. Come.

Mis dedos rozaron los suyos al coger la cuchara. El escalofrío que me subió por el brazo fue difícil de ignorar mientras me llevaba el caldo humeante con fideos y un trozo de pollo a la boca. Mis papilas gustativas casi tuvieron un orgasmo.

—Está deliciosa. —Levanté la mirada con los ojos muy abiertos—. Noto un sabor a menta.

—Pareces sorprendida —dijo Nick cruzando los brazos—. Lo cierto es que cocino de lujo.

—No hace falta que lo jures —aseguré, zampándome otro bocado y conteniendo un gemido.

Bajó los párpados de modo que le ocultaron los ojos.

—Pensé que podía traerla antes de ir a casa de Reece. Es un poco temprano, pero no le importará.

—No hace falta que te vayas —solté deprisa, y noté que me ardían las puntas de las orejas—. O sea, que si quieres quedarte aquí un ratito, puedes hacerlo.

Me miró a los ojos antes de bajar la mirada y sentarse en el asiento que tenía delante. Apoyó los brazos en la mesa.

—¿Cómo te encuentras? —preguntó.

—Mejor. Esta tarde he dejado de tener náuseas, pero la sopa me está sentando muy bien. —Comía como si no lo hubiera hecho desde hacía días—. ¿No has traído un poco para ti?

—Lo que queda en el recipiente es tuyo. Ya he comido antes. —Se recostó en la pequeña silla del comedor y soltó el aire con suavidad—. Me alegro de que te encuentres mejor.

Me detuve el rato suficiente para sonreír y me terminé el bol. Tras levantarme, lo llevé hasta el fregadero, lo aclaré y lo coloqué en el lavavajillas. Cuando me di la vuelta, el aire se me quedó atrapado en la garganta.

Nick se había levantado y me había seguido, haciendo tan

poco ruido que no lo había oído. Estaba a pocos centímetros de mí, y si me movía un poco a la derecha, estaríamos en la misma posición que aquella noche.

Noté un vacío en el estómago. Tenía que dejar de pensar en ello, pero cuando quise hacerlo, mi cerebro ya se había aferrado a ese recuerdo. Se me elevó el pecho. Prácticamente podía notar sus manos en mis costados, en mis caderas… entre mis piernas. Madre mía, ¿hacía calor en esta cocina? Me tiré del cuello del jersey. Tenía que controlar mis hormonas. Era ridículo.

Pero cuando alcé la vista, nuestros ojos se encontraron y no pude desviar la mirada. El calor inundó mis sentidos, y mi imaginación hiperactiva me acribilló a recuerdos de la sensación de tenerlo apretujado contra mi espalda, dentro de mí, ensanchándome.

Nick ladeó la cabeza con la mirada baja y cambió de postura para separar las piernas.

—No me mires así —dijo con voz ronca.

—No te estoy mirando —comenté parpadeando.

—Aparte de estar mirándome directamente a los ojos, me estás mirando de ese modo —aseguró con una sonrisa.

Parte del calor se había desvanecido, pero no lo suficiente como para que dejara de pensar en lo que habíamos hecho en esa cocina.

—¿De qué modo te estoy mirando?

—Como si quisieras repetir lo de aquella noche.

Joder. Lo había puto clavado. Sin decir nada, crucé los brazos bajo mis pechos, pero me puse tensa cuando él dio un paso adelante. Estábamos a unos quince centímetros.

—Y tienes que parar —dijo de nuevo, en voz baja mientras levantaba la mano para coger el mechón de pelo que se me había soltado y pasármelo por detrás de la oreja. Me rozó la mejilla con los nudillos—. Porque estoy intentando portarme bien, ¿sabes? —Bajó la mano—. Estoy intentando algo diferente.

—¿Qué estás intentando? —pregunté.

Esas pestañas asombrosas se elevaron una vez más, y clavó sus ojos en mí.

—Estoy intentando ser tu amigo.

10

Lo que Nick había dicho fue como si me hubieran echado un jarro de agua helada y me hubieran metido después en un congelador. No era tanto porque quisiera que fuésemos amigos, y suponía que la clase de amigos que no se acostaban, sino porque daba la impresión de no haber sido nunca amigo de una chica hasta entonces.

Y eso no tenía sentido.

Estaba Roxy, y tenía que haber más chicas con las que hubiera hecho buenas migas y a las que no se hubiera tirado. Tenía que haberlas. ¿No? Aunque, pensándolo bien, Roxy había dicho algo sobre que Nick no tenía demasiados amigos. Y estaba aquel asunto tan raro de Calla.

—¿No tienes amigas? —pregunté, hablando despacio.

—No. Realmente no. —Hizo una pausa mientras se pasaba los dedos por el pelo—. Salvo Roxy, aunque no creo que seamos realmente amigos.

—Ella cree que sí.

—Ah —soltó con las cejas arqueadas como si estuviera sorprendido.

No me lo podía creer.

—¿Qué hay de Calla? —solté—. Trabaja en el bar cuando está aquí, ¿no?

—No somos amigos —respondió tras soltar una carcajada.

Lo dijo de una forma que me suscitó alguna sospecha.

—¿Acaso estuvisteis...?

—No. Calla y yo no nos hemos enrollado. Jax me tiraría desde lo alto de un barranco si hubiera sido el caso. Estaba loco por ella mucho antes de que cruzara la puerta del bar —explicó, suspirando—. Es solo que no tenemos mucha relación.

—Vale. —Me apoyé en la encimera y dejé el tema de Calla. De momento—. Pero tienes veintiséis años. ¿Cómo diablos has vivido tanto tiempo sin tener amigas? No lo pillo.

Lanzó una mirada hacia la sala de estar, y se le tensó un músculo en la mandíbula.

—En el instituto y tal sí tuve. No sé. —Levantó un hombro—. Pero no estos últimos años.

Me vino a la cabeza la conversación que habíamos tenido antes, en la que había insinuado que había tenido una relación seria con alguien y que había terminado mal. No me hacía falta ser psicóloga para imaginar que el resultado de esa relación había afectado a todas sus relaciones con mujeres.

Nick cargaba la clase de mochila por la que las compañías aéreas te cobraban un plus.

Lo que era otro motivo para mantener mi libido bajo control en lo que a él se refería.

—¿Te sientes con ánimos de ir a casa de Reece? —preguntó, cambiando de tema.

Sabiendo lo que sabía, tendría que haber dicho que no, pero me había preparado sopa de pollo. ¿Cómo podía hacerle eso?

—Eso creo.

Una amplia sonrisa transformó su cara de atractiva a despampanante.

—Genial —dijo—. ¿Preparada para subir? Solo tienes que calzarte.

Me eché un vistazo a mí misma con el ceño fruncido.

—Quizá debería cambiarme.

—No es necesario. —Se giró, recogió el recipiente y lo llevó hasta la nevera—. Estás guapa como estás.

Contemplé su espalda lo que me pareció diez minutos y sacudí la cabeza. Pasé a su lado para ir a mi dormitorio y me puse un par de zapatos planos. De vuelta en la sala de estar, cogí las llaves de casa.

—Lista.

Nick sonrió al adelantarme para abrirme la puerta.

—Las damas primero.

Reece vivía un par de pisos más arriba, y cuando nos acercamos a su puerta, pudimos oír risas. Nick llamó a la puerta, y no fue el joven policía quien la abrió, sino una versión mayor y más ruda de Reece. Con el pelo castaño prácticamente al cero y una barba de unos días en la mandíbula, tenía los ojos azules brillantes como el mar.

—Hola, tío. —Estrechó la mano de Nick, se apartó para dejarlo pasar y alargó la mano hacia atrás para recoger una botella que había dejado en un estante. Me echó un vistazo—. ¿Y esta quién es?

—Stephanie —dijo Nick, poniéndome la mano en la zona lumbar para hacerme entrar—. Vive abajo. Recién llegada a la ciudad. Este es Colton, por cierto, el hermano mayor de Reece.

Ah, por supuesto.

—Encantada de conocerte.

Colton sonrió mientras dirigía una mirada burlona a Nick.

—Mucho gusto. Adelante. Están a punto de empezar.

Entré detrás de Colton en un piso que era más grande que el mío. Minimalista y ordenada, Reece tenía su casa bien cuidada. Había varias personas en el salón. Reconocí a Reece de inmediato, estaba de pie junto a la ventana con una cerveza en la mano, pero el chico que estaba sentado en el sofá no sabía quién era. Basándome en su corte de pelo, diría que era policía. Había una mujer sentada en el brazo del sofá, al otro lado. El pelo oscuro le rozó los hombros al alzar la cabeza y sonreír.

Reece nos miró dos veces, ocultando enseguida su sorpresa con una sonrisa.

—Hola, chicos. —Le brillaban los ojos de diversión—. Me alegro de que hayáis podido venir.

Saludé con la mano al pequeño grupo con una sonrisa.

—Hola —dije.

Colton pasó junto a nosotros y se dejó caer en el sofá al lado de la mujer.

—Como Reece es un imbécil, será mejor que haga yo las presentaciones. Esta es mi novia, Abby —dijo para presentarnos—. Y ese otro chico de ahí es Brad.

—Sí, se me da de pena toda esta mierda —soltó su hermano.

Brad levantó la mirada y me saludó ligeramente con la cabeza mientras la curiosidad asomaba en la cara bonita de Abby.

—Soy Steph —dije—. Encantada de conoceros.

Reece miró a Nick con una ceja arqueada mientras Brad se inclinaba hacia delante para coger algo negro y pequeño de la mesita de centro. La pantalla de la tele cambió, y vi que estaban jugando una partida.

—Noche de juegos —explicó Brad, agitando un mando—. Es un combate épico a muerte de *Mario Kart*. Jugamos por rondas, por parejas. Yo voy con ese perdedor. —Señaló a Reece con la cabeza.

Reece le hizo una peineta.

—¿Tú juegas? —preguntó Nick, volviéndose hacia mí.

—No desde hace tiempo —respondí asintiendo con la cabeza—. Soy bastante mala.

—No pasa nada. —Cogió dos sillas de la cocina, las trajo al salón y las colocó cerca del sofá—. Yo soy el mejor jugador de *Mario Kart* del mundo.

—¿Crees que está exagerando? —rio Colton sacudiendo la cabeza—. Pues no. Es como si hubiera nacido jugando.

—Eso es porque tengo mucho tiempo libre —contestó Nick mientras yo ocupaba la silla que quedaba más cerca de Abby—. Nada más.

Reece soltó una risita y rodeó la mesa de centro.

—Eso es una chorrada como una casa y lo sabes.

Agucé el oído al escuchar ese comentario, pero Nick se sentó a mi lado sin contestar. O sea que, si Nick decía que tenía mogollón de tiempo libre, pero Reece aseguraba que eso era una chorrada, ¿qué estaba haciendo Nick que no quería contar? Me dije a mí misma que, aunque estuviéramos intentando ser amigos, no era asunto mío, sobre todo entonces, pero, maldita sea, quería saberlo.

—¿Quieres tomar algo? —dijo Reece yendo hacia la cocina—. Tengo cerveza y refrescos. Y Roxy tiene la mitad de mi nevera llena de té helado.

—No, gracias —contesté mientras me metía las manos heladas entre las rodillas.

Reece y Brad empezaron los primeros, jugando contra Colton y Abby. Cada jugador competía con el otro, y si un miembro del equipo ganaba, contaba para el equipo. Brad ganó la primera ronda, y él se encargaba de llevar la cuenta. Abby me pasó el mando y, cómo no, elegí ser la princesa y, cómo no, apenas podía seguir el puto ritmo. Se me daba fatal, pero era divertido, y me dolían los costados de tanto reír.

Tras unas cuantas rondas, el combate a muerte se detuvo para que los chicos pudieran hacerse con más bebidas. Me fijé en que Nick no tomaba nada, y me pregunté si no bebía. La noche que estuvo en mi casa ni siquiera se bebió media botella.

Charlé con Abby y enseguida vi que era encantadora y que hacía muy poco que Colton y ella estaban saliendo.

—¿Estáis juntos Nick y tú? —preguntó en voz baja. Los chicos estaban en la cocina, pero esta no quedaba demasiado lejos.

—No. Solo somos amigos.

—Oh. —Frunció el ceño—. Creía que lo estabais. No lo conozco mucho, pero desde que Colton y yo empezamos a salir, nunca lo he visto con nadie.

Eso no me sorprendió. Fui a contestar, pero los chicos regresaron, y Nick me dejó un vaso de agua en la mesita de centro, al lado de un bol con patatas fritas de bolsa que Reece había traído. No se lo había pedido, pero fue un detalle y un gesto encantador que Abby observó con ojos de halcón.

Me quedé más rato del que había previsto jugando de pena a *Mario Kart*, pero me lo estaba pasando muy bien con todo el mundo. Lo único por lo que me marché un poco después de las diez fue porque tenía que trabajar por la mañana, a diferencia de los demás, que tenían unos horarios poco ortodoxos. Cuando me levanté y me despedí, Nick le lanzó el mando a Colton y me siguió.

—No hace falta que te marches —le dije cuando cerró la puerta de casa de Reece al salir.

—Ya lo sé. —Se metió las manos en los bolsillos de los vaqueros y empezamos a recorrer el pasillo—. Estoy siendo un buen amigo y acompañándote a casa.

—Vivo aquí. —Lo miré riendo.

—Pero es un trecho muy largo. Y frío. —Se encogió de hombros—. Joder, hace frío aquí fuera.

No era mentira. Un viento gélido soplaba por el pasillo. Me rodeé el pecho con los brazos mientras bajábamos hasta la planta baja. Nos paramos ante mi puerta y me saqué las llaves del bolsillo de los vaqueros.

—Gracias otra vez por la sopa. —Me volví hacia él con una sonrisa en los labios—. Me lo he pasado bien esta noche.

—Yo también —dijo ladeando la cabeza—. Reece suele organizar esto cada quince días. Eres más que bienvenida a unirte a nosotros.

Reece había dicho lo mismo cuando me marchaba, y me encantaría repetir, desde luego, especialmente si estaba Roxy. Me imaginé que jugar a *Mario* con ella sería prácticamente como jugar contra mí misma.

—¿Te vuelves arriba? —quise saber.

—Sí. Solo un rato. Después me iré a casa.

—¿Vives muy lejos de aquí? —pregunté, sin estar segura de no haberle hecho ya esa pregunta.

—No mucho. A unos quince minutos. Vivo al otro lado de Plymouth. —Frunció el ceño y abrió la boca como si fuera a hablar, pero pareció cambiar de idea—. Bueno, espero que te sigas encontrando mejor.

—Yo también. —Lo observé atentamente—. Que pases buena noche.

Nick dirigió la mirada por encima de mí hacia mi puerta, y retrocedió.

—Hablamos pronto, Stephanie.

—Vale —susurré.

Esbozó una sonrisita y se dio la vuelta. Lo miré hasta que llegó a la escalera y desapareció. Entré en mi piso, cerré la puerta y me preparé para acostarme. Todavía era temprano, y aunque estaba lo bastante cansada como para irme a dormir, me pasé un buen rato tumbada en la cama intentando descifrar a Nick.

¿Ese chico cargaba una buena mochila y tenía una ética de citas cuestionable, pero era lo bastante tierno y amable como para preparar sopa de pollo casera? ¿Me seguía deseando y, aun así, negaba la atracción para ser mi amigo? ¿Por qué? ¿Por qué, cuando no lo había hecho antes con ninguna otra chica? No era porque yo fuera especial. Tenía que haber un motivo. Algo.

Descifrarlo era imposible.

Nick era como un rompecabezas al que le faltaban las piezas más elaboradas, y en el fondo sabía qué, daba igual las veces que revolviera ese puzle y lo empezara de nuevo, esas piezas siempre faltarían y yo nunca conseguiría ver la imagen completa.

Las náuseas se pasaron yendo y viniendo el resto de la semana, golpeándome en los momentos más extraños, a veces por la mañana, a veces por la tarde, y el jueves por la noche, justo antes de acostarme. El viernes compré el almuerzo en un local que había en la misma calle del trabajo, y el olor a grasa casi me tumba. Nunca había tenido el estómago así de sensible, y normalmente me encantaba el olor a comida grasienta.

Ya no estaba segura de haber pillado un virus o algo así, y cuando charlé con mi madre el viernes por la noche, casi se lo conté, pero no quise preocuparla. Además tenía hora en dos semanas con un médico de cabecera que tenía hueco en una clínica cercana. No creía que fuera nada grave, pero las náuseas y la fatiga estaban empezando a asustarme. Nunca antes había tenido problemas de salud, y podía contar con los dedos de una mano las veces que había estado resfriada.

El domingo por la mañana me encontraba bien. Algo cansada, pero el estómago me rugía feliz mientras hacía cosas por el piso. Necesitaba ir a correr porque no había podido hacerlo el último par de días, pero parecía que iba a llover y... y sí, no me apetecía hacer ejercicio. Así que me di una ducha larga y me puse unos vaqueros. Me recogí el pelo en un moño alto rápido, pasé del maquillaje salvo por un pelín de lápiz de labios y de máscara de pestañas, me enrollé una bufanda azul cielo al cuello y salí.

Al día siguiente iría a correr, en plan durante un millón de kilómetros.

Salí de casa para desayunar con Roxy. Katie estaba fuera ese fin de semana, lo que era decepcionante. Podía convertir el desayuno de los domingos en el IHOP en una aventura. El aparcamiento estaba lleno, lo que me obligó a aparcar hacia el fondo. Unas densas nubes tapaban el sol, y estaba a punto de echarse a llover. Antes de salir del coche, miré el móvil. No había llamadas perdidas ni mensajes. No sabía muy bien por qué lo miraba.

Desde luego, no esperaba ninguna llamada perdida ni ningún mensaje de Nick.

No. Desde luego que no.

Crucé a toda prisa el aparcamiento y adopté un paso más tranquilo cuando llegué a la acera para no chocar con un grupo de mujeres mayores.

Había unos graciosos adhesivos de fantasmas pegados en las puertas de cristal, lo que me recordó que tenía que comprar una calabaza y empezar a abastecerme de chuches, aunque no tenía ni idea de si pasarían o no niños diciendo «truco o trato» por el edificio donde vivía.

Esperaba que sí.

Halloween me volvía de lo más tonta.

Una vez dentro, rodeé la recepción y eché un vistazo al concurrido restaurante. Me quedé boquiabierta al ver a Roxy en un espacio amplio en forma de medialuna hacia el fondo.

—Vaya por Dios —susurré, tensa.

Roxy no estaba sola como esperaba.

Había tres chicas sentadas con ella: la rubia Calla, la sonriente Teresa y la pelirroja Avery. Esa mesa era como un puto arcoíris. Incapaz de mover los pies, me quedé sin aire en los pulmones. Ellas todavía no me habían visto. Podía darme la vuelta y…

Teresa alzó la vista y empezó a saludarme con la mano con entusiasmo. Todas las demás me miraron.

Maldita sea.

Vale. No era de las que salían corriendo cuando se presentaba una situación de vida o muerte. Y no iba a empezar a serlo entonces. No había hecho nada malo, y si esas chicas tenían algún problema conmigo, bueno, pues… sería una mierda. No podía cambiarlo. No lo cambiaría.

Inspiré hondo y obligué a mis pies a moverse. Roxy se levantó con una sonrisa en la cara, pero sus ojos parecían suplicarme.

—Me alegra que hayas podido venir. —Hizo un gesto para que me sentara al lado de Teresa—. Estaban todas aquí y...

—Y queríamos verte —la interrumpió Teresa mientras me sentaba a su lado. Tenía los ojos tan brillantes y tan azules como su hermano mayor, Cam—. No tuvimos ocasión de charlar demasiado la última vez.

—Ya. —Dejé el bolso donde pude mientras pensaba qué decir. Roxy volvió a sentarse, y al echar un vistazo a mi alrededor, mi mirada se cruzó con la de Avery, que me dedicó una sonrisa tímida.

Vale. La situación era rara. Tenía algo muy íntimo en común con la chica que estaba sentada delante de mí y con la que tenía sentada al lado. Era de lo más incómodo, de lo más...

Puse freno al rumbo absurdo que estaban siguiendo mis pensamientos y me concentré en un saludo normal:

—Me alegra volver a veros. ¿Cuánto tiempo estaréis aquí?

—Tenemos libre el lunes y el martes. Son las vacaciones de otoño —respondió Calla, y aluciné un momento al darme cuenta de que se me había olvidado lo de las vacaciones de otoño—. O sea que estaré aquí hasta el martes por la noche.

—Lo que significa que Jax se sentirá generoso —sonrió Roxy.

Las mejillas de Calla se sonrojaron ligeramente. Solo entonces me fijé en la cicatriz de la mejilla. Cuando había estado en Shepherd, llevaba mucho maquillaje para ocultarla. No parecía que llevara nada hoy.

—Creo que nosotros volveremos también el martes por la noche—. Teresa toqueteó el borde de su carta—. Cam quiere ir a Nueva York mañana.

—Yo nunca he estado. —Avery miró su carta. Sentada erguida delante de mí, parecía mucho más menuda de lo que yo recordaba—. Y me muero de ganas de ir.

—Yo solo he estado una vez. Fue divertido —aseguré, poniendo las manos en mi regazo—. Pero un poco abrumador.

Teresa se recostó en el respaldo de cuero.

—La primera vez que fui acabé teniendo un ataque de ansiedad por la noche cuando me puse a pensar en todos esos edificios.

—¡Qué me dices! —exclamó Avery abriendo los ojos como platos.

—Los edificios pueden llegar a agobiar —comentó Teresa estremeciéndose—. Sobre todo cuando no estás acostumbrada, aunque puede que solo fuera cosa mía, así que estarás bien.

—Más te vale —advirtió Calla con una sonrisa—. Me asombra que Cam no te haya acompañado hasta aquí en persona.

Avery se puso tan colorada como su cabello justo cuando llegaba la camarera para tomar nuestras comandas de bebida y de comida.

—¿Por qué iba Cam a acompañarte hasta aquí? —preguntó Roxy con el ceño fruncido—. Ni que fuera Reece.

Calla irguió los hombros con la ilusión dibujada en su semblante.

—¿No lo sabes?

—¡Oh! —chilló Teresa, lo que me hizo pegar un respingo. Juntó las manos—. Me encanta esta parte.

La confusión se reflejó en la cara de Roxy, y me alegró no ser la única persona que no tenía ni idea de lo que estaba pasando.

—No. No lo sé —dijo—. ¿Qué está pasando? No será la boda, ¿verdad? Todas sabemos lo de la boda.

—Yo sabía que estabais prometidos, pero no había tenido ocasión de felicitaros —intervine—. ¿Cuándo será el gran día?

—Íbamos a casarnos en primavera —respondió Avery con los ojos brillantes—, pero lo vamos a retrasar hasta mediados de verano. Hemos decidido cambiar la fecha.

—¿Por qué? —preguntó Roxy, frunciendo el ceño.

Llegaron nuestras bebidas, y Avery dio un buen trago de agua antes de hablar.

—Estoy… estoy un poco embarazada.

Se me desorbitaron los ojos. Madre mía, Avery estaba… Espera, ¿estaba un poco embarazada?

—¿Estás embarazada? —soltó Roxy con voz aguda.

Teresa soltó una risita rebotando a mi lado como una pelota de goma.

—Y no está un poco embarazada. Está embarazada de casi cuatro meses.

—¡Felicidades! —Sonreí, alucinada, pero sinceramente contenta por ellos. Siempre que Cam y Avery estaban juntos, se notaba a la legua lo enamoradísimos que estaban. Joder, incluso antes de que estuvieran juntos. Recordaba la noche que estuve en casa de Cam para ver la lucha de la UFC que él había encargado. No podía apartar los ojos de ella, y no me había sorprendido nada que se hubiera ido de su propia casa cuando ella se marchó.

—¡Oh, Dios mío! ¡Felicidades! —A Roxy le resbalaron las gafas nariz abajo—. Espera. El día de la barbacoa de Jax, cuando dijiste que tenías la gripe… ¡Ya estabas embarazada!

Avery asintió con la cabeza y la felicidad le iluminaba la mirada.

—Entonces no lo sabíamos seguro. Bueno, el test de la farmacia decía que sí, pero quise esperar a la confirmación oficial del médico, porque ¿quién sabe? A lo mejor los resultados habían sido positivos porque me lo había hecho mal.

—¿Cómo va a hacerse mal un test de embarazo? —rio Teresa con los ojos centelleantes.

—¿No consiste en mear en un palito? —Calla miró a Avery—. Parece bastante sencillo.

—Es fácil, pero cuando no esperas estar embarazada, haces como cien test, y sigues sin creerte el resultado. —Avery se mordió el labio inferior mientras paseaba el dedo por el borde de su copa, de modo que su anillo de compromiso centelleaba bajo las luces—. Y sigues sin acabar de creer al médico, aunque al final es difícil no creerlo. Lo de estar cansada ahora sí ahora no, lo de potar y que te asqueen olores que antes no te molestaban… oh, y las tetas… —Hizo una mueca—. Duelen. Todo empieza a tener sentido…

—Las tortugas van a ponerse muy celosas —comentó Teresa con una risita mientras juntaba las manos bajo la barbilla. Estaban hablando de Raphael y Michelangelo, las mascotas de Cam y Avery. Eran las únicas personas que conocía en la vida real que tenían tortugas como mascotas—. Van a dejar de ser vuestros bebés. —Su sonrisa se ensanchó—. Tal vez pueda hacerles de canguro más a menudo.

—Estoy segura de que a Ollie se le ocurrirá algún tipo de parque infantil en el que puedan deambular juntos el bebé y las tortugas sin que se toquen —soltó Avery, y yo me reí, porque si había alguien a quien pudiera ocurrírsele algo así, ese era Ollie, el listillo.

Avery prosiguió, pero mi mente se alejó de lo que estaba diciendo. Ella y Cam iban a tener un bebé. Vaya. No tenía ni idea de lo que debía de estar sintiendo, estudiando todavía en la universidad y todo eso, pero sabía que saldrían adelante. Las náuseas matutinas y tal cuando vas a la facultad tenían que ser…

Y entonces me asaltó un pensamiento, zarandeándome con la fuerza de un camión a toda velocidad cargado de pruebas de embarazo.

Estaba contemplando la cara pecosa de Avery y mi sonrisa se desvaneció milímetro a milímetro. El estómago se me revolvió. Noté un frío gélido en el pecho. Las caras de las chicas se desdibujaron. Mi mente abandonó la mesa.

Teresa se inclinó hacia mí con el ceño fruncido.

—¿Estás bien, Steph? —preguntó.

El corazón empezó a latirme con fuerza y toda la sangre de mi cuerpo empezó a subírseme a la cabeza mientras empezaba a retroceder mentalmente los últimos días y semanas. Si mis cálculos eran correctos, me faltaba algo muy importante, en plan cuestión de vida o muerte.

Oh, Dios mío…

—Steph. —Calla alargó el cuerpo hacia mí y me puso una mano sobre las mías—. ¿Estás bien?

Inspiré hondo parpadeando y volví a distinguir las caras de las chicas.

—Sí. Sí. Totalmente bien.

—¿Estás segura? —La preocupación se reflejaba en los rasgos de Roxy—. Estás muy pálida.

Avery se pasó un mechón de pelo por detrás de la oreja.

—A lo mejor has pillado algo.

A su lado, Teresa asintió con la cabeza.

—Hay un virus bastante fuerte por ahí. La mitad de la facultad parece tenerlo. Espero que no sea eso.

—Es probable que sea algo más leve —intervino Roxy, que se echó hacia atrás con pinta de querer taparse la boca y la nariz con el cuello de su camiseta.

—Seguro que sí —dije con voz ronca, pero esas palabras me sonaron a mentira, y de las gordas, porque los cálculos mentales que acababa de hacer a toda prisa significaban algo totalmente distinto a algún tipo de virus.

Las chicas se pusieron a charlar de nuevo, y sus voces eran un murmullo entusiasta cuando llegó la comida, pero yo no oía lo que estaban diciendo. Al alzar la vista, mis ojos se encontraron con los de Avery, y el estómago me dio un vuelco una vez más. Bajé enseguida la mirada hacia mi plato de comida intacta y empecé a contar de nuevo. Conté cuatro veces más, llegando al mismo resultado una y otra vez.

Ya se me había retrasado la regla dos semanas y media.

11

El resto del desayuno con las chicas fue borroso. Mi comida quedó prácticamente intacta y fui incapaz de seguir la conversación. Roxy me conocía lo bastante bien como para preocuparse. Cuando nos fuimos, me acompañó hasta mi coche para preguntarme si estaba bien. Apenas logré murmurar mi respuesta antes de marcharme.

No podía ser.

Tenía que haber otra razón por la que tuviera síntomas parecidos a los de Avery, y el retraso de mi periodo tenía que ser una coincidencia. Habían pasado por lo menos seis meses entre la última vez que había echado un polvo y la noche que pasé con Nick. Es más, él había usado un condón. Y lo que es más aún, yo tomaba la píldora.

Pero... santo cielo... sabía que había un par de veces que no la había tomado porque tenía la cabeza en otra parte. Como no estaba tirándome a nadie y no había planeado hacerlo hasta que conocí a Nick, ni me había estresado si me saltaba alguna.

Como si se pudiera planear cuando follar.

Madre mía.

El corazón se me aceleró peligrosamente. ¿Y si... cortaba esa idea de raíz? No podía permitir que acabara siquiera de tomar forma. Me horrorizaba. No porque no quisiera tener hijos. Quería tenerlos, pero, yo qué sé, en unos años, cuando tuviera encarrilada mi carrera profesional y me hubiera casado. Sí, la parte de estar casada estaría bien.

Joder. Tener novio estaría bien.

No era así como había planeado mi vida. Tampoco era que tuviera un plan detallado, pero imaginaba que, tras licenciarme en la universidad, pasaría un par de años en mi actual trabajo, le dedicaría tiempo, y sería una de esas chicas tan sofisticadas que viajaban cuando tenían vacaciones. A la Costa Oeste. A Europa. A Asia. Quería ver el mundo entero. Con el tiempo conocería a un chico. Saldríamos, nos prometeríamos y tendríamos una gran boda, y quizá para cuando llegara a la treintena, me plantearía lo de tener un hijo.

No ahora.

No antes de haber encarrilado mi carrera profesional, haber viajado por el mundo, haberme casado ni haber tenido mi gran y ridícula boda.

Por el amor de Dios, aquello no podía estar pasando. Era muy probable que fuera a vomitarme encima.

Estaba sentada en el aparcamiento de una farmacia. Me dolían los nudillos de la fuerza con la que aferraba el volante. Contemplaba la entrada, incapaz de obligarme a mí misma a salir del coche. Tenía que hacerlo. Tenía que entrar y comprar un test de embarazo, porque un test de embarazo demostraría que no estaba embarazada y que solo estaba exagerando. El estrés podía retrasar el periodo. Cientos de cosas podían retrasarte el periodo, no solo un óvulo fecundado.

Cielo santo, un óvulo fecundado.

No tenía un óvulo fecundado dentro de mí.

Me armé de valor, cogí el bolso del asiento del copiloto y entré en la farmacia con un único objetivo. Pasé de largo los pasillos de los cosméticos y me dirigí directamente hacia la sección en la que la mayoría de mujeres no quería entretenerse, pasados los tampones y las compresas y un millón de cosas más para las que nunca he comprendido por qué necesitamos tantas marcas distintas, hasta pararme delante de un montón de cajas.

Abrí los ojos como platos.

Me cago en todo, ¿por qué había tantos test de embarazo? Los examiné petrificada. Test de embarazo Clear Blue. Test de ovulación. ¿Qué coño…? Test de detección temprana de embarazo. ¿Por qué había tantos? Con manos temblorosas, elegí uno y le di la vuelta. Veía borroso al leer el dorso de la caja. No podía creerme que estuviera comprando un test de embarazo.

Nunca había tenido que comprar uno antes.

Aquello no podía estar pasando.

Dejé la caja, elegí otra al tuntún y le di la vuelta. Se me erizó el vello de la nuca y se me cayó el alma a los pies. Eché un vistazo a mi alrededor y vi que nadie me estaba mirando. Estaba asustadísima.

Cogí otra caja, empecé a irme, pero me di la vuelta de golpe y elegí otra caja. Por si acaso… me equivocaba al hacerme el test.

Me ardía la cara como si hubiera estado bajo una lámpara de infrarrojos al llevar mi compra hasta la parte delantera, donde esperaba una mujer delgada con unos surcos marcados en la cara, alrededor de los ojos y la boca.

Arqueó las cejas cuando dejé caer lo que llevaba en los brazos en el mostrador y alzó la vista hacia mí con una sonrisa irónica en los labios, pintados de un color púrpura descolorido. Al coger una de las cajas soltó una risita gutural.

—Nunca se puede estar segura de estas cosas, ¿eh?

Quise esconderme tras el recipiente de caramelos que tenía detrás.

—No es nada de lo que avergonzarse, cielo. —Pasó el test de embarazo por el lector y lo metió en una bolsa—. La mayoría de gente compra varias cajas la primera vez.

¿Tan claro estaba que era mi primera vez? Espera un segundo. ¿Estaba en serio viviendo mi primera vez? Cuando las cajas estuvieron en la bolsa y me dijo el total que debía pagar, me di cuenta, algo aturdida, de que, tanto si estaba preparada para ello como si no, aquello estaba pasando de verdad.

Podía estar embarazada.

En cuanto volví a mi casa, dejé la bolsa que podía cambiarme la vida en la mesa y entré en la cocina. Guardaba todos los medicamentos, junto con las píldoras anticonceptivas, en un armario. En cualquier otro sitio me acabaría olvidando de ellas.

Inspiré hondo, abrí el recipiente de plástico púrpura y pasé los dedos por las hileras de pastillitas. Las conté y las volví a contar. Solté un taco con los ojos entrecerrados. Las fechas en que me las salté….

Eran fechas importantes.

Cerré el recipiente de golpe, lo dejé de nuevo y apoyé los codos en la encimera. Me froté la cara con las manos. Mis pensamientos se arremolinaron en un círculo continuo hasta que uno importante se zafó de él. Si… Si me pasaba lo que me temía, ¿tomar píldoras anticonceptivas tras… tras la concepción afectaba al bebé?

No lo sabía.

Sinceramente sabía muy poco sobre todos los detalles relativos al embarazo. Era hija única. Nadie que conociera de mi edad, salvo Avery, había estado embarazada. Tampoco era que estos conocimientos fueran innatos en las mujeres, y dudaba mucho que hubiera demasiadas madres que decidieran transmitir esa clase de información hasta que no fuera necesario.

Quizá había contado mal las píldoras.

Levanté la cabeza, cogí el recipiente púrpura y conté de nuevo. Me costaba un pelín respirar cuando me obligué a mí misma por fin a parar. Daba igual cuántas veces las contara, el resultado final no iba a cambiar.

Pero incluso si me había saltado las píldoras en el momento más inoportuno, Nick había usado un condón. Había…

De hecho, me había notado de lo más… mojada después de acostarnos. Tanto que había creído que tenía que ver con que hacía demasiado tiempo que no lo hacía. ¿Podía haber estado roto el condón y haber sido eso lo que había notado? Nunca me había pasado algo así, por lo que era probable que no hubiera reconocido lo que era.

—Madre mía —susurré, y mi voz sonó muy fuerte en el silencioso piso. Levanté la mano y me solté el pelo, que me cayó por encima de los hombros—. Madre mía.

Incapaz de estarme quieta ni de sentarme, volví hasta donde había dejado el bolso y saqué el móvil. Me quedé con los dedos suspendidos sobre la pantalla. ¿A quién iba a llamar? No me sentía cómoda llamando a mis amigas de casa, y ni de coña iba a llamar a mi madre para eso, no cuando no tenía ni idea de lo que estaba pasando.

Con el móvil contra el pecho, fui hasta el sofá y me senté. Casi llamé a Roxy, pero sabía que estaba con gente todo el rato. Pensé en llamar a Yasmine o a Denise, pero me había saltado mis llamadas por Skype con ellas la semana anterior, y ¿cómo iba a soltarles aquello? ¿Y qué podía decirles? ¿Que me había comprado un millón de test de embarazo después de asustarme por lo que había dicho Avery? Tenía motivos para estar asustada, desde luego, pero, aun así, sabía la impresión que eso causaba.

Deposité el móvil en el asiento, a mi lado, y cerré los ojos. No era así como esperaba que fuera mi domingo de descanso. Sabía que tenía que zanjar el asunto.

No me moví del sofá.

El resto de la tarde del domingo pasó lentamente mientras yo me armaba de valor para abrir la primera caja. Parecía un test de embarazo normal y corriente en el que un más significaba que estabas embarazada y un menos significaba aleluya. Era imposible equivocarse. Empecé a leer las instrucciones y se me escapó una carcajada.

«No se introduzca la varilla de prueba en la vagina».

¿En serio era necesaria dar esa indicación?

Abrí con cuidado el paquete, saqué la varilla y me fui al lavabo. Quité el tapón púrpura con un nudo en el estómago.

El corazón me latía con fuerza al hacerme la prueba, como si estuviera corriendo cuesta arriba. El único pensamiento que tenía en la cabeza era lo incómodo que me resultaba todo aquello. En serio. Cuando acabé, puse otra vez el tapón y dejé la varilla con cuidado en la encimera del lavabo.

Y me fui pitando del cuarto de baño, en plan salí esprintando del cuarto de baño.

Recorrí el salón de punta a punta y, aunque sabía que bastaba con esperar dos minutos, los dos minutos pasaron a ser cinco, y los cinco se convirtieron en diez. No estaba preparada. Sacudí la cabeza pasándome las manos por el pelo. No estaba preparada para ver el resultado.

Pero ¿y si había un alegre signo negativo?

Pero ¿y si había un terriblemente aterrador signo positivo?

Eché un vistazo a las cajas sin usar que quedaban en la mesa y seguí yendo de un lado para otro sobre el parqué. Siempre había ido con muchísimo cuidado en el pasado. Nunca me había asustado la probabilidad de quedarme embarazada, y ahora que cabía la posibilidad de que pudiera estarlo, no sabía qué hacer.

Nunca me había sentido tan… tan impotente en mi vida.

Bueno, eso no era verdad. Cuando tenía quince años y dos hombres con uniformes inmaculados y solemnes llamaron a nuestra puerta. Cuando me quedé en la escalera y mi madre palideció al verlos; sí que me había sentido impotente de verdad.

No soportaba esa sensación, detestaba los recuerdos que hacía aflorar hacia la superficie. Unos segundos tras los que toda nuestra vida cambió para siempre. Me quedé sin respiración. Me detuve delante de la tele, y pensé que podía estar en la misma situación, enfrentándome a un cambio trascendental.

O podría ser solo que estuviera asustada.

Habían pasado cuarenta minutos largos desde que había dejado el test en el lavabo. Tenía que ir a mirarlo. Acabar con aquello, como sabía que tenía que hacer. No era ninguna cobarde. Podría enfrentarme a aquello, pasara lo que pasara. Me mordí el labio inferior, recorrí a toda velocidad el pasillo y entré en el cuarto de baño. Mi imagen reflejada en el espejo me indicó que parecía tan fuera de control como me sentía. Tenía el pelo totalmente alborotado y los ojos muy abiertos, con las pupilas dilatadas.

Era como si un psicópata con una máscara de hockey me estuviera persiguiendo.

Con los hombros tensos, aparté despacio la mirada del espejo y la dirigí hacia el test de embarazo blanco con la punta púrpura.

Vi el resultado.

Y ya era imposible dejar de verlo.

Ahí, clarísimo, había un símbolo muy visible que solo podía significar una cosa. Solo. Una. Cosa.

Puede que lo hubiera dejado reposar demasiado rato. O tal vez no tendría que haberle puesto el tapón. Tenía que hacerme otro. Tenía dos más.

Corrí hasta la cocina para coger la otra caja. Era más sofisticado. No solo te indicaba si era que sí o que no, sino que, si era positivo, te daba el tiempo estimado que llevabas embarazada. Pero no tenía ganas de ir al lavabo. Alargué rápidamente la mano hacia el armario, cogí un vaso, lo llené y, cuando me lo terminé, me bebí otro, y luego otro, y esperé.

No estaba pensando, no había hecho nada más que beber agua. En menos de una hora me llevé el segundo test al cuarto de baño, hice lo que tenía que hacer y lo situé al lado del primero.

Esta vez no salí del cuarto de baño.

Con el corazón en un puño, eché un vistazo al test abriendo y cerrando los puños a mis costados hasta que la prueba me mostró los resultados otra vez.

Lo primero que vi fueron dos números con un guion entre ellos: 2-3.

Y, encima, una palabra:

«Positivo».

12

Para empezar bien el lunes, esa mañana me hice el tercer test de embarazo, y también fue positivo. Embarazada. Tres pruebas con el mismo resultado, pero todavía había una parte minúscula de mí que quería creer que había hecho algo mal, que sin que un médico me confirmara que estaba embarazada, cabía la posibilidad de que no lo estuviera. Pero no era tonta ni tampoco tan ingenua. Sabía que cuando fuera al médico la semana siguiente, lo que los tres test ya me habían dicho y lo que había estado sintiendo hacía más o menos una semana confirmarían lo que ya sabía.

Y, según aquel test tan bueno, habían pasado dos o tres semanas desde mi última ovulación. Lo que significaba que estaba embarazada de entre cuatro y cinco semanas aproximadamente. El tiempo era exacto.

Estaba realmente embarazada.

En estado de buena esperanza.

Preñada.

El lunes y el martes me los pasé totalmente empanada en el trabajo. Ni siquiera sé cómo hice mis tareas ni cómo soporté las interminables insinuaciones y las miradas lascivas de Rick sin que se me fuera la pinza.

Al acabar el martes por la tarde, estaba atacada y tenía náuseas. En cuanto apagué el ordenador, empecé a darle vueltas a lo que iba a hacer. ¿Debería ponerme en contacto con Nick? No había tenido noticias suyas desde el miércoles anterior. ¿Debería contarle a alguien lo que estaba pasando? ¿Era realmente necesario?

¿Iba a seguir adelante con... con el embarazo? Y, de ser así, ¿cómo iba a decirle a mi nuevo jefe que en unos ocho meses iba a tener que tomarme la baja por maternidad? Mejor aún, ¿cómo iba a criar a un niño con unos ingresos con los que ahora vivía holgadamente, aunque para nada serían suficientes si incluía el coste de cuidar a un bebé?

Sin darme cuenta siquiera de haber ido hasta el ascensor del vestíbulo, y tras darle al botón, me di cuenta de que no estaba sola. Miré a mi izquierda. Rick, una mitad de los Gemelos Hormonados, estaba ahí. Apenas pude contener mi suspiro de frustración al verlo. Llevaba un gorro negro calado hasta las orejas, y tenía las mejillas más coloradas de lo normal. Como siempre, no tenía los ojos puestos en mi cara. Los tenía en mi pecho, lo que era absurdo, porque entre mi chaquetón y mi bufanda, no era humanamente posible que pudiera ver nada.

Dios mío, qué poco oportuna era para todo.

—¿Te vas? —preguntó.

Dado que era el final de la jornada y que todo el mundo se marchaba, no entendí cómo la respuesta a esa pregunta no era obvia.

—Ya he acabado por hoy.

—Ajá —murmuró, bajando la mirada hacia mi zona pélvica. Hice una mueca de asco—. Vamos unos cuantos a tomar algo. ¿Quieres venir?

—Gracias, pero estoy muy cansada —contesté con una sonrisa tensa en los labios.

—Eres de lo más guapa. —Me siguió mirando con lascivia, y desvié la vista, conteniendo a duras penas el impulso de poner los ojos en blanco—. Y siempre estás cansada. ¿Seguro que no te pasa nada?

Fruncí el ceño. Había dado en el clavo, y no tenía ni idea.

—Estoy bien —aseguré.

—¿Por qué no vienes con nosotros entonces? —insistió, y mi mano aferró con más fuerza la correa de mi bolso—. ¿Qué? ¿Eres demasiado buena para salir y divertirte un poco? ¿Quizá vas demasiado sobrada?

Solté ruidosamente el aire. Se me estaba acabando la paciencia.

—Sí. Voy así de sobrada —dije mirándolo con frialdad.

Afortunadamente, las puertas del ascensor se abrieron, así que entré antes de que pudiera responder y alargué la mano hacia el botón para cerrar la puerta. Me di cuenta de mi error al instante, claro. Tras sujetar la puerta, Rick entró detrás de mí, y yo solté mentalmente una sarta de tacos.

—Tienes carácter —comentó con una sonrisa.

Le lancé una mirada inexpresiva, sin dignarme siquiera a responderle. Ponerme a charlar con el pervertido de Rick era lo último que necesitaba en ese momento. Gracias a Dios que no teníamos que bajar demasiados pisos, y antes de que el enfrentamiento pudiera ir a más, el ascensor se detuvo de golpe. Se abrieron las puertas.

Rick se plantó en medio, sonriente, sin moverse.

Qué cabrón.

Con los puños cerrados, me puse de costado para evitar tocarlo al pasar, pero en el último momento posible, él dio un paso a un lado. Me rozó el abdomen y la cadera con la parte delantera de su cuerpo. Lo que noté, que era asquerosamente evidente, hizo que un escalofrío de repugnancia me recorriera el cuerpo.

Rick sonrió, satisfecho.

Se acabó.

Me detuve de espaldas al viento que se arremolinaba entre las columnas de cemento y los coches aparcados.

—No vuelvas a tocarme en tu vida. Si lo haces, estaré en el despacho del señor Browser antes de que te des cuenta siquiera.

—Yo no te he tocado. —Su sonrisa se desvaneció.

—Y una mierda —solté con la mandíbula apretada—. Sabes muy bien lo que acabas de hacer.

Rick salió ofendido del ascensor, y yo no me dejé intimidar cuando ocupó mi espacio con la cara tan colorada que me pregunté si le iba a dar un ataque.

—¿Me estás amenazando? —soltó.

—No. —Le sostuve la mirada a pesar de que notaba cierta inquietud en la boca del estómago—. Te estoy haciendo una promesa.

Se echó hacia atrás con los ojos brillantes bajo la tenue luz. Le sostuve la mirada un momento más y me di la vuelta a toda velocidad. Me dirigí hacia mi coche con el corazón latiéndome con fuerza y un cosquilleo en la nuca. ¿Iba a seguirme? No. Llegué al coche sin más contratiempos, y esperé y recé que hiciera caso de mi promesa y me dejara en paz de una puta vez.

Había tratado antes con chicos como él. Chicos de hermandades que no sabían lo que era el espacio personal. Chicos en el gimnasio que creían que todas las que miraban en su dirección iban detrás de ellos. Normalmente, lo dejaban correr en cuanto se daban cuenta de que no ibas a dejarte intimidar. Esperaba que Rick se incluyera en esa categoría.

Al salir del garaje oí que me llegaba un mensaje. Como tenía el móvil en el bolso, lo dejé ahí. Las calles estaban congestionadas y tenía que prestar especial atención para no chocarme con el coche de nadie.

El trayecto hasta casa fue pesado, pero me lo esperaba. Para cuando llegué, el sol casi se había puesto y el cielo estaba azul oscuro. Me quité el chaquetón, lo dejé en el respaldo de la silla de la cocina y deposité el bolso en la mesa. Enfilé hacia la nevera, pero entonces me acordé de que había recibido un mensaje.

Así que regresé donde estaba mi bolso, saqué el móvil y encendí la pantalla.

El corazón me dio un vuelco en el pecho. El mensaje era de Nick.

Te apuntas a una noche de juegos?

Fue como si el cerebro se me vaciara un par de segundos. Me quedé mirando el mensaje hasta que la pantalla se quedó en negro. Reece iba a celebrar lo que supuse que sería una de sus noches de juegos de los miércoles, y Nick me estaba invitando otra vez, pero yo…

No me apetecía subir y fingir que todo iba bien, porque no era así. Me puse la mano libre en el vientre y la aparté de golpe. ¿Qué estaba haciendo?

No podía ver a Nick sin soltarle a bocajarro lo que estaba pasando, y no estaba preparada para esa conversación. Equivocada o no, esa era la verdad. Como no me había hecho del todo a la idea de estar embarazada, no podía contárselo a nadie aún, especialmente a él, porque sabía que sería una conversación difícil.

Si es que llegaba a tener lugar en algún momento.

No respondí el mensaje de Nick.

Y él no volvió a escribirme.

Logré continuar con lo que quedaba de semana sin tener una crisis nerviosa hasta que me di cuenta de que unos pantalones que antes me iban holgados ahora me venían algo justos, aunque podía ser simplemente que estaba paranoica. Lo único positivo era Rick. Parecía haberlo pillado y no se me había acercado desde que se pasó conmigo en el ascensor.

Y yo todavía no había asimilado lo que estaba ocurriendo en el interior de mi cuerpo.

El viernes por la noche le envié un mensaje a Roxy para decirle que no podría desayunar el domingo porque no estaría en la ciudad, lo que era cierto. El sábado por la mañana, temprano, salí de casa y recorrí en coche las tres horas que me separaban de la casa de mi madre. Ella me estaba esperando, pero no sabía por qué iba a verla.

Necesitaba… Necesitaba a mi madre, y la conversación que debía tener con ella no podía tenerse por teléfono. Ni de coña.

Mi madre vivía en la misma casa en la que crecí, y sabía que nunca dejaría nuestro hogar de dos plantas de estilo colonial en Red Hill, en Martinsburg. Guardaba demasiados recuerdos.

Eran cerca de las once cuando enfilé el camino de entrada. El asfalto estaba agrietado, como lo había estado los últimos tres años. Mamá no paraba de decir que haría que lo pavimentaran de nuevo, pero dudaba que fuera a hacerlo en un futuro cercano.

Tragué saliva con fuerza, aún sentada dentro y con el coche en punto muerto mientras repasaba la fachada de la casa con la mirada. De la puerta principal colgaba una corona de flores otoñales. Cuando era pequeña, mi madre solía poner adhesivos de fantasmas y de brujas en las ventanas delanteras al acercarse Halloween.

Pero yo ya no era una niña.

Obviamente.

Apagué el motor y cogí el bolso y la bolsa de viaje que había preparado. Tenía planeado pasar allí la noche. Salí del coche bajo el sol brillante y subí por el camino oscurecido por unos frondosos arbustos de acebo.

La puerta se abrió antes de que llamara, y a pesar de la ansiedad que creció rápidamente en mi organismo, una amplia sonrisa me iluminó la cara.

—Mamá.

Estaba en el umbral, sosteniendo una terrorífica bolita blanca y marrón que intentaba alcanzar todo lo que tenía a su alcance de cachorrillo para bajar. Alrededor de su cuello, mamá llevaba una cadena de plata que no se había quitado en años. Las placas de identificación de mi padre.

—Me preguntaba si ibas a entrar o a quedarte sentada fuera toda la mañana.

Con una carcajada, crucé la puerta y, con el brazo que tenía libre, le di a ella y al perro un abrazo que me calentó la piel fría.

—No he estado fuera tanto rato.

Arqueó una ceja castaña y dejó al perro en el suelo.

—Ajá —dijo.

Tras dejar caer la bolsa y el bolso en el suelo, me agaché para coger al Jack Russell terrier, al que mamá había llamado, de modo muy adecuado, Loki. El perrito se retorció en mis brazos y me llenó la cara de besos unos tres segundos antes de revolverse hasta que lo dejé en el suelo.

Loki se marchó corriendo del recibidor hacia el salón antes de volver como una exhalación donde estábamos. Empezó a dar vueltas a mi alrededor y se largó pasillo abajo para regresar con un tigre de peluche naranja con rayas negras en la boca. Sacudí la cabeza.

—Acabo de sacar del horno uno de tus favoritos. —Mamá empezó a andar hacia la cocina.

La seguí, inhalando el conocido aroma a manzana y canela que tapaba tenuemente algo que me recordaba a vainilla.

—¿Un bizcocho?

—¿Qué esperabas? —dijo volviendo la cabeza y guiñándome un ojo.

El estómago me rugió encantado.

Mamá siempre caminaba deprisa, como si no hubiera suficientes minutos en un día, y no aparentaba, ni mucho menos, tener casi cincuenta años al moverse por la casa. Me tuvo y se casó joven, a los veinticuatro años. Pensar eso me hizo caer en la cuenta de que yo tenía veintitrés y…

Se me secó la boca mientras intentaba alejar ese pensamiento de mi cabeza. Me parecía a mi madre, pero ella llevaba el pelo negro más corto, hasta los hombros, y tenía unas arruguitas finas y delicadas en las comisuras de unos ojos azul aciano y cerca de los labios. No era tan alta como yo, ya que había heredado la altura de mi padre, pero mamá era guapa.

Y yo sabía que debía haber montones de hombres haciendo cola para estar con ella, tanto más jóvenes como mayores, pero no salía con nadie, y yo sabía que nunca lo haría.

La clase de amor que mis padres habían sentido el uno por el otro desafiaba la realidad.

Había un bizcocho enfriándose en una rejilla cerca del horno, y la boca se me hizo agua en cuanto mi madre cogió un cuchillo.

—¿Qué tal el viaje? —me preguntó mientras cortaba el bizcocho—. ¿Ha ido todo bien?

—No ha ido mal. —Me senté a la misma mesa de la cocina en la que había cenado cada día desde que era pequeña—. Habría tardado menos de tres horas si no hubiese sido por el tráfico.

Mamá puso un plato delante de mí, junto con un tenedor. Un segundo después apareció un vaso de leche, y retrocedí de repente a una época en que no tenía que preocuparme por nada. Las lágrimas me escocían en la garganta, y parpadeé deprisa al empezar a comer el pastel.

Mamá se sentó a mi lado con una taza de café en las manos. Loki saltó a su regazo en un periquete.

—Me sorprendió cuando me dijiste que venías a casa. No esperaba verte hasta Acción de Gracias.

Con la boca llena de una delicia con sabor a mantequilla, encogí un hombro.

Mamá me miraba sorbiendo el café, con cuidado de no molestar al perro acurrucado en su regazo. Mientras me concentraba en acabarme el bizcocho, sabía que mi madre se estaba haciendo una idea de lo que hacía allí con solo mirarme. Me conocía tanto que era capaz de leerme como si llevara todos mis secretos escritos en la frente. Sabía que pasaba algo, y yo sabía que no se andaría por las ramas, perdiendo tiempo charlando de tonterías.

Y no lo hizo.

—Se te ve muy cansada, cielo. —Bajó la taza—. No has estado durmiendo bien.

Esa última semana me había costado dormir. Me acostaba pensando en tantas cosas que me despertaba varias veces a lo largo de la noche con la cabeza a mil por hora, como si no hubiera dormido nada.

—¿Es por el trabajo? —preguntó.

Dejé el tenedor en el plato vacío.

—El trabajo va bien; perfectamente, de hecho. Es un buen empleo, y estoy contenta.

—¿Qué pasa, entonces? —Mi madre hizo una ligera mueca—. Sé que pasa algo. Lo supe en cuanto me llamaste. No vives en un huso horario diferente, pero un viaje de tres horas no es ningún paseo.

Di un sorbo a la leche fría y me recosté en la silla. Alcé la mirada y mis ojos se encontraron con los suyos.

—¿Tan mal aspecto tengo?

—No tienes mal aspecto, cariño, pero se te ve cansada. —Hizo una pausa, acariciando distraídamente la parte superior de la cabeza de Loki—. Y parecías estresada cuando me llamaste.

Se me revolvió el estómago, y no supe muy bien si era debido a las infames náuseas matutinas o simplemente a los nervios, porque había ido a ver a mi madre para poder contarle la verdad, y poder así poner los pies en la tierra y escuchar su consejo. Era probable que esa fuera a ser una de las mayores bombas que le soltaría nunca, y me sentía mal.

—¿Stephanie?

Levanté una mano temblorosa para pasarme el pelo por detrás de la oreja.

—Hay una razón por la que estoy aquí. Aunque no es que no quisiera verte.

—Ajá —dijo con una sonrisa irónica.

—Pero necesito tu… consejo. —Noté cómo empezaba a temblarme el labio inferior—. Necesito tu ayuda.

—Vale… Estás empezando a asustarme un poco —comentó tras inspirar con fuerza.

Junté las manos en mi regazo, porque yo también estaba empezando a asustarme un poco. Bueno, estaba temblando por dentro, así que podría decirse que estaba muy asustada. Me miré los nudillos blancos y obligué a mis manos a relajarse.

—Estoy… estoy embarazada.

Silencio.

Tan intenso que podías oír estornudar a un grillo.

Y duró tanto que tuve que alzar los ojos para ver su reacción, y cuando lo hice, la encontré mirándome. Tenía los ojos desorbitados, y los labios, separados. Había palidecido y su mano se había detenido en medio de una caricia sobre el lomo del perro.

—La he cagado —susurré, a punto de echarme a llorar—. Lo sé. Tendría que… bueno, fui con cuidado. Él fue con cuidado, pero me salté algunas píldoras y el condón debió de romperse. —Me puse colorada y, aunque siempre había sido sincera con mi madre, aquella era una conversación incómoda—. Me he hecho tres pruebas —divagué—. Las tres dieron positivo, así que es seguro que… que estoy embarazada. He estado teniendo náuseas y he estado cansada y… la he cagado.

—Ay, cielo. —Mamá salió de su estupor. Se inclinó hacia mí, manteniendo a duras penas a Loki en su regazo mientras me apretaba el brazo con cariño—. No la has cagado. Quedarse embarazada no es cagarla.

Pues ni de coña parecía no serlo.

—No es mi novio —solté con franqueza, porque necesitaba que tuviera la imagen completa—. Estuvimos juntos… una vez.

La comprensión se reflejó en sus rasgos al entender lo que le estaba contando. Un embarazo después de un rollo de una noche. Qué… qué típico. Parpadeó una y dos veces.

—Son cosas que pasan —aseguró despacio, como si todavía lo estuviera procesando todo. Volvió a apretarme el brazo con la mano—. Más de lo que la gente cree, son cosas que pasan.

Sí, pero nunca pensé que fuera a pasarme a mí.

Famosas últimas palabras.

—Ya sabes que tu padre y yo no estábamos casados antes de que me quedara embarazada de ti —comentó pasado un instante—. Las cosas no siempre salen como se habían planeado.

Quise sonreír, porque sabía que solo estaba intentando hacerme sentir mejor.

—Pero vosotros dos estabais juntos y enamorados y…

—Y nada de eso es necesario para tener un hijo, cielo. Es bonito. Es lo que todos esperamos, es lo que yo esperaba para ti, pero no siempre es lo que pasa.

Empecé a arañar la superficie de la mesa.

—¿Estás… estás decepcionada? —pregunté. Mi voz apenas fue un suspiro.

—¿Por qué iba a estar decepcionada, cielo?

Se me escapó una carcajada entrecortada al inclinarme hacia delante mientras recorría con los dedos las ranuras de la mesa.

—Mmm… Puede que porque tengo veintitrés años y estoy embarazada… y estoy soltera.

—Podría ser peor.

Arqueé una ceja.

—Podrías tener dieciséis y podría estar pasando esto. O podrías estar enferma —dijo mirándome con expresión seria—. Las cosas podrían ir peor, Stephanie.

Pensé en cuando llamaron a nuestra puerta hacía nueve años.

—Tienes razón —coincidí.

Soltó despacio el aire y me dio unas palmaditas en el brazo antes de llevarse el café a los labios. Dio un trago enorme, y lo único en lo que pude pensar fue en que no había cafeína suficiente en el mundo para abordar aquella situación.

—¿Sabes qué vas a hacer?

El aire se me quedó atravesado en la garganta.

—No... No sé.

—Tienes opciones —sugirió tras otra pausa.

Cerré los ojos. La leche empezaba a agriárseme en el estómago.

—Lo sé.

—¿Sabes de cuánto estás? —preguntó—. No puede ser mucho.

—Según una de las pruebas y de mis cálculos, estoy de unas cinco semanas. —Abrí los ojos e inspiré superficialmente.

—Vale. —Su cara había recuperado parte del color. Por su tono, vi que se había puesto en modo «mamá puede ocuparse de esto»—. Y ¿qué hay de este chico? ¿Lo sabe?

—Me enteré el domingo pasado y necesitaba asimilarlo antes —respondí sacudiendo la cabeza.

—Es comprensible. —Volvió a acariciar el lomo del perro con la mano—. ¿Piensas contárselo?

Abrí la boca, pero no tenía una respuesta.

Mamá frunció los labios y asintió despacio con la cabeza.

—Si decides no seguir adelante con ello, la decisión es tuya. De nadie más. Estoy convencida de ello, pero también creo que tienes que contárselo al padre. Lo siento, cielo. Es lo que pienso.

El padre...

Dios mío, oír palabras como esas era como tocar un cable de alta tensión.

Pero, muy en el fondo, sabía que me sentiría mal si no se lo contaba a Nick, si no le daba la oportunidad de saber, por lo menos, lo que estaba pasando, de dar su opinión. Al fin y al cabo, lo que él sintiera podría influir en mi decisión. No lo sabía, pero de lo que sí estaba segura era de que no todo el mundo tenía que pensar lo mismo que yo. Cada persona es un mundo. No era asunto mío ni me correspondía opinar, salvo en lo referente a mí.

Y sabía que tenía que contárselo.

—Nos hace falta más bizcocho para esta conversación.
—Mamá despertó al perro dormido y lo dejó en el suelo, donde Loki se marchó corriendo hacia el cuenco de agua. Mamá fue hasta la encimera y regresó con dos pedazos enormes, uno para mí y otro para ella.

—Gracias —susurré, con la garganta rasposa.

—Cielo. —Alargó la mano para rodearme con ella la mejilla—. Esto no es el fin del mundo. Sí, es algo grande. Algo enorme… algo que, decidas lo que decidas, va a acompañarte durante mucho, muchísimo tiempo.

Se me hizo un nudo en la garganta que me impidió hablar.

—Decidas lo que decidas, sea cual sea la opción por la que te decantes, yo te querré y te apoyaré siempre —afirmó, y los ojos se me llenaron de lágrimas—. Si decides que no estás preparada para esto, estaré ahí contigo si tú quieres que esté. Y si decides que quieres seguir adelante con ello y tener este bebé, voy a ser una abuela orgullosa, y una abuela de lo más guapa, además.

Solté una carcajada temblorosa mientras una lágrima me resbalaba mejilla abajo.

Mamá la pilló con el pulgar.

—Pase lo que pase, te quiero y siempre estaré orgullosa de ti —concluyó.

13

Regresé a Plymouth Meeting el domingo hacia el mediodía, y aunque todavía me entraba el pánico cada pocos minutos, tenía las ideas más claras. Ir a casa a hablar con mi madre era lo más inteligente que podría haber hecho.

Escucharla y estar con ella, pasarme el sábado acurrucada en el sofá viendo películas y poniéndome las botas, me había ayudado a poner los pies en la tierra. Habíamos hablado de ello aquella noche, comiendo helado y valorando las... las opciones que tenía y todas sus ramificaciones. No tenía ninguna duda de que lo que mamá había dicho iba en serio. Daba igual lo que decidiera o lo que pasara, ella me apoyaría.

Eso sí, cuando me marché hacía unas horas, pude ver que, plantada allí en la puerta, sujetando a Loki entre sus brazos, tenía *bodies* de bebé danzándole por la cabeza.

Mi piso estaba helado cuando entré. Llevé mi bolsa hasta la cama, la dejé y me di la vuelta para dirigirme hacia el termostato, en el pasillo. Subí la temperatura y me comí el sándwich de embutido que había comprado en el camino de vuelta.

Cerca de la una, cogí el móvil y me lo llevé al sofá. Me imaginé que Nick habría trabajado la noche anterior y esperaba no despertarlo con mi mensaje. Podría llamarlo, claro, pero sería extraño ya que ninguno de los dos había llamado al otro antes, y pude imaginármelo presionándome hasta que le explicara por teléfono lo que pasaba.

Hola, estás ahí?

Hice una mueca tras enviar el mensaje, porque no había nada más tonto que escribir «hola» cuando estaba a punto de darle una noticia que nunca se habría esperado. Pasaron unos instantes antes de recibir una respuesta.

Creía que ya no te gustaba.

Tenía que referirse al hecho de que había pasado de su último mensaje. Iba a contestar, pero se me adelantó.

He estado viviendo sumido en un pozo de oscuridad. Arqueé las cejas. Me llegó otro mensaje: Sin comer, sin dormir.

—¿Pero qué…? —susurré.

Muy, muy triste. Me he afeitado la cabeza. Hubo una pausa. Estoy de coña.

Se me escapó una carcajada.

Puede que haya exagerado un poco, eh? Sí, estoy aquí. Qué pasa?

A pesar de todo, sacudí la cabeza sonriendo. Era… Nick era tremendo. Finalmente le escribí de vuelta.

Podría verte hoy? Tras detenerme un momento, añadí: Es importante.

Pasaron unos instantes antes de recibir una respuesta.

Claro. Voy a tu casa sobre las tres?

Le dije que me parecía bien y me pasé las dos horas siguientes andando, nerviosa, de un lado para otro. Cuando llamó a la puerta, a las tres y pocos minutos, casi me da algo. Corrí hacia la puerta y la abrí.

Ver a Nick después de que hubieran pasado casi dos semanas fue como verlo por primera vez. El cabello moreno le rozaba la frente, con las puntas ligeramente rizadas. Me di cuenta de que le estaba creciendo el pelo. Me observó con sus ojos verde claro llenos de calidez y de curiosidad, y con una media sonrisa en los labios. La camiseta térmica que llevaba le tiraba de las anchas espaldas, y al bajar la mirada, pude ver que se le marcaban las líneas firmes de su tórax. Debía de tener un programa de ejercicio físico cojonudo, pero no sabía muy bien cómo se conservaba en forma.

Yo estaba esperando un hijo... suyo, y apenas sabía nada de él.

Madre mía, era como sumergir la cara en agua helada.

—Hola —dijo al entrar—. Siento llegar tarde. Ha habido un accidente. Me llevó un rato esquivarlo.

—No pasa nada. —Cerré la puerta sin prestar atención a los latidos fuertes de mi corazón—. ¿Te apetece beber algo?

—Claro. ¿Qué tienes? —dijo sin apartar su mirada de curiosidad de mí.

—Mmm... Refrescos. Zumo de naranja. —Me dirigí hacia la nevera, deseando tener algo más fuerte que ofrecerle—. Tengo té helado.

—Perfecto.

Mientras me dedicaba a servirle un vaso, traté de actuar con normalidad.

—¿Trabajaste ayer por la noche?

—Sí. —Sin mirarlo, supe que estaba justo en la entrada de la cocina, observándome—. Salí a la una. Ahora mismo solo trabajo de jueves a sábado.

—¿Son suficientes horas? —Me volví hacia él, y deseé no habérselo preguntado. Aunque, claro, era necesario—. Porque Roxy trabaja cuatro días en el bar, ¿verdad? Turnos de diez horas.

—Pues sí —respondió, y cogió la bebida echándome un vistazo—. Pero a mí, por ahora, solo me hace falta trabajar esas horas.

¿Qué quería decir? Sabía que Roxy se sacaba un buen sueldo trabajando de barman, pero también que aparte hacía diseño gráfico y ese tipo de cosas. ¿Cuánto dinero estaba ganando Nick si solo necesitaba trabajar tres días? O quizá no necesitara trabajar mucho porque todavía podía vivir en casa con sus padres.

Mierda. ¿Y si todavía vivía en casa de sus padres?

Recordé que me había contado que tenía un título universitario, ¿por qué trabajaba, entonces, en un bar y solo tres días a la semana? Dios mío, tenía tantas preguntas…

—¿Me has llamado para hablar sobre las horas que dedico al bar? —preguntó ensanchando su media sonrisa.

—No. Yo… —Carraspeé mientras pasaba a su lado hacia el sofá, intentando aclararme las ideas. Él me siguió y se sentó en la punta—. Esa no es la razón por la que te pedí que vinieras.

Arqueó ligeramente las cejas mientras daba un sorbo a su té.

—Tengo que admitir que la espera me está matando.

Me pasé las manos por la tela vaquera que me cubría los muslos para evitar que me temblaran. Supuse que la mejor forma de contárselo a Nick sería como arrancar una tirita: deprisa y de la manera menos dolorosa posible. Se me hizo un nudo en la garganta.

—No sé cómo decirte esto. —Hice una pausa y lo miré. Su sonrisa fácil se había desvanecido un poco—. Estoy… Estoy embarazada.

Pues ya estaba. Lo había dicho.

La sonrisa había desaparecido por completo de su cara, y me miraba fijamente como si hubiera hablado en otro idioma. Vi que la mano con la que rodeaba el vaso tenía un espasmo. No dijo nada, pero como yo ya había soltado las palabras más importantes, ahí estaba, como si me hubieran arrancado un tapón de la garganta.

—Según las pruebas que me he hecho, estoy de unas cinco semanas, lo que cuadra perfectamente —proseguí a toda velocidad—. Tengo hora en el médico el jueves a mediodía, y supongo que me confirmará lo que ya sé.

Nick movió la boca unos segundos, aunque no emitió ningún sonido.

—Me puse un condón. —Esas cuatro palabras sonaron roncas—. Siempre me pongo condón.

Los músculos de la espalda se me tensaron al pensar en algo que ni siquiera se me había pasado por la cabeza antes. ¿Y si no se creía que él fuese el padre? Al fin y al cabo, ¿por qué iba a hacerlo, dada la forma en que estuvimos juntos? Empezó a latirme el corazón con fuerza.

—Ya lo sé, pero el condón estaría roto, y si lo pienso, noté… algo distinto después. No he estado con nadie más después y llevaba seis meses sin hacerlo antes. Me tomo la píldora, pero cuando estaba preparando mi traslado, me salté algunas —divagué—. No le presté la menor atención, porque no estaba con nadie hasta… hasta estar contigo.

Nick desvió la mirada mientras dejaba su bebida casi sin tocar en la mesita de centro.

—¿Estás segura de que estás embarazada?

—Me hice tres pruebas. —Esperé a que me preguntara si estaba segura de que él era el padre. La pregunta me dolería, pero la esperaba, y no podría culparlo por hacérmela.

—Mierda. —Se levantó, pasándose una mano por el pelo—. Mierda.

—Eso lo resume bastante bien.

Nick bajó la vista hacia mí con las pupilas dilatadas y la apartó de nuevo. Se dirigió hacia la puerta, y el corazón se me paró un instante. Creí que se marchaba, pero se dio la vuelta. Andaba de un lado para otro. Solo estaba andando de un lado para otro.

—¿Cuánto hace que lo sabes? ¿Es por eso por lo que no contestaste mi mensaje la semana pasada?

Su pregunta me pilló desprevenida.

—Me hice las pruebas el domingo pasado… hace una semana. No respondí a tu mensaje porque... bueno, la verdad, todavía no lo había asimilado. No sabía qué decirte.

Me miró con los labios apretados.

—Tendrías que habérmelo dicho en cuanto te enteraste —soltó.

Me sobresalté. De todo lo que esperaba que me dijera, eso no lo había visto venir.

—Necesitaba hablar antes con mi madre.

Parpadeó, flipando sin duda. Abrió la boca y después sacudió ligeramente la cabeza. Levantó la mano y se frotó el tórax con la palma. Esperaba que no le estuviese dando un infarto. Tenía la sensación de que a mí podría darme uno.

—Lo siento —solté, porque no sabía qué otra cosa decir.

Se volvió y echó la cabeza hacia atrás con las manos en las caderas.

—Bueno. Esto no me lo esperaba. Necesito un momento.

Era comprensible. Doblé las piernas para acercármelas al pecho y descansé el mentón en las rodillas. Me hacía una idea de lo que estaría pensando. Suponía que estaría confuso y en shock. Yo todavía estaba impresionada, y hacía una semana que lo sabía.

—¿Estás bien? —preguntó de repente, dándose la vuelta. Me quedé inmóvil, alucinada, cuando volvió a sentarse en el sofá—. Por eso tenías náuseas la semana pasada, ¿verdad? ¿Cómo te encuentras ahora?

Estupefacta, lo único que pude hacer fue parpadear.

—Las embarazadas tienen náuseas matutinas, ¿no? ¿Por eso tenías el estómago revuelto?

Salí de mi aturdimiento.

—Eso creo, pero no han sido graves. Vienen y van a lo largo del día.

Se me quedó mirando un momento y bajó la vista al suelo.

—Estás realmente embarazada —dijo.

Como no parecía una pregunta, no contesté.

—Voy... voy a tener un hijo. —La emoción impregnaba su voz, y me alegró que estuviera sentado—. Vaya. No... sé qué decir. Espera. —Se giró hacia mí—. Espera. Me estoy precipitando. ¿Quieres tener el bebé?

Todo mi cuerpo se tensó, se me cerró la garganta y se me aceleró el pulso, lo que me revolvió el estómago.

—Porque yo, sí —aseguró sosteniéndome la mirada—. Hemos creado este bebé, ¿no? Quiero tenerlo. No has dicho si tú quieres o no, o qué planeas hacer.

Noté que se me desencajaba la mandíbula. No me salían las palabras. No sabía qué decir. El asombro me invadió, me derribó. ¿Nick quería tener el bebé? Eso no me lo esperaba. Oh, no. Esperaba quejas y tanta sorpresa que ni siquiera hubiéramos podido tener la conversación hoy. Me imaginé que me tocaría buscarlo como una loca después de que saliera huyendo despavorido y gritando a los cuatro vientos.

—Supongo que no te has decidido aún sobre si planeas tener el bebé o no —dijo agudizando la mirada—, porque ¿por qué me lo habrías dicho, si no? Podrías... podrías haberte encargado de ello sin que yo llegara a saberlo nunca.

—No podría hacerlo sin hablar contigo. —Tenía la boca seca, y aparté la mirada. Todo parecía tan... tan real, lo que era una estupidez, porque todo era real.

—¿No lo has decidido, entonces? —Se puso de pie y se pasó otra vez la mano por el pelo. Pasó un instante—. ¿Quieres tener hijos? —Soltó una carcajada ahogada—. Joder. Escúchanos.

—Ya te digo —solté cerrando los ojos.

—¿Y bien? —insistió.

—Sí. Quiero tener hijos. —Me obligué a mí misma a abrir los ojos, y lo hice justo a tiempo de captar un atisbo de alivio en su cara—. Pero pensaba que tenía tiempo y que estaría casada primero. O, por lo menos...

—¿Enamorada? ¿De alguien?

—Sí —susurré después de parpadear.

Los rasgos de Nick se suavizaron. Agachó el mentón y sus hombros se elevaron cuando inspiró hondo.

—Puedo cuidar de este bebé... Puedo cuidar de ti, Stephanie. Joder.

Se me desorbitaron los ojos, y podría haber jurado que mi corazón se saltaba un latido.

—No tienes que cuidar de mí, Nick. No es...

—Ya sé que no me lo has contado por eso y no es eso lo que he querido decir. Sé que seguramente no tienes una opinión demasiado buena de mí...

—¿Qué? —Arqueé las cejas—. Eso no es verdad.

Siguió hablando como si no me hubiera oído:

—... ya que trabajo de camarero, pero puedo mantenerte a ti y al niño. Lo haré. No es algo de lo que debas preocuparte.

—¿Cómo no voy a hacerlo? —La pregunta se me escapó antes de que pudiera evitarlo.

—Confía en mí —pidió, muy serio.

El estómago me dio un vuelco. Me estaba pidiendo un acto de buena fe, pero, en el fondo, que pudiera ayudar o no a mantener el bebé no iba a influir en mi decisión de tenerlo o no. Nick tenía razón, pero, aun así, no estaba preparada para que estuviera tan dispuesto a hacerlo.

Nick quería tener el bebé.

Se me hizo un nudo en la garganta y las emociones se arremolinaron violentamente en mi interior. Por lo general tenía el control, pero todo lo que estaba pasando había hecho saltar mis defensas por los aires. Incapaz de mantenerme sentada, me puse de pie, y antes de darme cuenta estaba en la cocina, con una mano en el borde de la encimera y la otra tirando del cuello de mi camiseta. Hacía calor. Puede que lo de subir tanto la calefacción no hubiese sido una buena idea.

—¿Estás bien? —La voz de Nick estaba cerca.

—Sí. —Carraspeé—. No entraba en mis planes quedarme embarazada. Evidentemente. No podría haber ocurrido en peor momento, y me siento fatal por decirlo, pero acabo de empezar un nuevo trabajo y hay muchas cosas que quiero hacer, que planeaba hacer, antes de tener un hijo. Quería viajar. Quería tener estabilidad… —Bueno, el resto de lo que quería era obvio—. Y…

Una mano se posó con suavidad en mi hombro para hacer que me diera la vuelta. Tragué saliva con fuerza y alcé la mirada. Sus ojos verdes se clavaron en los míos.

—Y ¿qué? —preguntó Nick.

—No planeé esto —repetí con el corazón retumbándome en el pecho—. Pero lo quiero… quiero tener este bebé.

Algo que no pude identificar del todo centelleó en sus ojos al rodearme la muñeca con su mano para apartarme los dedos del cuello de la camiseta.

—Entonces coincidimos.

—Coincidimos —susurré mientras bajaba la vista hacia donde él seguía sujetándome la muñeca—. No… No va a ser fácil, Nick.

—Nada de lo que está pasando va a ser fácil. No tienes hermanos, ¿verdad? —Cuando sacudí la cabeza, lució una sonrisa irónica—. Yo tampoco. ¿Alguna experiencia con bebés?

El corazón volvía a latirme con fuerza de esa forma tan horrible.

—No —respondí.

—Yo tampoco.

—Madre mía.

Nick soltó una carcajada, y me costó creer que pudiera reír en aquel momento.

—No puede ser tan difícil.

—Voy a tener que estar totalmente en desacuerdo contigo en eso —dije con ironía.

—Nos las arreglaremos. —Sus ojos buscaron los míos cuando alcé la mirada—. Seguro. Tú y yo. Juntos. Podemos hacerlo. Juntos.

Aquella palabra me hizo sentir como si tuviera todo el pecho metido en una licuadora. Juntos. Aparte de mi madre y mis amigas, ¿cuándo me había enfrentado a nada junto con otra persona... con un chico? No desde el instituto, y lo cierto era que aquello no podía considerarse un ejemplo.

Mis pensamientos seguían enredados los unos con los otros y ese nudo en la garganta no desaparecía. Los planes que tenía para toda la vida habían cambiado de rumbo de una de las formas más decisivas. No tenía ni idea de qué esperar en aquel momento, ni en una semana o en un mes, y mucho menos en un año.

Todo había cambiado, y yo tenía...

—Tengo miedo —susurré con una opresión en el pecho.

Nick no respondió. No con palabras. La mano que tenía puesta en mi hombro se deslizó hacia mi nuca a la vez que me soltaba la otra mano. Sin decir nada, tiró de mí hacia su pecho y me rodeó con los brazos. Tensa bajo su abrazo, inspiré hondo. Olía a frescor, como la primavera, y cuando apoyó la barbilla en lo alto de mi cabeza, cerré los ojos con fuerza para contener las lágrimas.

Pero no era que me asustara tener un hijo. Dios mío, es que me aterrorizaba, porque no estaba segura de que pudiese ser una buena madre, o criar bien a un niño, pero el miedo que se arremolinaba a mi alrededor como una oscura nube polvorienta era un arma de doble filo.

Porque allí plantada, tensa e incómoda, con los brazos pegados a mis costados, entre los brazos de Nick, era difícil, demasiado difícil, pensar objetivamente en él. Separar la situación en la que nos encontrábamos y en lo que me hacía sentir por Nick de lo que había existido entre nosotros antes de averiguar que estaba embarazada.

La verdad era difícil de digerir, pero me obligué a mí misma a aceptar lo que sentía cada vez que alguien mencionaba su nombre, esa opresión en el pecho y el estómago, la desconcertante y desconocida ilusión que acompañaba siempre el modo en que me sentía. Era obvio que nos sentíamos atraídos mutuamente, a nivel visceral, pero también recordaba las palabras de Nick la noche que había venido a disculparse.

Deseaba que fuéramos diferentes.

¿Significaba eso que deseaba algo más? Pero había querido intentar que fuéramos amigos, algo que, al parecer, no había hecho jamás. ¿Y qué sentía yo? ¿Podría sentir algo más por él?

Mientras su mano me subía despacio por la espalda en un gesto suave y reconfortante, noté que el corazón me daba un vuelco a modo de respuesta. Sí, podría... podría sentir algo más.

Tal vez... tal vez eso fuera lo que había estado esperando. Tal vez esa atracción, la química abrasadora, acabara por transformarse en algo mucho, pero que mucho más profundo. Tal vez él fuera el... el hombre de mi vida.

Pasaron los segundos, y mis músculos se fueron relajando. Intuitivamente levanté las manos y se las puse en la cintura. El abrazo no era perfecto, pero con la mejilla recostada en su tórax, no estaba segura de que ninguno de los dos fuera capaz de la perfección en ese momento, o de que eso importara siquiera. Éramos prácticamente unos desconocidos, con nuestros propios problemas y pasados, que creíamos que estábamos siendo responsables, solo para acabar descubriendo que la vida tenía unos planes totalmente distintos que ninguno de los dos había previsto.

Y puede que el abrazo no pareciera gran cosa, pero era un principio, un comienzo de nuestro futuro juntos.

14

Me tomaré una costilla poco... —Mi mirada pasó rápidamente de la joven camarera a la carta. ¿No sería malo comer alimentos poco cocinados ahora que estaba embarazada? No tenía ni idea. Tendría que buscarlo en Google. Con un suspiro, cerré la carta. Mejor ir sobre seguro que priorizar el sabor—. Que sea al punto.

—¿Es así como sueles comer la carne? —preguntó Nick en cuanto la camarera se marchó.

—Suelo comerla como tú, poco hecha, pero no estoy segura de que pueda comerla así ahora —respondí sacudiendo la cabeza.

Sentado delante de mí, alzó su vaso de agua.

—Quizá tendríamos que comprar un manual o algo así.

—Totalmente. —Toqueteé, sonriente, el borde de la servilleta que envolvía los cubiertos—. Seguro que hay alguno.

Después de lo que no había sido el abrazo más incómodo de la historia, Nick me preguntó si tenía hambre. En lugar de explicarle que acababa de comer, decidí aceptar lo que estaba sugiriendo, porque teníamos que hablar. Media hora después terminamos en el Outback, que no quedaba demasiado lejos del Mona's.

—Has dicho que tenías hora en el médico, ¿verdad? —preguntó—. ¿Esta semana? Quiero ir contigo.

Por enésima vez ese día flipé en colores. Me recosté en el asiento.

—No tienes por qué hacerlo.

—Ya sé que no tengo por qué hacerlo —dijo con el ceño fruncido y, joder, hasta con el ceño fruncido seguía siendo guapísimo—. Pero quiero hacerlo.

Sentí un calorcito en el pecho, pero lo ignoré.

—Solo voy al médico de cabecera. Seguramente me diga que estoy embarazada y que tengo que ir a un obstetra o al ginecólogo.

—¿Y por qué no pides cita ya? —Me miraba fijamente, examinándome—. ¿Por qué vas a un médico de cabecera cuando ya sabes lo que te va a decir?

Mierda. Ahí le había dado.

—Ahí le he dado, ¿no?

—¿Me lees la mente? —pregunté con los ojos entrecerrados.

—No —rio—. Solo estoy siendo lógico.

—Cómo no —suspiré—. Muy bien. Mañana puedo pedir cita en el ginecólogo. Bueno, espero encontrar alguno.

—Puedo ir cuando sea —aseguró sonriendo brevemente—. Házmelo saber. Puedo llevarte en coche o reunirme allí contigo.

—Vale. —Doblé los brazos sobre mi estómago, alcé los ojos y vi que me estaba mirando—. ¿Vas a… contárselo a tu familia?

—No —contestó con la mandíbula tensa.

Su respuesta fue tan rápida que resultó un buen corte.

—Entendido.

—Mierda. —Se inclinó hacia delante y apoyó los brazos en la mesa—. No quería que sonara así. No tengo familiares cercanos… ninguno al que fuera a importarle.

—¿Qué significa eso? —quise saber ladeando la cabeza.

—Mucho. —Apoyó la barbilla en su mano, y sus dedos taparon la forma perfecta de su boca—. No tengo una relación cercana con los miembros de mi familia. Ni siquiera sé si todavía viven por aquí. ¿Tienes pensado contárselo a Roxy?

Como sabía que había cambiado de tema aposta, me esforcé por dejarlo correr. La situación era muy nueva para nosotros, y nuestros pasos eran vacilantes. Si no quería divulgar esa información en ese momento, vale, pero tendría que hacerlo más adelante.

—No lo había pensado. ¿Y tú?

—Iba a dejártelo a ti, pero me da que no es algo que pueda mantener en secreto —razonó—. Tendré que decírselo a Jax si necesito tiempo libre o algo, pero él no se lo diría a nadie.

—Podría contárselo a Calla. A ver, están juntos, y fijo que hablan. Y si ella lo sabe, es muy probable que se le escape. —Me mordí el labio inferior—. Pero no hace falta que les digamos nada ahora.

Asintió con la cabeza.

—No hace falta decir nada de momento, pero ¿qué hay de tu trabajo? ¿Cómo crees que van a tomárselo?

—Uf. —Apoyé el mentón en las manos—. Ni siquiera quiero pensar en ello y no tengo ni idea de cómo van a reaccionar. Supongo que todavía tengo algo de tiempo antes de contárselo.

—No creo que quieras dejarles caer la bomba de tu embarazo pocos meses antes de salir de cuentas —comentó, arqueando una de sus oscuras cejas.

—Lo sé, pero apenas estoy de un mes, así que tengo tiempo. —Fruncí la nariz cuando él arqueó ambas cejas—. Y no tengo que decírselo enseguida, ¿no? Tampoco es que esté retrasando lo inevitable.

—Ajá.

—¿Qué quieres decir con eso? —pregunté con los ojos entrecerrados de nuevo.

—Nada. —Hizo una breve pausa—. No estás retrasando lo inevitable. Todavía no tienes que decírselo. A ver, creo que las mujeres esperan un tiempo, pero no me pareces la clase de persona que retrasa nada. Das la impresión de enfrentarte a la mayoría de cosas de cara.

—Está claro que no me conoces bien. —Reconocí al instante la arrogancia en mi tono.

Nick bajó los dedos, lo que dejó al descubierto una media sonrisa en sus labios.

—Es lo que estamos haciendo, ¿no? Conociéndonos.

Más bien parecía que nos estábamos quedando en la superficie, sin profundizar en nada.

—Tenemos que hacerlo —comenté suavizando el tono.

—Cierto. —De repente alargó su brazo por encima de la mesa. Me rodeó la mejilla con la mano, y yo me quedé inmóvil, conteniendo la respiración mientras él me recorría el mentón con el pulgar—. Tenías una pelusa.

—Ah, ¿sí? —Se me aceleró el pulso.

—Sí. —Bajó las pestañas, que le taparon los ojos—. Pero ya no.

—Genial —susurré, y el pulso se me aceleró todavía más—. ¿Estás buscando más pelusas?

Nick soltó una risa grave, y el sonido me provocó un agradable escalofrío.

—Puede. —Le había cambiado la voz, bañándome la piel como si fuera agua caliente—. Las pelusas tienen muy mala leche. Pero creo que tendría que hacer una búsqueda más a fondo —dijo y sus labios esbozaron una amplia sonrisa al apartar la mano—. Solo para asegurarme de que no tienes pelusas en ninguna de las zonas importantes.

—Qué servicial eres. —Sonreí.

—Sí que lo soy. —Ladeó la cabeza y la tenue luz se reflejó en sus pómulos pronunciados—. En fin. Tenemos que conocernos bien. Estamos atrapados el uno con el otro… bueno, para siempre.

Un calor irritante me recorrió la piel por encima de la calidez sensual de su coqueteo. Un dolor amargo que no entendía del todo la sustituyó, y mi boca formó de inmediato las palabras:

—Quizá tendrías que comprar condones de mejor calidad, ¿no?

Su sonrisa se transformó en una especie de mueca.

—Quizá tendrías que estar más pendiente de tomarte la píldora, ¿no?

Touché.

Estábamos empatados.

—Mira. Tenemos que hacer que esto funcione. —Se recostó de nuevo en su asiento con los ojos fríos en comparación con antes—. Y acusarnos el uno al otro no va a hacernos ningún favor. Hay muchas cosas que tenemos que decidir, muchas cosas importantes como el cuidado del niño, cómo vamos a educarlo, el dinero que va a costar... Desconozco los aspectos jurídicos que conlleva todo eso, pero vamos a tener que averiguarlo.

El calor irritante se extendió por mi cuerpo, y deseé estar fuera, dejando que el aire frío me refrescara y acabara con esa sensación. Me encontré asintiendo, pero no podía quitarme de la cabeza la palabra «atrapados». Estar «atrapado» con alguien no aludía a nada más profundo. ¿En qué coño estaría pensando antes, cuando Nick me había abrazado? ¿En que podríamos de algún modo llegar a importarnos de verdad, tal vez incluso... tal vez incluso a querernos del modo en el que yo siempre había esperado enamorarme de alguien?

Era tonta del culo.

Nick y yo nos habíamos acostado. Ahora estábamos lidiando con las consecuencias. No había emociones involucradas en ello. No. Para nada.

Nick desvió la mirada, mientras un músculo se le tensaba en la mandíbula. Llegó la comida, pero a mí se me había cerrado el estómago.

Bueno, ese nuevo comienzo ya no parecía tan brillante.

El montón de carpetas nuevas se tambaleaba en mis brazos mientras avanzaba entre los cubículos el lunes por la tarde. El manual renovado de Recursos Humanos estaba acabado, pero ahora necesitaban nuevas carpetas, por motivos que no vienen al caso. El olor a plástico y a sustancias químicas me revolvió el estómago, todavía sensible, y estuve medio tentada de tirarlas al almacén pero, una vez más, había motivos por los que eso no sería una conducta aceptable.

Las dejé en el estante del medio, con los lomos hacia fuera, y me alisé la blusa. Un olor diferente eclipsó el químico, algo demasiado pegado al almizcle. Al girarme, casi me lancé al suelo para tener una pataleta como una niña de dos años.

Rick estaba en el umbral, y su cara colorada y sus ojitos brillantes eran de lo más desagradables de ver. Él era el origen del aroma que me había revuelto el estómago. Había días que olía como si se hubiera bañado en colonia. Sonreía satisfecho.

Suspiré.

No estaba teniendo un buen día.

Me había puesto de mala leche por la mañana, cuando había intentado embutirme en una falda tubo de raya diplomática muy bonita. Me la había subido hasta los muslos y me la había pasado por las caderas, pero al tratar de subir la cremallera, no le cabía del todo mi tripa y tiraba de las costuras.

Después de ese primer fracaso con la ropa por culpa de mi embarazo nada más levantarme, mi estómago se estuvo quejando todo el trayecto bajo la lluvia hasta el trabajo. Como no se me había ocurrido comprobar qué podían usar las embarazadas para combatir las náuseas, iba a tener que padecerlas hasta llegar a casa. Mi paranoia no me permitiría buscar en Google esa información mientras estaba en la oficina.

Como mi estómago daba la impresión de estar rebosando bilis, no pude almorzar demasiado, lo que hizo que estuviera hambrienta y cabreada a la vez. Pero eso no fue lo que más me disgustó durante el almuerzo. Me había escondido en mi coche para ponerme a llamar a ginecólogos, y por Dios, ¿es que todo el mundo de repente estaba embarazado y necesitaba una cita con un obstetra? Tuve que hacer seis llamadas distintas para encontrar un médico que pudiera darme cita para la segunda semana de noviembre.

¡La segunda semana de noviembre!

Joder, según mis cálculos, estaría de unas ocho semanas para entonces. ¡Ocho semanas! Eso eran dos meses, y puede que algo más. ¿Qué coño iba a hacer hasta entonces?

Había muchas cosas en las que podía cagarla en dos meses y medio.

Pero pedí hora, y después, aunque la cena con Nick la noche anterior había ido de mal en peor a la velocidad de un apocalipsis zombi, le escribí un mensaje con la fecha y la hora de la visita con el médico.

Ninguna respuesta.

Nada de nada.

Quería involucrarse y teníamos que estar juntos en esto porque estábamos «atrapados» el uno con el otro, pero ese mensaje de texto era de hacía tres horas ¿y todavía no me había contestado? Empezábamos bien.

A ver, le podía estar pasando algo, desde luego, pero yo estaba teniendo un día de mierda, y usar la lógica solo serviría para cabrearme más.

Y ahí estaba ahora Rick mirándome como un auténtico gilipollas.

Avancé hacia la puerta con la intención de darle un puñetazo en las pelotas si no se apartaba de en medio o si me rozaba con su cuerpo de nuevo, pero al acercarme a él, se hizo a un lado. No dijo nada mientras pasé a su lado con firmeza y salí conteniendo la respiración para no asfixiarme con su colonia. Él se quedó ahí plantado, como un gusano, mirándome.

Don Gusano Baboso.

Cuando casi había llegado a mi mesa, la puerta de Marcus se abrió de golpe haciendo temblar las bisagras. Me detuve en seco, pasmada. Andrew Lima salió del despacho disparado como una bala hacia la puerta principal. Marcus le iba a la zaga. La hija de Andrew, la callada Jillian, apareció a toda prisa después.

—¿Qué ha pasado? —pregunté, llevándome la mano a la tripa por algún motivo desconocido.

Como aparté la mano casi al instante, el gesto pasó desapercibido. El rostro de Jillian estaba blanco como el papel cuando pasó corriendo delante de mí.

—Es Brock —dijo con los ojos castaños llenos de lágrimas—. Se ha hecho daño.

15

Prácticamente nadie habló de otra cosa el resto del día en la oficina. Todo el mundo estaba asombrado por lo que había sucedido en uno de los cuadriláteros de entrenamiento de la planta inferior. Por lo que pude pillar de lo que decían los chicos que entraban y salían de la oficina, Brock estaba entrenando a uno de los nuevos luchadores, un chaval que tenía muchísimo potencial en el mundo de las artes marciales mixtas.

Nadie sabía exactamente cómo se había hecho daño, pero, al parecer, Brock estaba enseñando movimientos de sujeción al joven. Algo había salido mal, y Brock había acabado tumbado boca arriba en el suelo, sujetándose el tórax. Dijo que había sentido como un estallido en el pecho, y aunque yo no sabía demasiado sobre lesiones relacionadas con las artes marciales mixtas, no parecía que fuera nada bueno.

Y no lo había sido.

Para cuando empezábamos a finalizar la jornada, Marcus regresó, y las noticias eran desalentadoras. Brock había sufrido una ruptura del tendón pectoral mayor, un desgarro del músculo interior que rodeaba la pared torácica. El desgarro era tan grave que el músculo se había separado del hueso, y lo habían operado para repararlo. En un puñado de segundos, Brock Mitchell, *La*

Bestia, había sufrido lo que algunos temían que fuera una lesión que acabara con su carrera.

Horrorizada, no supe qué decir. No conocía demasiado bien a Brock, pero era deprimente saber que su futuro podía haber cambiado irrevocablemente. Estuve de bajón hasta mucho después de haber llegado a casa y haberme puesto un cómodo y calentito chándal. Roxy se pasó un rato por casa, y le conté lo de Brock. Le supo mal como a todos los demás.

Cuando se marchó para subir a casa de Reece, charlé con Yasmine por Skype un par de minutos sobre nada en concreto hasta que se inclinó hacia la pantalla de su ordenador con sus ojos castaños llenos de preocupación.

—¿Cómo te va de verdad, Steph? —preguntó con una voz que sonaba distante debido a la conexión por Skype.

Me acerqué el cojín al pecho mientras le devolvía la mirada.

—Me va bien. Como ya te he dicho.

—Pero se te ve muy cansada —comentó con la cabeza ladeada.

Vaya. Fruncí los labios.

—¿Es que estoy hecha unos zorros o qué?

—Un poco —respondió.

—Gracias.

Esbozó una amplia sonrisa que iluminó sus mejillas morenas.

—No lo digo por nada. Es solo que se te ve cansada.

Un «estoy embarazada» me vino a la punta de la lengua, pero no logré emitir esas dos palabras. No tenía ni idea de lo que Yasmine pensaría. Dudaba que fuera a soltar los típicos chillidos de entusiasmo que había escuchado cuando Roxy se enteró de que Avery estaba embarazada. Seguramente diría un montón de «mierda» y cosas por el estilo. Noté una extraña opresión en el pecho. Cambié de tema rápidamente y le pregunté por Atlanta.

En cuanto terminé la llamada con ella, cogí algo para picar y me desplomé en el sofá con galletas de queso Cheez-It mientras me sumía en el maravilloso mundo conocido como Buzzfeed.

Unos minutos después de las nueve me sonó el móvil. Mi mano se quedó suspendida a medio camino de la boca, y una galletita cuadrada de color naranja se me cayó en el pecho mientras dirigía los ojos hacia el brazo del sofá, donde tenía el móvil.

Era de Nick.

Ok. Puedo ir.

¿Y ya está? ¿Casi nueve horas después y esa era su respuesta? Cogí el móvil con la mano. Quise escribirle de vuelta y preguntarle por qué había tardado tanto en contestar, pero yo no era así. O, por lo menos, nunca había sido así antes, pero ¿lo era ahora?

Recogí la galleta de mi pecho y me la metí en la boca, masticándola, la pobre, como si fuera un lobezno con un hueso. Lo único que quería hacer era hundir la cara en una almohada y gritar.

Gritar tantas veces «joder» que a todos los vecinos del edificio les dolieran los oídos.

Y eso era un pelín melodramático.

¿Qué me pasaba? ¿Serían las hormonas? ¿No se ponían sensibles las mujeres cuando estaban embarazadas? Me parecía una excusa tan buena como cualquier otra, pero ¿pasaba así de deprisa?

El martes y el miércoles fueron días grises, sombríos, a juego con mi estado de ánimo y con el de todos en la Lima Academy. Brock había superado la cirugía y tendría que llevar el brazo en cabestrillo seis semanas por lo menos. Era demasiado pronto para saber si se curaría del todo y podría volver a competir o si el resultado sería el que todo el mundo temía.

No había visto a Andrew ni a su hija desde el lunes, pero me imaginaba que los dos estarían destrozados, por razones muy distintas. Brock era fundamental para el éxito de la Lima Academy, pero no podía olvidar la forma en que Jillian lo había mirado. A pesar de que iba a irse, era obvio que estaba enamorada de Brock.

Nick me había vuelto a escribir el martes, en algún momento de la tarde, y no le había contestado porque… bueno, no tenía ningún buen motivo. Una parte enorme de mí sabía que estaba siendo infantil y que, sinceramente, había llegado el momento de actuar con madurez, pero no conseguí reunir la energía suficiente para que eso me importara.

El miércoles, al llegar a casa, me puse de inmediato los pantalones de pijama de franela y un jersey holgado y charlé con mi madre. Estuvo contenta de que se lo hubiera contado a Nick, y aunque trató de mantener la calma por teléfono, me di cuenta de que le ilusionaba que en unos ocho meses fuera a ser abuela.

Eran cerca de las siete y media cuando colgué el teléfono, y tenía los ojos puestos en los abundantes aperitivos que tenía en la despensa. Había hecho un viaje muy necesario al supermercado al salir del trabajo el lunes para abastecerme de alimentos que había descubierto a través de una página web muy desconcertante y algo abrumadora para futuras madres.

Huevos. Salmón. Frutas y verduras… frutas y verduras coloridas, porque, al parecer, había cierta diferencia. ¡Nada de frutas de colores aburridos para las embarazadas! Boniatos. Yogur griego. Y, por último, carnes magras.

Yo, la verdad, es que prefería las carnes grasas porque, bueno, me gustaban más las cosas que tenían sabor.

También me hice con un frasco descomunal de vitaminas prenatales y un medicamento para la acidez estomacal. Como, al parecer, no había demasiadas cosas aprobadas para las embarazadas, y el medicamento para el ardor lo estaba, pensé que me podría ir bien para las náuseas. No iba a tomármelo ahora, porque podía manejarlas, pero estaba bien tenerlo a mano.

¿Cheez-It o Pringles? Esas eran las dos opciones entre las que me debatía cuando llamaron a la puerta.

Me giré despacio mientras mi corazón hacía una pirueta. Pasado un momento me acerqué a la puerta. Aunque el instinto me decía quién era, lo comprobé de todos modos. Era Nick. Mordiéndome el labio inferior, me eché un vistazo a mí misma y suspiré. Los pantalones me venían dos tallas demasiado grandes por lo menos, y el jersey corto no era algo que llevaría nunca en público. Me dejaba a la vista una parte decente del estómago, y aunque no había cambios perceptibles, deseé tener tiempo para ir a…

Bueno, espera. ¿Por qué me importaba mi aspecto o lo que él pensara? Estaba cabreada con él. Y podría tener peor pinta. Podría tener una galleta de queso pegada al pecho o algo así. Abrí la puerta, preparada para exigir una explicación sobre por qué estaba ahí.

Antes de que pudiera abrir la boca, entró como si tuviera todo el derecho del mundo a hacerlo. Llevaba un casco debajo del brazo, y una chaqueta gastada de cuero le cubría el pecho.

—¿Todavía tienes moto? —solté y, por Dios, menuda chorrada de pregunta.

Dejó el casco en la mesa de la cocina.

—Pues sí. —Frunció el ceño—. Tengo coche y moto. Como ha dejado de llover, he decidido venir en moto.

—Pero ¿no hace frío para ir en moto?

—Te acostumbras —dijo encogiendo un hombro. Hubo una pausa en la que su mirada verde claro me recorrió la cara—. Tengo que llevarte de paquete a dar una vuelta.

Un escalofrío me bajó por la espalda. Esas palabras rezumaban un significado más profundo. Crucé los brazos sobre el abdomen y desvié la mirada hasta posarla en su casco.

—¿Por qué estás aquí, Nick? —quise saber.

Obtuve el silencio por respuesta, lo que me obligó a volver los ojos hacia él. Me dirigió una mirada penetrante con la mandíbula tensa. Al hablar, su voz era entrecortada.

—No me puedo creer que me hagas esa pregunta.

Quise indicarle por qué la había hecho, pero las razones no eran demasiado buenas. En aquel momento me di cuenta de ello.

—Así que supongo que es por eso por lo que no respondiste a mi mensaje el lunes —soltó con las manos en las caderas—. He hecho algo que te ha cabreado. No sé exactamente qué, por lo que ¿serías tan amable de hacerme saber de qué se trata?

La irritación punzante que sentía había vuelto, pero básicamente dirigida hacia mí misma. Lo que realmente me molestaba, lo que no me atrevía a señalar, era lo que él había dicho el sábado por la noche durante la cena. Que estábamos «atrapados» el uno con el otro. Esa era la causa de mi frustración y... y sí, del dolor sordo que sentía en el centro de mi pecho. Pero decirle eso a Nick equivaldría a desnudarme y ponerme a bailar delante de él.

—Supongo que... me mosqueó lo mucho que tardaste en contestar a mi mensaje el lunes. —Cerré los ojos, odiándome a mí misma por decir eso en voz alta, porque, en parte, era cierto—. Es que había pensado que... mmm..., me contestarías más deprisa.

Cuando abrí los ojos, la cara de Nick tenía una expresión de duda, pero también de... diversión. Fruncí los labios. ¿Qué coño le parecía tan gracioso? Se quitó la chaqueta de cuero y la dejó colgada en el respaldo de la silla. Supuse que iba a quedarse.

—Tienes razón —soltó.

—¿La tengo? —solté echando un vistazo alrededor de la habitación.

Nick avanzó hacia mí, y yo me quedé inmóvil, sin saber qué haría. Era muy imprevisible, y me sorprendió cogiéndome la mano. Entrelazó sus dedos con los míos y me alejó de la entrada. El corazón me dio un vuelco repentino porque, por un segundo, pensé que iba a llevarme pasillo abajo, hacia la cama, y aunque la cabeza me decía que era una idea malísima, mi cuerpo prácticamente explotó con una efusión de hormonas que gritaban: «vamos allá».

Pero no era ahí donde me llevaba. Me condujo hacia el sofá y se sentó, tirando de mí hacia abajo para que me sentara a su lado, con el muslo contra el suyo, y como tenía la cabeza deleitándose, feliz, en pensamientos lascivos, el contacto me envió una oleada de calor por todo el cuerpo.

Tenía que controlarme.

Aparté la mirada de sus bonitos ojos y la bajé hacia una zona situada bajo el cinturón.

Realmente tenía que controlarme.

O echar un polvo.

—¿Qué estás pensando ahora mismo? —preguntó Nick.

—¿Qué? —Mi mirada volvió hacia su cara—. Nada.

—Bueno, no te creo —aseguró girando un poco la cabeza—. De repente te has puesto colorada y tienes los ojos desenfocados… Espera, ¿te encuentras bien? ¿Es el…?

—Estoy bien. —Tampoco es que fuera a decirle que estaba cachonda. Solté mi mano y puse las dos entre las rodillas—. Y… ¿en qué tenía razón? —Sin mirarlo, supe que tenía la mirada clavada en mí, aquella mirada tan desconcertante que te hacía sentir que podía ver a través de ti.

—Tenías razón sobre lo de no haberte devuelto el mensaje. Tendría que haberlo hecho antes.

—¿Hablas en serio? —Lo miré fijamente, alucinada.

Ignoró mi pregunta.

—Pero tú también podrías haber tenido las pelotas de llamarme la atención enseguida. Podríamos haberlo hablado entonces en lugar de pasarte dos días rayándote y hacer que le preguntara a Roxy si estabas muerta.

—¿Cómo? —Me recliné hacia atrás alejándome de él—. ¿Le has preguntado a Roxy si estaba muerta?

La expresión que adoptó indicaba que no estaba nada arrepentido.

—Bueno, no dije esas palabras exactas, pero la he visto esta tarde en el bar al pasarme por ahí y le he preguntado si tenía noticias tuyas. Lo que quiero decir es que tendrías que haber tenido las pelotas de llamarme la atención.

—Yo no tengo pelotas —repliqué con sarcasmo. Lo más extraño era que, en cualquier otra situación, le habría llamado la atención al momento. No me habría rayado por ello.

Esbozó media sonrisa.

—Pues tendrías que haber tenido lo óvulos fecundados para decírmelo enseguida.

Di un respingo. Se me escapó una carcajada.

—¿Óvulos fecundados?

—Es lo mejor después de las pelotas. —Su sonrisa se ensanchó.

—Por el amor de Dios —solté, tapándome la cara con las manos mientras me reía—. Eso suena muy mal, Nick. Suena fatal.

—Sí, tienes razón. Suena raro. —Soltó una risita mientras yo bajaba las manos.

Me retorcí, incómoda, con las mejillas sonrojadas.

—Tienes razón —dije—. Tendría que habértelo dicho o preguntado, o tendría que haber respondido por lo menos. Fue infantil, y no suelo ser así. Supongo que estoy…

—¿Estresada? —sugirió con amabilidad, dándome un golpecito en la pierna con la suya.

—Sí que lo estoy —comenté asintiendo con la cabeza—, pero eso no es ninguna excusa. No es…

—Hubo un motivo por el que no me puse en contacto contigo hasta el lunes por la noche. Cuido de mi abuelo. —Esa frase me impresionó. Nick estaba mirando hacia delante, y todo su buen humor anterior había desaparecido de su estupendo perfil.

—¿Qué? —susurré.

Tragó saliva con fuerza antes de hablar.

—Mi abuelo… se llama Job. —Sus labios carnosos formaron una breve sonrisa—. Sé que es un nombre curioso. Mi familia es romaní. Es probable que nos conozcas por la otra palabra. Gitana. Aunque a la mayoría de nosotros no nos gusta esa palabra. En absoluto.

Vaya, mi suposición de que era de origen hispano iba muy desencaminada. ¿Era un auténtico romaní? Por algún extraño motivo me resultaba de lo más fascinante, seguramente porque nunca había conocido a ninguno, al menos que yo supiera. Había algunos romaníes que vivían cerca de Martinsburg, según uno de esos *reality shows* de la tele, pero yo nunca los había visto. Ahora bien, ese no era el momento de hacerle cien preguntas sobre su origen y acabar sonando como una ignorante total.

—Y antes de que lo preguntes, mi familia lleva años establecida en esta zona. Fui a la escuela pública y no crecí en una autocaravana —prosiguió con el ceño fruncido—. Sé que hay mogollón de estereotipos sobre nuestra cultura, pero la mayoría de ellos son falsos o han sido totalmente idealizados.

Ahora me sentía muy idiota por haber pensado lo que había pensado, pero jamás había menospreciado a los gitanos… esto, romaníes… ni nada por el estilo.

—Yo soy medio cubana —le comenté.

Alzó los ojos hacia mí con las cejas arqueadas.

—Bueno, mi abuelo creció en Cuba. Vino a Estados Unidos cuando era adolescente —le expliqué, encogiendo un hombro—. No sé, se me ha ocurrido que podía… compartirlo y ya.

La sonrisa que esbozaron sus labios fue pequeña, pero sincera.

—Es bueno saberlo. —Hizo una pausa—. Mi abuelo ha estado muy enfermo, y como no hay nadie… cerca para cuidar de él, lo hago yo. Vivo con él para que no esté solo la mayor parte del día. Tenemos una enfermera a domicilio que se queda con él por las noches para que yo pueda descansar y también cuando estoy en el trabajo.

Me había quedado de piedra al escuchar a Nick. No tenía ni idea de nada de aquello, pero me vino a la cabeza algo que había dicho Reece la noche que estuvimos en su casa. Fue su respuesta cuando Nick dijo que tenía mucho tiempo libre. Reece había dicho que eso era una chorrada, y ahora sabía por qué.

—Tiene alzhéimer —explicó Nick.

Oh, no. La compasión me oprimió el corazón, afligido.

—Ha estado bastante mal este último año, más o menos, pero no siempre ha sido así. Hubo semanas en las que nadie sabía siquiera que algo iba mal. ¿Sabes? Solo tenía momentos de confusión. En plan repetir algo que había dicho una hora antes o presentarse con la camisa mal abrochada… detalles. Y entonces todo cambió, pero es así como es esta enfermedad. Avanza, y le provoca episodios en los que tengo que estar ahí para él. Se estresa mucho cuando no reconoce a la enfermera. Joder, la mayoría de las veces no me reconoce ni a mí.

Cerré los ojos.

—Pero suele sentirse cómodo cuando está conmigo. A lo mejor es algo innato que le dice que soy de su sangre. Los médicos no creen que sea el caso, pero bueno. —Soltó el aire, cansado—. Pero cuando está estresado, cuesta mucho tranquilizarlo. A veces puede ponerse… violento. No lo hace queriendo. Creo que simplemente está muy desconcertado y asustado. En cualquier caso, tira cosas, y aunque la enfermera es paciente y comprensiva, no me parece bien dejar que se encargue de ello. El lunes me había dejado el móvil en el coche, y la verdad, ni siquiera pensé en ello hasta la noche, y para entonces…

Había estado demasiado estresado para preocuparse por mi mensaje. Dios mío, quería darme de hostias y, si no lo hice, fue solo por el sentimiento de orgullo que me estaba invadiendo. Nick era… joder, era un rompecabezas que no podía resolver. La idea que tenía de él era del todo equivocada. Cuidar de su abuelo enfermo era algo que no haría todo el mundo. Ser cuidador, incluso cuando se tenía ayuda profesional, no era nada fácil. Sabía que, a veces, podía ser tan estresante como padecer la enfermedad. Que a los veintiséis Nick llevara ya años cuidando de su abuelo me tenía alucinada.

Cambió la opinión que tenía de él.

Estaba orgullosa de Nick.

Me incliné hacia él para ponerle una mano en el brazo.

—Lo siento mucho, Nick.

Bajó la mirada hacia donde yo tenía puesta la mano.

—No te lo he contado para que te compadezcas de mí.

—Lo sé. —Se me hizo de repente un nudo enorme en la garganta—. No te compadezco. Solo me sabe mal que tú y tu abuelo tengáis que pasar por esto. No tengo ninguna experiencia personal con el alzhéimer, pero sé lo dura que puede ser esta enfermedad. Estoy… estoy orgullosa de ti.

Nick me dirigió una mirada asombrada. No dijo nada.

—Mucha gente lo habría ingresado en un centro. Tú no lo has hecho.

—Podría llegar a ese punto —dijo en voz baja.

—Y si lo haces, no será porque no te hayas preocupado lo suficiente por él. Creo que ya lo sabes —dije apretándole el brazo.

—Sí —respondió sosteniéndome la mirada.

Se me ocurrió algo.

—¿Es por eso que trabajas de camarero? Mencionaste que tenías un título universitario, pero ¿es porque trabajar de barman te permite, como quien dice, elegir tus horarios?

—En parte. —Nick se recostó en el sofá, lo que hizo que mi mano se deslizara hasta la suya. La dejé ahí.

—¿Está mejor ahora? —pregunté.

—De momento sí —respondió asintiendo con la cabeza.

Retiré la mano apretando los labios.

—Siento que tengas que pasar por esto.

No contestó enseguida.

—¿Cómo te encuentras? —preguntó—. ¿Todavía tienes náuseas?

El cambio de tema era comprensible.

—No he estado muy mal. Me he enterado de que podía tomar medicamentos para la acidez si las náuseas empeoran mucho y eso podría irme bien. La verdad es que me encuentro bastante como siempre. —Fruncí la nariz—. Bueno, puede que esté un pelín más sensible de lo normal.

—Qué va —sonrió Nick.

Puse los ojos en blanco.

—Bonito peinado. —Acercó una mano y tiró de la punta de una de mis trenzas.

Se la aparté de un bofetón y refunfuñé:

—Ay, que sí.

—Son monas. —Su mirada era brillante y suave—. Te pareces a Pippi Calzaslargas.

—¿Cómo coño conoces a Pippi Calzaslargas? —comenté entrecerrando los ojos—. Es de, qué sé yo, hace décadas.

—Sé cosas. Cosas importantes. —Sonrió—. Además, tú eres como una versión adulta y *despampanante* de Pippi Calzaslargas.

—Oh. Vaya. —Arqueé las cejas.

—Pero me gusta más el jersey —añadió, bajando la mirada.

—Creo que lo que te gusta es que puedes ver algo de carne —lo corregí.

—Ahí me has pillado. —Se mordió el labio inferior y se incorporó—. ¿Puedo hacer algo?

—Eh, ¿supongo? —dudé arqueando una ceja.

Nick se giró para ponerse de cara a mí, y cuando acercó la mano a mi tripa, me di cuenta de que seguramente tendría que haberle preguntado qué quería hacer antes de darle permiso. Un segundo después tenía la palma de su mano apoyada en mi barriga.

Inspiré aire de golpe, muy erguida. Abrí los ojos como platos. La mano de Nick era muy grande, prácticamente me cubría todo el abdomen, y también era cálida. La sensación que me provocó al tocarme me atravesó el cuerpo.

Entonces se inclinó hacia delante, tanto que noté su respiración en mi mejilla.

—Sé que no se nota nada todavía, pero quería poner la mano ahí.

—¿Por qué? —Me sentía un poco aturdida, como si hubiera estado aguantando la respiración.

—Me hace sentir cerca del bebé.

Madre mía.

Cielo santo.

Inspiré hondo, pero la sensación de calidez y de desconcierto se extendía por mi cuerpo, y eso no era todo. Nick quería estar cerca del bebé. Al mover ligeramente la mano, sus dedos me rozaron la cinturilla de los pantalones.

—Está justo ahí —prosiguió—. Una parte de ti. Una parte de mí. Da igual cómo haya pasado, es asombroso.

Podrían haberme explotado los ovarios.

—¿No te parece? —Alzó la mirada.

—Sí —susurré y, acto seguido, lo dije más alto—: Sí.

Los labios de Nick rozaron la curva de mi mejilla, y me estremecí una vez y, después, otra. ¿Cuándo se había acercado tanto? Me quedé sin respiración con el corazón latiéndome con fuerza en el pecho. Si volvía la cabeza unos pocos centímetros hacia la izquierda, su boca tocaría la mía. La ilusión creció en mi interior, y la confusión le iba a la zaga. ¿Por qué quería que me besara? Vale. Había varias razones por las que me gustaría que me besara. Muchísimas razones, pero ¿cuál era su razón?

Con su mano todavía sobre mi tripa, tenía los labios en algún lugar cercano a mi mandíbula, y recordé su casi beso. El que me había plantado en la comisura de los labios aquella primera noche. De repente, lo único en lo que podía pensar era en besarlo. ¿Cómo sería sentir sus labios sobre los míos? ¿Serían firmes o suaves? En su caso, puede que un poquito de ambas cosas. Si besaba como follaba, sería la clase de beso que cambiaría para siempre la opinión que tenías de besos pasados y futuros.

Nick bajó un poco la cabeza, y la barba incipiente de su quijada me arañó la barbilla. Contuve un grito ahogado mientras sentía calor por todo el cuerpo. Cuando deslizó la mano que tenía puesta en mi tripa y me rodeó con ella la cadera, la piel me ardió en llamas. Apoyó la frente en mi hombro, y su cálido aliento me hizo cosquillas en el cuello.

Emitió un sonido, un sonido masculino totalmente primitivo, que volvió locos a todos mis nervios. El corazón me martilleó cuando levantó un poco la cabeza, y entonces noté de nuevo sus labios en el punto sensible justo encima de mi pulso. Sentí que se me tensaban los músculos del bajo vientre. «Bésame. Bésame de verdad. Bésame». Esas palabras se me repetían mientras él seguía levantando la cabeza.

Nick se echó hacia atrás y no me besó, pero cuando fijé mis ojos en él, supe que estaba pensando lo mismo que yo. Su pecho subía y bajaba al respirar, y tenía los ojos entrecerrados. Al mirar hacia abajo, me fue imposible no ver el bulto bajo sus vaqueros.

Joder…

—Y, dime, ¿qué haces esta noche? —preguntó, y su voz era grave, ronca.

—No tenía ningún plan. —Me humedecí los labios—. ¿Vas a casa de Reece?

—No he venido a verlo a él —respondió sacudiendo la cabeza—. He venido a verte a ti.

Eso… eso me gustó.

—Iba a ver una película y a comer galletas Cheez-It. Vale. Muchas galletas Cheez-It. Puede que también algunas Pringles.

Una media sonrisa apareció en sus labios. Era contagiosa, y noté que le devolvía la sonrisa.

—Bueno, ¿por qué no eliges una película y me dices dónde están las Cheez-It y las Pringles? Vamos a ver una película.

Una parte de mí demasiado grande esperaba que ver una película fueran las palabras que equivalían a decir «vamos a desnudarnos», pero después de que yo eligiera una que me pareció que podía interesarle, *300*, y de que él regresara con un surtido de *snacks*, hicimos justo lo que había dicho.

Sentados el uno junto al otro, contemplamos todos los abdominales retocados que aparecían en la pantalla, o eso es a lo que yo presté atención. Pensé en todos los chicos con los que había salido en el instituto, y no conseguí recordar una sola vez en la que hubiera estado viendo una película con un chico y comiendo comida basura mientras lo único que me apetecía era montarlo a horcajadas e ir al lío.

No solía sentarme a ver películas con un chico con el que quería hacer guarrerías y no hacer las susodichas guarrerías. Era la primera vez para mí, y me gustaba bastante. No. No bastante. Me encantaba.

El calor que Nick desprendía me invadía. En cuanto dejé de meterme comida en la boca, me encontré recostándome en él. No a propósito. No fue algo de lo que fuera consciente del todo, pero llegó un momento en el que tenía todo mi costado derecho apoyado en su costado izquierdo, y él tenía el brazo izquierdo extendido a lo largo del respaldo del sofá.

Me sentía… bien.

Pasado un rato, me pesaban demasiado los párpados para mantener los ojos abiertos. Luché contra el arrullo del sueño, porque, la verdad, no quería quedarme dormida sobre Nick, pero fue inútil. Acurrucada contra él, más cómoda de lo que recordaba haber estado nunca, me sumí en un sueño apacible.

16

Tenía calor, no demasiado, pero esa agradable calidez se abrió paso hasta mi conciencia. Me desperté lentamente, aunque seguía atrapada en las redes del sueño cuando abrí los ojos parpadeando. Fruncí el ceño al ver el televisor. El volumen estaba apagado, pero me di cuenta de que era algún anuncio extraño. Una tenue luz se colaba por la ventana.

¿Pero qué…?

Fue justo entonces cuando vi que no estaba sola. Se me hizo un nudo en el estómago al empezar a distinguir lo que me rodeaba. Acurrucada de costado, tenía la espalda contra el origen de todo ese calor.

Nick.

Oh, Dios mío, recordé haberme quedado dormida en el sofá, pero los instantes anteriores a haberme sumido en el sueño no creí que Nick fuera a quedarse, la verdad. Me quedé estupefacta al evaluar la situación. El cuerpo de Nick estaba curvado alrededor del mío, y sabía que esa no podía ser la postura más cómoda para dormir. Era alto, y aquel sofá era estrecho.

Pero ahí estaba, con la mano descansando no en mi cadera, sino en mi bajo vientre. A la luz pálida del alba, le contemplé la mano con una extraña especie de asombro. ¿Había puesto la mano ahí a propósito? Era un gesto muy masculino y protector. ¿O lo había hecho en sueños?

Sea como sea, provocó algo en mí. Un fuerte cosquilleo surgió desde donde tenía apoyada la mano y se extendió hacia abajo en una oleada cálida. También hizo que se me formara un nudo en el pecho y en la garganta. Como cuando me había pedido tocarme la barriga la noche anterior, flipé y todo… todo mi ser se conmovió. Si a eso le sumabas lo que me había contado sobre su abuelo, parecía que estaba empezando a ver quién era Nick realmente. Algunas de las piezas que faltaban del puzle estaban apareciendo y colocándose en su sitio. No todas, pero sí algunas.

Mientras contemplaba la mano de Nick, me invadió una importante sensación de certeza. Nick sería un padre estupendo. No sabía demasiado de él, pero a partir de lo que hacía y lo que se sacrificaba por su abuelo, no tenía ninguna duda de que iba a abordar la paternidad del mismo modo. Por no hablar de que él no consideraba que nada de lo que estaba haciendo para cuidar de su abuelo fuera un sacrificio. Era… Era una buena persona, una persona excelente.

La tensión que se había apoderado de mis hombros y mi espalda desde que averigüé que estaba embarazada empezó poco a poco a relajarse. Fue como un despertar. Daba igual lo que pasara entre Nick y yo, él estaría ahí para nuestro… para nuestro hijo. No estaba sola.

Pero al contemplar su mano, también me di cuenta de que no solo quería que fuera el padre de nuestro hijo. Quería encontrar el resto de las piezas de ese puzle y descifrarlo. Quería saber lo que se sentía cuando te besaba y quería saber lo que se sentía al… hacer de verdad el amor con él. Esta necesidad repentina era más profunda que la física.

Quería que significara más para mí.

Quería significar más para él.

Sí, quedarme embarazada era lo que realmente nos había vuelto a unir, pero no tenía por qué ser la única razón.

Con cuidado, me giré para ponerme boca arriba. Su mano siguió donde estaba, extendida en mi vientre, reconfortándome con su peso. Pasó un momento y su pulgar describió lentamente un círculo, un círculo muy lento y preciso, justo debajo de mi ombligo.

Nick estaba despierto.

Alcé la barbilla, y mi mirada se encontró con un soñoliento ojo verde claro. Se me aceleró el pulso cuando su pulgar siguió moviéndose, dibujando entonces medio círculo. Inspiré hondo mientras mi cuerpo empezaba a despertarse del todo y a asimilar esa proximidad. Las puntas de mis pechos se irguieron, presionando las suaves copas de mi sujetador. Con cada respiración, mi excitación aumentaba y era dolorosamente consciente de ello.

—Buenos días —dijo Nick, con la voz áspera por el sueño.

Repetí el saludo, pero apenas lo oí. Estaba demasiado ocupada mirándolo. Una ligera sombra cubría su mandíbula. Tenía el pelo alborotado, con las puntas en todas las direcciones, y la ligera sonrisa que lucía en la cara le daba un aspecto de lo más juvenil.

Aclaré mis ideas para concentrarme en algo que decir y expresé lo evidente:

—Me quedé dormida.

—Sí. —El humor llenaba sus ojos al alzar la cabeza y moverla de un lado a otro como si tratara de aliviarse una tortícolis.

—Te has quedado.

Su mirada se desplazó despacio por mi cara mientras se recostaba de nuevo.

—Pues sí. Eras demasiado cómoda y acogedora como para marcharme. ¿Estás enfadada?

—No. —Más bien lo contrario—. No quería quedarme dormida.

—No me importó. Me ha gustado esto.

El corazón empezó a hacerme una pequeña danza en el pecho.

—Pero ¿qué hay de tu abuelo?

—Le escribí un mensaje a la enfermera. Se quedó con él. Me da que necesitaba las horas extra, porque aceptó encantada.

Bajé la mirada.

—Espero que no te haya costado mucho —solté.

—No.

No podía ser del todo cierto. Las enfermeras a domicilio debían de cobrar un pastón, pero me gustaba que se hubiera quedado. Me gustaba mucho.

—Por cierto —dijo arrastrando las palabras—. Roncas.

—¿Qué? —Dirigí la vista de golpe hacia él.

—Sí. —Me miró sonriendo—. Suenas como una motosierra pequeñita.

—¡Yo no ronco!

—¿Cómo vas a saberlo? —preguntó con los ojos entrecerrados—. Estás durmiendo.

Abrí la boca para protestar, pero tenía razón, ¿cómo iba a saberlo? Nunca había dormido con un chico, ni siquiera con el que había salido en el instituto, y cuando estaba en la universidad, mi compañera de habitación tenía la costumbre de dormir con tapones para los oídos. Madre mía, puede que lo hiciera por eso.

—¿En serio ronco?

Se puso serio unos dos segundos antes de echarse a reír.

—No. No roncas. Es mentira.

—¡Eres imbécil! —Hice una mueca mientras le daba una palmada en el brazo—. Y yo que pensaba que sonaba de verdad como una motosierra.

—Una motosierra pequeñita —me corrigió.

—Lo que sea —murmuré, conteniendo una sonrisa.

Esbozó una sonrisa genuina mientras separaba la mano de mi barriga y me cogía un mechón de pelo que se me había soltado de la trenza para apartármelo de la cara.

—Venga, deberías saber si roncas o no. Algún chico te lo habría dicho.

—La verdad es que nunca he dormido con un chico —admití—. Por lo que era posible.

Bajó la mano y volvió a ponérmela en la barriga.

—Que soy el primero para ti, vaya.

—En algo —destaqué.

—Me conformo.

—Creo que tendrías que aspirar más alto. —Sonreí.

—No tienes ni idea de lo alto que estoy aspirando ahora mismo, guapa.

—Cuenta —pedí tras contener la respiración.

Nos sostuvimos la mirada un momento antes de que sus pestañas se bajaran y le taparan los ojos. Una sonrisita danzó en sus labios mientras extendía sus dedos en mi tripa. Noté cómo se le movía el pecho al inspirar hondo.

—Quiero hacer algo —dijo mientras su mano se deslizaba unos centímetros hacia abajo—. Pero creo que no me vas a dejar.

Rodeé el costado del sofá con la mano.

—Depende de lo que sea.

—Mmm... —Cogió la cinturilla de mis pantalones con los dedos—. Quiero tocarte.

Madre mía.

Mi pulso perdió el compás cuando tiró de mis pantalones. Tuve la sensación de tener la lengua pegada al paladar.

Agachó la cabeza un poco y noté su aliento en mi mejilla.

—Quiero que te corras con mis dedos.

Era muy probable que el corazón se me hubiera parado al moverme. La noté entonces, dura contra mi muslo.

—Sé que las cosas son... diferentes ahora mismo —dijo, rozándome la curva de mi mejilla con los labios al hablar—. Y creía que no quería complicar las cosas, pero tengo que ser muy sincero contigo, quiero ir a por todas con esta complicación. Quiero ir a por todas contigo. —Me sujetó con menos fuerza los pantalones—. Dime, ¿vas a alegrarme la mañana?

Mi pecho se elevó y descendió deprisa. Por un breve instante, pensé que Nick y yo teníamos la costumbre de hacer las cosas al revés: primero el sexo, después el bebé, y ahora un buen revolcón. ¿Todo antes de una cita? Bueno, tuvimos una cita el domingo anterior... más o menos.

El fuego que notaba en las venas y lo mojada que tenía la entrepierna dijeron a mi voz interior que cerrara la puta boca.

Era esclava de mi cuerpo, pero al girar la cabeza hacia él y rozar su mejilla con la nariz, me dio igual.

—Voy a dejarte alegrarme la mañana.

—Gracias a Dios —dijo poniéndose tenso.

Cerré los ojos mientras me ponía en sus ágiles manos, y no me hizo esperar demasiado. Se movió para apoyar la frente en mi sien, y me di cuenta de que, en esa postura, podía ver lo que estaba haciendo.

Eso me excitó todavía más.

Nick situó una mano justo debajo de mi ombligo, la dejó ahí casi con reverencia para, después, deslizarla por debajo de la cinturilla de mis pantalones.

—Joder —gruñó—. ¿No has llevado nada debajo todo este tiempo?

—Nada. —El calor convirtió mi sangre en lava—. No esperaba a nadie ayer por la noche.

Sus dedos se aventuraron a descender a la vez que usaba la rodilla para separarme las piernas.

—¿O sea que vas así cuando estás sola en casa? Sin bragas.

—Casi siempre.

Me quedé sin respiración cuando me rozó mi punto más sensible con la punta de los dedos.

—Mierda. Nunca voy a poder olvidar esto.

Empecé a reaccionar, pero entonces me rodeó con la mano y todos mis pensamientos se desvanecieron. Movió con agilidad los dedos entre mis piernas, de atrás hacia delante con una delicadeza que me hizo encoger los dedos de los pies. Me faltaba el aire.

—Eres muy suave aquí. Creo que es la única parte tuya que lo es.

Quise decirle que no era así. Que, a la hora de la verdad, era como un peluchito, pero uno de sus dedos se volvió atrevido y se deslizó dentro de mí. Arqueé las caderas para que profundizara más, y su gruñido de respuesta hizo que otra oleada de calor me recorriera el cuerpo.

Empezó a mover el dedo a través de la humedad, despacio y firme, tomándose su tiempo, y mis caderas siguieron esos suaves movimientos. Se me escapó un gemido entrecortado cuando añadió otro dedo y me ensanchó con suavidad. Le sujeté la mano, rodeándole la muñeca con los dedos. La tensión se acumuló y se me hizo un nudo en la boca del estómago.

Cuando Nick giró la mano para dejar su palma contra mi clítoris, solté un grito ahogado.

—Dios mío —susurré con los músculos tensos.

—Así. —Su voz era espesa, necesitada—. Puedo sentirte.

El ritmo de sus dedos se aceleró, más profundo y más rápido, y esa tensión siguió creciendo hasta que explotó, lanzando ráfagas de placer por mi cuerpo. Mis gritos eran guturales, y las caderas se me levantaron del sofá al llegar al clímax entre pequeños estremecimientos.

Nick siguió conmigo, sabiendo exactamente cuándo mover más despacio los dedos, y cuando los sacó de mí, lo miré, totalmente agotada y aturdida. Los músculos no me respondían cuando se llevó esos dedos a la boca.

Joder.

Una nueva oleada de deseo me sacudió cuando los sacó de ella.

—El mejor desayuno que he probado nunca.

Me puse de costado para alargar la mano hacia el miembro prominente que me había estado presionando el muslo todo el rato, pero me atrapó la muñeca con la mano.

—¿Vas a detenerme? —solté con los ojos desorbitados.

—Por más que vaya a odiarme a mí mismo por esto, voy a tener que hacerlo —aseguró con una expresión tensa.

—¿Por qué? Tú te has tomado tu desayuno. Yo quiero el mío.

Nick arqueó las cejas.

—Batido de proteínas —dije con una mueca.

Soltó una buena carcajada.

—Joder. No te cortas un pelo.

—No. —Volví a intentarlo, pero me sujetó con más fuerza.

Soltó el aire con rapidez.

—¿A qué hora tienes que ir a trabajar?

Al principio no pillé por qué coño me hacía aquella pregunta, pero entonces caí en la cuenta. El éxtasis se desvaneció.

—Oh, Dios mío. —Di un respingo hacia atrás y me incorporé. Una vez sentada, eché un vistazo al reloj—. ¡Mierda! Tengo que arreglarme.

—¿No decías que querías un batido de proteínas?

Le lancé una mirada al ponerme de pie de un salto sin tropezarme, por suerte.

—Ese batido de proteínas va a tener que esperar —dije.

Nick se estiró, extendiendo los brazos por encima de su cabeza, y me miró desde su postura reclinada. Por un instante, lo contemplé, incapaz de moverme. Una parte muy irresponsable de mí quería mandarlo todo a la mierda y tirármelo, pero no podía hacerlo. Retrocedí.

—¿Tal vez después? —sugirió con los ojos entrecerrados.

—Después, sin falta —respondí tras inspirar con dificultad.

17

Como Nick trabajaba por las noches y yo trabajaba durante el día, no teníamos demasiado tiempo para vernos. Sabía que podía ir a verlo al bar, pero lo que estaba surgiendo entre nosotros parecía demasiado reciente y frágil para convertirme en su parroquiana personal.

Pero eso no significaba que hubiera desaparecido en combate después de irse de mi casa el jueves por la mañana.

Aquella noche me escribió al llegar al Mona's, y también el viernes cuando se levantó, que fue mucho más temprano de lo que yo pensaba para alguien que había trabajado hasta la una de la madrugada. Aunque, claro, ahora que sabía que tenía que cuidar de su abuelo, era probable que funcionara durmiendo lo mínimo.

El sábado por la noche hice algo que nunca había hecho antes. Le mandé un mensaje a Nick antes de acostarme. Lo escribí entre risitas tontas, como si tuviera dieciséis años, y su mensaje de respuesta me dejó con una sonrisa en la cara.

Mientras estés durmiendo, yo estaré pensando en el desayuno.

Sabía muy bien a qué se refería.

Yo había estado pensando durante casi cuatro días en el «desayuno» y en cuándo podría tomarme una segunda ración, algo que ocurría en los momentos más inoportunos. Como cuando Marcus estaba enumerando una lista de cosas que quería que hiciera o cuando Deanna, de Recursos Humanos, y yo comimos juntas el viernes. Mientras estaba hablando del reciente compromiso de su hija, mis pensamientos se habían adentrado en un territorio desconocido. Me estaba preguntado qué se sentiría al irte a dormir y despertarte en la cama con Nick.

Era algo en lo que nunca había pensado demasiado.

Afortunadamente las náuseas no habían empeorado a medida que avanzaba el embarazo. A las seis semanas seguían ahí, pero me acostumbré a lo que ahora consideraba una ligera necesidad de vomitar. Sabía que tenía suerte, porque algunas mujeres tenían náuseas matutinas horrorosas. Por lo que supe el día que me enteré de que Avery estaba embarazada, ella era una de esas pobres que se pasaban la mayor parte de la tarde potando.

Mi madre estaba convencida de que mi embarazo sería como el suyo, relativamente fácil, y yo esperaba que fuera así. Tal vez si me ponía enseguida a preparar el terreno para cuando necesitara tomarme la baja por maternidad, mi jefe no se cabrearía tanto.

Pero eso no significaba que mi madre no estuviera preocupada. Cuando charlé con ella el sábado, me preguntó, vacilante, si había pensado algo en el futuro y si estaba haciendo planes. Flipé con la pregunta. Aparte de tener el bebé y esforzarme por conocer mejor a Nick y, tal vez, estar con él, no había hecho ningún plan salvo pedir la primera cita en el médico.

Cuando mi madre se enteró, me dijo que tenía tiempo, pero era imposible no ver la preocupación subyacente en su voz, y acabó por transmitirme esa ansiedad. ¿Qué se me estaba pasando? Había pedido cita con el médico. Estaba tomando vitaminas prenatales y comiendo los alimentos adecuados.

Bueno, también estaba comiendo algunos alimentos equivocados, pero mi verdadera lucha la tenía con el surtido de galletas Cheez-It.

No me había tomado una sola copa desde que lo supe, evidentemente, y había suprimido la ingesta de cafeína. Pero ¿qué más podía planear? Era demasiado pronto para obsesionarme por la ropita o para empezar a elegir muebles para el bebé.

Y la idea de los muebles para el bebé me hizo pensar en otra cosa de lo más estresante.

¿Dónde coño iba a poner la cuna y todo lo demás? ¿En mi vestidor? Sonaba a negligencia infantil o algo así.

En el trayecto en coche para encontrarme con Katie y con Roxy el domingo por la mañana, me di cuenta, temblorosa, de que tendría que volver a mudarme. Necesitaba un piso de dos habitaciones. Puede que no enseguida, pero el mío, con una sola habitación, no era lo bastante grande para tener todo lo que el bebé necesitaría. Podía permitirme uno de dos habitaciones, pero no sin dificultades. Desde luego, no holgadamente.

Pero no estaba sola.

Lo recordé al aparcar el coche, y sujeté con menos fuerza el volante. Aunque nuestra relación no llegara a ser nunca nada más que física, Nick me ayudaría… nos ayudaría.

El pánico remitió mientras caminaba enérgicamente hacia el restaurante, con el mentón bajo para evitar el frío. Katie y Roxy ocupaban sus asientos habituales, y me reuní con ellas, frotándome las manos para hacerlas entrar en calor.

—Me preguntaba si te habrías perdido —comentó Katie con una ceja rubia arqueada.

Le lancé una mirada.

—Me preguntaba si tenías idea del frío que hace fuera.

Roxy soltó una carcajada mientras echaba un vistazo al atuendo de Katie. Llevaba un peto color magenta, no púrpura, sino realmente magenta. Debajo lucía un sujetador deportivo azul cielo brillante.

—¿Hacen sujetadores deportivos con brilli brilli? —pregunté.

—¿Qué? Ojalá. ¿Sabes lo fácil que sería mi vida? —Katie hizo sobresalir su reluciente labio inferior—. Me paso por lo menos una hora al día añadiendo brilli brilli a algunas prendas con una pistola de encolar.

Arqueé las cejas e intercambié una mirada con Roxy.

—Me he hecho quemaduras graves con la pistola de encolar. En lugares que no querrás saber.

—Espera —dijo Roxy, subiéndose las gafas por la nariz—. Yo sí que quiero saberlos.

Yo no estaba segura de quererlo.

—A veces tienes que llevar puesta la prenda para asegurarte de que los adornos quedan bien —explicó Katie, bastante seria—. No es que vendan trajes de baño con diamantes dispuestos con la forma de una polla en el culo.

Se me desencajó la mandíbula al imaginarme al instante esa prenda, y supe que nunca podría quitarme la imagen de la cabeza. Jamás.

—Pues nada —dijo Roxy apartando las manos de la mesa y cambiando rápidamente de tema. Llegaron las bebidas y, después, nos sirvieron la comida. Mi tortilla seguía humeando cuando la mirada penetrante de Roxy se posó en mí—. ¿Qué está pasando entre tú y Nick?

Me quedé con la tortilla y los pimientos a mitad de camino de mi boca. Roxy y yo nos íbamos escribiendo de vez en cuando, y ella se pasaba por mi casa si yo estaba cuando iba a ver a Reece, pero no le había hablado de Nick ni del embarazo. Quería hacerlo, ya lo creo que quería, porque quería contárselo a alguien que no fuera Nick o mi madre, pero Roxy trabajaba con Nick, y eso cambiaba las cosas.

—¿Qué quieres decir con eso? —pregunté.

Katie clavó un trozo de salchicha con el tenedor.

—Lo que quiere decir es que Nick no se ha enrollado con ninguna otra chica desde que tú entraste en el Mona's.

Gracias a Dios que ya me había tragado la comida, porque estaba segura de que me hubiera atragantado al oír el comentario directo de Katie, pero un alivio intenso, casi inquietante, me deshizo el nudo que tenía en la boca del estómago. Aunque el hecho de que Nick siguiera ligando con otras personas era algo en lo que no me había permitido siquiera pensar. Una pequeña parte de mí no creía que lo hiciera, pero no había etiquetas entre nosotros, y por más que se sintiera atraído por mí y que estuviéramos unidos por el bebé, eso no significaba que estuviera sentando la cabeza.

Roxy sonrió ligeramente mientras tomaba un trozo de beicon.

—Veo que te alegra saberlo.

Abrí la boca, dispuesta a negarlo, pero de repente me sentí harta de fingir. Y eso era lo que estaba haciendo. Era más que el mero hecho de hacérselo saber a mis amigas, de compartir mi vida con ellas. Antes o después iban a enterarse de la verdad.

Los nervios me revolvieron el estómago. No sabía muy bien cómo reaccionarían a lo que pensaba decirles. Tampoco había sabido muy bien cómo iba a reaccionar Nick, dicho sea de paso.

—Hemos... seguido en contacto —comenté.

—Sí, eso ya lo sé —dijo Roxy con cara de póquer.

—Dicho de otro modo, ¿habéis estado follando como locos? —soltó Katie agitando un trozo de salchicha con el tenedor.

—La verdad es que no. —Lo que habíamos hecho el jueves por la mañana no contaba—. No nos hemos acostado desde la primera vez.

—Acaba de pasar una vaca volando —dijo Katie dejando caer la salchicha.

Puse los ojos en blanco.

—¿En serio? —Roxy parecía sorprendida.

Asentí con la cabeza mientras cortaba un pedazo de tortilla con el tenedor.

—No. Vale. Bueno, nos hemos enrollado… una vez. —Y, al ver el brillo astuto en los ojos de Roxy, añadí—: Y eso fue hace apenas unos días.

—Joder, amiga, no conozco a ninguna chica con la que Nick haya salido después de acostarse con ella y son…

—Es porque se ha enamorado de ella —interrumpió Katie mientras recogía la salchicha caída. No dejaba atrás ninguna salchicha esa chica—. Así que hará toda clase de cosas que no ha hecho antes.

La miré de reojo.

—¿Estás usando otra vez tus poderes de estríper vidente?

—Ya te digo.

Sonreí sacudiendo la cabeza.

—No somos novios. No sé qué somos. De hecho, eso no es del todo cierto.

—¿Qué quieres decir? —Roxy se llevó el vaso a los labios.

—Vamos a ser padres en unos siete meses y medio, aproximadamente. —Solté la bomba como quien suelta una gracia.

Salió un chorro de té disparado por el aire, por suerte hacia el pasillo. Me tapé la boca con la mano para contener la risa mientras Katie me mirada petrificada. Supongo que sus dotes de estríper vidente no le habían permitido prever eso.

Una vez Roxy se recuperó de ser un géiser humano, se limpió las gafas y las depositó en la mesa.

—¿Me estás tomando el pelo?

Sacudí la cabeza.

Katie seguía mirándome.

—¿Estás hablando totalmente en serio? —Cuando asentí con la cabeza, Roxy se recostó en su asiento—. Dios mío —dijo, y su voz era apenas un susurro—. ¿Estás embarazada?

—Sí —respondí, sonriendo débilmente mientras dejaba el tenedor en el plato. Perdido el apetito, me esforcé por mantener la sonrisa en los labios, pero era difícil. La reacción al embarazo de Avery había sido muy diferente a la del mío. En plan diferente como dos continentes diferentes. Me mordí el labio inferior con el ceño fruncido—. Ya sé que Nick y yo no estamos juntos. A lo mejor lo estaremos algún día. No lo sé. Espero que sea así, pero ahora mismo estamos intentando... conocernos el uno al otro, pero hemos decidido seguir adelante con ello.

Katie abrió la boca de golpe, aunque no dijo nada.

Bajé la vista, de repente muy insegura de lo que acababa de hacer. Tal vez tendría que haber mantenido la boca cerrada.

—Me había saltado un par de píldoras durante la mudanza y el condón se rompió —dije, porque tenía la sensación de que tenía que explicarme para que no pensaran que iba por ahí haciéndolo sin protección—. Ya sé que no es lo habitual y...

—Espera. —Roxy alzó las manos—. A ver. Perdona. Es solo que estoy flipando. No esperaba que dijeras eso. No creo que pase nada malo, y me da que crees que es lo que pensamos. Pero no —aseguró mirando a Katie—. ¿Verdad?

—Verdad —corroboró Katie—. Creo que mi madre ni siquiera sabía quién era mi padre.

Roxy frunció el ceño.

—Cuando era pequeña, estaba convencida de que mi padre trabajaba para la CIA, y que por eso nunca lo había conocido. Que era como un espía o algo así —prosiguió Katie mientras yo me mordía el interior de la mejilla—. Entonces me di cuenta de que más bien era uno de tres hombres posibles, y ninguno de ellos era espía. A no ser que la misión fuera encontrar el bar más cercano.

—Mmm... Vale. —soltó Roxy, parpadeando y volviendo a concentrar su atención en mí—. Lo que estamos tratando de decir es que solo nos has sorprendido, pero que no os estamos juzgando ni a ti ni a Nick.

—¿De verdad? —Pregunté con la espalda todavía tensa.

—De verdad. —Roxy se inclinó hacia delante, arrepentida—. Y siento mucho, muchísimo si te hemos dado esa impresión. En serio.

Asentí con la cabeza, queriendo creerla, pero era difícil olvidar el entusiasmo con el que fue acogido el anuncio de Avery, comparado con la conmoción total que se había reflejado claramente en las caras de Roxy y de Katie cuando les había dicho que estaba embarazada. Inspiré hondo, y decidí dejarlo estar.

—Y vosotros, ¿estáis contentos? —preguntó Katie, tan directa como siempre. Sentí un aleteo en el pecho.

—Sí, lo… lo estamos. Por extraño que parezca, estamos contentos. Nos quedamos de piedra, pero nos estamos acostumbrando a la idea. —Hice una pausa, y mis siguientes palabras me salieron de forma confusa y precipitada—. Nick hizo algo el miércoles por la noche cuando vino a verme. Me preguntó si podía, bueno, ponerme la mano en la tripa y, cuando lo hizo… —Me estaba poniendo coloradísima—. Dijo que se sentía cerca del bebé y yo…

—¿Te derretiste? —intervino Roxy con los ojos desenfocados—. Porque eso es lo que habría hecho yo.

—¿Te abalanzaste sobre él y le arrancaste la ropa? —preguntó Katie—. Porque eso es lo que habría hecho yo.

—Creo que me explotaron los ovarios —dije riendo en voz baja—, pero me quedé allí sentada. Fue… la verdad es que no hay palabras para explicar lo que sentí, supongo.

—Joder —soltó Roxy pasados unos instantes—. No me puedo creer que Nick vaya a tener un hijo. Que tú vayas a tener un hijo.

—Será un padre excelente —dije de inmediato.

—Sí que lo será —aseguró con los ojos puestos en los míos asintiendo con la cabeza.

Me pregunté si sabría lo de su abuelo, pero si no, no me pareció que fuera cosa mía decírselo. El resto de la conversación se centró por completo en el bebé: una charla disparatada sobre el bebé. Como si quería que fuera niño o niña. ¿Había elegido ya el nombre? ¿Quién lo sabía?

Katie quería ser la madrina.

No supe qué responder a eso… a nada de lo que estaban diciendo.

—¿Sabes a qué me recuerda esto? —comentó Katie mientras esperábamos la cuenta—. Esa película, *Lío embarazoso*. Solo que tú eres menos pesada que la chica y Nick, sin duda, es mucho más atractivo que el chico.

A Roxy se le formaron unas arruguitas alrededor de los ojos al reír.

—¿Acababan juntos al final?

Como hacía muchos años que había visto la película, no pude recordarlo, pero por más tonto que fuera, esperaba que sí. Y lo que era mucho más extraño, cuando nos levantamos para marcharnos, no pude evitar pensar en lo que Katie había dicho más de una vez. Que le rompería el corazón a Nick.

Me tomé a guasa la idea, porque, ya me dirás, pero, aun así, noté una extraña sensación de inquietud en la boca del estómago. Una vez en el coche, saqué el móvil y mandé a Nick un mensaje que no creí que fuera a entusiasmarle: Se lo he contado a Roxy y a Katie.

—Vas a pensar que es la cosa más aburrida del mundo —dijo Nick después de que le preguntara qué había estudiado en la universidad—. Puede que sea la cosa más aburrida del mundo. Contabilidad.

Sobresaltada, solté una carcajada mirándolo. Me estaba preparando la cena.

Esa había sido su reacción después de que le contara que les había soltado la bomba a Roxy y a Katie. Había dicho algo así como: «Voy a prepararte la cena esta noche. Espero que te guste el pollo asado».

Como me gustaba comer en general, estaba de lo más entusiasmada.

Y como Nick también me gustaba… en general, estaba entusiasmadísima.

—Es aburrido —contesté—. Jamás me lo habría imaginado.

—Siempre se me han dado bien los números. Me pareció que era lo lógico. Tengo la licenciatura. Estaba pensando estudiar un máster en Administración de Empresas en línea … Espera. —Nick hizo una pausa, con un cuchillo del tamaño que usaría un asesino en serie en la mano. En la encimera había un cogollo de lechuga, un tomate y un pepino—. ¿Qué estás haciendo?

Yo estaba junto a la encimera apretándome los pechos con los antebrazos. Al parecer había olvidado que no estaba sola. Bajé despacio los brazos.

—Tengo un… hormigueo en los pechos. Un buen hormigueo. No sabes lo que desconcentra.

Dejó el cuchillo en la encimera y bajó la vista.

—Sí, desconcentra mucho.

—¿Perdona?

Esbozó media sonrisa.

—¿Necesitas ayuda con ellos? Porque me ofrezco como voluntario si necesitas examinarlos, frotarlos o manosearlos.

—Qué servicial eres —dije pasándome un mechón de pelo por detrás de la oreja con una sonrisa.

—Ese soy yo. Don Servicial —soltó ladeando la cabeza—. Dispuesto a sacrificarme por el equipo, aunque signifique tener que tocarlos.

—Va a ser un suplicio para ti.

—Ni te lo imaginas. —Se puso a picar las verduras de nuevo—. ¿Es eso normal?

—Sí, según una página web que he encontrado en la que se detalla lo que cabe esperar cada semana. Los he tenido doloridos, pero hoy solo tengo un hormigueo. —Hice una pausa, apoyándome en la encimera—. El bebé es del tamaño de un renacuajo ahora mismo.

Alzó la mirada de lo que estaba haciendo con los ojos brillantes.

—Es… muy pequeño.

—La semana que viene habrá casi doblado su tamaño —le expliqué, inhalando el apetitoso aroma del pollo y las hierbas—. También tengo que ir mucho a hacer pis. En plan catarata infinita.

Frunció las cejas.

—Gracias por darme esa información.

Crucé los brazos mientras contemplaba cómo introducía la lechuga en un bol.

—Pensé que era un rato de cuidados y confidencias.

—Hablando de confidencias, he recibido unos cinco millones de mensajes de Reece y de Jax. —Cogió el tomate y lo puso en la tabla de cortar—. Estoy seguro de que, en cuanto la has dejado esta mañana, Roxy ha llamado a Reece, quien después ha llamado a Jax.

—Mmm… ¿lo siento? —dije, avergonzada—. No había pensado que se lo iba a contar a Reece, lo que es algo obvio. Tendría que habérmelo imaginado.

—No hace falta que te disculpes. —Cortó el tomate a la perfección—. Me alegro de que se lo contases. No me gusta tener secretos con mis amigos. Se lo han tomado muy bien. Se alegran por mí… por nosotros.

Mi respiración hizo algo curioso, arremolinándose en mi garganta. Recordé la reacción inmediata de Roxy y de Katie, y alejé esos pensamientos de mi mente. Con los labios fruncidos, observé cómo Nick terminaba la ensalada. Volvía a sentir una opresión en el pecho.

—Tengo suerte —dije tan bajo que mi voz apenas fue un susurro.

—Y que lo digas. —Recogió las rebanadas de tomate y las agregó a la lechuga—. Fuiste el recipiente honorario de mi activísimo esperma.

Volví la cabeza con una carcajada mientras contenía las lágrimas repentinas que me habían llenado los ojos. Malditas hormonas.

—Bueno, aparte de eso, Nick.

—Cuéntame. —Empezó a pelar el pepino con mucha destreza, a diferencia de mí, que siempre acababa tirando la mitad del pepino al hacerlo.

Inspiré superficialmente y descrucé los brazos.

—Lo estás llevando todo muy bien. Tengo suerte, porque hay chicos que... se habrían portado como auténticos gilipollas al respecto.

—Bueno, hay chicos que no deberían tener comportamientos que puedan conllevar reproducirse —comentó con ironía—. Yo no soy uno de ellos.

—Cierto. —Contemplé un instante cómo picaba el pepino—. Pero yo no podía saber si ibas a ser así o no. Sin ánimo de ofender, pero has sido... maravilloso en todo: lo de mi embarazo, que se lo contara a Roxy y a Katie, y lidiar con tus amigos. O sea que tengo suerte.

Tras hacer caer el pepino picado en el bol, se acercó a mí con la tabla de cortar y el cuchillo. Los dejó en el fregadero y se giró. Con un solo paso de sus largas piernas, se plantó delante de mí. Levantó los brazos y me rodeó las mejillas con las manos para inclinarme la cabeza hacia atrás para que nuestras miradas se encontrasen.

—Soy yo quien tiene suerte —aseguró, escudriñando mis ojos con los suyos—. No tomaste una decisión sobre el bebé sin hablarlo conmigo. No me arrebataste la oportunidad de opinar. Y hay algo que sé que tú no sabes, pero yo nunca pensé que tendría un hijo. No porque no quisiera tenerlo, sino simplemente porque... jamás pensé que fuera a pasar. No bromeaba cuando te dije que no me iban las relaciones, pero contigo... con esto... esto es diferente. Sí, coño, ha sido una sorpresa enorme. —Me acarició la línea de la mandíbula con los pulgares—. Pero no hay ni una sola parte de mí que no sepa la suerte que tengo.

Bajé la mirada, conteniendo unas lágrimas estúpidas.

—Mírate otra vez, siendo genial al respecto.

—No me cuesta demasiado ser así de estupendo —bromeó.

Mis labios esbozaron una sonrisa, y cuando alcé la vista, pensé que era el momento de averiguar qué estábamos haciendo, qué esperábamos de aquello.

—¿Puedo preguntarte algo?

Su mirada descendió hasta mi boca, y la tensa expresión de avidez que se reflejó en su semblante me resultó difícil de ignorar.

—Puedes hacer lo que quieras —respondió.

Levanté las manos para rodearle con ellas las muñecas.

—¿Es verdad que no te has enrollado con nadie desde que me conociste?

Sus apasionados ojos verdes se posaron como una exhalación en los míos.

—Voy a arriesgarme a decir que Roxy ha sido un poco bocas últimamente.

—Te diré que, en realidad, fue Katie.

—Chicas —murmuró, y rio en voz baja—. Tienen razón. No he estado con nadie desde que te conocí.

El alivio que había sentido antes resurgió en mí.

—¿Por qué? —pregunté.

—¿Por qué? —Arqueó las cejas—. No lo sé.

—¿De veras no lo sabes?

Frunció el ceño mientras parecía darle vueltas a mi pregunta. Dejó caer las manos, pero no se apartó de mí.

—Pues… ha habido oportunidades…

—Cómo no —solté con ironía.

Una rápida sonrisa le iluminó la cara, aunque sin llegar a ocultar la confusión que se reflejaba en sus rasgos.

—No me han interesado, y he… —Se le apagó la voz y cerró los ojos—. A la mierda.

Bajé la cabeza parpadeando. ¿A la mierda? No era la respuesta que estaba buscando, pero antes de que pudiera decir nada, me cogió las mejillas con las manos para inclinarme de nuevo la cabeza hacia atrás. Acercó sus labios a los míos.

Y me besó.

18

El primer contacto de sus labios en los míos conmocionó todo mi sistema nervioso. Hacía tanto tiempo que no me habían besado, y quiero decir besado de verdad, que había olvidado lo que se sentía, pero, a pesar de la falta de recuerdos, supe que aquel beso iba a eclipsar cualquier otro.

Nick deslizó sus labios por los míos una vez y luego otra, como si estuviera registrando su forma para guardarse la sensación en la memoria. Cuando ladeó la cabeza, noté cómo me acariciaba la comisura de los labios con la lengua. No hubo ni un momento de duda por mi parte.

Abrí la boca para él, y él profundizó el beso. Puse las manos en sus brazos, y mi cuerpo se apretujó contra el suyo. El beso me marcó, se hundió bajo mi piel y mis músculos y me envolvió los huesos. Creo que jamás me habían besado así. No que yo recordara.

Aunque daba igual, la verdad.

Aferrada a sus brazos, le devolví el beso. Fui a por él, reclamando lo que era mío. Él emitió un suave gruñido, y supe que yo también lo había marcado. Nuestras lenguas se enredaron, y el contacto de su boca con la mía se intensificó. Apasionado. Intenso. Esas fueron las dos palabras que me vinieron a la cabeza cuando empezó a acorralarme. Deslicé las manos por sus tersos costados hasta llegar a los vaqueros de talle bajo. Me puso una de las manos en la nuca, entrelazándola con mi pelo al…

La alarma de un minuto sonó en el horno, y nos separamos. Nos miramos el uno al otro respirando con dificultad. Tenía los labios agradablemente hinchados y me sentía besada para el resto de mis días.

—Por esto —soltó Nick con la voz espesa—. Esto es justo por lo que no me he enrollado con nadie más.

—¿Un beso? —Mi pecho se elevó y descendió con fuerza.

—No solo un beso —aclaró sacudiendo la cabeza mientras me pasaba el pulgar por mi labio inferior—. Es lo que siento cuando te tengo contra mi cuerpo, el modo en que tu cuerpo se relaja en contacto con el mío. Son esos pequeños sonidos que haces cuando te gusta lo que estoy haciendo. Es el modo en que se me pone dura como un bate de béisbol con tan solo pensar en tu nombre. Y ha sido así desde que te vi con aquellos puñeteros pantalones cortos.

Mi mente recordó el día de la mudanza.

—Eran unos pantalones cortos estupendos.

—Y que lo digas. —Su voz bajó un poco—. Voy a ser sincero contigo. Después de enrollarnos, quería volver a estar dentro de ti, y me costó mucho no encontrarme por casualidad contigo otra vez. No creí que volvería a pasar. Es lo que acostumbro a hacer, pero cuando me pusiste a caer de un burro en medio del bar, captaste mi atención, y ahora no creo que vayas a soltarla.

El corazón empezó a darme brincos en el pecho.

—Ya sé que dije que quería que fuéramos amigos, pero está claro que se me dan de pena los límites que tienen los amigos —prosiguió sin apartar nunca la mirada de mis ojos—. Ahora, las cosas son diferentes.

Por el bebé.

—No sé qué va a pasar entre nosotros, pero sé que no podemos ser solo amigos. —Apoyó la frente en la mía, y yo inspiré el aire entrecortadamente—. Y sé... sí, sé... que no puedes ser solo mi amiga. Los amigos no se besan así y, desde luego, no se corren con mi polla y con mis dedos como has hecho tú.

Dios mío.

Esbozó una sonrisa con los labios.

—Así que es por eso por lo que no he estado con nadie más y no tengo intención de hacerlo. No cuando tú y yo vamos a intentar sacar el mayor provecho de esto.

¿Sacar el mayor provecho? Le di vueltas y más vueltas a esas palabras en la cabeza. No eran las más románticas ni las más prometedoras, pero eran ciertas, y más que eso, eran expectativas realistas, y eso era algo que yo valoraba más que las palabras bonitas.

Aunque era agradable escuchar palabras bonitas de vez en cuando.

—Sí. —Le sonreí, algo alterada—. Sacaremos el mayor provecho de esto.

Algo puso a prueba lo de hacer que todo funcionara entre nosotros apenas cinco minutos después de que acabáramos nuestra apetitosa cena. La enfermera que cuidaba de su abuelo llamó.

Nick contestó al instante.

—¿Qué pasa, Kira? —Fuera lo que fuera lo que Kira le dijo por teléfono, no era nada bueno, porque Nick cerró los ojos y se pellizcó el puente de la nariz—. No... tranquila. Estaré ahí enseguida. Sí... no, no pasa nada.

Cuando colgó el teléfono, yo hable primero:

—Tienes que irte. Lo comprendo.

—Lo siento. Mi abuelo está sufriendo otro... en fin —dijo, poniéndose de pie.

—Como te he dicho, lo comprendo perfectamente. —Me levanté de golpe—. ¿Quieres que vaya contigo?

La expresión en el rostro de Nick fue algo que no olvidaría en mucho tiempo. Pareció horrorizarle la idea de que lo acompañara.

—No. No hace falta. En absoluto.

No me lo tomé como algo personal, pero habría querido decirle que podía enfrentarme a lo que fuera que le pasara a su abuelo. Ahora bien, no quería entretenerlo más. Nick se había dirigido hacia la puerta, poniéndose la chaqueta. Pero antes de irse volvió donde yo estaba y me besó. Igual que aquel primer beso, las sensaciones que me provocó fueron alucinantes y devastadoras debido a todos los sentimientos que el beso hizo aflorar a la superficie.

Seguí notándolo sin parar mientras recogía la cocina.

La semana antes de Halloween me dejó con una extraña sensación, como si las cosas estuviesen avanzando demasiado despacio y, aun así, demasiado deprisa a la vez. Estar embarazada me hacía mucho más consciente del paso del tiempo, algo a lo que no había prestado atención antes. Ahora, en mi cabeza, todo estaba catalogado en semanas.

Dan, uno de los hermanos Lima al que había conocido mi primer día, se había llevado a Rick y a otro comercial a un viaje de negocios en la Costa Oeste. Quise celebrar una fiestecita en mi escritorio. Tal vez tuviera suerte y Rick acabara quedándose en la costa opuesta. Mi acentuada sensibilidad al olor y a los gilipollas aprobaba semejante traslado.

Estuve muy ocupada en el trabajo toda la semana, ayudando a Marcus a preparar su propio viaje de negocios en noviembre. Iba a ir a la ciudad donde nací para ayudar a conseguir todas las aprobaciones necesarias para expandir la academia. Me seguía preguntando si la hija de Andrew tenía idea de que su padre iba a establecerse también allí. No la había visto desde el día que Brock se había lesionado, y tampoco lo había visto a él.

El jueves, Nick me había sorprendido con un mensaje que decía que iba a estar en la ciudad en una hora y me preguntaba si quería que almorzáramos juntos. Lo que no tendría que haber sido gran cosa había provocado que se me hicieran un montón de nudos en el estómago. ¿No era de locos que fuera la primera vez que hacía algo así con un chico que me interesaba?

Tenía mucha experiencia, pero todavía desconocía muchas cosas.

Recogí el bolso del escritorio y, al bajar hasta la planta del gimnasio, vi a Nick cruzando la calle hacia la academia. Salí y lo esperé en la acera.

Le estaba creciendo el pelo, y me gustaba que lo llevara suelto. Estaba ingeniosamente alborotado y le quedaba muy bien a su atractivo rostro porque le suavizaba las líneas más duras. Con su chaqueta de cuero gastada, se subió a la acera y se acercó a mí. No pude evitar esbozar una sonrisa. Qué tonta era.

—Hola —dijo, deteniéndose delante de mí. Tras sacarse las manos de los bolsillos de los vaqueros, atacó los botones de mi chaqueta—. ¿Tantas ganas tenías de verme que no has podido ponerte bien la chaqueta?

—Sí. Me has pillado —respondí poniendo los ojos en blanco.

Soltó una risita mientras acababa con el último botón cerca de mi cuello.

—No quiero que te pongas mala.

Como había sido muy majo, no me desabroché el último botón, aunque tenía la sensación de estar a nada de asfixiarme.

—He pensado que podríamos ir al local que está dos manzanas más abajo. Son rápidos y siempre hay sitio.

—Me parece bien.

Nick acompasó su paso al mío mientras nos dirigíamos hacia el cruce de peatones, abriéndonos paso entre el flujo regular de gente. Nuestros brazos se rozaban cada par de pasos, lo que me hizo ser consciente de lo cerca que estaban nuestras manos. ¿Me cogería de la mano? ¿Debería iniciar yo el contacto?

¿Por qué estaba pensando en nada de eso siquiera?

Dándome patadas mentalmente, lo miré mientras esperábamos a que la personita del semáforo se pusiera verde.

—¿Y qué haces por el centro?

—He venido a comprar un disfraz de Halloween.

—¿Qué? —reí.

—Es broma —dijo con una sonrisa—. Aunque Roxy ha convencido a Jax de que todos deberíamos disfrazarnos por Halloween este sábado.

—¿Vas a disfrazarte? —El entusiasmo me invadió. Me encantaba Halloween, y cada año lo disfrutaba al máximo disfrazándome y buscando alguna fiesta a la que ir. Pero ese año iba a ser distinto. Aunque conociera a alguien que diera una fiesta, se me haría extraño ir a una sabiendo que estaba de seis semanas. O puede que no fuera extraño y las embarazadas siguieran yendo a fiestas, a bares y tal. No tenía ni idea. Tendría que buscarlo en Google después.

—Voy a ir de barman —contestó Nick.

Sonreí mientras cruzábamos la calle. El viento se encarnizó en mi pelo y me lo enredó alrededor de la cara.

—Muy ingenioso, Nick.

—Sí, ¿verdad? Creo que Roxy se va a caer de culo —respondió con una sonrisa—. La verdad es que he venido para hablar con el departamento de Admisiones de la Universidad Strayer sobre su programa de másteres en línea.

—¿De verdad? —Alcé la mano para atrapar un mechón de pelo que trataba de metérseme en la boca—. ¿Te estás planteando en serio matricularte?

Asintió con la cabeza, y pensé que o bien el viento le estaba sonrosando las mejillas o se estaba ruborizando.

—Sí, llevaba un tiempo dándole vueltas y ahora mismo me parece un buen momento para dar ese paso. Económicamente me va bien, pero con la llegada del bebé, tengo que… —Frunció el ceño, y la respiración se me quedó atrapada en el pecho—.

Tengo que empezar a pensar en el futuro. No tengo ninguna excusa para no empezar las clases online, y tal como van las cosas con mi abuelo, la flexibilidad que me ofrece currar de barman no me va a hacer falta durante mucho más tiempo.

El escalofrío que me recorrió el cuerpo tuvo poco que ver con el frío.

—¿Qué estás diciendo?

Nick me miró con cara de póquer hasta que le vi los ojos. El dolor asomaba en ellos, claramente visible.

—No creo que le quede mucho tiempo.

—¿Qué? —Me falló el paso en medio de la acera, frente al restaurante—. Nick... Dios mío, lo siento. ¿Estás... estás seguro?

Se detuvo y volvió a meterse las manos en los bolsillos.

—Sí —contestó—. El martes tuve que llevarlo al médico, y como los episodios son cada vez más y más frecuentes, se ve venir el final, ¿sabes? El año pasado se mantuvo entre las dos últimas fases de la enfermedad, la seis y la siete, pero ahora está definitivamente en la última fase, y ha empezado a tener dificultades para tragar y... sí, está pasando.

Me presioné el pecho con la mano, sobre el corazón.

—No sé qué decir.

—Lo sé. No es fácil pensar siquiera que vaya a morirse, porque él estuvo ahí para mí pasara lo que pasara mientras crecía. —Dejó de hablar de golpe y desvió la mirada—. Como no quiero sacarlo de su casa, la semana que viene voy a reunirme con... con Hospice para los cuidados paliativos a domicilio —dijo, y tras carraspear, prosiguió—, para que vayan a verlo. Creo que me queda tiempo con él, pero... se está acercando el final. Simplemente lo sé.

Desde luego no había palabras para cosas así, así que avancé y le puse una mano en el brazo. Su mirada se cruzó con la mía, y me puse de puntillas para posarle los labios en la mejilla. Cuando volví a descansar sobre mis talones, no solté su brazo.

—Me gustaría conocer a tu abuelo, Nick.

—A veces no es fácil estar con él —comentó pasado un instante.

—Lo sé. —Pasó un taxi a toda velocidad y tocó el claxon.

Dio la impresión de que Nick quería decir algo más, pero se hizo a un lado y abrió la puerta del restaurante.

—Adelante. Vamos a ponernos morados.

Pasamos un buen rato comiendo, charlando de cosas sin importancia, y Nick no volvió a sacar el tema de su abuelo. No había duda de que, aunque Nick y yo estábamos tratando de unir nuestras vidas, algunas cosas todavía estaban muy separadas unas de otras.

Y no era solo por él.

También era por mí.

Esa noche escribí a Roxy sobre la fiesta de Halloween en el Mona's, en parte por aburrimiento, pero, sobre todo, por curiosidad. Ella iba a disfrazarse, fijo, pero no hubo forma de que me dijera de qué iba a ir.

Tendrás que venir a verlo por ti misma! Será guay! Mientras miraba el mensaje de Roxy, recuperé el entusiasmo que me había invadido antes. Estaría bien salir y hacer algo. Desde que me había mudado, no había hecho nada parecido, aparte de los encuentros de los domingos y las dos veces que había ido al Mona's. Estaba harta de ver el interior de mi piso, pero ¿debería ir realmente a un bar? Le pedí opinión a Roxy.

Su respuesta me hizo reír. **No he sugerido que vengas y te emborraches. Así que, por qué no?** Y en un mensaje posterior me señaló que Avery había estado en el Mona's después de enterarse de que estaba embarazada. Se me había olvidado eso, aunque recordé que Cam la rondaba como si fuera su guardaespaldas personal por si alguien se acercaba demasiado.

Sí, ¿por qué no? Como seguía sin estar demasiado segura, decidí buscarlo en Google, y lamenté al instante haberlo hecho debido a la cantidad de opiniones que había. Cielo santo, todo el mundo opinaba. Pero lo más gracioso que averigüé fue que, al teclear «¿Pasa algo si una embarazada va de noche», Google ofrecía la opción: «¿Pasa algo si una embarazada va de noche a una casa encantada?».

¿Qué cojones?

El consenso era que estaba bien siempre y cuando fuera seguro. Dentro del Mona's no se podía fumar y era un local bastante tranquilo.

Las primeras semanas del embarazo deben de afectar a la memoria, porque acabé olvidándolo hasta el sábado por la tarde. El reparto de chuches fue un desastre total porque en el edificio solo vivían unos pocos niños, cuyos padres metieron en coches y llevaron a la ciudad o a zonas residenciales. Me encontré a mí misma delante del armario sujetando un bol enorme lleno de chuches. Mientras buscaba, absorta, las cajas de Nerds, me planteé mis opciones. Podía quedarme allí sentada e hincharme de azúcar o podía meter el culo en el coche e ir a pasar el rato con gente.

Que estuviera embarazada no significaba que tuviera que aislarme del mundo.

Y las expectativas que crecían en mi interior eran otra buena razón para ir. Quería ver a Nick, porque... lo echaba de menos. Nuestros horarios tan dispares y lo que le estaba pasando a su abuelo limitaban el tiempo que podíamos vernos. Y tampoco ayudaba que ninguno de los dos fuera demasiado experimentado en lo que a las relaciones se refería. No hacíamos planes para vernos como imaginaba que hacían las parejas normales.

Y yo iba a cambiar eso.

Una vez decidida, dejé el bol de chuches en la encimera, me cambié, me dirigí hacia la puerta y retrocedí para coger un puñado de Nerds para el muy necesario sustento del bebé del tamaño de un guisante durante mi reentrada en sociedad.

El aparcamiento del Mona's estaba lo contrario de abarrotado. Al ser Halloween, esperaba que estuviera más lleno, pero podía contar con los dedos de las manos los coches que vi. Cogí el bolso de mano con cuentas del asiento y me dirigí hacia el bar.

Había un par de hombres mayores en las mesas de billar del fondo, y el sonido del golpeteo de las bolas entre sí interrumpía el zumbido suave de la música. Eché un vistazo a la barra. Había muchos taburetes vacíos. Al avanzar vi que Calla estaba allí. Llevaba el largo pelo rubio recogido en una cola de caballo y estaba sirviendo mesas, si el mandil que llevaba servía de pista suficiente. La camiseta blanca y los pantalones cortos negros me resultaron vagamente familiares. Fue la etiqueta verde de su camiseta lo que la delató. Sonreí.

Calla iba disfrazada de Sookie Stackhouse.

Entonces vi a Roxy cerca de ella.

Me partí de risa. Llevaba el pelo oculto bajo una peluca castaña con la que parecía que hubieran usado una desbrozadora, y había sustituido sus gafas, normalmente púrpuras, por otras grandes y redondas. Si la cicatriz en forma de rayo dibujada en su frente con lo que parecía ser un lápiz de cejas no era lo suficientemente reveladora, la chaqueta negra y el pañuelo rojo y dorado lo eran.

—¿Harry Potter? —pregunté mientras me sentaba de un brinco en un asiento vacío y dejaba el bolso delante de mí—. ¿Vas disfrazada de Harry Potter?

Sonrió mientras cogía una botella de tequila.

—No tienes idea del tiempo que hace que llevaba planeándolo.

Calla se apoyó en la barra junto a mí.

—Elegimos ir de algo literario. Nosotras hemos sido las únicas dos personas que lo han cumplido, por supuesto.

Al recordar lo que Nick había dicho, no me sorprendió.

—¿Puedes ver con esas gafas?

—A duras penas —canturreó Roxy—. Pero merece la pena.

Reece pasó a mi lado, procedente de los lavabos, vestido de presidiario con un atuendo a rayas blancas y negras. Irónico.

—Es bastante raro que mi chica sea ahora un chaval prepúber.

—Solo si tú haces que sea raro —replicó Roxy antes de dirigir sus ojos grandes hacia mí—. Me alegro de que hayas decidido venir. ¿De qué vas disfrazada?

Me eché un vistazo a mí misma.

—Mmm... ¿de universitaria vaga?

—Genial —respondió Reece, inclinando su cuerpo hacia el mío—. Y tengo entendido que hay que felicitarte.

Asentí con la cabeza, y me sorprendió notar que me ponía colorada al ver que Calla hacía un gesto de aprobación.

—¡Sí! —exclamó—. Madre mía, qué tonta soy. ¡Felicidades! Tú y Avery vais a tener bebés que parecerán gemelos. Aunque ella está de un par de meses más que tú.

Aquello no era raro ni nada por el estilo, pensándolo bien.

—Gracias —dije, y hablaba en serio.

Reece sonrió por encima de mi cabeza a Calla.

—Ahora te toca a ti. No paro de decírselo a Jax.

—Oh, no. No tengo la puerta abierta a los bebés en un futuro próximo. —Calla miró intencionadamente a Roxy—. A lo mejor el siguiente será un Reece o una Roxy Anders chiquitito.

Reece casi se atraganta con su bebida.

Roxy eligió sabiamente pasar de los dos, sacudiendo la cabeza.

—¿Agua o un refresco? —me preguntó.

—¿Tenéis *ginger-ale*?

Calla chasqueó la lengua con compasión.

—¿Tienes el estómago revuelto?

—Ahora mismo, no, pero he estado bebiendo tanto que creo que me he vuelto adicta —expliqué.

Echó un vistazo a la puerta cuando dos mujeres entraron en el local.

—¿Qué tal las náuseas matutinas? Sé que Avery lo ha estado pasando fatal.

—He tenido suerte hasta ahora, porque no han sido demasiado fuertes. Mi madre piensa que me pasará como a ella. —Las dos mujeres que habían entrado en el bar se sentaron a una de las mesas redondas del centro. Empezaron a mirar las cartas plastificadas—. Su embarazo fue bastante bueno.

—Por tu bien, espero que sea así. Lo que Avery me ha estado contando me ha quitado las ganas de quedarme embarazada. —Calla se estremeció—. Como Cam no para de viajar entre Shepherd y Washington, se está perdiendo todo lo divertido.

—¿Todavía juega a fútbol? —quise saber.

Calla asintió con la cabeza mirando a las mujeres.

—Enseguida vuelvo —dijo.

Mientras Calla se apresuraba a servir a las clientas, eché un vistazo alrededor del bar. Roxy puso un vaso de *ginger-ale* con hielo delante de mí.

—Nick está en la cocina —comentó Reece, leyéndome, en efecto, los pensamientos—. ¿Sabe que estás aquí?

—No le he dicho que iba a salir. —Di un sorbo a la bebida, encantada con el estallido de las burbujitas en mi lengua—. Lo decidí en el último momento.

Roxy frunció el ceño al dirigir su atención hacia Reece.

—Alto ahí. ¿Por qué tendría que decírselo, Reece?

Su novio abrió la boca y se tomó un momento, durante el que pareció pensar en lo que iba a decir para no cavarse una tumba de la que no podría salir. Me mordí el labio inferior para evitar sonreír.

—Lo que estoy intentando decir es que seguramente a él le gustaría saber dónde está su chica —explicó despacio con los ojos puestos en Roxy—, y si ella quisiera, podría ir a buscarlo.

¿Era la chica de Nick? De repente me entraron ganas de reírme como una tonta.

A Roxy no pareció hacerle gracia. Frunció más el ceño.

—¿Y por qué tendría que saber Nick dónde está?

—Tal vez porque… ¿le importa? —Reece arqueó una ceja.

—O tal vez porque tiene que comprender que es una mujer adulta que no tiene que informarle de sus idas y venidas.

—Tal vez él entiende perfectamente que es una mujer adulta y capaz, pero se sigue preocupando por su seguridad —comentó con los ojos entrecerrados.

Descansé el mentón en mi mano, usando los dedos para taparme la boca. Llegados a este punto, sabía que no estaban hablando de mí. Calla pasó a toda velocidad en dirección a la cocina. Lanzó una mirada rara a Roxy y a Reece.

—Tal vez no tendría que preocuparse tanto —replicó Roxy.

—¿En serio? —Reece se sentó y cruzó los brazos.

—Sí. En serio. —Roxy cruzó los brazos, imitándolo.

Antes de que Reece pudiera contestar, se abrió una puerta en el otro lado del bar, de la que salió Jax, y justo detrás de él estaba Nick. Me enderecé en el taburete, frunciendo los labios. Calla debió de decir algo sobre que yo estaba ahí, porque Nick dirigió la mirada justo donde yo estaba sentada. Mientras que Jax se metía tras la barra, Nick la rodeó para acercarse a mí. Me relajé con una sonrisa en los labios.

—¿Qué estás haciendo aquí? —preguntó.

Nuestro pequeño público, que consistía en Jax, Roxy y Reece, se quedó petrificado mientras a mí me venía a la cabeza la peor clase de motivos por los que Nick me haría semejante pregunta. Una extraña sensación de pánico me atravesó el cuerpo. Noté un calor intenso en la nuca.

—¿Cómo?

—Allá vamos otra vez —soltó Roxy desde el otro lado de la barra con una sonrisa de satisfacción.

19

No podía estar volviendo a pasar. Nick no tenía ni idea de lo cerca que estaba de morir al apoyar una mano en el borde de la barra para inclinarse hacia mí y acercarme peligrosamente la cara.

—¿Qué estás haciendo aquí, Stephanie? —insistió.

—Vaya por Dios. —Jax se giró de golpe y se dirigió hacia el otro lado de la barra.

Inspiré hondo varias veces.

—¿Por qué no iba a estar aquí, Nick?

Arqueó las dos cejas a la vez como si fueran un par de alas, pero Reece intervino antes de que pudiera responder.

—Contesta con cuidado a esa pregunta, amigo mío, porque yo acabo de seguir ese camino. Y estaba lleno de curvas.

—Sí, acabamos de tener esa conversación por vosotros —anunció Roxy, con una mirada penetrante tras sus gafas de Harry Potter—. Y Reece no ha salido muy bien parado.

Con el rabillo del ojo vi que Calla hacia ademán de venir hacia nosotros, pero Jax la detenía sacudiendo enseguida la cabeza. Calla se mantuvo a cierta distancia.

Pero Nick no hizo caso a nadie.

—¿Que por qué no ibas a estar aquí, en un bar? Estás embarazada.

Abrí la boca, pero no tenía palabras, así que cerré la mandíbula de golpe. No era que Nick estuviera cabreado, sino más bien alucinado, y mi irritación se desvaneció y quedó sustituida por la indecisión. Eché un vistazo a mi alrededor y me fijé en que Roxy parecía estar a punto de atizarle a Nick en la cabeza con una botella de licor.

—No corro ningún peligro estando aquí —aseguré en voz baja—. No estoy bebiendo. Nadie está fumando. Y dudo mucho que vaya a haber una pelea multitudinaria con esta gente. —Noté que el calor me subía de la nuca a la cara—. Hasta lo he buscado en internet. Las embarazadas salen —aclaré. Entonces me puse a divagar y, aunque ni siquiera sabía por qué, quise darme de hostias a mí misma, así que paré—. Me aburría. Lo único que he hecho es estar sentada en mi casa noche tras noche. Me sentía muy sola y… —Afortunadamente me interrumpí antes de soltar que lo echaba de menos. En aquel momento no sabía muy bien si era prudente decirlo.

—Oye, Nick, ¿tienes un minuto?

Me volví hacia un hombre calvo más mayor y corpulento, con manchas de grasa en la camiseta azul. Estaba delante de la puerta de la cocina, por lo que supuse que era el cocinero.

Nick suspiró con los hombros tensos y se irguió con los ojos puestos en los míos.

—Enseguida vuelvo.

Asentí con la cabeza desviando la mirada. Nick se pasó las manos por el pelo y se dio la vuelta para regresar a la cocina. Bajé los ojos hacia mi *ginger-ale*. Las burbujas se aferraban a las paredes del vaso, y de repente me interesaron muchísimo esos puntitos de felicidad carbonatada, porque notaba varios pares de ojos puestos en mí. Me retorcí en mi asiento con una sensación acalorada y oprimente llenando mis pensamientos. Estaba… indecisa sobre si había hecho bien al ir al bar y me sentía… avergonzada. ¿Había hecho mal? A ver, podía entender los dos puntos de vista, pero lo que había dicho a Nick era verdad. Todo aquel tiempo sola estaba haciendo mella en mí.

—¿Estás bien? —preguntó Roxy.

Tragué saliva con fuerza asintiendo con la cabeza a la vez que alzaba la vista.

—Sí —dije—. Sí. Estoy bien.

Una expresión de duda le cruzó la cara al volverse hacia uno de los chicos que estaban en las mesas de billar. Cuando estaba cogiendo unas botellas de cerveza, vi que Nick salía de la cocina. Jax se acercó a él y echó un vistazo dentro cuando Nick señaló con la cabeza en esa dirección. Calla se unió a ellos, y aunque yo estaba atrapada en mi propia desdicha, no pude evitar darme cuenta de que Nick se puso tenso cuando ella llegó. Recordar lo que Roxy me había contado sobre su comportamiento hacia ella captó mi atención. Era obvio que no estaba cómodo. Eso era así, pero ¿por qué?

Pero, bueno, ¿por qué importaba eso ahora? Cogí el bolso de mano para ponérmelo en el regazo mientras volvía a fijar la vista en mi vaso. Las burbujas estaban menos activas. Por primera vez, que yo recordara, me sentía fuera de lugar y, joder, no era nada agradable. ¿Quién iba a decir que quedarse embarazada afectaría tanto a la seguridad en una misma? Aunque, claro, tal vez no fuera el embarazo. Tal vez fuera que todo lo que había pasado el último par de semanas había sido completamente nuevo para mí.

Estar embarazada. Aceptar que quería más de Nick. Intentar tener una relación real. *Estar embarazada*. No haberme sincerado con mi jefe. Estar lejos de mi madre. Todo eso era nuevo para mí.

De repente noté el peso de todo en mis hombros y contuve un suspiro. Regresar a casa y acurrucarme con ese bol de chuches me parecía una idea de lo más atractiva.

—Hola.

Me volví hacia Reece.

—¿Sí?

—No dejes que te afecte —me aconsejó en voz baja—. Nick es un tío. Y los tíos son idiotas por lo general. Créeme, lo sé. Yo soy un tío. Un tío idiota de vez en cuando.

Agradecí sus palabras sonriendo ligeramente mientras pasaba los dedos por las cuentas de mi bolso.

Cuando no dije nada, Reece prosiguió en voz baja:

—Desde que lo conozco, no ha ido en serio con nadie. Es probable que vaya a tener que aprender mucho para no decir cosas que te cabreen.

No pude evitar reírme al oírlo, pero mi experiencia en relaciones reales era tan nula como la suya, y yo no iba por ahí portándome como una imbécil. Bueno, puede que me portara como una imbécil aquella vez que no le contesté un mensaje, pero, por lo menos, mi mala conducta fue en privado.

Pasaron unos quince minutos, y Nick había desaparecido en la cocina junto con Jax. No tenía ni idea de lo que estaban haciendo ahí dentro, pero cuando eché un vistazo a mi móvil, eran cerca de las nueve. Volví a dirigir los ojos hacia la puerta de la cocina, pero seguía cerrada. Roxy estaba al otro lado de la barra, mezclando tres bebidas a la vez.

—Oye —solté, bajándome del taburete—. Voy a irme. ¿Puedes despedirte por mí de Roxy y de Calla? Escribiré a Nick para decírselo.

Reece alzó el vaso con lo que supuse que era agua y me miró por encima del borde.

—Sí, dalo por hecho.

—Gracias. —Me volví.

—Conduce con cuidado.

Asentí con la cabeza y salí del bar. El aire frío del exterior fue como un agradable respiro. Una vez en el coche, le envié a Nick un mensaje rápido para que supiera que me iba a casa. El trayecto de vuelta fue rápido, y lo primero que hice al entrar en mi cuarto fue descalzarme de una patada y quitarme el jersey. Lo tiré en el cesto de mimbre y me giré con la intención de volver a la cocina para recuperar el bol de chuches, pero mi mirada se desvió hacia el estante, más allá de la fotografía de las vacaciones de primavera, para posarse en la fotografía de mi padre.

Iba vestido con uniforme de combate, y era así como siempre lo recordaba. Hasta cuando estaba en casa, en algún momento caían los pantalones de camuflaje. Eran un símbolo de que volvía a casa y una advertencia de que se marcharía pronto. Es posible querer y odiar algo con la misma fuerza y por igual.

Alargué la mano y recorrí la foto enmarcada con los dedos mientras soltaba el aire entrecortadamente. Dios mío, lo echaba muchísimo de menos, y no podía evitar preguntarme qué habría dicho sobre lo de tener un nieto… lo que habría sentido. ¿Se habría sentido orgulloso o decepcionado? En cualquier caso, sabía que me habría apoyado tanto como mi madre.

Me mordí el labio inferior y bajé la mano. Ahora sí que necesitaba esas chuches. Esa noche iba a comerme mis emociones. Había avanzado por el pasillo hasta el cuarto de baño cuando oí que llamaban a la puerta.

Con el ceño fruncido, me dirigí hacia la puerta y eché un vistazo por la mirilla. Me quedé de piedra. Era Nick, pero no tenía ningún sentido. Tenía que estar en el trabajo. Giré la llave y abrí la puerta.

—¿Qué estás…?

El resto de las palabras se perdieron por el camino. Nick entró y cerró la puerta con llave. El corazón me dio un brinco hasta un lugar cercano a mi garganta. Nick me rodeó la cintura con un brazo para tirar de mí hacia él y apretujarme contra su pecho. Me puso la otra mano en la nuca. En un abrir y cerrar de ojos tenía los labios de Nick sobre los míos, besándolos. Y ese beso no tenía nada de lento ni de vacilante. Fue intenso y apasionado, y antes de poder darme cuenta, le estaba rodeando el cuello con los brazos. Me aferré a él, sin recuperarme aún de la intensidad de su beso, de cómo me sentía entre sus brazos. Como un tesoro o una obra de arte excepcional. Era así como besaba, era como tocarse eternamente.

Nick tardó en separarse de mí, pero cuando lo hizo, apoyó su frente en la mía.

—Lo siento —dijo. El beso me había alterado tanto los sentidos que, al principio, no me di cuenta de por qué se estaba disculpando. Ni de por qué estaba hablando. Solo quería que volviera a besarme—. No quería portarme como un gilipollas en el bar —explicó, dándome una pista—. Fue solo que flipé al verte, y me preocupó que estuvieras ahí, por si pasaba algo.

Entrelacé los dedos entre los mechones suaves de su pelo.

—No habría pasado nada.

—Ya, la vida suele demostrar que esta frase es un error. —Me rozó los labios con los suyos al hablar, lo que provocó que una serie de escalofríos me bajara por la espalda—. Bueno, el caso es que creo que tengo que aprender a pensar antes de hablar.

—Me parece un buen plan —afirmé con una sonrisita en los labios.

—¿Tú crees? —Me besó suavemente con los ojos entrecerrados. Cuando asentí con la cabeza, me recompensó con otro roce lento y abrasador con sus labios—. Espera.

Me quedé sin respiración cuando me rodeó la cintura con el brazo y me levantó del suelo. El instinto me llevó a rodearle las caderas con las piernas. Entonces la noté, dura y tensa contra sus vaqueros. Fue como si le hubieran dado a un interruptor en mi interior. Cuando me había besado, el placer se había arremolinado a mi alrededor, pero ese contacto me hizo sentir una descarga de puro deseo.

Empezó a caminar, cargándome hacia el dormitorio mientras hablaba:

—No lo pensé.

—¿Qué no pensaste? —La falta de aliento que reflejaba mi voz fue tal que ni siquiera la reconocí.

Con sus zancadas llegamos a mi cuarto en un suspiro.

—No pensé en lo sola que has estado. —Antes de que pudiera contestar me estaba besando otra vez, haciendo danzar su lengua en la mía—. Que acababas de llegar aquí, que acababas de empezar un nuevo trabajo y que acababas de conocerme.

Otro beso intenso y abrasador dispersó mis pensamientos. Nick se paró en medio de mi habitación y la mano que me había puesto en la nuca me sujetó con más fuerza, se entrelazó con mi pelo.

—Quería decírtelo en el bar, pero estaba ayudando a Clyde a instalar una nueva freidora. Resulta que era complicado. Y cuando he salido, ya no estabas.

—Te mandé un mensaje.

Nick se movió para depositarme en el borde de la cama.

—No he mirado el móvil. —Se irguió y se quitó la chaqueta de cuero, que cayó en el suelo con un golpe sordo—. En cuanto he visto que te habías ido, he ido a hablar con Jax. Me ha dejado marcharme.

Me humedecí los labios mientras él se agachaba rodeando con los dedos el dobladillo de su camiseta.

—¿Te has ido del trabajo para venir aquí?

—No me gusta la idea de que estés sola. —Tras pasarse la camiseta por la cabeza, la dejó caer donde estaba su chaqueta—. Joder. No me gusta nada.

Se me quedó la boca seca al mirarle bien. Todo había sido tan rápido y apasionado la noche que estuvimos juntos que no había tenido tiempo de apreciar su tórax desnudo en todo su esplendor. Nick tenía un cuerpo espléndido, el cuerpo de un atleta. El pecho definido y duro, el estómago terso y con los músculos bien marcados y las caderas estrechas y delgadas. Llevaba los vaqueros muy bajos, y mis ojos siguieron el fino rastro de vello que le empezaba en el ombligo y le desaparecía bajo la cinturilla de los pantalones.

Se quitó las botas de una patada, y después los calcetines. No sé qué tenía ver los pies de un hombre, pero se me antojaba algo de lo más íntimo. Puede que solo yo fuera así de rarita.

—No deberías sentirte de esa forma —prosiguió, fijando su mirada en la mía—. No quiero que lo hagas.

—Sé que tienes muchas cosas en la cabeza y...

—Sí. Y tanto. —Se llevó los dedos al botón de sus vaqueros, lo desabrochó, y el sonido de la cremallera al bajar hizo que se me pusiera la carne de gallina—. Pero hay tiempo. Hay mucho tiempo, y voy a empezar a usarlo mejor.

Al bajarse los vaqueros, se quedó solo con unos ajustados bóxeres negros.

—Estoy totalmente a favor de esta forma de usar el tiempo —murmuré.

—Y es por esto que me gustas —dijo con una risita.

Hubo una pequeña parte de mí que quería preguntarle qué más le gustaba de mí, pero no fue eso lo que salió de mis labios.

—Hacía mucho tiempo que nadie me besaba.

Se quedó inmóvil, esbozando una sonrisa con los labios.

—¿Qué?

—No... no me han besado de verdad desde el instituto —admití, sintiéndome un poco idiota por haber soltado algo así—. Sé que suena muy *Pretty Woman*, pero no es algo que... —Un desconocido momento de incertidumbre me invadió—. Madre mía, qué chorrada decir esto ahora. ¿Podríamos olvidar que he hablado y seguir desnudándonos?

—No —dijo sacudiendo la cabeza—. Lo pillo. —Alargó un brazo para acariciarme la mejilla con una mano—. ¿Tú y yo...? Tenemos algo distinto, ¿verdad?

Reí en voz baja.

—La mayoría de gente no lo entendería, es probable que ni siquiera nos tolerara, pero juntos… nos complementamos.

Sus palabras contenían una verdad asombrosa, pero también había algo en mí que se preguntaba si habría llegado a esa conclusión, si estaría allí con él si no me hubiera quedado embarazada.

Pero Nick estaba desnudo, y yo solo era capaz de concentrarme en eso. Ni siquiera le había visto quitarse la última prenda, pero ahí estaba, y Dios mío, era como sacar el premio gordo en la lotería de los hombres.

Cien por cien varonil, era un ejemplo de líneas firmes, músculos marcados y belleza masculina. No le daba vergüenza estar ahí plantado delante de mí, y no había ninguna duda de lo preparado que estaba. ¿Y su tamaño? Madre mía.

Con el pulso latiéndome con fuerza, inspiré aire mientras él me rodeaba la barbilla con los dedos. Hizo una ligera presión para apremiarme a ponerme de pie. Una sonrisita le danzó en los labios mientras me bajaba las manos por los brazos y, después, hasta el dobladillo de mi camiseta de tirantes. Sin decir una palabra, tiró de ella hacia arriba para pasármela por la cabeza. Se reunió con sus prendas. Yo ya tenía los pezones erectos, doloridos.

Bajó la mirada y emitió un sonido gutural que hizo que mis rodillas temblaran.

—Estos… —Me pasó una mano por la copa del sujetador, y yo inspiré entrecortadamente—. No tienes ni idea de las ganas que tenía de verlos. —Su mano ascendió por el encaje negro y se deslizó después bajo la tela. Me acarició el pezón con el pulgar, y eso me provocó una oleada de placer que invadió todo mi cuerpo—. De tocarlos —dijo mientras me recorría la espalda con la otra mano para desabrocharme el sujetador con dedos hábiles.

Me sonrojé cuando el sujetador me resbaló por los brazos y me quedé desnuda de cintura para arriba ante él. Me mordí el labio inferior mientras le dejaba mirarme todo lo que quisiera, y vaya si lo hizo. Me miró hasta que tuve la impresión de que estaba grabando la imagen en su memoria, hasta que ese primer rubor se convirtió en un calor abrasador.

Entonces me rodeó los pechos con ambas manos.

Arqueé la espalda, y se me escapó un gemido entrecortado cuando sus dedos hicieron locuras para mis sentidos. Alargué la mano para ponerla en su pecho y tranquilizarme mientras él seguía explorando. Tenía la piel caliente bajo la palma de mi mano, y noté los latidos fuertes de su corazón.

—Nick —suspiré.

—No me tomé mi tiempo cuando estuvimos juntos —comentó sacudiendo la cabeza—. Voy a rectificar eso ahora mismo.

Cielo santo, vaya si lo estaba haciendo. Pasó tanto rato en ese punto que, cuando finalmente alargó la mano hacia el botón de mis vaqueros, yo casi había enloquecido. Mi respiración era superficial, y el pulso me latía con fuerza, retumbando en lo más profundo de mi ser. Apenas noté cuando me quitó los vaqueros.

Nick se arrodilló delante de mí y me puso las manos en las caderas. Su cabello me hizo cosquillas en la piel cuando me dio un beso justo debajo del ombligo.

—Esto es para el guisante que tienes dentro de ti —comentó, y se me derritió el corazón—. Sí, me he estado informando por mi cuenta. Y esto… —Agachó la cabeza y volvió a besarme, justo en el centro. A pesar del raso que separaba sus labios de mi piel, el contacto me llegó hasta la médula—. Y esto es para ti.

Me temblaba la mano al tocarlo y deslizarle los dedos por el pelo. Se me hizo un nudo en la garganta de pura emoción. Justo entonces, cuando me besó el estómago, supe que podía enamorarme de verdad de ese hombre. El corazón me latía a toda velocidad.

Nick levantó la cabeza, mirándome a través de unas tupidas pestañas oscuras. Los ojos verdes le brillaban de pasión.

—Creo que podría pasarme años así.

—¿De rodillas? —pregunté con la voz algo temblorosa.

Esbozó media sonrisa.

—Siempre y cuando tú estés encima de mí.

—Eres demasiado —aseguré con una carcajada irónica, temblorosa.

—No. No lo soy. —Deslizó sus labios por la parte superior de mi muslo—. Creo que… sí, tengo que cambiar eso.

No comprendí qué querían decir esas palabras, o puede que sí y me dio demasiado miedo creerlas, pero lo cierto es que no estaba pensando en nada de eso porque Nick me estaba bajando con los dedos la prenda de raso por las caderas, me la pasó después por los muslos y ya no la vi más, me quedé totalmente en pelotas, igual que él.

Y entonces exploró esa parte de mi cuerpo, con las manos y con los dedos, y finalmente, con esa boca suya tan bonita. Eché la cabeza hacia atrás, y mientras me tocaba y me saboreaba, mis caderas se movieron al unísono.

Nick se separó de mí justo antes de que llegara al clímax. Se levantó y apagó mi gemido de frustración con un beso. Cogió mi pelo con una mano para echarme la cabeza hacia atrás, y los besos se volvieron más intensos, más apremiantes y más apasionados. Deslicé las manos por su cuerpo hacia abajo y le rodeé el miembro con los dedos. Él empujó las caderas, de manera que mi espalda quedó apretujada contra la cama.

Me puso las manos bajo los brazos y me levantó para llevarme hasta el centro del colchón, y su boca se adueñó de la mía. Teníamos los brazos y las piernas entrelazados, las manos hambrientas, y nuestros labios eran todavía más voraces. El sexo… el sexo nunca había sido así antes. Había sido divertido y había tenido mi buena cuota de orgasmos y buenos ratos, claro que sí, pero aquello era alucinante, porque no se trataba solo de dos personas que querían correrse. Había pasión en la forma en que movía sus labios por mi piel, deseo en la forma en que mis manos se familiarizaban con las muchas curvas y zonas firmes, y una intimidad abrumadora cuando se incorporó apoyado en su antebrazo y me sostuvo la mirada mientras me penetraba.

Arqueé las caderas, y mis manos se aferraron a sus brazos cuando él empezó a moverse, despacio primero, con un ritmo insinuante que era demasiado para mí. Le presioné las pantorrillas con los talones. Le recorrí la piel con las uñas. La presión creció en mi interior, y sus empujes aumentaron mientras su aliento caliente me danzaba por la mejilla y las palabras provocativas que me decía al oído me apremiaban a seguir. Estaba sobre mí, alrededor de mí y dentro de mí, formando parte de mí. Piel contra piel. No había nada entre nosotros. La tensión se disparó enseguida, aumentando cada vez más.

No se trataba de dos personas follando.

Eso fue lo último que pensé cuando el nudo en mis entrañas estalló, se deshizo. Me invadió una oleada de placer tras otra. Eché la cabeza hacia atrás y grité su nombre, y solo Dios sabe qué palabras más. Me contraje a su alrededor mientras él pasaba un brazo por debajo de mí para apretujar mi cuerpo contra el suyo al tiempo que sus caderas chocaban con las mías. Con el otro brazo me encerró para mantenerme donde estaba. Se movía como un loco, sacudiendo las caderas, y la presión era demasiado. Reaparecieron las contracciones, y el mundo pareció fragmentarse cuando otro orgasmo se apoderó de mi cuerpo.

Nick gritó con voz ronca un segundo antes de hundir la cabeza entre mi cuello y mi hombro. Se quedó inmóvil, con las caderas apretujadas contra las mías. Un enorme estremecimiento le sacudió el cuerpo, todavía abrazado a mí, y tardó un largo instante en moverse.

Alzó la cabeza mientras yo le deslizaba las manos por los costados hacia abajo. Puso los labios en mi sien, y recorrió con ellos mi ceja un segundo después. Me dio un piquito en la punta de la nariz, y después me besó con ternura.

Hubo algo en aquel beso adormilado y suave que lo hizo más poderoso que ninguno de los demás.

Nick salió de mí, y, debido a mis experiencias anteriores, esperé que saltara de la cama y que diera comienzo la incómoda búsqueda y rescate de sus prendas de vestir. Pero no lo hizo. Con un brazo todavía debajo de mi cuerpo, tiró de mí para ponerse boca arriba y dejarme a mí con el pecho contra su costado y una pierna entrelazada con la suya. Estábamos sudados y acalorados, pero al apoyar mi mejilla en su hombro, no se me ocurrió ningún lugar más cómodo en el mundo. Su mano deambuló perezosa por mi espalda, arriba y abajo. Ninguno de los dos habló.

Mientras estaba allí tumbada, con el corazón latiéndome con fuerza y la respiración todavía demasiado acelerada, volvió a venirme a la cabeza algo que había pensado antes. ¿Me estaría enamorando de él?

Nick giró la cabeza hacia la mía y me rozó la frente con sus labios.

No. No me estaba enamorando de él.

Porque era muy probable que ya me hubiera enamorado de él.

20

En algún momento, Nick se había levantado y se había ido a la cocina, en pelota picada y totalmente cómodo. Regresó con dos vasos de agua, apagó la luz y se reunió conmigo.

Acurrucada contra él, de costado y con el edredón tapándonos hasta la cintura, yo estaba en modo ovillo. Y también estaba… absolutamente satisfecha. Aunque lo de acurrucarme era algo totalmente desconocido para mí, todo aquello me resultaba de lo más normal, como si lleváramos años haciéndolo. Esa sensación era un pelín desconcertante, pero no quise rehuirla. Más bien quería sumergirme en ella.

—Gracias —dije mientras le recorría la fina línea de vello bajo el ombligo con una sonrisa en los labios.

—Tengo la sensación de que tendría que darte yo las gracias a ti, pero siento curiosidad. —Me paseaba los dedos por la espalda y las costillas—. ¿Por qué me das las gracias?

—Por venir —respondí, y mi sonrisa se ensanchó—. No tenías por qué hacerlo. Podría haber esperado. Ha sido un detalle muy tierno.

—Soy muy tierno, pero no se lo digas a nadie. Tengo una reputación que mantener.

—Será nuestro secreto —aseguré riendo en voz baja.

Nick se volvió de manera que mi mejilla descansaba en su brazo y podíamos mirarnos. Desplazó una mano desde mi cintura hasta mi barriga.

—¿Tienes ganas de ir al médico?

En la penumbra pude distinguir la tenue línea de sus rasgos lo suficiente como para saber que estaba sonriendo.

—Y tanto. Estoy algo nerviosa, porque, la verdad, no sé qué esperar —admití.

—A veces no parece real, ¿verdad? —Extendió la mano sobre mi estómago.

—Ya —contesté, y el corazón me dio un brinco—. Menuda locura, ¿no?

—Seguramente es normal. Supongo que después de que vayamos al médico, asimilaremos la realidad —comentó—. ¿Cómo lo lleva tu madre?

Puse mi mano sobre la suya, y me gustó la sensación.

—Me está apoyando mucho. Tengo suerte. Es una lástima que no viva aquí, porque estoy segura de que nos haría de canguro. —Hice una pausa mientras se me ocurrían mil preguntas sobre su familia. Aquel era un buen momento, si es que lo había, de empezar a hacérselas—. No hablas mucho de tu familia. Recuerdo que dijiste que tu madre había muerto. ¿Puedo preguntarte qué ocurrió?

Pasó un buen rato antes de que Nick contestara, y esperé conteniendo la respiración. Si de verdad quería que eso llegara a alguna parte, iba a tener que abrirse. Y yo también. Era un momento importante entre nosotros, más aún, sin duda, que el que acabábamos de compartir.

—Mi madre murió en mi primer año de instituto —dijo, y yo solté el aire—. Murió de tristeza. Y sí, ya sé lo estúpido que suena, pero tras la muerte de mi padre, simplemente se rindió.

Noté una opresión en el corazón. Había imaginado que su padre estaba ausente porque me había dicho que no tenía familia allí, pero no había supuesto automáticamente que hubiera fallecido. Le rodeé la mano con la mía para apartársela de mi barriga y acercármela al pecho.

—Apenas comía —prosiguió—. No se cuidaba en absoluto. Dejó de salir y, básicamente, dejó de hacerlo todo. Mi abuelo, su padre, trató de conseguirle ayuda antes de caer enfermo. La hizo ir a terapia, pero no se tomaba ninguno de los medicamentos que le recetaban. Se la sudaba, no podía soportar vivir sin mi padre. Tardó años —dijo, apretándome la mano—. Yo estaba en clase. Era por la mañana, y mi abuelo fue a buscarme. Tras la muerte de mi padre, nos habíamos mudado con él. Aquella mañana había ido a hacer la compra y, al volver a casa, se la encontró muerta en la cama.

—Lo siento mucho —susurré.

Levantó nuestras manos unidas y besó el dorso de la mía. Después exhaló con fuerza.

—No sé si querrás saber lo de mi padre.

—Sí quiero.

Nuestras manos descendieron de nuevo hasta el lugar entre nuestros pechos. Pasaron unos instantes antes de que hablara.

—Mi padre se suicidó.

Se me desorbitaron los ojos. Eso no me lo esperaba. Para nada.

—Mi familia no ha tenido la mejor de las suertes, ¿eh? Mi abuelo tiene alzhéimer. Mi madre se rinde y mi padre se quita la vida. —Giró la cabeza y se quedó mirando al techo—. Mi abuelo, Job, era un hombre de negocios de éxito. Lo mismo que su padre. Hace mucho tiempo se dedicaban a la construcción en esta zona y eran muy buenos, excelentes. Construyeron o reformaron la mitad de las putas casas de esta zona. Cuando mi madre conoció a mi padre y se casaron, él empezó a trabajar para Job y, con el tiempo, mi padre se hizo cargo del negocio, y las cosas fueron bien al principio. A ver, yo era solo un niño, y no recuerdo gran cosa, pero mis padres eran felices. Llevábamos una buena... vida. Eso lo recuerdo.

—¿Qué paso? —pregunté.

El pecho de Nick se elevó y descendió al respirar hondo.

—La empresa de mi padre estaba construyendo una casa mientras terminaba otra —prosiguió—. Era un lugar enorme, y aunque no daban abasto, no podía renunciar a ese trabajo ni a esa cantidad de dinero. Como los contratistas habituales con los que trabajaba estaban ocupados en la otra casa, contrató a unas cuantas personas nuevas. Una de ellas era un electricista. Mi padre creyó que podía confiar en ellos. ¿Sabes? No creo que se le pasara por la cabeza que tuviera ningún motivo para dudar del trabajo que estaba haciendo ninguno de ellos. Se equivocaba.

Quiso soltarme la mano, pero se lo impedí. Pasó otro instante.

—El electricista al que contrató desapareció una vez estuvo terminada la casa, algo normal. La gente va de un lado para otro sin parar. Nada del otro mundo. No al principio.

El instinto me dijo que se acercaba algo realmente malo y que oírlo iba a resultar doloroso.

—Resultó que el electricista había escatimado en el material para ganar más pasta. Te sorprendería lo frecuente que es eso. Normalmente no pasa nada grave, pero ese tío... la cagó. La instalación eléctrica estaba mal hecha, muy mal hecha, y provocó que la casa se incendiara. —Nick tragó saliva con fuerza, y pude notar cómo se ponía tenso—. La familia que había mandado construir la casa estaba dentro cuando ardió en llamas. Los padres. Los tres hijos. Dos de los niños murieron en ella.

—Dios mío... —solté cerrando los ojos.

—Mi padre tenía un seguro... de responsabilidad civil. Como el electricista no estaba, todo recayó en él. Aunque le habría pasado igual. Era su empresa la que había construido la casa. Era responsabilidad suya asegurarse de que todo se hacía correctamente. La familia lo demandó. Con razón. Se lo quitaron todo, salvo lo que tenía mi abuelo. Él era hábil con el dinero, en los negocios. Había retirado de la empresa el dinero que había ahorrado a lo largo de los años mucho antes de traspasársela a mi padre, pero no era el dinero lo que afectaba a mi padre. Por lo menos, creo que no era eso. No que yo recuerde. —Su voz se espesó, se volvió ronca—. Lo mataba saber que era responsable de lo que le había ocurrido a esa familia, lo consumía. Lo recuerdo vagamente sentado en la sala de estar por la noche, como si no estuviera ahí siquiera. Más o menos un año y medio después del incendio, se ahorcó. Mi madre se lo encontró muerto.

—Dios mío —exclamé acercándome más a él, apretujando mi cuerpo contra el suyo. De golpe empezaban a tener sentido muchas cosas de Nick—. Lo siento. Sé que estas dos palabras suenan vacías, pero lo siento muchísimo.

—Esas palabras no suenan vacías. Significan algo. —Volvió la cabeza hacia mí—. Hay algo más… y es probable que te parezca raro.

—Lo dudo —prometí.

—No. Es muy raro. Reece es una de las pocas personas que sabe todo esto, y sé muy bien que ni siquiera se lo ha contado a Roxy. No sé muy bien por qué voy a decírtelo a ti.

La curiosidad se había adueñado de mí. No alcanzaba a entender qué podía ser tan raro que Reece, que lo sabía, no se lo contara a nadie, ni siquiera a Roxy.

—Muy bien —dije, escudriñándole la mirada en la leve oscuridad que nos envolvía—. Aunque me parezca raro, no voy a echarte de la cama de una patada.

—Bueno —respondió sacudiendo la cabeza—, espero que no. Sería embarazoso si tenemos en cuenta que estamos los dos desnudos.

Sonreí a pesar de la conversación.

—Cuéntame —pedí.

—No sabes demasiado de Calla, ¿verdad? —dijo tirando un poco de mi mano.

Agudicé el oído al instante. No era detective, pero inmediatamente recordé lo que Roxy me había dicho sobre cómo se comportaba Nick con ella y lo que yo misma había visto.

—Pues no. Solo sabía que era amiga de Teresa cuando yo estaba en Shepherd.

—Pero te has… te has fijado en la cicatriz que tiene en la cara, ¿no?

—Sí… —Empecé a fruncir el ceño.

Nick inspiró de nuevo.

—Se la hizo en el incendio. Los cristales de las ventanas explotaron o algo así. Le alcanzaron la cara. Era uno de los niños que vivían en la casa. Fueron sus hermanos quienes murieron. Y eso no es todo. Sus padres eran los propietarios originales del Mona's.

Pasaron unos segundos en los que no supe qué decir. Me había quedado de piedra.

—¿Calla no sabe esto?

—No. Y es probable que nunca fuera a pasársele por la cabeza. El apellido de mi padre era Novak, pero cuando murió, mi madre acabó adoptando de nuevo su apellido de soltera: Blanco. Y yo nunca se lo he contado. ¿Cómo coño iba a decírselo? ¿Sabes? La primera vez que entró en el bar, se me paró el corazón. Verás, nadie esperaba que volviera aquí jamás. Después del incendio, su padre se marchó y su madre acabó llevando el bar, pero fue de mal en peor: se metió en líos de drogas y terminó siendo una madre espantosa. No pudo superar la pérdida de sus hijos —explicó mirando al techo una vez más—. Yo acabé encontrándome con Mona, la madre de Calla, hace unos años. Ella sabía quién era yo. Dijo que me parecía a mi padre. Fue en uno de esos pocos momentos en los que no iba colocada. El caso es que yo estaba empezando a cuidar de mi abuelo, justo al acabar la universidad, y Mona sabía lo que le estaba pasando a Job. Me ofreció un empleo. Fue raro. Yo no necesitaba el dinero. En realidad, no. Job tenía más que suficiente para cuidar de mí y para que yo pudiera cuidar de él, pero era… un respiro. ¿Sabes?

—¿Una vía de escape? Lo entiendo.

Asintió con la cabeza antes de proseguir:

—Así que empecé a trabajar en el Mona's antes de que Jax apareciera, y cuando él llegó, podríamos decir que se hizo cargo del local. Todo lo que rodea a Mona y al bar es un lío, pero creo que, en cierto sentido, trabajar allí para ella, era como…

—¿Expiar lo que había pasado? —Cuando no dijo nada, le apreté la mano—. Nick, sabes que nada de lo que pasó fue culpa tuya, ¿verdad? Y da la impresión de que a pesar de que tu padre era legalmente responsable, él… él también fue una víctima en el asunto.

—Tardé mucho tiempo en darme cuenta de ello —comentó pasados un par de segundos—. Ni siquiera sé por qué me rayaba con eso. Supongo que era joven y tonto. Pero, bueno, como he dicho, no me esperaba ver a Calla.

—¿Piensas decírselo algún día?

—No sé. Seguramente habría tenido sentido si lo hubiera hecho el primer día que la vi. Ahora se me hace raro.

—No es raro —le dije, y cuando giró la cabeza hacia mí, no necesité verlo para saber que tenía una expresión de duda en la cara—. Vale. Es un poco raro, y entiendo por qué no lo has hecho. No la conozco bien, pero no tiene pinta de ser alguien que vaya a guardarte rencor por algo en lo que no has tenido nada que ver.

—¿Pero no sería duro para ella enterarse de que está trabajando con el hijo del hombre que fue, básicamente, responsable de destrozarle la vida? No puede ser fácil. —Su voz era tranquila—. Es que… no quiero arruinarle la vida.

Madre mía, me dolió oír eso, y hubo algo en sus palabras que me hizo pensar en lo que me había dicho sobre su relación pasada. ¿Era esa la razón por la que estaba tan en contra de las relaciones? ¿Porque, de algún modo, no creía merecerlo por lo de su padre y el incendio de la casa? Era llevarlo muy lejos, pero me preocupaba que Nick hubiera pensado que trabajar en el Mona's era un modo de expiar algo que había hecho su padre.

—Tuviste una relación seria una vez, ¿verdad? —quise saber.

—Sí.

—¿Qué pasó? —pregunté tras inspirar hondo.

—Era una chica con la que salía en la universidad. Íbamos en serio y, por un tiempo, pensé… que duraría.

Sentí una oleada irracional de celos. La intensidad me sorprendió, y quise darme de bofetadas. ¿Cómo podía estar celosa de una chica que ya no estaba en su vida? Espera. Dios mío. ¿Y si seguía enamorado de ella? Se me cayó el alma a los pies.

—Pero, bueno —prosiguió, ajeno a mi pánico interior—, cuando mi abuelo enfermó y empezó a pasar todo aquello, las cosas se pusieron tensas entre nosotros. Creo que no podía lidiar con todo lo que yo tenía que hacer. Al principio no podía verla mucho, porque tenía que cuidarlo. Nos fuimos distanciando, y un día todo terminó. Fue una mierda, pero, coño, si no podía soportar que mi abuelo estuviera enfermo y que yo cuidara de él, ¿qué habría hecho si hubiera enfermado yo?

—Menuda zorra —exclamé.

Nick soltó una risita y me soltó la mano para rodearme la cintura con el brazo.

—¿Y tú? ¿No has tenido ninguna relación seria desde el instituto?

—Ni siquiera sé si puedo decir que esa relación fuera seria —admití con sequedad.

—¿Y qué pasa? ¿No crees en el amor? —dijo mientras deslizaba la mano por mi costado.

La pregunta me pilló desprevenida.

—Creo en el amor. De veras. Es solo que... nunca me he enamorado. No como mis padres. Ellos se querían. Quiero decir que, cada vez que estaban juntos y los oías hablar el uno con el otro, aunque estuvieran enfadados, podías escuchar el amor en sus voces. Esa es la clase de relación que yo quiero. No me he conformado con menos.

—Mmm... —Su mano se desplazó lentamente de vuelta hacia mi cadera—. Estás hablando en pasado, Stephanie.

Mi nombre... Me encantaba cuando decía mi nombre.

—Bueno, mi padre estaba en la marina —expliqué, y me resultó extraño decirlo en voz alta, porque no era algo de lo que hablara a menudo—. Y estaba mucho fuera. Cuando tenía quince años, estuvo en casa durante el verano, y fue genial. Después volvió a marcharse. Nunca regresó.

Nick levantó la cabeza sin decir nada y me plantó un beso dulce y casto en la frente. Tragué saliva con fuerza, pero el puto nudo volvía a estar ahí, en mi garganta.

—Le dispararon, y recuerdo estar sentada en la escalera cuando los dos oficiales le dijeron a mi madre que fue rápido, que no sufrió. Y también recuerdo haber pensado cómo iba a servir de algo saber eso. Ahora lo entiendo. Me consuela que no sufriera, pero a los quince años... no me lo hizo más fácil.

—Lo siento —dijo en voz baja, y volvió a besarme la frente—. Evidentemente yo no conocí a tu padre, pero que fuera allí y diera su vida por el resto de nosotros, significa que era un buen hombre.

—Sí que lo era —susurré, sonriendo con tristeza—. Mi madre no volvió a casarse ni a salir en serio con nadie. Creo que nunca lo hará. Hoy en día sigue llevando sus placas de identificación. Solo se las quita cuando se ducha. Da igual lo que lleve puesto. —Volví a tragar saliva con fuerza, y carraspeé—. Así que, bueno, eso.

Levantó la mano de mi cadera y me apartó un poco el pelo de la cara. Me dejó la mano en la mejilla.

—¿Es tu padre el de la foto que hay en ese estante?

—¿La has visto? —pregunté, alucinada.

—Sí, cuando me levanté para ir a buscar agua. Soy así de observador.

—Joder —murmuré.

—También puede que fuera porque me fijé antes en esa fotografía del biquini —admitió, y yo me reí—. Porque, a ver, ¿quién no se fijaría en ella?

—Joder —repetí.

—Me da que has dicho tu segundo «joder» menos impresionada.

Volví a reír, y aunque la seriedad de la conversación era como una tercera presencia en la habitación, noté que esbozaba una sonrisa más amplia todavía.

—No puedes pasar aquí la noche, ¿verdad?

—Ojalá. Tengo que irme a las tres —respondió volviendo a bajar la mano para rodearme con ella la cadera. Me dio un apretón—. No me gusta hacer que Kira se quede hasta demasiado tarde si tiene que volver a su casa.

—Es comprensible. —Hice una pausa, a sabiendas de que solo nos quedaban unas pocas horas—. ¿Tienes hambre o algo? —pregunté.

—No. ¿Y tú?

Sacudí la cabeza y me alegró que no tuviéramos que salir de la cama. Quería absorber los momentos que estaría con él antes de que tuviera que marcharse. Me hacía sentir bien haber tenido esa conversación. Ya no nos estábamos quedando en la superficie. Aquello era… aquello era real, y estábamos profundizando, yendo más allá de las capas iniciales.

Nick se movió de repente.

Chillé cuando nos quitó el edredón y noté el aire frío sobre mi piel, lo que me puso la carne de gallina. Su cuerpo sustituyó rápidamente el origen del calor, y no me quejé cuando me mordisqueó el cuello.

—Ahora que lo pienso —comentó mientras sus labios recorrían mi garganta y seguían bajando—. Tengo hambre. Quiero el desayuno.

—¿El desayuno? —pregunté mientras sus labios se paseaban por mi pecho. Cuando intervino su lengua, lo pillé. Eché atrás la cabeza, solté una fuerte carcajada, y esa carcajada se convirtió enseguida en gritos ahogados y gemidos, pero esa sonrisa…

Esa sonrisa no se me borró de la cara.

21

Cuanto más se acercaba el momento de mi primera visita al médico por el embarazo, más atacada estaba. No era un nerviosismo normal. Era más bien como estar ilusionada y ansiosa a la vez. Esa sensación hacía que quisiera comer cosas. Mogollón de cosas.

De hecho, solo quería comer, así en general.

Y lo cierto era que no creía que tuviera nada que ver con lo de estar embarazada. Era como si mi cabeza estuviera usando el hecho de estar embarazada como una excusa para zamparme todo lo que tuviera a la vista.

Me las había apañado para cogerme un descanso para comer más largo el día de la cita, y me pasé la mayor parte del miércoles por la mañana intentando no comerme la última chocolatina Reese's ni darle a Rick un puñetazo en los huevos. Cada vez que pasaba junto a mi mesa me miraba como si me estuviera imaginando sin camiseta o con la cabeza explotando.

Cuando llegó la hora de irme, cerré el ordenador, me puse de pie y cogí la chaqueta de donde la había dejado doblada y guardada, junto con mi bolso. Cuando me giré y corrí la silla hacia la mesa, vi que Brock se dirigía hacia el despacho de Marcus. Busqué inmediatamente a Jillian, porque siempre que lo veía a él, ella no andaba lejos. La semana anterior, cuando Brock se pasó por las oficinas, ella iba con él, casi como si fuera su sombra, pero hoy iba solo.

Tenía mejor aspecto. La semana anterior, unas oscuras ojeras reflejaban su agotamiento y me había parecido más pálido de lo normal, pero hoy estaba un pelín más recuperado, salvo por el cabestrillo en el que llevaba el brazo derecho. Aunque no se había lesionado el brazo, le servía para mantener estabilizados los músculos de la pared torácica.

—Hola —lo saludé mientras me ponía la chaqueta—. ¿Cómo te va?

Brock me dirigió una sonrisa tensa.

—Aguantando el tipo. ¿Y tú?

—Bien. Ahora salgo a comer.

Se detuvo ante la puerta del despacho de Marcus y volvió la cabeza con un movimiento incómodo y tenso.

—¿Has quedado con Nick? —Un brillo pícaro le iluminó los ojos.

Cielo santo, noté que empezaba a ponerme colorada a la vez que el corazón me hacía un bailecito divertido en el pecho. No podía decir que eso fuera ninguna novedad ni preguntarme qué coño estaba pasando. Cada vez que veía a Nick o que pensaba en él me agitaba, y, llegados a este punto, iba a aceptar esa agitación porque no iba a desaparecer. Ni mucho menos.

—Tengo hora en el médico —fue todo lo que dije, porque eso era todo lo que Marcus sabía, y estaba segura de que la noticia de nuestra próxima paternidad no había llegado a oídos de Brock todavía.

—Ah, el médico —dijo, alargando la mano hacia la puerta—. Estoy empezando a detestar esa palabra.

—Es comprensible. —Me abroché la chaqueta—. Hasta luego.

Como la consulta de mi médico estaba entre Plymouth Meeting y el centro, Nick iba a reunirse conmigo allí. El trayecto no fue demasiado malo una vez salí de la ciudad, y llegué a la consulta unos quince minutos antes de tiempo.

En cuanto salí del coche, la puerta de otro coche aparcado un poco más allá se abrió y Nick salió de él. La agitación volvió, como si una mariposa estuviera revoloteando dentro de mi caja torácica.

Me situé delante de mi coche, con la garganta seca de repente, y lo esperé. Cuando lo tuve totalmente a la vista, mi mirada lo recorrió despacio. Dudaba que hubiera un momento en el que Nick no estuviera guapo, pero hoy estaba espectacular. No sé qué tenían los vaqueros oscuros y el jersey negro de cuello pico que llevaba, pero pusieron todas mis partes femeninas contentas de todas las formas posibles. Me pregunté si tendríamos tiempo para un polvito rápido antes de ver al médico.

—Hola —dijo Nick, agachando la cabeza para besarme la comisura de los labios. Desde que le conté lo de que no me habían besado, hacía hincapié en besarme. Mucho. Y no iba a quejarme. Bajó el brazo y me cogió la mano—. ¿Preparada?

Asentí con la cabeza mientras alzaba el cuestionario que me habían enviado por correo. En esas páginas estaba la historia de toda mi vida.

—He hecho los deberes —comenté.

—¿Cuándo? ¿Esta mañana? —Se encaminó hacia la entrada. Con una sonrisa, dejé que me guiara por el aparcamiento.

—No —respondí.

—¿Ayer por la noche después de que yo me marchara?

—Puede —dije riendo. Cuando me apretó la mano, la agitación empezó otra vez—. Me llevó casi una hora. Quien se lo lea va a conocerme mejor que mi madre.

Nick soltó una risita mientras nos acercábamos a las puertas. Unos pavos hechos con cartulina adornaban los cristales. Quien los hubiese hecho había usado la técnica de estampar los dedos a modo de plumas, y el estómago me dio un pequeño vuelco porque en algún momento tendría algo parecido pegado en la nevera.

Quise llorar y reír a la vez, dar brincos y tirarme en la cama.

Nuestro paso por recepción fue rapidísimo y, cuando ocupamos nuestros asientos en la cálida sala de espera, eché un vistazo a mi alrededor. Había embarazadas por todas partes. Lo que era de esperar, pero no estaba segura de haber visto nunca tantas mujeres embarazadas en un mismo sitio.

Y en cada una de las distintas fases del embarazo.

Una rubia sentada delante de mí lucía un bultito que le tiraba del jersey azul cielo. Había una morena cerca de la ventanilla de recepción que parecía estar a mitad del embarazo, con las mejillas sonrosadas mientras escribía en un bloc. A mi lado había una mujer que parecía muy probable que fuera a ponerse de parto en medio de la sala de espera.

Tenía una barriga del tamaño de dos pelotas de baloncesto.

Nick se inclinó hacia mí y susurró:

—Mira, sé que va a sonarte raro, pero te estoy imaginando con una tripa como esa y me parece de lo más *atractiva*.

Me volví despacio hacia él y empecé a sonreír.

—¿En serio?

—Sí —respondió guiñándome un ojo—. Me muero de ganas de verlo.

—¿Por qué? —susurré.

—Porque mi bebé... —Esbozando una media sonrisa, me puso la mano en la barriga por encima de la chaqueta—... estará aquí, y joder, eso es de lo más excitante.

Oh. Oh. Vaya.

Dejé de mirarlo cuando otra mujer se sentó al lado de la que se seguía acariciando la barriga voluminosa. La recién llegada podría hacerle competencia sobre quién iba a tener el bebé antes. Las dos se pusieron a charlar de inmediato; era obvio que se conocían, y procuré no escucharlas, pero no pude evitarlo.

—¿Qué tal la hinchazón, Lorraine? —preguntó la recién llegada.

Lorraine se movió e hizo una mueca mientras a duras penas levantaba una pierna. Bajé la mirada hacia sus pies... hostia puta... sus pies. Los tenía tan hinchados que llevaba chancletas, y eso que estábamos a unos cuatro grados en el exterior.

Uf.

—Mejor —respondió.

¿Qué? ¿Eso era mejor? Dirigí rápidamente la mirada hacia la otra mujer cuando empezó a hablar sobre cómo había tenido que quitarse la alianza de matrimonio. Nick se recostó en el asiento y pasó el brazo por el respaldo de mi silla. El novio o marido de la rubia que teníamos delante se reunió con ella, y él y Nick se hicieron alguna especie de extraño saludo masculino con la cabeza el uno al otro. Eché un vistazo alrededor y vi que la morena miraba sin disimulo a Nick.

Fruncí los labios.

—Este es el último, te lo juro —dijo Lorraine, la mujer en la última fase del embarazo a su amiga—. Si Adam piensa en tener otro hijo conmigo, yo misma lo castro.

Nick apretó los labios y dirigió una mirada hacia el techo.

—Uy —murmuró.

Le di discretamente un codazo e hizo una mueca. Tras girar la cabeza hacia mí, agachó la barbilla y me besó la sien. Olvidados los pies hinchados y la castración, la agitación pasó a ser un vals. La morena que lo miraba suspiró.

No tuvimos que esperar demasiado antes de que nos llamaran y nos llevaran a una sala, y entonces empezaron las preguntas; me hicieron las mismas putas preguntas que yo me había tomado el tiempo en responder, y gracias a Dios que Nick estaba allí, porque me alegré cuando a él también le hicieron el tercer grado.

¿Cómo eran mis periodos? Y fue algo embarazoso de lo que hablar mientras Nick miraba la puerta. ¿Y mis costumbres? ¿Alguna alteración genética conocida? ¿Estábamos interesados en la prueba genética?

Indecisa, miré a Nick, que estaba sentado en una de las pequeñas sillas de plástico.

—¿Qué… qué opinas?

—Creo que no estaría de más. —Estiró sus largas piernas y las cruzó por los tobillos—. Yo propongo que la hagamos.

—De acuerdo —coincidí, conteniendo la necesidad de balancear los pies desde donde estaba sentada.

—Podemos extraer la sangre aquí para el resto de pruebas —comentó la enfermera, sonriendo—, pero los resultados del laboratorio no estarán listos hasta dentro de unos días.

Y volvieron a empezar las preguntas. ¿Había estado antes embarazada? ¿Qué medicamentos estaba tomando? Y un trillón de preguntas más. Cuando por fin terminó, me pregunté si estaría tan exhausta como yo.

—La doctora Connelly puede hacerle hoy una ecografía si quiere, junto con el reconocimiento inicial, y tratar de obtener una imagen del bebé.

El corazón me dio un vuelco.

—Sí. Me gustaría.

—Vamos a extraer un poco de sangre y a empezar el proceso —dijo la enfermera.

Cuando se puso manos a la obra, no pude evitar sonreír, porque Nick encontró de repente algo muy interesante que mirar en el suelo. Solo levantó la vista cuando la enfermera acabó de extraerme la mitad de mi sangre y me entregó la bata. Estaba blanco como el papel.

—La doctora Connelly vendrá enseguida —anunció la enfermera, que cerró la puerta al salir.

La mirada de Nick se desplazó de la puerta hacia mí.

—¿Es esta la parte en que te quedas en pelotas? —preguntó con las cejas arqueadas de interés.

Bajé de la camilla de un salto y me descalcé.

—Esta es la parte en que finges no haber estado a punto de desmayarte hace un momento.

Recostó la cabeza en la pared y me miró con los ojos entrecerrados.

—Me da cosita admitirlo, pero las agujas me dan repelús.

—¿Cosita? —Sacudí la cabeza mientras empezaba a desnudarme—. ¿No es así como llaman los niños a su polla?

—Si es así, lo que estoy viendo ahora mismo pone muy contenta a mi cosita.

—Dios mío —dije con una carcajada—. Puede que no fuera buena idea que vinieras.

—Venir ha sido una idea excelente —aseguró con una sonrisa que le embelleció los labios.

Desnudarme y ponerme la bata de papel fue toda una experiencia. Me costó un mundo convencer a Nick de que no necesitaba su ayuda, pero, a pesar de que se quedó sentado, la mirada apasionada que seguía mis movimientos fue como una caricia física.

Mientras esperábamos a la médica, estuvimos charlando. Le dije que había visto a Brock ese día, y él me habló de un programa que encontró por casualidad en mitad de la noche en el History Channel y que quería hacer un maratón de la temporada. Me gustaba aquello, la despreocupada conversación, y era así cada vez que lo había visto desde la noche de Halloween.

Las noches que libraba venía a casa o salíamos a cenar. Siempre hablábamos, y cada noche nos conocíamos un poco mejor. No parábamos de quitar las capas.

Y pasaban más cosas entre él y yo. Mucho tiempo de piel contra piel. O de piel contra ropa. O de quitar solo las prendas necesarias. Como la noche de Halloween, cada vez era diferente, se sentía como algo más. Desde luego no se trataba de dos personas corriéndose.

Cuando Kira estaba con su abuelo, se quedaba a dormir. Y el sábado anterior me había sorprendido viniendo después del trabajo. Yo estaba medio dormida cuando le abrí la puerta, y esa noche hubo poca conversación. Nick me había levantado del suelo en cuanto cerró la puerta y estuvimos piel contra piel en cuestión de minutos. El sexo… la forma en que me había puesto contra el cabecero, me había separado las piernas y…

Joder, me… me tomaba como si fuera insaciable, como si tuviera sed de mí, solo de mí.

Cuando llegó la doctora Connelly, yo tenía la cabeza donde no debería tenerla, y me sentí avergonzada a muchísimos niveles. De algún modo, la ligera sonrisa en la cara de Nick me hizo sentir que él sabía dónde se habían dirigido mis pensamientos.

Cabrón.

La doctora Connelly aparentaba tener entre cincuenta y sesenta años. Llevaba el cabello castaño salpicado de gris recogido en un moño en la nuca. Tenía arruguitas en las comisuras de los ojos y los labios. Daba la impresión de que sonreía un montón, y me cayó bien de inmediato.

La visita fue como cualquier otra ginecológica normal hasta que llegamos al momento de la ecografía. Para entonces, Nick se había acercado más a la camilla y contemplaba con avidez la pantalla mientras la doctora Connelly movía el transductor. Un montón de… manchitas blancas y grises se movían por la pantalla.

—Ahí está —dijo la doctora Connelly—. A su pequeñín le encanta la cámara, porque tenemos una imagen nítida.

Mi mirada se dirigió de ella a la pantalla a toda velocidad. Mmm… No tenía ni idea de lo que estaba mirando.

—¿Lo ves? —pregunté a Nick.

—Sí, creo que sí —respondió. Estaba inclinado hacia delante y se estiró para recorrer con el dedo lo que parecía una especie de haba—. Eso de ahí, ¿verdad?

—Ahí está —corroboró la doctora Connelly asintiendo con la cabeza.

Pero ¿qué coño? Le lancé una mirada. ¿Él podía verlo y yo no? Miré a la doctora, que le sonreía de oreja a oreja como si no fuera inmune a Nick.

—Yo no lo veo.

—Es normal —aseguró, y la pantalla se quedó inmóvil. Había sacado la foto—. Ahora mismo no tiene el aspecto de un bebé. Todavía es muy pequeño, pero está ahí. Aunque no lo crea, mueve los dedos y también las piernas.

—¿En serio? —pregunté abriendo unos ojos como platos.

Asintió con la cabeza mientras se separaba de la camilla.

—Tiene los dedos algo palmeados en esta fase.

Nick sonrió al oírlo.

—Y le diré algo interesante —comentó la doctora Connelly—. Las papilas gustativas del bebé ya se están formando.

—Vaya —susurré, flipando con los ojos puestos en la pantalla. Había otras cosas en ella, puntos, líneas y números, pero me concentré en el borrón que Nick había visto con tanta facilidad. Cuanto más rato lo observaba, más lo entreveía, y era increíblemente pequeño.

Se me hizo un nudo en la garganta y carraspeé. Sin tener que decir una palabra, Nick alargó una mano y la puso sobre la mía. Me la apretó.

—¿Ya lo has encontrado? ¿O tenemos que dibujarle un círculo alrededor con un puñado de flechas?

—Imbécil —dije con una carcajada ronca—. Creo que lo veo. Parece una alubia, ¿verdad? —Miré a Nick y me quedé atrapada en la suavidad de esos ojos verde claro—. ¿Es eso lo que parece?

Nick asintió con la cabeza.

—El bebé parece una alubia —le dije, conteniendo una sonrisa.

—Sí, pero es nuestra alubia —respondió.

Asentí con la cabeza sonriendo. Sí, era nuestra alubia.

22

Como era una sensiblera de proporciones épicas, había pegado la ecografía en la nevera con un imán con la forma de un corazón. Más o menos como cuando era pequeña y mis padres exponían mis notas. Bueno, ellos estaban orgullosos de mis notas y yo estaba orgullosa de la alubia.

Era el domingo antes del día de Acción de Gracias y Nick iba a venir por la tarde. Las cosas habían sido difíciles con su abuelo la semana después de la cita con la ginecóloga, por lo que no lo había visto demasiado, y lo echaba de menos.

Dios mío, realmente echaba de menos a Nick.

Cuando no estaba conmigo, pensaba en él en los momentos más extraños. Ver ciertas cosas me recordaba a él. Las fragancias frescas y limpias me hacían pensar en su colonia. Cuando pasaba algo en el trabajo, o si Roxy o Katie decían algo gracioso, me moría de ganas de contárselo a Nick.

Decidí que las relaciones eran así de raras.

Noté una punzada de intranquilidad. Las relaciones eran también complicadas. No nos habíamos puesto ninguna etiqueta. Él no decía que fuéramos novios, ni yo tampoco, pero lo que estábamos haciendo lo parecía. Solo que yo todavía no había conocido a su abuelo y él no había conocido a mi madre.

A mamá le gustaría mucho. Por todo lo que le había explicado, sobre su abuelo y todo lo demás, ya le gustaba, y aunque sabía que su abuelo no sabría quién era yo, yo seguía queriendo conocerlo.

Yo seguía queriendo más.

¿Era eso lo que se sentía al… enamorarse? Suspiré. Imaginé que era lo que se sentía cuando no estabas segura de que la otra persona sintiera lo mismo que tú. De hecho, sabía que era eso lo que se sentía.

Había estado esperando al hombre perfecto… la relación perfecta. Nunca me había enamorado de nadie con quien hubiera estado. Chicos que no cargaban con ninguna mochila que yo conociera. Chicos que ya estaban bien establecidos a nivel profesional. Irónicamente era la situación más imperfecta y el chico más imperfecto el que se estaba ganando mi corazón.

El que ya se lo había ganado.

Pero no sabía en qué punto estaba Nick en todo esto. Sí, se preocupaba por mí. Lo notaba en el modo en que me hablaba. Sí, me deseaba. Eso era obvio. Sí, estaba haciendo planes conmigo. Esos planes giraban alrededor del bebé. Tenía sus palabras grabadas en la cabeza.

«Sacaremos el mayor provecho de esto».

Algo parecido a lo de aquella chorrada de cuando la vida te da limones, pero yo no era ningún limón, maldita sea, y sacar el mayor provecho de lo nuestro no iba a llevarnos demasiado lejos después de que el bebé llegara y la novedad de todo aquello se desvaneciera. Los sentimientos de los dos tenían que ser más profundos.

Alejé esos pensamientos inquietantes de mi cabeza. De pie, en la cocina, contemplando la ecografía, fruncí los labios al mirar hacia abajo. Se veía un ligerísimo cambio en la forma de mi tripa. Nada perceptible. Aún. Pero al final estaría como Lorraine en la sala de espera de la ginecóloga, y tendría los pies tan hinchados que no podría ponerme zapatos. Empecé a sonreír dándome palmaditas en la barriga. Si tenía en cuenta cómo estaba comiendo ahora, iba a tener una buena tripa antes de llegar a los nueve meses.

Me dirigí hacia el sofá con un vaso de zumo de naranja, me dejé caer en el asiento, cogí el portátil y reanudé mi investigación en los foros de maternidad.

Lo de leer estos foros era una idea horrorosa. Lo descubrí cuando llegó Nick. Cuando entró y me besó, estaba tan empanada con todo lo que había averiguado que me encaminé como una zombi hasta el sofá y volví a sentarme.

—Creía que querías salir a cenar esta noche —comentó mientras se quitaba la chaqueta.

—Sí. —Cogí el cojín.

—¿Vas a ir así vestida? —comentó esbozando una ligera sonrisa.

Desconcertada, me eché un vistazo. Vaya. Llevaba unos pantalones de chándal muy holgados y una vieja sudadera de Shepherd.

—Perdona. Me he distraído.

—¿Con qué? —preguntó, sentándose a mi lado.

Señalé el portátil cerrado sobre uno de los cojines que había dejado en el suelo.

—Estaba leyendo unos foros en internet sobre maternidad.

—Suena interesante.

—Ha sido aterrador —le comenté, aún en shock.

—¿Qué? —Soltó una carcajada.

Nick no tenía ni idea. En absoluto. Lo miré abrazada a mi cojín.

—He averiguado que tenía un síntoma del embarazo casi justo después de concebir el bebé. Tenía los pechos sensibles como dos semanas después de acostarme contigo. No sabía que se tuvieran síntomas tan pronto, pero pueden tenerse. —Señalé el ordenador con la barbilla—. ¿Sabías que la estimulación de los pezones es el único método demostrado científicamente para inducir el parto?

—¿Perdona? —dijo con una carcajada.

—No estoy bromeando —susurré—. Alguien lo mencionaba en un foro, así que lo busqué en Google, porque, ¿en serio? Bueno, pues parecerá raro, pero es verdad.

Nick ladeó la cabeza, y los ojos verdes le centelleaban.

—Estoy más que dispuesto a ayudarte en ese sentido.

Pasé de su comentario mientras acercaba las rodillas al pecho para acurrucarme más en el sofá.

—Y después sentí curiosidad sobre el aspecto que tiene ahora mismo el bebé, porque esas mujeres estaban hablando sobre cómo podían ver los ojos y demás en la ecografía, y lo único que yo alcanzo a ver es una alubia, así que me puse a investigar.

—Vale.

—Y… y vi un vídeo sobre cómo se forma la cara de un bebé en el útero y, madre mía, era la cosa más espeluznante que he visto en mi vida.

Se inclinó hacia mí con la cara tensa, me puso una mano en la rodilla doblada y desvió la mirada. Vi que esbozaba media sonrisa.

—No puede ser tan malo.

—Uf. Lo era. —Se me desorbitaron los ojos—. Imagina que estamos hablando de un Mr. Potato hecho de arcilla. ¿Tienes esa imagen en la cabeza?

Nick cerró los ojos y carraspeó.

—Sí —respondió.

—Muy bien. Ahora imagina que se pone todo fofo, como si se derritiera. Y que después se hincha y, a ver cómo te lo digo… ¿Recuerdas cuando eras pequeño y te ponías las manos a cada lado de la cara y te apretabas después las mejillas?

Parpadeó varias veces sin dejar de mirarme.

—No —dijo—. Creo que necesito una demostración.

Solté el cojín, me puse las manos en las mejillas y las empujé a la vez que fruncía los labios. A Nick se le desorbitaron los ojos, echó la cabeza hacia atrás y se partió de risa. Bajé las manos.

—No hace gracia. No hace ninguna gracia.

—Joder. —Soltó una risita.

—Y, después, es como si los ojos estuvieran donde tendrían que estar las orejas —proseguí sacudiendo la cabeza—. ¿Cómo es eso posible? Ni siquiera quiero saberlo, la verdad. Y no querrás saber lo que le pasa al cuerpo de una mujer cuando da a luz. —Me estremecí—. Necesito a un adulto.

—Necesitas dejar de ver vídeos de esos —replicó. Me apartó la pierna a un lado, se acercó a mí y alargó los brazos. Tras ponerme las manos en las caderas, tiró de mí hacia él, y para allá que fui. Acabé sentada en su regazo, a horcajadas sobre sus muslos—. Y me da que necesitas una distracción mejor.

Le puse las manos en el pecho.

—Necesito un lavado de cerebro.

Deslizó las manos por mis caderas y me rodeó el culo.

—¿Has mirado algo sobre las hormonas durante el embarazo?

—Qué va —respondí con la nariz fruncida.

—Bueno, ¿sabes lo que siempre había oído? —Me apretó el culo con las manos mientras me atraía hacia él y yo le subía los dedos hasta los hombros—. Que las embarazadas tienen la libido más alta.

Arqueé una ceja.

—Es verdad. —Se me aproximó y me rozó el punto sensible tras la oreja con los labios.

Alargué el cuello para que tuviera espacio que recorrer y, oh, lo hizo, paseándome los labios por donde retumbaba mi pulso.

—¿Sabes qué más es verdad? —pregunté.

Su lengua jugueteó en mi piel, lo que me hizo dar un respingo.

—¿Qué? —murmuró.

—Que hay mujeres que segregan leche automáticamente cuando oyen el llanto de un bebé —le dije—. Aunque no sea su bebé. Podría estar comprando en el súper y que me empezase a salir leche del pecho.

Nick recostó la frente en mi hombro, y noté cómo se le sacudía el cuerpo.

Agaché el mentón para contemplarle la cabeza.

—Y el embarazo más largo conocido duró como un año y diez días... un año, Nick. Un puto año.

—Steph, preciosa... —Alzó la cabeza sonriendo—. Aunque tu pánico es adorable, tienes que dejar de mirar y leer esas cosas.

—Pero tengo que leer cosas y ver cosas. ¿Cómo voy a aprender si no?

—Muchas generaciones antes que nosotros carecían de foros de maternidad y de aplicaciones sobre salud como WebMD. —Me dio unas palmaditas en el culo con ambas manos—. Y todo salía bien.

Fui a indicarle que dudaba que las estadísticas de natalidad fueran mejores antes de que se inventara internet, pero Nick me besó, me besó de verdad, y cuando sus labios se movían así sobre los míos, apenas podía pensar en otra cosa.

El beso se intensificó mientras le subía las manos hasta las mejillas, y la barba incipiente que le cubría la mandíbula me hizo cosquillas en las palmas. Ladeé la cabeza y tiré de él hacia mi boca. Un deseo desenfrenado me recorrió las venas, y supe que, si él fuera a por mí entonces, estaría preparada.

—Tenías razón —dije, besándole la comisura de los labios, el ligero surco sobre ellos. Le planté besitos por toda la cara.

Nick dejó caer su cabeza hacia atrás.

—Vas a tener que darme algo más de detalles, porque tengo razón muchas veces.

Solté una carcajada mientras saboreaba su piel por debajo de su mandíbula, entusiasmada al oír su profunda inspiración.

—Sobre lo de las hormonas durante el embarazo. Porque estoy bastante caliente ahora mismo. —Le mordisqueé el lugar donde el cuello se le unía al hombro—. Aunque, bueno, siempre estoy caliente cuando te tengo cerca.

—Es mi superpoder. —Subió sus manos por mis costados—. Hacer que las chicas quieran que se les caigan las bragas.

Sonriendo, me mecí hacia atrás y observé cómo levantaba la cabeza. Tragó saliva con fuerza mientras me miraba con los ojos entrecerrados.

—Tendrías que ir con cuidado con ese superpoder—. Bajé la mano para quitarme la sudadera—. Y usarlo con inteligencia.

Me recorrió los pechos cubiertos de encaje con la mirada.

—Ahora mismo lo estoy usando con inteligencia —aseguró. Levantó una mano para pasarme un dedo por debajo del tirante de mi sujetador. Me lo bajó por el brazo y, después, hizo lo mismo con el otro.

Ese mismo dedo recorrió después el encaje de cada copa antes de hundirse entre mis pechos y atrapar la tela. Tiró de mí hacia él y sus labios siguieron el mismo camino que su dedo.

Con la respiración ya entrecortada, me llevé las manos atrás para desabrocharme el sujetador. Me quité los tirantes para que no hubiera nada entre sus labios y mi piel. Su lengua se deslizó sobre el rosado pezón para envolverlo después con su boca. Arqueé la espalda y solté un grito entrecortado.

—Vale —suspiré mientras le pasaba los dedos por el pelo—. Creo que voy a tener que… —Un gemido interrumpió mis palabras cuando su mano intervino cubriéndome el otro pecho—… buscar si los pechos de una mujer están sensibles durante el embarazo.

Hizo algo pícaro con el índice y el pulgar, y le sujeté el pelo con fuerza.

—Yo diría que sí —comentó, mordisqueándome y lamiéndome, haciendo que su lengua calmase el ardor—. Acabo de ahorrarte el tiempo que habrías dedicado a buscarlo.

—Qué servicial eres —dije después de besarle la frente.

Me rodeó los pechos con las manos y me los levantó.

—Oye, creo que los tienes más grandes.

—Un poco.

—Y estos... —Deslizó la lengua por el pezón de un pecho y, después, del otro—. Estos están más oscuros. Que sepas que adoro esto del embarazo.

Me quedé sin respiración. «Adoro». Del verbo adorar. No era, para nada, lo mismo que estaba sintiendo yo, pero mi corazoncito saltó de alegría. Me contoneé hacia atrás, balanceé las piernas fuera del sofá y me puse de pie. Nick alargó el brazo hacia mí, pero yo bajé las manos sacudiendo la cabeza para sujetar mis pantalones de chándal y quitármelos.

—Joder —gruñó—. Sin bragas. Otra vez.

Le lancé una sonrisa pícara mientras le ponía las manos en las rodillas para separarle las piernas. Me arrodillé entre ellas, mirando cómo se llevaba las manos al cinturón y lo pasaba por la hebilla para desabrocharlo.

—Stephanie...

Mi nombre sonó a súplica, y todavía no había llegado a lo bueno siquiera, lo que me hizo sentir, bueno, como una diosa. Me encargué del botón de sus vaqueros y le bajé la cremallera. Cuando le sujeté los costados de los pantalones, él levantó las caderas mientras yo tiraba de ellos hacia abajo lo suficiente para dejar accesible la parte que quería.

No perdí el tiempo.

Me acerqué a su regazo, le rodeé el miembro con una mano y me lo metí en la boca. Nick levantó de golpe las caderas del sofá emitiendo un sonido ahogado. Me rodeó con la mano la nuca mientras yo me lo introducía todo lo que podía. Sabía a sal y a hombre, y al mover la mano, junté los muslos. Nunca me había excitado tanto al mamársela a ningún tío, pero estaba muy segura de que, si seguía por ahí, la cosa no iba a acabar bien para ninguno de los dos.

Con un último lametazo y un beso rápido, volví a ponerme a horcajadas en su regazo. Rodeándole el miembro con la mano, lo dirigí hacia mi entrepierna, y él sujetó con fuerza mis caderas mientras lo aceptaba centímetro a centímetro. Puede que fuera aquella postura. Puede que fuera el embarazo. No lo sé, pero sentía una tensión enorme, y mis terminaciones nerviosas se disparaban todas a la vez ante aquellas deliciosas idas y venidas.

Subí mis manos hacia su mandíbula y me apretujé contra él mientras empezaba a mover las caderas, balanceándome lentamente hacia atrás y hacia delante. La lana de su jersey me hacía cosquillas en las puntas de los pechos, y la tela áspera de sus vaqueros me frotaba la parte interior de los muslos.

Había algo increíblemente sensual en el hecho de estar desnuda por completo mientras él seguía prácticamente vestido. Creo que Nick coincidía conmigo, basándome en las guarradas que me susurraba al oído mientras lo montaba.

Mis caderas describieron pequeños círculos sobre él, y no tardé demasiado en notar cómo aumentaba la tensión en mi bajo vientre. Alargué las manos hacia abajo para ponerlas sobre las suyas y me moví contra su cuerpo con nuestras frentes en contacto y nuestra respiración acalorada llenando el espacio que había entre nuestras bocas.

—Me estás matando —soltó, y tras soltar sus manos, me las puso en el culo—. Me estás matando, joder no se me ocurre mejor modo de palmarla.

Me aferré a su brazo y a su nuca mientras subía el ritmo. La tensión aumentó más y más.

—Dios mío —jadeé, y un mechón de pelo me cayó en la cara al echar la cabeza hacia atrás.

Sus labios me abrasaron la piel de la garganta.

—Nunca podría hartarme de esto —dijo.

Nunca. Nunca era mucho tiempo. Nunca era para siempre. Nunca significaba amor. Se me hinchió el corazón, y de golpe me vino a la cabeza algo espantoso que hizo que me quedara inmóvil con el pecho moviéndoseme agitado al respirar superficialmente.

¿Estaríamos allí, justo donde estábamos, haciendo lo que estábamos haciendo, si no me hubiera quedado embarazada?

—¿Estás bien? —preguntó Nick, sujetándome el mentón con una de sus manos—. ¿Stephanie?

—Sí. —Parpadeé, y alejé el pensamiento de mi cabeza en cuanto empecé a moverme de nuevo en busca del dulce clímax que sabía que tenía al alcance de mi mano.

Nick me acercó la boca a la suya y me besó apasionadamente mientras la mano que me había puesto en el culo descendía hacia el centro de mi entrepierna, y con uno de sus largos dedos buscó y encontró un punto que provocó que mi cuerpo se agitara y se produjera en él una explosión de placer. Llegué al orgasmo y me apretujé a su alrededor. Grité con el corazón acelerado.

Él se movió de repente, y antes de que me diera cuenta, tenía las manos apoyadas en el brazo del sofá, y las rodillas, hundidas en el asiento. Tenía a Nick detrás de mí y dentro de mí, y sus empujes eran portentosos y fuertes. Me rodeó con un brazo justo debajo de los pechos y tiró de mí hacia arriba y hacia atrás, dejándome contra su pecho a la vez que sus caderas se apretujaron contra las mías. Se corrió gritando mi nombre con voz ronca.

Ni siquiera recuerdo moverme después de eso, pero de algún modo acabé emparedada entre él y el respaldo del sofá. Tenía la cara apretujada contra su jersey, y una pierna entre las suyas.

—Joder —dijo Nick con voz pastosa—. Mierda.

Emití un sonido prácticamente incoherente mientras él lograba rodearme la parte posterior de la cabeza con la mano.

—¿Sigues viva? —preguntó.

—Ajá.

—¿Y estás bien?

—Ajá.

Hubo una pausa.

—Y no piensas moverte en un ratito, ¿verdad? —preguntó.

—Ajá.

—Vale, genial. —Nick me rodeaba la zona lumbar con un brazo—. Yo tampoco.

Sonreí a modo de respuesta, y aunque no podía verla, tuve la sensación de que mi sonrisa era forzada, porque, a pesar de que mi cuerpo estaba relajado y extasiado, no pude evitar volver a hacerme a mí misma esa pregunta horrorosa.

¿Estaríamos allí?

Y no había respuesta para esa pregunta. Nunca la habría.

23

¿Vas entonces a ir a casa el día de Acción de Gracias o no?

A punto de meterme lo que debía de ser media tortita en la boca, me detuve y miré a Katie, sentada delante de mí. Esa mañana iba vestida bastante normal… para ser Katie. Su jersey púrpura brillante era tan peludo como un oso, pero sin brilli brilli.

—Todavía no lo sé. Mi madre no va a cocinar. Va a ir a casa de su hermana. Estoy invitada, claro, pero como el señor Browser quiere que vaya a currar el viernes, no tiene demasiado sentido hacer ese viaje.

—No me puedo creer que tengas que currar el viernes —intervino Calla. Como en Shepherd ya estaban de vacaciones, había vuelto a casa y se había unido a nuestro desayuno de los domingos.

—Nosotras tenemos que currar —comentó Roxy con el ceño fruncido.

—Yo estaré currando —añadió Katie, haciendo girar el tenedor—. Oh, sí, en la barra de *pole dance*.

—Eso es porque nosotras curramos en un bar y tú en un club de estriptis —explicó Calla—. Siempre creí que los curros normales cerraban el viernes.

Acabé de masticar la tortita que tenía en la boca.

—La mayoría de los empleados tendrá fiesta ese día, pero están trabajando en un proyecto importante —dije. El proyecto era abrir la academia en Martinsburg el septiembre del año siguiente, e iban a volver a reunirse con las instituciones del condado la primera semana de diciembre—. Por lo que voy a ir para ayudarles a pasarlo todo al ordenador.

Roxy me ofreció una loncha de beicon.

—¿Significa eso que pasarás el día de Acción de Gracias con Nickie Nick?

—No sé. Espero que sí —dije levantando un hombro.

Calla se había enterado a través de Roxy o de Katie, o tal vez de Jax, de que estaba embarazada, por lo que no me sorprendió que clavara una salchicha con el tenedor y me la pasara. No sé si de verdad creían que necesitaba zampar tanta comida más, pero no me quejaba.

—¿Por qué no ibas a pasar el día de Acción de Gracias con él? —preguntó Calla, y cuando no respondí de inmediato, añadió—: ¿No están solo él y su abuelo?

Cogí la salchicha.

—¿Sabes lo de su abuelo?

Miró a Roxy, que también asintió con la cabeza.

—Sí. Sé que está enfermo. Bueno, evidentemente, Nick no nos da demasiados detalles sobre nada —explicó Roxy—. Pero sé que están solo ellos dos.

Me recosté en mi asiento y deseé no haber decidido ponerme unos vaqueros hoy. El botón me estaba matando.

—Me gustaría pasar el día de Acción de Gracias con él, pero me parece que no quiere que esté con su abuelo. Y no lo digo a mal —aclaré al ver que Calla entrecerraba los ojos—. Creo que no quiere que tenga que preocuparme por lo que está pasando.

—Tú puedes lidiar con lo que sea —soltó Katie, moviendo la mano para contradecirme—. Lidiarás con lo que sea.

Un escalofrío extraño me bajó por la espalda.

«Vas a romperle el corazón».

—Mira, puede que se me vaya mucho la pinza, pero ahí va mi consejo. Si quieres pasar el día de Acción de Gracias con él, pásalo con él —prosiguió, y bueno, era un buen consejo—. Es así de simple.

Estuve a punto de no decir nada, pero aquellas chicas... ya eran mis amigas.

—Es que... no sé qué siente él.

Roxy arqueó tanto las cejas que le sobresalieron por encima de la montura de las gafas.

—¿Qué coño quieres decir? Creo que es bastante obvio lo que siente. Desde que lo conozco, no ha estado más de una noche con una chica.

—Sí, pero... pero yo estoy embarazada.

—No me digas, Sherlock —soltó Katie arqueando una ceja.

Le lancé una mirada.

—El caso es que no sé si él estaría conmigo si no me hubiera quedado embarazada, y si realmente se preocupa por mí y no solo por el bebé. —Verbalizar ese miedo fue como echarme un balde de agua congelada—. Estoy de lo más contenta y tengo mucha suerte de que se esté implicando con el bebé —dije, y me di unas palmaditas en la tripa, que contenía más comida para el bebé que bebé en sí—. Y de que esté ilusionado y todo eso, pero si en realidad yo no le importo más allá de estar ahí para mí, esto... esto no va a durar.

—¿Qué te hace pensar que es así? —quiso saber Calla.

Las miré una a una al hablar.

—No ha dicho nada que demuestre lo contrario, y todos los planes que hacemos giran en torno al bebé, ¿sabéis? Sé que da la impresión de que me estoy quejando de vicio, pero quiero...

—Quieres saber si él quiere estar contigo de verdad, con o sin bebé —terminó Roxy por mí—. Es comprensible. Lo pillo. Si yo me hubiera quedado embarazada antes de que Reece y yo salié-

ramos en serio, habría pensado lo mismo. Creo que es una preocupación muy normal, pero ¿qué sientes tú por él?

Mi corazón se tropezó con sus ansias de hablar sin parar de
mis sentimientos.

—A mí... él me importa mucho.

—Lo quiere —sentenció Katie—. Lo quiere con locura.

Me la quedé mirando.

—¿Es eso cierto? —preguntó Calla.

Inspiré hondo y asentí con la cabeza.

—Pues habla con él —me aconsejó Roxy en voz baja—. Habla con él y punto.

Hablé con Nick esa misma noche cuando salimos a cenar sobre
el día de Acción de Gracias con su abuelo. Al principio no le
apetecía demasiado la idea, y me costó mantener a raya mi decepción y mi paranoia.

—No sé —dijo, con la luz tenue del restaurante proyectán-
dole sombras en los surcos de sus mejillas—. No hay ninguna
garantía de que vaya a estar bien ese día.

—Ya lo sé.

Bajó un poco la mirada y sus pestañas le ocultaron los ojos.

—No quiero que te tomes demasiadas molestias y que
después se fastidie todo.

Alargué el brazo por encima de la mesa y le toqué la mano.

—No tenemos que tomarnos demasiadas molestias. Ni siquiera tenemos que cocinar pavo ni nada de eso. Podríamos preparar la anti-cena de Acción de Gracias. Hacer algo sencillo y
agradable por si el día no va como habíamos planeado.

—¿Anti-cena de Acción de Gracias?

—Sí. —Sonreí—. Podríamos preparar espaguetis o hamburguesas. —Eché un vistazo a la carta y me gruñó el estómago—.
Mmm... Hamburguesas. Yo voto por las hamburguesas.

—¿Con patatas fritas?

Asentí encantada.

—Nunca diría que no a unas patatas fritas o a unos *tater tots*.

—¿*Tater tots*? ¿Qué tienes, diez años? —soltó Nick con una carcajada.

—Cállate. —Cogí la servilleta y se la tiré—. Nunca se es demasiado mayor para los *tater tots*, especialmente los crujientes, y si crees que lo eres, es que eres bobo.

—Toma ya. —Se recostó en su asiento y me sonrió—. ¿*Tater tots*? ¿Bobo? Tengo la sensación de haber retrocedido en el tiempo.

—Vale. ¿Qué tal si te digo que me gusta comer patatas con forma de cilindro, o sea que vete a la mierda? —Suspiré y lo rubriqué con una amplia sonrisa.

—Mucho mejor así —aseguró Nick riendo con calidez.

—Gracias. —Hice una pausa—. ¿Qué opinas, entonces? ¿Voy a tu casa, conozco a tu abuelo si tiene ánimos para ello y preparamos hamburguesas con patatas fritas? Puede que hasta patatas con forma de cilindro también.

—Eso es difícil de rechazar —dijo con media sonrisa en los labios.

—Será mejor que ahora no venga un «pero», porque podría ofenderme.

—¿Por qué ibas a ofenderte? —Me miró rápidamente a los ojos.

—Mmm… puede que porque todavía no he conocido a tu abuelo ni he ido a tu casa —indiqué—. Ni siquiera sé dónde vives. Solo tengo una idea general.

—No es nada… personal —aclaró sacudiendo la cabeza—. Quiero que te quede claro. Me encantaría que conocieras a mi abuelo, pero hay días en los que no es… fácil estar con él. Hay días que se pasa todo el rato durmiendo. Otros, no tanto, y no es nada fácil. Es mucho con lo que lidiar y…

—Yo no soy tu exnovia.

—Ya lo sé —dijo arqueando una ceja.

—No sé si lo sabes. —Lo miré a los ojos—. Porque, si lo supieras, no supondrías automáticamente que tu abuelo va a ser demasiado para mí.

Nick abrió la boca, pero la cerró de golpe. Pasado un instante, frunció los labios.

—¿Sabes qué? Tienes razón. —Daba la impresión de que era mucho para él decir esas palabras, y no supe muy bien qué sentir al respecto—. ¿A qué hora quieres que quedemos el día de Acción de Gracias?

Una parte de mí quería mostrarse arisca, expresar la amargura que sentía en la boca del estómago y que no tenía nada que ver con las ligeras náuseas que me daban en algunos momentos del día. No quería hacerlo si él no quería realmente que lo hiciera, pero ¿no quedaría muy infantil echar el freno entonces?

No podía hacerlo.

Lo único que podía hacer era conseguir que el día de Acción de Gracias fuera lo mejor posible y esperar que Nick comprendiera que no iba a salir por patas cuando las cosas se pusieran difíciles. Que, a pesar de que él estaba en esa relación para «sacar el mayor provecho de ella», yo quería que fuera duradera.

24

Qué infantil era.

No hablé con él sobre lo que me preocupaba sobre nosotros, ni siquiera el domingo por la noche, que habría sido la ocasión perfecta. Pero no podía evitar tener la sensación de que no estaba siendo lo bastante agradecida o de que estaba siendo egoísta por querer hacer que esa relación fuera más por mí que por el bebé, y, Dios mío, hasta eso sonaba de pena.

Puede que esa fuera la razón por la que no me había enamorado hasta entonces, porque mientras conducía hasta la casa de Nick a última hora de la mañana del jueves, estaba convencida de que, en lo referente al amor, era absurdamente neurótica.

Reconsideraba muchas cosas después de hacerlas. En plan todo, desde llamarlo o mandarle un mensaje hasta si no estábamos haciendo suficientes cosas de pareja con otras parejas. Quería darme de hostias.

También tenía que dejar de comer todo lo que tuviera a la vista, porque estaba segura de que lo que me apretaban ahora los vaqueros en la cintura no tenía nada que ver con el bebé. A punto de cumplir once semanas, mi habita era del tamaño de una lima, y aparte de hacer que tuviera ganas de eructar cada cinco segundos, dudaba que fuera la causa de los kilos de más que había ganado.

En un semáforo eché un vistazo a las bolsas de la compra que llevaba en el asiento del copiloto y sonreí. Iba a empezar a cuidar mi alimentación después de haberme zampado mis hamburguesas y mis patatas con forma de cilindro.

Siguiendo las indicaciones de mi móvil encontré fácilmente la casa del abuelo de Nick. Estaba en la otra punta de Plymouth, lejos de la ciudad y en las afueras. En una zona residencial. Los negocios empezaron a escasear cada vez más, las subdivisiones ocupaban más espacio que las casas, y cuando, según las indicaciones, tuve que girar a la izquierda pasados sesenta metros, me encontré que estaba enfilando el camino de entrada privado... de una casa, no de una subdivisión.

No sé qué me esperaba en lo que a la casa de su abuelo se refería al subir por el camino de entrada. ¿Tal vez algo antiguo? ¿Una granja, quizá? Pero cuando el grupo de árboles dio paso a un jardín delantero muy bien cuidado, me sorprendió estar frente a una casa bastante nueva.

Reduje la velocidad, aparqué delante de un garaje de dos puertas y apagué el motor. La casa era un edificio de dos plantas de estilo colonial con un porche delantero inmenso que parecía llegar hasta el otro lado. Pensé que era el porche perfecto para los días perezosos de veranos o para que un niño pudiera sentarse y jugar en él.

El estómago me dio un vuelco agradable al pensar en ello.

Tras coger las bolsas, salí del coche y cerré la puerta. El sol estaba tapado por unas densas nubes grises, y mientras subía por el camino de guijarros noté el frío de la nieve en el ambiente. Al llegar al porche me fijé en un columpio de madera y sonreí.

Madre mía, realmente era el porche perfecto.

Nick abrió la puerta principal antes de que pudiera llamar, y por un instante me cegó la estupidez. Estaba en vaqueros en el umbral. Nada más. Los vaqueros le quedaban bajos en las caderas, dejando al descubierto ese puto cinturón de adonis en la parte baja de su vientre. Llevaba el pelo mojado, rizado sobre la sien y la frente.

—Hola —dijo, sonriendo como un chaval—. Voy un poco tarde. Acabo de salir de la ducha.

Obvio. Una gota de agua le acariciaba la línea de la clavícula y le resbaló después hacia el pecho.

Se me aceleró el pulso.

Dios mío, quería tirármelo. Soltar la carne de hamburguesa y todo lo demás y tirármelo allí mismo, en la entrada de la casa de su abuelo.

—¿Vas a pasar? —preguntó arqueando una ceja.

Tenía que controlarme.

—Claro. —Carraspeé y entré, y como no estaría bien tirármelo entonces, me puse de puntillas y rocé mis labios con los suyos.

Nick me rodeó la cintura con un brazo para atraerme hacia su pecho húmedo antes de que tuviera ocasión de retroceder. Casi se me cayó la comida cuando llevó el beso a un nivel totalmente distinto. Sabía a menta y a mogollón de promesas sensuales que quería hacer realidad. En plan allí mismo.

—Cada vez —me dijo en los labios.

Tuve que recuperar la respiración.

—¿Qué? —solté.

—Cada vez que me veas, quiero que hagas eso. —Me acarició la nariz con la suya mientras ladeaba la cabeza para volver a besarme—. Quiero que lo primero que hagas sea besarme. Quiero esa clase de saludo.

Ay, Dios.

El corazón se me hinchó tanto y tan deprisa que, cuando me dejó de nuevo en el suelo y se separó de mí, noté que se me llenaban los ojos de lágrimas.

—Eso puedo hacerlo —dije, cuando lo que quería decir en realidad era: «Oh, por Dios, ya lo creo que lo haré, todas las putas veces». Me giré y me tomé algo de tiempo para recuperarme, asimilando lo que tenía a mi alrededor.

La casa personificaba el concepto de espacio abierto. Desde donde estaba, podía ver una gran sala de estar y una cocina a la derecha, con un comedor. Había otra puerta cerrada que debía de dar a lo que supuse que sería un cuarto de baño. A mi izquierda había lo que parecía ser un estudio y otra puerta cerrada. La escalera que llevaba al primer piso estaba directamente delante de nosotros. El suelo era de madera noble hasta donde me alcanzaba la vista.

—Todo está tan… ordenado —comenté mientras Nick me cogía las bolsas.

—¿Qué te esperabas? —dijo con una carcajada.

—No sé. —Encogí un hombro y lo seguí hacia la cocina de estilo rústico, con armarios blancos y granito gris por todas partes—. Esto está más ordenado que mi piso.

—Hostia, eso es verdad.

Con una carcajada, le di un manotazo en el brazo mientras dejaba la comida en la encimera.

—¡Oye! —se quejó.

Cogió los paquetes de hamburguesas y los dejó en la nevera con una sonrisa. Cuando sacó los *tater tots*, sacudió la cabeza.

—Eres una cría.

—Cállate. —Me apoyé en la isla mientras él los metía en el congelador. La casa estaba tan silenciosa que tuve la sensación de que debería susurrar—. ¿Está despierto tu abuelo?

—Ahora mismo está durmiendo.

—Ay. —Me tapé la boca con la mano—. Perdón. He hablado muy alto.

—No pasa nada —aseguró. Rodeó la isla y me cogió la mano—. Cuando duerme, tiene el sueño bastante profundo. Un remolque podría atravesar el garaje y él seguiría durmiendo. Y hoy ha dormido mucho.

—¿Es eso bueno o malo? Lo de dormir mucho, digo.

—Es… ninguna de las dos cosas —respondió, tirándome de la mano—. Ven.

Nick me llevó de vuelta al recibidor y siguió, más allá del estudio, hasta la puerta cerrada. Cuando la abrió, me sentí otra vez como una adolescente, moviéndome a hurtadillas por la casa de mi novio para que sus padres no se enteraran de lo que nos traíamos entre manos.

—¿Construyó tu abuelo esta casa? —pregunté.

—Sí. —Abrió la puerta, y pude ver un dormitorio grande—. Como siempre pensó que en algún momento viviría aquí más de una generación de la familia, hay tres habitaciones principales. Esta es una de ellas. Tiene un vestidor ahí. Ahí está el cuarto de baño —comentó señalando una puerta de dos hojas a nuestra derecha—. No puedo quejarme. Hay mogollón de espacio.

—Ya veo ya. —Miré a mi alrededor y vi pedacitos de Nick. Una camiseta oscura sobre la cama. Un par de botas delante de un tocador de madera oscura. Un montón de revistas en una de las mesitas de noche—. Es genial. ¿Dónde están las otras dos habitaciones principales?

—Una está abajo, en el sótano. Es prácticamente un piso, con cocina, sala de estar y todo eso —explicó, y alargó la mano para cogerme un mechón de pelo y pasármelo por detrás de la oreja—. La otra está arriba. Es más tradicional, supongo. Es la habitación de mi abuelo.

Me giré hacia él y alcé la barbilla sonriendo.

—Tu abuelo construyó una casa muy bonita.

—Y todavía no has visto el cuarto de baño —dijo retrocediendo con una sonrisa. Y, tras darse la vuelta, se paró delante de la puerta de dos hojas y la abrió.

Cuando entró, me asomé. Me quedé boquiabierta y con los ojos como platos.

—Joder…

El cuarto de baño de la habitación principal era del tamaño de mi cuarto. Había un *jacuzzi* inmaculado, como si nunca lo hubieran usado. Una lámpara de araña plateada colgaba sobre él. La ducha era lo bastante grande como para que cupieran en ella tres personas, y los azulejos llegaban hasta el techo. Tenía un cabezal de ducha de efecto lluvia.

—Podría vivir ahí —susurré—. Y, ahora mismo, como que me das rabia.

Nick soltó una risita y, tras situarse detrás de mí, me rodeó la cintura con los brazos. Me puso las manos abiertas en la tripa.

—Esta casa es grande.

—Ya veo.

—Bastante grande para una familia —comentó besándome la mejilla.

Iba a mencionar que, una vez más, aquello era obvio, pero cuando sus labios me recorrieron el lado del cuello, entendí lo que estaba diciendo. Bastante grande para una familia: para él, para mí y para nuestro hijo. Aproximadamente un noventa por ciento de mí quiso hacer un alocado bailecito de felicidad en medio de aquel cuarto de baño tan escandalosamente grande, pero el diez por ciento restante estaba inquieto.

—O solo para un chico y una chica —me oí decir a mí misma.

Nick no contestó mientras sus manos describían lentamente un círculo en mi barriga. Me volví entre sus brazos y lo miré a los ojos. Quería decir algo, preguntarle qué pensaba sobre nosotros, pero las palabras no llegaron a salir de mi boca.

Bajó la cabeza para besarme la punta de la nariz antes de girarse y regresar al dormitorio. Cerré un momento los ojos. Cuando volví a abrirlos, se estaba pasando una camiseta térmica Henley por la cabeza.

Qué lástima.

Salí de la habitación y entré en el estudio, donde enseguida captaron mi atención los libros que ocupaban los estantes. Había muchos, y mientras recorría las estanterías, me topé con unos cuantos álbumes de fotos polvorientos.

—Madre mía.

Al volver los ojos hacia la puerta, vi que Nick estaba ahí con los brazos cruzados. Sonreí al coger uno de los gruesos álbumes.

—¿Qué?

—Por supuesto que has encontrado los álbumes de fotos.

—Es mi talento oculto. —Me acerqué al sofá de dos plazas de aspecto cómodo, me dejé caer en él y abrí el álbum. Varias de las fotos eran retratos antiguos en blanco y negro de personas con el pelo moreno.

Nick se sentó a mi lado con un suspiro.

—Mis bisabuelos.

Pasé con cuidado las páginas, ya que algunas de las fotos se caían de debajo de la lámina transparente.

—Se les ve muy felices —comenté.

—No los conocí, pero supongo que lo eran.

Al final empezaba a haber fotos más recientes. Su abuelo de joven, luciendo media sonrisa ante la cámara.

—Qué guapo.

—He salido a él —comentó, cogiéndome un mechón de pelo.

—¿Te he dicho alguna vez lo increíblemente modesto que eres?

Soltó una risita mientras hacía girar el mechón de pelo alrededor de su dedo y yo seguía pasando páginas.

—Esa es mi abuela —explicó cuando me detuve en una vieja foto de boda—. Falleció cuando yo apenas tenía un par de años. De cáncer.

—Lo siento.

Nick no dijo nada, me desenrolló el pelo y volvió a enrollarlo otra vez, quedándose callado mientras yo pasaba las páginas hasta que llegué por fin a un hombre y una mujer jóvenes que tenían un parecido asombroso con Nick.

—¿Tus padres?

—Sí.

Acaricié con el pulgar la foto que los mostraba sentados a una mesa de cocina. Los dos tenían el cabello moreno y la tez aceitunada. La mujer, que era muy guapa, sonreía sujetando un cigarrillo largo y fino con la mano. El padre de Nick estaba detrás de ella, rodeándole sus hombros esbeltos con un brazo. Había más fotos de ellos.

—Hacían muy buena pareja.

—Así es. —Alargó la mano después de dejar de toquetearme el pelo y pasó unas cuantas páginas más hasta pararse en una foto grande de un niño boca arriba, con la cabeza llena de pelo oscuro—. Y aquí estoy yo. Adorable, ¿eh?

—Sí, eras adorable. —Sonreí.

—Lo sigo siendo.

—Da la impresión de que estabas a punto de echarte a berrear.

—Es probable. Mamá decía que lloraba mucho. Es algo que podemos esperar.

—Vaya por Dios.

Soltó una carcajada pasando las páginas y, ante mis ojos, Nick pasó de ser un bebé pequeño y con la cara colorada a ser la clase de adolescente guapo que me habría metido en un montón de problemas. Por el camino vi a sus padres hacerse mayores hasta que su padre desapareció de las fotos familiares y, después, su madre. Cuando llegué al final del álbum de fotos, no sabía qué decir, la verdad.

La vida y la pérdida clasificadas en un olvidado tomo polvoriento.

Tras cerrar el álbum, eché un vistazo a Nick. No me estaba mirando a mí, sino al álbum cerrado.

—No habías mirado estas fotos desde hacía tiempo —comenté.

—No es… especialmente fácil ver las cosas como solían ser —admitió.

Devolví la atención a la tapa negra del álbum.

—Yo no miraba mucho las fotos de mi padre, por lo menos los años posteriores a su muerte. Es como si quisiera… borrar toda prueba de su existencia. Sé que suena terrible, pero era más fácil no ver nada que me lo recordara.

—¿Y qué cambió? —preguntó tras estar un momento callado.

—Lo… lo echaba de menos.

Nick me cogió el álbum de las manos y se levantó para dejarlo donde yo lo había encontrado.

—¿Quieres ver si está despierto?

Me incorporé del sofá asintiendo con la cabeza.

Inspiró hondo.

—A veces se pone más nervioso a última hora de la tarde, así que…

—No pasa nada. —En lugar de esperar que me tomara la mano, le cogí yo la suya y se la apreté con cariño. Él me llevó al piso de arriba y pasillo abajo, hasta otra puerta de dos hojas que estaba entreabierta. La empujó con una mano y entró.

La habitación estaba iluminada y en ella se respiraba cierto olor a antiséptico. Todo estaba limpio, pero yo no estaba prestando atención a nada más que a la cama que había en el centro. Recostado en unas almohadas había un hombre muy frágil y mayor que apenas se parecía al hombre de las fotografías.

Mientras Nick me llevaba hasta las sillas que había junto a la cama, empecé a fijarme en otras cosas de la habitación. Bandejas. Cuñas limpias. Un andador que parecía no haber sido usado en mucho tiempo. Equipo médico que no conocía bien. Volví a mirar las cuñas, y solo entonces fui consciente de lo mucho con lo que estaba lidiando Nick.

Quise abrazarlo.

—Hola, abuelo —dijo Nick, hablando como hablaría normalmente a cualquiera—. Quiero presentarte a alguien.

El corazón me latía con cierta fuerza. Su abuelo estaba despierto, pero su mirada legañosa nos pasó de largo como si no estuviéramos ahí.

—Esta es Stephanie —soltó Nick, tomando asiento.

Me senté a su lado con mi mano todavía en la suya.

—Hola.

Sin que respondiera nada, la mirada de su abuelo volvió a dirigirse hacia Nick.

—Es la chica de la que te he estado hablando… —explicó y, tras hacer una pausa, me sonrió—. Le he estado contando cosas buenas de ti.

—Eso espero. —El estómago me dio un vuelco.

—En su mayoría —añadió, y sonreí. Nick inspiró—. Es la chica que va a hacerte bisabuelo.

Me giré para mirarlo, flipando. Que le hablara de mí a su abuelo había sido una sorpresa, pero que le hubiera hablado del embarazo me dejó atónita. Ni siquiera sé por qué supuso semejante bomba para mí. Yo se lo había contado a mi madre, y ella, desde luego, se lo habría dicho a todo quisqui viviente de la familia a esas alturas.

—Trabaja en la ciudad y come *tater tots* —añadió Nick.

Mi mirada incrédula pasó a ser irónica, y me giré hacia su abuelo.

—Estoy segura de que usted no tiene nada en contra de los *tater tots* —dije, y siguiendo el ejemplo de Nick, hablé con su abuelo como hablaría con cualquiera—. Me licencié en la Universidad de Shepherd la primavera pasada, y ahora estoy trabajando en la Lima Academy, en la ciudad…

Nos quedamos allí un ratito, hablando con su abuelo. No daba la impresión de que estuviéramos teniendo una conversación unilateral a pesar de que Job no pudiera contestar. Lo cierto era que podría ser que le costara entender lo que estábamos diciendo, pero parecía… tranquilo. Nos observaba con ojos lechosos, desenfocados, pero a veces… a veces esos ojos parecían agudizarse, desplazarse entre Nick y yo. No sabía muy bien si eran momentos en los que nos entendía o si eran momentos en los que no sabía quiénes éramos en absoluto.

No lo sabía, y tenía que ser muy duro para Nick enfrentarse a eso todo el tiempo. Lo sentía por él. Lo sentía por su abuelo, pero no lamentaba estar allí, sentada con él, conociendo al hombre que había sostenido a Nick cuando su mundo se había venido abajo.

No era justo, para nada, que un hombre que había hecho tanto hubiera sucumbido a una enfermedad así.

La visita no duró mucho, porque su abuelo se durmió menos de una hora después de que nosotros llegáramos. Salimos sin hacer ruido de la habitación y bajamos al piso inferior.

—Ha ido bien —comenté en cuanto entramos en la sala de estar—. Y creo que está de acuerdo en que los *tater tots* son estupendos, así que…

Nick me cogió por el brazo y me hizo girar, lo que me sobresaltó. Tiró de mí contra su pecho y me rodeó con los brazos, sujetándome contra su cuerpo con tanta fuerza como yo lo había querido abrazar arriba. Agachó la cabeza y puso su mejilla en la mía.

—Gracias —dijo con voz ronca.

Cerré los ojos mientras le devolvía el abrazo. No tuve que preguntarle nada. Sabía por qué me estaba dando las gracias.

—No tienes nada que agradecerme.

—Sí. Sí que tengo.

Después de eso no dijimos nada durante un rato. En lugar de hablar, nos quedamos allí, abrazados, y creo que eso fue mejor que ninguna palabra que pudiéramos habernos dicho.

Mucho, mucho después, cuando estábamos sentados el uno al lado del otro en el sofá con el estómago lleno, me fue imposible contener la sonrisa amplia y bobalicona. No había pavo ni relleno, no había cazuela de judías verdes ni puré de patatas con salsa de carne. Pero había hamburguesas con y sin queso, y unos deliciosos e increíbles *tater tots*, y fue uno de los mejores días de Acción de Gracias que podía recordar desde hacía mucho tiempo.

25

Abrigados con un gorro peludo y una chaqueta gruesa, Nick y yo desafiamos los vientos gélidos y la gente que todavía estaba de compras ese domingo. El día anterior le había ayudado a montar el árbol de Navidad en su casa, y mientras lo hacía, él se enteró de que yo no tenía árbol. Así que habíamos salido con el objetivo de encontrarme un buen árbol artificial de Navidad.

—Pasara lo que pasara, siempre pasamos unas buenas Navidades —había comentado Nick mientras revolvía una caja de luces de Navidad meticulosamente guardadas.

Por alguna razón, me había costado imaginármelo sacando los adornos de Navidad y colgándolos él mismo cada año. O que hubiera sido él quien había devuelto con cuidado todas esas luces antiguas a sus cajas. No tenía nada que ver con su aspecto viril y sensual ni con el hecho de que se pasara tres noches a la semana sirviendo cerveza, pero, bueno, había muchas cosas que me sorprendían de Nick.

Ahora el viento me levantaba las puntas del pelo y me las arremolinaba alrededor del gorro mientras cruzábamos el concurrido aparcamiento. Una vez dentro, Nick se desvió hacia la derecha y cogió un carrito mientras yo observaba cómo un niño pequeño caminaba tambaleante junto a una mujer que estaba intentando poner a una niña más pequeña todavía en el asiento del carrito, sin que ella se lo permitiera. Daba patadas en todas las direcciones posibles.

—Esa mujer está a tope —comentó Nick.

Lo miré y me volví de nuevo hacia la mujer, que estaba entonces tratando de atar a la niña con uno de esos cinturones de seguridad para la silla. Quise preguntar a Nick cuántos niños quería tener, pero me imaginé que no era una pregunta adecuada en el Target, y puede que no fuera una pregunta adecuada en general si teníamos en cuenta la falta de estatus de nuestra relación.

—No puedo imaginármelo siquiera —dije por fin, contemplando cómo cargaba al pequeño y empezaba a empujar el carrito con una mano.

—Vamos allá —sonrió Nick.

La sección navideña estaba al fondo de la tienda, cerca de la de electrónica. Naturalmente nos distrajimos un poco con la nueva gama de tabletas, de películas y de libros. Cuando finalmente llegamos a la sección navideña, yo estaba empezando a sudar bajo mi gruesa chaqueta. Levanté la mano para quitarme el gorro y alisarme, después, la electricidad estática del pelo.

Fruncí los labios al acercarnos a los abetos.

—Hay muchos y parecen de verdad.

—De eso se trata —comentó mirándome de reojo.

—Cállate. —Toqué una de las puntiagudas agujas—. Como mi madre siempre pone un árbol de Navidad de verdad, nunca he comprado ninguno de estos.

Nick me dio un empujoncito con la cadera mientras rodeaba el carrito.

—Bueno, deja que mi experiencia te oriente para poder elegir bien.

Sonreí.

Los árboles anchos y altos, los que tenían las puntas escarchadas, que parecían de lo más reales, eran los que más me gustaban.

—No creo que vaya a caber —comentó Nick sin parar mientras paseaba la mirada de un árbol gigantesco a otro—. ¿Qué tal este?

Arqueé las cejas. Estaba señalando un árbol rosa fuerte.

—Mmm… No.

Soltó una risita mientras avanzábamos por el pasillo hasta pararse.

—De hecho, este sería perfecto.

Estaba hablando entonces de un esbelto pino de Virginia de cerca de metro setenta de altura. Pasé los dedos por las puntas escarchadas diseñadas para dar la impresión de estar espolvoreadas de nieve.

—Me gusta. Es este. Tiene cerezas.

Nick me miró sonriente.

—Me da que son bayas de acebo —aclaró.

—¿No es lo mismo?

—No, Stephanie —respondió sacudiendo la cabeza—. No lo es.

—Ah. ¿Qué…? —Una punzada en la tripa interrumpió mis palabras. Me apreté la cintura con la mano y me quedé totalmente quieta hasta que esa sensación desagradable desapareció.

Nick se acercó a mí con los ojos muy abiertos, y la preocupación reflejada en sus rasgos.

—¿Estás bien?

Tardé un instante en responder, porque no estaba segura, pero el dolor no regresó.

—Sí. Estoy bien. Supongo que ha sido una especie de calambre.

Me tocó la mano mientras echaba un vistazo a nuestro alrededor.

—¿Estás segura?

—Solo ha sido un calambre —aseguré asintiendo con la cabeza—. Debe de haber sido el pollo frito.

—Has comido mucho pollo frito.

—No tanto —repliqué con los ojos entrecerrados.

Nick se destensó un poco.

—Te has comido como seis pedazos. Y dos de ellos eran míos. —Hizo una pausa con un brillo en sus ojos color salvia—. Y mi panecillo. También te has comido mi panecillo.

Efectivamente me había comido su panecillo.

—Tenía hambre.

Soltó una risita y volvió a fijarse en el árbol.

—¿Quieres este?

—Me parece que es perfecto con sus «bayas de acebo».

Se agachó para coger con facilidad la caja larga y estrecha.

—Mírate, qué rápido aprendes.

Solté una carcajada cuando colocó el árbol en el carrito y avanzamos hacia las decoraciones. Mientras elegíamos los adornos y una guirnalda, temía que el dolor regresara, y sentí un gran alivio al ver que no volvía a pasar.

Nos dirigimos hacia la parte delantera de la tienda, tomando un atajo por la sección de mobiliario del hogar, lo que nos llevó directamente a la sección de bebés. Dirigí mi atención hacia el infinito océano de cosas para bebés.

—¿Quieres echar un vistazo? —preguntó Nick, siguiendo mi mirada.

—¿No te importa? —Me dio un vuelco el corazón.

—¿Por qué iba a importarme? —soltó lanzándome una mirada extraña.

—Todavía es muy pronto para mirar estas cosas —comenté encogiéndome de hombros.

—Pero sirve para darte ideas.

—Ahí tienes razón.

—Yo siempre tengo razón.

—Hay que ver lo humilde que eres. —Avancé echando un vistazo a los cambiadores—. ¿Crees que voy a necesitar uno?

Nick me seguía con el carrito.

—A no ser que planees cambiar al bebé en la encimera de la cocina, diría que sí.

Me reí como una tonta al imaginármelo mientras acariciaba el acolchado blanco con los dedos. Cerca del cambiador había un expositor con un montón de zapatitos.

—Oh, qué pasada. —Cogí el par de Merceditas blancas, y ambos zapatitos me cabían en una mano. Me volví hacia Nick—. ¡Mira esto! Mira qué chiquititos son.

—Una parte de mí es incapaz de imaginar siquiera unos piececitos tan pequeños —dijo sacudiendo la cabeza.

—Ya te digo. —Me mordí el labio inferior con una sonrisa—. Si tenemos una niña, voy a comprar estos zapatos, decidido.

—Puedes comprar diez pares si eso te hace feliz.

Puse mis ojos en los suyos y no los aparté. Vi sinceridad en ellos. No pude desviar la mirada. Tenía las palabras en la punta de la lengua y me obligué a apartar la vista. Dejé los zapatos. Desde ahí, vagué hasta un tocador y una mecedora a juego. Había muchas cosas. Sillitas para el coche. Cochecitos de tamaños diversos. Sillas mecedoras. Saltadores. Contenedores de pañales y muchos tipos distintos de biberones.

Plantada en medio de la sección de bebés, lo miraba todo boquiabierta.

—Creo que me va a dar un ataque de pánico —dije a Nick, solo medio en serio—. Porque tengo que comprar todas estas cosas. Es un mogollón de cosas. ¿Y dónde voy a poner todo esto?

Nick cogió un paquete de biberones aptos para el lavavajillas.

—Corrección. Tenemos que comprar estas cosas y tenemos espacio. La casa de mi abuelo es mía. Está en el testamento. Había pensado venderla cuando… bueno, ya sabes, y mudarme a un sitio más pequeño —comentó, devolviendo los biberones. Volvió a empujar el carrito—. Pero lo más inteligente es conservar la casa, especialmente con la llegada de un bebé.

Me lo quedé mirando de nuevo.

—¿Estás… estás diciendo que nosotros, o sea, el bebé y yo, podríamos irnos a vivir contigo?

—No —contestó arqueando una ceja—. Estaba hablando de esa pareja que está eligiendo un cochecito.

Yo lo seguía mirando fijamente.

—¿Por qué no ibais a hacerlo? Tienes razón. Tú no tienes espacio. Yo, sí. Sería perfecto. —Se apoyó en el carrito y me cogió el gorro. Le dio vueltas en sus manos con una sonrisa pícara en los labios—. Y me gusta la idea de compartir una cama contigo.

Aunque sabía que lo más seguro era que estuviera encantado teniendo pensamientos lascivos en aquel momento, su ofrecimiento me había dejado sin palabras. No sé por qué estaba tan alucinada. Nick tenía una casa. Yo un piso. Tenía espacio. Yo, no. Y el bebé era de los dos.

Irse a vivir juntos era un paso enorme, pero tener un hijo lo era todavía más.

Dios mío, habíamos hecho las cosas al revés, pero ahí de pie, mirándolo abiertamente, no me importaba.

«Te quiero».

Quería decir esas palabras. Quería gritarlas a pleno pulmón, pero, una vez más, no conseguí que salieran de mi boca.

¿Quién iba a decir que estas dos palabritas serían tan difíciles de decir?

26

Y cuándo voy a conocer a Nick?

Casi se me salen los ojos de las cuencas cuando el objeto de la pregunta de mi madre salió de mi cuarto de baño medio desnudo. Con unos vaqueros oscuros bajos que dejaban al descubierto el cinturón de adonis en su bajo vientre. Aunque nunca iba a dejar pasar la oportunidad de contemplar lo guapo que estaba casi desnudo, no podíamos llegar tarde a cenar.

Pero la piel de su pecho relucía de la ducha que se había dado, y no sabía si llevaba ropa interior. Me mordí el labio inferior al observar los músculos firmes de su abdomen. El deseo me invadió. Puede que fuera que mis hormonas se estaban volviendo locas, pero no me cansaba de él.

Nick había tenido que ir al bar a última hora de la mañana del domingo para ayudar a llevar más equipo nuevo a la cocina. Cuando se presentó en mi casa, iba grasiento y sudado, y afirmó enseguida que necesitaba darse una ducha. Lo que era una idea excelente, porque se suponía que teníamos un plan de parejas esa noche, pero yo estaba… bueno, iba a culpar a las hormonas del embarazo.

Se había desnudado, pero su ducha había tenido que esperar cuando le cubrí de besos descendiendo por su cuerpo hasta quedarme de rodillas ante él. O sea, que si íbamos a llegar tarde era en parte culpa mía, vamos.

—Stephanie, cielo, ¿sigues ahí?

Alejé esos pensamientos de mi cabeza y me giré para quedarme mirando el tocador.

—Sí, estoy aquí. Perdona. Estaba distraída.

Nick soltó una risita detrás de mí.

—No sé cuándo podrás conocer a Nick, mamá. —Puse los ojos en blanco y, tras hacer una pausa, volví la cabeza para valorar su reacción. Si tenía pinta de estar a punto de desmayarse, seguramente sería mala señal, pero daba la impresión de estar absorto en sacar el jersey de la bolsa de deporte que había traído con él. ¿Me estaba ignorando aposta? ¿O era que no le molestaba?

—Bueno, supongo que lo tendréis que hablar —insistió mamá, y contuve una sonrisa al reconocer su voz de «madre».

—Puedo preguntárselo.

—¿Está ahí? —rio mamá—. Ahora entiendo que estés distraída.

—Mamá —gemí mientras me giraba hacia Nick—. Mi madre quiere saber cuándo puede conocerte.

Nick alzó los ojos mientras agitaba el jersey. Era una buena técnica para quitar las arrugas.

—Ahora mismo no puedo ir a Martinsburg. No con mi abuelo así —dijo, y tenía sentido—. Pero si viene ella aquí, me encantaría conocerla.

Le encantaría conocerla. El corazón me hizo una pequeña danza en el pecho.

—Ha dicho…

—Lo he oído, cielo. Por favor, dile que comprendo perfectamente lo de su abuelo y que lo tengo presente en mis oraciones —respondió mamá—. Estaba pensando en ir por Navidades. ¿Qué te parece?

Me asaltó el nerviosismo. Las Navidades estaban, como quien dice, a la vuelta de la esquina, y aunque estaba muy contenta de que a Nick le pareciera bien conocer a mi madre, el primer encuentro de mi madre con el padre de mi bebé me provocaba ganas de potar. De hecho, cuando fui a comprar algo para Nick la semana anterior, algo pequeño y especial para las Navidades, también quise potar, porque elegir algo era más difícil de lo que me había imaginado. Acabé decantándome por un reloj bonito y duradero. Se veía precioso en su estuche, pero ahora que lo pensaba era un regalo más bien tonto, a pesar de que no paraba de decir una y otra vez que tenía que comprarse un reloj.

Le dije a mi madre que lo de las Navidades estaba bien, y pasados un par de minutos más, colgué el teléfono para volverme de nuevo hacia Nick.

Todavía iba descamisado.

Dejé caer el móvil en la cama arqueando una ceja.

—¿Vas a salir así esta noche?

—Lo haría, pero estarías demasiado «distraída» para comer —respondió con una sonrisa engreída.

—Cállate.

Se acercó a mí con una risita y me cogió la mano. Tras sentarse en la punta de la cama, tiró de mí para que me subiera a su regazo.

—Nick, tenemos que irnos —protesté—. Si no, vamos a llegar tarde.

—No vamos a llegar tarde. —Me rodeó las caderas con un brazo—. Tenemos tiempo. Y necesitamos tiempo —aseguró, y me puso la otra mano en el bajo vientre—. ¿Cómo te encuentras? ¿Todavía estás cansada?

Después de montar el árbol de Navidad, me había sumido en un enorme agotamiento que me había durado unos tres días seguidos, y desde entonces había estado yendo y viniendo. Según los sitios dedicados a bebés y la consulta que hice a la ginecóloga, a insistencia de Nick, era bastante normal.

—Hoy me encuentro bien. ¿No se nota? —bromeé, jugueteando con el botón de sus vaqueros.

—Estoy bastante seguro de que podrías estar medio en coma y seguir así de cachonda.

—Ni siquiera voy a intentar negarlo —comenté riendo.

—Pero, en serio —dijo, y su sonrisa menguó un poco—, estoy algo preocupado. La semana pasada estabas muy cansada, y dijiste que no te encontrabas demasiado bien.

—Gracias por preocuparte, pero me encuentro bien —insistí—. Y, por si te hace sentir mejor, que sepas que el viernes tengo cita con el médico.

—Lo sé. —Bajó la mirada hacia donde sus manos descansaban en mi almohada—. No me puedo creer que todavía no hayas ganado nada de peso.

Puse mi mano sobre la suya.

—Oh, he ganado peso. Créeme.

Una expresión de duda asomó a su semblante mientras doblaba los dedos para sujetar el dobladillo de mi camiseta. Tiró de él hacia arriba para dejar al descubierto mi barriga.

—Voy a empezar a darte de comer hamburguesas todos los días.

Solté una carcajada, pero lo cierto era que a mí también me flipaba un poco lo plana que tenía todavía la tripa a esas alturas. Había empezado a redondearse un pelín, pero suponía que era simplemente que estaba hinchada. Mis caderas y mi culo eran otra historia. Había visto fotos de mujeres que estaban de trece semanas. No se notaba que estaban embarazadas, pero sí que tenían algo de tripita.

Yo no tenía tripita.

—A lo mejor soy de las pocas que empiezan a tener tripita cuando están de más semanas y no antes.

Sin contestar, Nick se dobló por la cintura y me dio un beso justo sobre el ombligo. Fue un gesto tan dulce que el corazón casi me implosionó. Cuando levantó la cabeza, le cogí las mejillas con las manos para ladearle la cara y besarlo.

El beso solo tenía que ser eso, pero en cuanto la punta de su lengua tocó la mía, se convirtió en algo mucho más ávido. Nick se levantó y se giró, cogiéndome de su regazo y dejándome tumbada boca arriba.

—¡Nick! ¡Vamos a llegar tarde!

Colocó su largo cuerpo sobre el mío mientras me rodeaba la cadera con una mano.

—No vamos a llegar tarde.

—No tenemos tiempo. Tenemos que…

Me cubrió la boca con la suya, cortándome a mitad de la frase, y cuando su mano se deslizó por debajo de mi camiseta, me subió por la piel y me rodeó el pecho, empecé a olvidarme de todo eso del tiempo. Especialmente cuando sus ágiles dedos se abrieron paso bajo la copa de mi sujetador y encontraron mi pezón duro.

Le hundí los dedos en los hombros mientras él me besaba la comisura de los labios y dejaba después un rastro abrasador de besos pequeños y apasionados que me bajaba por la garganta. Se me aceleró el pulso mientras el deseo me recorría las venas.

—Nick —gemí, sin respiración, cuando sus dedos hicieron algo realmente atrevido—. Tenemos que ir… irnos.

—Lo haremos —aseguró, sacando la mano de debajo de mi sujetador. En lugar de ponerse de pie, tiró de mi camiseta hacia arriba y después rodeó con los dedos las copas de mi sujetador para bajármelo. Se mordió el labio inferior al contemplarme—. Eres preciosa, joder.

Vi que agachaba la cabeza hacia el pezón erguido, se lo metía en la boca y lo chupaba apasionadamente.

—Dios mío.

Soltó una risita, y esa sensación retumbó por todo mi cuerpo. Cuando pasó a mi otro pecho, mordisqueándome la sensible piel y aliviándola después con la lengua, supe que lo de salir a tiempo iba a ser una causa perdida.

—Tenemos que arreglarnos —le dije mientras mi pecho se elevaba y descendía con fuerza al tiempo que crecía el ansia en mi entrepierna.

—Ajá. —Dejó mi pecho y me llenó de besos hasta el ombligo. Lo toqueteó con la lengua, y levanté las caderas de golpe. Antes de que me diera cuenta, me había desabrochado el botón, me había bajado la cremallera y me había bajado los pantalones poco a poco por los muslos—. Ahora me toca a mí.

Tuvo su boca puesta en mí en un suspiro, y su seducción no fue vacilante ni lenta al principio. No se limitó a saborearme. No se limitó a complacerme. Se deleitó en lo que estaba haciendo.

—Sí —murmuró contra mi piel. Me paseó la lengua por mi centro, y acrecentó la tensión que sentía en mis entrañas—. Vamos a llegar supertarde.

Huelga decir que llegamos más de veinte minutos tarde al restaurante, pero tenía los músculos de lo más relajados y estaba tan extasiada que me la sudaba llevar el pelo como si acabara de revolcarme en la cama.

Que venía a ser lo que había hecho.

Nick y yo nos encaminamos hacia la gran mesa redonda, y no fue hasta que vi a todo el mundo que caí en la cuenta de lo rara que iba a ser aquella cena. Cuando Calla nos había invitado, no me había parado a darle muchas vueltas, pero ahora que veía a Jase y a Cam ahí sentados, solo podía pensar en lo incómodo que podía acabar resultando. Nick sabía que me había enrollado con ellos, y evidentemente todo el mundo en la mesa lo sabía, y sí… esto era diferente.

Me senté al lado de Calla, obligándome a sonreír.

—Sentimos llegar tarde. Había mucho tráfico.

—Tráfico —murmuró Calla con una sonrisa pícara—. Interesante, un domingo por la noche.

Teresa, que estaba sentada junto a Avery, se pasó el largo cabello castaño por encima del hombro.

—No te preocupes —dijo, guiñando un ojo—. Jase y yo también nos hemos topado con... mucho «tráfico». Muchísimo «tráfico».

A Jase se le desorbitaron los ojos.

Al otro lado de Avery, sentado al lado de Nick, Cam hizo una mueca de asco como reacción a las palabras de su hermana.

—Venga ya. No quiero imaginármelo siquiera.

Avery apagó su risita tapándose la boca con una mano, pero preguntó:

—¿Y cuánto «tráfico» había exactamente?

Teresa abrió la boca, pero Jase se le adelantó.

—Por favor te lo pido, no contestes a esa pregunta. No me apetece que Cam vuelva a darme un puñetazo.

Solté una carcajada al ver cómo Teresa miraba a su hermano mayor con los ojos entrecerrados.

—Si te pone una mano encima, ese bebé será el último que pueda tener Cam.

—Toma ya —murmuró Calla.

A su lado, Jax se recostó en su silla y miró a Nick.

—Siempre están así, por cierto.

—No puedo llevar a mi hermana a ninguna parte —respondió Cam, sonriendo cuando ella lo fulminó con la mirada.

—Más bien soy yo quien no puede llevarte a ti a ningún sitio —dijo Avery, dándole un codazo mientras me sonreía desde el otro lado de la mesa—. ¿Cómo te encuentras?

Todos los ojos se posaron en mí, y contuve la necesidad de retorcerme en mi asiento.

—He estado bien. Hasta ahora ha sido un... embarazo fácil.

—Está muy cansada —intervino Nick.

La cara de la pelirroja menudita reflejó solidaridad.

—Dios mío, a mí me pasa igual. Creo que finalmente he llegado al punto en que me siento más o menos normal, pero ahora es como si llevara una pelota de baloncesto encima.

—Es una pelota de fútbol —la corrigió Cam, inclinándose hacia ella y acariciándole la frente con los labios—. Una preciosa pelota de fútbol.

—No tienes pinta de cargar una pelota de fútbol —comenté mirándola. La verdad es que tenía el mismo aspecto que la última vez que la había visto.

A Avery se le iluminaron los ojos.

—Te lo agradezco, pero es solo porque estoy sentada —dijo.

—Ponte de pie —la apremió Teresa, mientras Jase alargaba la mano para rodearle con ella la nuca.

Avery corrió la silla hacia atrás y se levantó, y no, no había la menor duda de que estaba embarazada. El jersey azul cielo le quedaba ajustado y le tiraba de una tripa muy bien definida. Se enmarcó la barriga con las manos.

—Como ves, una pelota de fútbol.

—No es del tamaño de una pelota de fútbol —me reí.

—Puede que de una desinflada —comentó Jase.

Avery volvió a sentarse soltando una risita. Inmediatamente, Cam le rodeó los hombros con un brazo.

—Te aseguro que no es esa la sensación que yo tengo.

La mirada de Nick pasó de Avery a mí, y una ligera sonrisa le apareció en los labios. No me costó nada deducir que me estaba imaginando con una tripa del tamaño de una pelota de fútbol desinflada. Y tampoco se me escapó la ilusión que expresaba su mirada. Realmente quería ese bebé.

¿Pero me quería realmente a mí?

En cuanto esa idea apareció en mi cabeza, la alejé y me concentré en la conversación. Ni de coña iba a dejar que mi neurosis me arruinara la noche.

Nick era, sin duda, el más callado del grupo, recostado en el asiento y limitándose a escuchar. Llegó la comida, y me sorprendió tener menos apetito de lo normal. Acabé comiéndome solo la mitad de mi bistec muy hecho con puré de patatas. Puede que tuviera algo que ver con que me había sentido un poco incómoda al principio por la gente con la que estaba cenando, pero ni Cam ni Jase, ni tampoco sus respectivas medias naranjas, se inmutaron por mi presencia. Tampoco Nick.

Tardé unos instantes en darme cuenta y en aceptar que a nadie en la mesa, los únicos que tenían derecho a opinar algo al respecto, le importaba eso en absoluto. Parte de la incomodidad estaba en mi cabeza, consecuencia de mis experiencias anteriores, pero a ellos se la sudaba. Me quité de encima una extraña clase de peso. No era culpa ni remordimiento, nada de eso, porque nadie había hecho nunca nada malo ni de lo que tuviera que avergonzarse. Era más bien como si el muro que se levantaba entre las dos chicas y yo se hubiera resquebrajado por fin. Ellas me aceptaban y yo las aceptaba a ellas.

El pasado estaba oficialmente en el pasado.

La fatiga se apoderó de mí de nuevo el martes en el trabajo y me duró hasta el jueves.

Así que, cuando tuve que llevar un montón de los nuevos calendarios de sobremesa al almacén, quise tomarme algún que otro descanso. Tal vez hasta una siestecita a mitad de camino, entre dos cubículos vacíos. Nadie se daría cuenta.

Según toda la información relacionada con el embarazo que había consultado, el agotamiento era bastante habitual, pero no había pensado que fuera a ser así de horroroso. Lo único que quería hacer era dormir.

Al acercarme al almacén me llegó a la nariz una fragancia abrumadora. De colonia fuerte. Uf.

Rick estaba cerca.

Entorné los ojos al abrir la puerta del almacén con la cadera y entrar. Lo que vi... lo que oí... casi me hizo caer de culo.

—Te he dicho que pares...

Rick estaba en la habitación, pero no estaba solo. Estaba de espaldas a mí, y apenas pude ver a quien tenía prácticamente inmovilizada contra el estante con su cuerpo inmenso, pero vi sus manos pequeñas empujándole el pecho. Oí reír a Rick como si se tratara de una broma. Se me erizó el vello de la nuca.

—¿Qué coño está pasando? —solté.

Tras dar un brinco hacia atrás, Rick se giró, y su cara, ya de por sí rubicunda, adoptó tres tonos más de color rojo. Una figura menuda salió disparada de entre él y el estante. Jillian estaba pálida, y su mirada se cruzó con la mía. Se tiró hacia abajo el dobladillo de su grueso jersey.

—No es lo que piensas —comentó Rick, volviéndose hacia Jillian—. Dile que no es lo que...

Avancé, dispuesta a atizar a Rick en la cabeza con el montón de calendarios. Estaba muy segura de que lo que había visto y había oído era exactamente lo que pensaba.

—Jillian, ve a buscar al señor Bowser.

Parecía que a Rick estuviera a punto de darle un patatús.

—Mi pa-padre ha dicho que po-podía coger unos pósit —explicó Jillian, con los ojos castaños muy abiertos. Le temblaba el labio inferior—. Es lo que estaba haciendo, y él...

—Jillian, ve a buscar al señor Bowser. Ya.

—No estaba haciendo nada —aseguró Rick, hinchando el pecho—. Solo estaba hablando con ella.

Se me tensaron las manos alrededor de los bordes de los calendarios. Jillian pasó a mi lado con las mejillas ruborizadas.

—No estabas intentando hablar conmigo, gilipollas.

Rick abrió la boca, pero lo interrumpí:

—Por favor, ve a buscar al señor Bowser —dije a Jillian.

Jillian salió disparada de la habitación mientras yo vigilaba a Rick. La furia se adueñó de mí, pero también lo hizo otra emoción ácida y amarga. Sabía que Rick era un pervertido de cuidado, pero no sabía que llegase a este nivel. Tendría que haberlo denunciado a Marcus cuando se había propasado conmigo.

—Mierda —gruñó, moviéndose como si fuera a ir a por mí.

Le planté cara.

—Da un paso hacia mí y te juro por Dios que te daré una patada tan fuerte en las pelotas que te las vas a encontrar en la garganta.

Palideció.

—Eres un pervertido —solté, y mis palabras rezumaban rabia—. Un pervertido de mierda, un puto pervertido idiota. ¿La hija del jefe? —sacudí la cabeza. Andrew iba a matarlo.

Y pareció que Rick también se daba cuenta de ello, porque se quedó blanco. Un segundo después Marcus apareció en el umbral. Me volví hacia él y puse los puntos sobre las íes.

—Cuando he entrado, me he encontrado a este cabrón...

—Jillian me lo ha contado —me interrumpió Marcus con una voz aterradoramente tranquila—. Stephanie, ¿te importaría salir de la habitación? Rick y yo tenemos que hablar antes de que recoja sus cosas y se vaya cagando leches de este edificio.

Oh. Dios mío.

Salí de la habitación a toda pastilla.

Jillian estaba esperando en el pasillo, por lo demás vacío, y le vi los ojos vidriosos al acercarme a ella. Se estaba retorciendo las manos.

—Gracias po-por entrar. Me ha se-seguido y yo... —Se le apagó la voz y frunció los labios.

Me detuve delante de ella, y le hablé en voz baja:

—¿Estás bien, Jillian? ¿Te ha hecho daño?

—No. —Sacudió rápidamente la cabeza.

En ese momento se me ocurrió algo horrible. ¿Y si no era la primera vez que había acosado a Jillian?

—¿Había pasado esto antes? —pregunté.

—No —respondió tras tragar saliva y desviar la mirada.

No la creí.

—¿Es por eso por lo que te marchas de aquí?

—No. —Soltó una risa entrecortada—. Para nada. Yo… será mejor que vaya a hablar con mi padre —dijo, y empezó a retroceder—. Gra-gracias otra vez. De verdad.

Miré cómo se iba prácticamente a la carrera y me quedé allí un momento mientras mil pensamientos terribles me daban vueltas por la cabeza. Regresé a mi mesa, aturdida.

Más o menos una hora después de que Rick, *El Pervertido*, fuera echado de la Lima Academy y de que Jillian hubiera abandonado hacía mucho rato las instalaciones, Marcus abrió la puerta de su despacho.

—Stephanie, ¿puedo hablar contigo un minuto?

Me puse inmediatamente de pie y entré en su despacho, sin tener ni idea de qué esperar. No creía estar en un lío por denunciar a Rick, no si tenía en cuenta lo cabreado que estaba y lo rápido que había manejado la situación, pero ¿y si lo estaba? ¿Y si me había quedado sin trabajo? Con un hijo en camino, eso sería fatal, horrible.

Pero, aunque el asunto se pusiera difícil, no lamentaba haber intervenido. Ni de coña. Ojalá hubiera dicho algo antes.

—¿Podrías cerrar la puerta al entrar? —me pidió Marcus mientras se situaba tras su escritorio.

Cerré la puerta sin hacer ruido y me senté en la punta de la silla que había delante de la mesa, con las manos juntas en mi regazo.

Marcus se sentó y apoyó los antebrazos en el escritorio. Me miró a los ojos al hablar.

—Antes que nada, quiero darte las gracias por intervenir y ayudar a Jillian.

—No hace falta que me des las gracias —comenté.

—Has dicho algo que me ha hecho pensar que no era la primera vez que habías sido testigo de su conducta inadecuada —prosiguió—. ¿Es así?

Asentí con la cabeza para corroborárselo.

—Me dijo algunas cosas que no me parecieron demasiado adecuadas, y una vez se me acercó demasiado en el ascensor. Él... restregó su cuerpo contra el mío. —Noté que me ardían las puntas de las orejas—. Le dije que, si se le ocurría volver a hacerlo, informaría de ello.

—¿Te molestó después de ese incidente?

—No. Se mantuvo lejos de mí la mayor parte del tiempo. —Desvié la mirada hacia el ventanal que Marcus tenía detrás—. Yo...

—Puedes hablar con franqueza —dijo Marcus.

Sacudí la cabeza con un suspiro. La culpa me revolvía el estómago.

—Desearía haber dicho algo la primera vez que hizo algo inadecuado. Puede que así no le hubiera pasado esto a Jillian.

Marcus se recostó en la silla y cruzó una pierna sobre la otra.

—Voy a serte sincero, Stephanie. Comprendo por qué no dijiste nada. Eras nueva en la empresa, pero espero que ninguno de nosotros te haya dado la impresión de que toleraríamos esa clase de comportamiento.

—En absoluto —respondí enseguida.

Marcus esbozó una sonrisa que no llegó a sus ojos oscuros.

—Pero desearía que hubieras dado el paso. Ninguno de nosotros quiere que nuestros empleados ni sus familias se sientan inseguros aquí. Si vuelve a pasar algo así alguna vez, quiero que acudas a Deanna o a mí inmediatamente. ¿Entendido?

—Sí. Entendido.

Después me dio permiso para marcharme, pero yo me seguí sintiendo asqueada. Una parte de mí quería ir a buscar a Rick para darle una patada en los huevos. La otra parte de mí quería darse de bofetadas por no haber informado de su conducta cuando se pasó de la raya conmigo. Lo había controlado, pero había sido de lo más idiota al no darme cuenta de que, si me trataba como si yo existiera meramente para que él se lo pasara bien, tenía que tratar igual a otras mujeres.

Solo esperaba que mis sospechas iniciales sobre Jillian no fueran acertadas, pero tenía la sensación de que lo más probable fuera que Rick tuviera que mudarse. No solo iba a cabrearse Andrew, sino que me apostaba algo a que, en cuanto Brock se enterara, Rick sería hombre muerto.

De camino a casa, me paré en una hamburguesería y encargué una cena rápida porque estaba demasiado cansada para prepararme algo. Sabía que la fatiga tenía que ser normal, y no se lo mencioné a Nick cuando me escribió un mensaje alrededor de las siete. Lo último que quería era que se preocupara. Además iba a ir a la ginecóloga el viernes, y entonces podría comentárselo.

No le expliqué lo que había pasado antes con Rick. Aunque me había encargado ya de ese asunto, conociendo a Nick, no le iba a hacer ninguna gracia enterarse de la conducta pervertida de Rick.

Tras ponerme los pantalones del pijama y una camiseta holgada, entré en el cuarto de baño y me puse de perfil frente al espejo. Me levanté la camiseta para mirar mi reflejo. Mi tripita era imperceptible. Apenas nada, pero traté de imaginarme con una pelota de fútbol.

Dudaba que fuera a estar tan adorable como Avery, pero mis labios esbozaron una sonrisa mientras me recorría la barriga con las manos. Hacía un par de días que había estado pensando en cómo iba a abordar con Marcus el tema de mi embarazo. No iba a ser fácil, pero tendría que decir algo pronto.

Me giré y ladeé la cabeza con una pizca de duda asediándome los pensamientos. ¿No tendría que vérseme algo de tripa? ¿Algo, a las casi catorce semanas? Según los cinco millones de fotos de futuras madres que había visto, la respuesta era sí, pero…

Me solté la camiseta y resistí las ganas de buscar en Google aspectos menos frecuentes de los embarazos que podía pasarme el resto de mi vida sin conocer.

Salí y, una vez en la sala de estar, apagué las luces del árbol de Navidad, fui a servirme un vaso de zumo de naranja de la nevera y volví hacia mi cuarto sin que mis calcetines hicieran el menor ruido al andar por el suelo de madera. Era temprano, pero después de un bostezo descomunal, me dispuse a acostarme. Había dejado el vaso y alargado la mano hacia el mando a distancia cuando sentí un dolor agudo y punzante en el vientre que me dejó sin aire en los pulmones.

—Ay —susurré, poniéndome la mano en la barriga, cerca de mi cadera izquierda—. Joder.

El dolor ardiente remitió. Me quedé inmóvil, contemplando el vaso de zumo. Se me secó la boca al ocurrírseme algo horrible. ¿Estaría pasándome algo malo? Esperé varios minutos con el corazón martilleándome, y cuando el dolor no regresó, solté el aire entrecortadamente. Estaba bien. Lo más probable era que el dolor no tuviera nada que ver con el embarazo y más con la comida rápida que había cenado.

Me acosté en la cama, metí las piernas bajo el edredón y cogí el mando a distancia. Encendí la tele, puse el canal HGTV, y no pasó demasiado rato antes de que me quedara dormida escuchando a unas parejas discutir por las paredes amarillas y la moqueta marrón.

Cuando me desperté sobresaltada, unas horas después, y me incorporé en la cama, no sabía muy bien qué me había despertado. Tenía la garganta increíblemente seca, y me notaba la piel sudorosa. La tele seguía encendida, con el volumen bajo. Me llevé el dorso de la mano a la frente, pero estaba fría. ¿Había tenido una pesadilla? Cuando me incliné hacia la mesita de noche para coger el mando a distancia, el dolor me atravesó de nuevo la barriga. Inspiré aire, jadeante, y me quedé inmóvil. El dolor era como los calambres de la regla, pero algo más fuerte. Remitió despacio, pero le siguió al instante una extraña presión en la parte baja de mi vientre.

Encendí la luz con la mano temblorosa. No pasó ni un minuto antes de que el dolor me atacara de nuevo. El calambre fue tan intenso que mi cuerpo reaccionó con una sacudida, y antes de que remitiera, noté una repentina sensación de humedad.

Aquello no era normal.

Al apartar el edredón para ponerme de pie como pude, se me cayó el alma a los pies. Tuve un nuevo calambre. Era como si todo mi vientre estuviera dentro de un puño que lo apretaba más y más, y que, en cuanto reducía su fuerza, apretaba de nuevo.

Me volví y, al alargar la mano hacia el móvil, mi mirada se posó en la cama. El corazón me dio un vuelco. El pánico se apoderó de mí mientras contemplaba el colchón.

—Oh, Dios mío.

Las sábanas estaban machadas de sangre.

27

Las luces brillantes de la sala de urgencias eran fuertes y no permitían aislarse de la realidad de la situación. Fui incapaz de hacer otra cosa que mirar esas luces del techo hasta que unos halos se formaron a su alrededor.

Tumbada en el incómodo colchón mientras la enfermera me colocaba la ropa de hospital y la manta fina y caliente, me quedé en silencio cuando la médica se separó de los pies de la cama sentada en un taburete con ruedas y el sonido elástico que hizo al quitarse los guantes de látex retumbó como un trueno. Oí abrirse un grifo. No estaba esperando a que la doctora hablara, porque ya sabía lo que iba a decirme.

No recordaba haber conducido hasta el hospital, lo que debía de significar que no tendría que haber cogido el coche sola, pero sí recordaba la sangre rojísima que me había empapado los pantalones del pijama, y la sangre rojísima que había empezado a traspasar los pantalones de chándal que me había puesto. Recordaba los coágulos cuando me había sentado en el baño, y recordaba...

Me mordí el labio inferior al notar un nuevo calambre. Sujeté con fuerza el extremo superior de la manta. La sombra de la enfermera se proyectó sobre mí, y noté que me cubría la mano con la suya, fría. Quise zafarme de ella. No quería que ella ni nadie me tocara en aquel momento, pero no me moví.

—¿Señora Keith?

Dirigí la mirada hacia la médica. Parecía joven. Tanto que podría tener mi edad. Frunció el ceño al empujar el taburete con ruedas hacia la cama, cerca de mi cintura y sentarse. Su mirada seria se posó sobre la mía. Me recordó a la del técnico de la ecografía que había estado en la reducida sala cerrada con cortinas antes que ella. Aquel auxiliar se había presentado, pero en cuanto empezó a mover el transductor, había dejado de mirarme. Cuando salió de la habitación, yo ni siquiera sabía si había hablado. Creía que sí. Y pensé que tal vez sus palabras carecieran de sentido.

—Lo siento —dijo la médica.

Inspiré por la nariz y me concentré otra vez en el techo. Me dolía la mandíbula de lo mucho que la estaba apretando, pero no conseguía obligarme a mí misma a abrirla. La doctora… ¿cómo se llamaba? ¿Williams? ¿Williamson?... estaba hablando de nuevo, y se me escapó parte de lo que me decía.

—… la ecografía ha confirmado lo que sospechábamos a partir de los síntomas que está presentando en este momento —estaba diciendo, y oí moverse papeles, como si estuviera consultando un expediente—. Cuando ha llegado, ¿ha dicho que se estaba acercando a las trece semanas?

Tenía la boca seca al responder:

—El viernes se cumplen… se cumplirían las trece semanas.

La enfermera me apretó la mano.

—¿Y tuvo su primera visita al ginecólogo hace poco?

—Hará un mes —contesté.

Los papeles se movieron de nuevo, y esa vez, cuando habló, lo hizo despacio y eligiendo bien las palabras.

—A partir de la ecografía y de los análisis de sangre que le hemos efectuado, parece que ya ha abortado el feto y que lo que está ocurriendo ahora, con el sangrado…

—Espere —pedí, humedeciéndome los labios—. ¿Qué quiere… qué quiere decir con eso de que ya he abortado?

—La ecografía y la revisión muestran que ya no hay ningún feto. Cuando empezó a sangrar, ¿notó algún coágulo importante? —preguntó.

Pues claro, los coágulos… eso lo sabía. Había leído sobre las señales de alarma en uno de los diversos foros de maternidad, pero no había pensado…

No había pensado que fuera a pasar.

Dios mío.

Cerré los ojos. Había tenido esos coágulos cuando estaba… ni siquiera pude terminar el pensamiento. ¿Cómo no me había dado cuenta de lo que estaba pasando en el momento exacto?

¿Y si hubiera ido al hospital en el mismo instante en que había sentido aquel dolor?

La médica estaba hablando de nuevo.

—Es muy habitual en esta fase del embarazo que el feto deje de desarrollarse sin que la madre lo sepa. A veces puede suceder días o semanas antes de que el organismo empiece a sanarse. Eso es lo que está ocurriendo en este momento.

Abrí los ojos de golpe. ¿El bebé llevaba… días muerto? ¿Semanas? ¿Y yo ni siquiera lo sabía?

La médica me estaba hablando sobre opciones y sobre lo que cabía esperar, las visitas de seguimiento que tenía que hacer y los síntomas a los que debía prestar atención por si acaso no había… salido todo. Estaba recitando toda esa información, y la maldita enfermera me seguía apretando la mano, y yo quería…

Yo quería a mi madre.

—¿Por qué? —pregunté con voz ronca.

Con el rabillo del ojo, vi que la médica se ponía de pie.

—No es fácil de oír o de entender, pero a veces no hay ninguna razón, señora Keith. Simplemente ocurre. Eso no quiere decir que necesariamente no pueda tener un hijo, pero le sugiero que, cuando vaya a ver a su médico o médica, le hable sobre sus inquietudes...

¿Que no había ninguna razón? No. Eso no podía ser verdad, ¿no? Mi cabeza empezó a dar vueltas frenéticamente a las cosas que había leído, y sí, mi parte lógica comprendía que el cuerpo hacía cosas sin sentido que escapaban a nuestro control, pero yo quería una razón. Un dolor tan agudo y tan real como el que estaba sintiendo en el vientre me llegó al pecho. Quería saber qué había hecho o qué no había hecho...

La punzada fue mayor, y se me hizo un nudo en la garganta mientras las lágrimas me inundaban los ojos. El embarazo no había sido planeado, pero lo había querido. Y Nick no se lo había esperado, pero lo quería. Íbamos a sacar el mayor provecho de ello, y en unas pocas semanas íbamos a intentar averiguar el sexo del bebé. El dolor creció, abrasándome todas las células. Y si hubiera sido un niño, lo habríamos...

Interrumpí esos pensamientos; los paré en seco, lo paré todo en seco. Me encerré en mí misma. Lo guardé todo en lo más profundo de mi ser, porque no podía... no podía abordar aquello en ese momento. No podía.

—¿Tiene alguien a quien llamar? —preguntó la enfermera.

—¿Qué? —La miré, y me percaté de que la médica ya no estaba allí. Estábamos solo nosotras. ¿Cuándo se había ido? Un calambre se adueñó de mis entrañas, y combatí la necesidad de girarme de costado.

La compasión se reflejó en la expresión de la enfermera.

—Le he preguntado si hay alguien a quien pueda llamar.

Sí. Eso era lo que mi cabeza me decía una y otra vez. Sí. Había gente a quien llamar. Había una persona a quien llamar, pero no fue eso lo que hice.

Ni siquiera sabía por qué.

Simplemente no fue eso lo que hice.

A sugerencia de la doctora, llamé al trabajo a primera hora de la mañana siguiente, y con su justificación, pude pedirme el resto de la semana libre. Dije a Deanna que tenía la gripe, pero que, si Marcus necesitaba que se hiciera algo inmediatamente, podría hacerlo desde casa. Bastaba con que me llamara o me enviara un correo electrónico. Después de lo que había sucedido el día anterior con Rick, no estaba segura de lo que pensaría Marcus de que faltara al trabajo, pero no tenía más remedio que hacerlo.

Fue muy buena idea no tratar de ir a trabajar como si nada hubiera pasado. Los calambres y el sangrado no eran como nada de lo que había vivido hasta entonces. Después de hablar con Deanna, me tiré una hora larga acurrucada en el sofá con las manos en el vientre y las rodillas dobladas tras haber cambiado las sábanas de la cama para eliminar tanto como pude todo rastro del... incidente.

No pensé en nada.

Nada.

Pasaron las horas, y cada vez que mi cerebro empezaba a dirigirse hacia lo que estaba pasando, me obligaba enseguida a prestar atención a la tele. Hacia la hora de almorzar, me sonó el móvil, y noté una opresión en el pecho. Era Nick.

Me quedé petrificada, a un segundo de contestar la llamada. ¿Qué... qué iba a decirle? Alargué la mano hacia el móvil, me incorporé y me lo acerqué al pecho con los ojos cerrados. Dios mío, ya había perdido muchas cosas en su vida, e iba a sufrir una decepción terrible, y yo...

Sin contestar la llamada, dejé caer el móvil en el sofá y me presioné la frente con la palma de las manos.

—Basta.

Sabía que no había nada que pudiera hacer al respecto. Ya había pasado. Me levanté tambaleante para ir a la cocina en busca de un vaso de agua. Al pasar ante la nevera, me detuve, vacilante.

Sujeta por el bonito imán con forma de corazón estaba la ecografía. Por un momento me quedé ahí plantada, sin moverme, sin apenas respirar, mirando la imagen. Si la médica no hubiera señalado al bebé, yo no habría sido capaz de verlo. El bebé era increíblemente pequeño, del tamaño de una frambuesa.

¿Era aquello algún tipo de castigo porque yo… porque yo no había querido estar embarazada? ¿Como una especie de karma cósmico porque no lo había planeado y me había asustado tanto al principio? ¿Porque me preocupaba no poder viajar por el mundo y estupideces absurdas como esa?

Sentí de nuevo una opresión en el pecho y me abalancé hacia delante para arrancar la foto de la nevera.

Quería acabar con aquello.

Corrí de vuelta a mi cuarto e, ignorando los calambres en el vientre, me acerqué al armario para meter la imagen entre dos cajas de zapatos. Regresé a la sala de estar y cogí el móvil.

Mi madre contestó al tercer timbre.

—Hola, cielo.

—Hola. —Aferré el móvil con los dedos—. ¿Estás ocupada?

—Claro que no —respondió con una breve carcajada—. ¿No estás trabajando?

Comencé a andar de un lado para otro.

—No. Tengo libre hoy y mañana viernes porque no me encuentro muy bien.

—Oh, no. —Hubo una pausa, y pude oír ladrar a Loki de fondo. Mamá hizo callar al perro—. ¿Qué pasa? ¿Es el bebé?

«¿Es el bebé?».

Cerré los ojos e inspiré superficialmente.

—Bueno, verás… —Las palabras me resultaban dificilísimas de decir—. Ayer por la noche sentí un dolor muy raro en el vientre, pero desapareció. Creí que era algo que había comido, así que me fui a dormir.

—Oh —susurró mamá desde el otro lado de la línea, y pensé… pensé que ya lo sabía—. Oh, cielo.

Me puse la mano en la barriga, justo debajo del ombligo.

—Me fui a dormir. Seguramente no tendría que haberlo hecho. No se me ocurrió que pasara nada malo, pero me desperté un par de horas después, y estaba... tenía calambres y tal. Me fui al hospital. —Abrí los ojos y empecé a andar otra vez de un lado para otro—. La médica dijo que el be... Que seguramente había dejado de desarrollarse. Pudo pasar hace semanas, supongo. No lo sé.

—Cielo —soltó mamá—. Lo siento muchísimo. ¿Estás...?

—Estoy bien —la interrumpí, rodeándome la cintura con un brazo—. De verdad que lo estoy.

—Cielo...

—Estoy bien. Solo voy a faltar al trabajo hoy y mañana, y a aprovechar el finde para relajarme, pero estoy bien. En el trabajo he dicho que tenía la gripe. Supongo que ha sido una suerte que no se lo hubiera contado antes. No sé, puede que haya sido para bien, ¿no? —Llegados a este punto, estaba divagando, pero no podía detenerme—. Algo iba mal y bueno... son cosas que pasan.

Hubo una pausa antes de que mamá hablara.

—Voy para allá —dijo—. Voy a meter a Loki en el transportín y vamos a ir para allá para...

—No es necesario. Estoy bien y no hay nada que nadie pueda hacer —le dije—. Solo necesito pasarme el siguiente par de días relajándome.

—Pero...

—Mamá, estoy bien. Te lo prometo. No hace falta que vengas. ¿Vale? Nos veremos en Navidades.

No respondió enseguida.

—Si cambias de parecer, estoy a una llamada, ¿entendido? —dijo.

—Entendido —murmuré.

—¿Cómo lo lleva Nick? —preguntó.

Noté una opresión en el pecho al obligarme a decir las palabras:

—Todavía no se lo he dicho.

Silencio.

—Es que… pasó sin más, y como él estaba trabajando ayer por la noche, me fui yo sola al hospital.

—Stephanie —suspiró cansada.

Me dolían los nudillos.

—Voy a colgar, ¿vale? Te llamo más tarde.

Prácticamente le colgué y me sentí fatal por hacerlo con tantas prisas, pero no quería decir nada que fuera a llevarla a ignorar mi petición de no venir, y no quería hablar más de ello, porque sabía que iba a tener que hablar de ello otra vez.

Eché un vistazo al reloj y supe que tenía tiempo de ver a Nick antes de que se fuera a trabajar. Una parte de mí quería rajarse y llamarlo, porque verlo cara a cara era algo que no estaba segura de poder hacer.

Pero esa no era la clase de conversación que se tenía por teléfono.

Le escribí para preguntarle si podría pasarse por mi casa. Tras intercambiar un par de mensajes, en los que Nick me preguntaba por qué estaba yo en casa y yo hacía de ser imprecisa una forma de arte, me dijo que estaba de camino. Sentada en la silla, junto a la pequeña mesa, lo esperé con un nudo creciente en el estómago. Los calambres ya no eran tan fuertes, pero de vez en cuando me sentía como si alguien me hundiera un cuchillo en medio de la barriga. Una parte de mí agradecía ese dolor, porque podía concentrarme en él.

Nick llegó antes de lo previsto. En cuanto lo miré supe por qué. Llevaba el pantalón de deporte de nailon y una camiseta térmica bajo la chaqueta, estaba claro que había estado en el gimnasio. Iba con el pelo adorablemente alborotado.

Le bastó con ver lo pálida que estaba para que rodeara con fuerza el casco de su motocicleta con la mano.

—Estás enferma. Por eso estás en casa. —Dejó el casco en la mesa y se volvió hacia mí.

Retrocedí para quedar fuera de su alcance.

—No estoy enferma. En realidad, no. Mmm… —Me volví para no ver su mirada de preocupación y me pasé las manos por el pelo. Los mechones lacios se me enredaron en los dedos.

—Tenía que hablar contigo —anuncié.

—Aquí estoy —dijo. Me acarició la espalda con las manos y yo lo rehuí—. ¿Qué pasa, Stephanie?

Me acerqué al sofá y me senté al borde. Como ya se lo había dicho a mi madre, esa vez me fue más fácil encontrar las palabras, puede que demasiado fácil.

—Lo… lo he perdido.

—¿Qué? —preguntó Nick acercándose más.

—El bebé —respondí, mirándome las manos, los dedos—. Tuve un aborto. No sé por qué. Fue ayer por la noche. Al principio, ni siquiera me di cuenta de lo que estaba pasando. Creí que era solo dolor de estómago. Menuda estupidez. —Alcé los ojos y vi que Nick estaba de pie cerca del sofá, inmóvil como una estatua—. No sé si fue algo que hice o algo que no hice, pero ya no estoy… embarazada.

Nick cerró los ojos con una expresión tensa en la cara. Movió la mano para pasarse los dedos por el pelo.

—Stephanie…

Mi nombre sonó duro en sus labios, y volví a dirigir la vista hacia mis manos.

—Lo siento —susurré.

—¿Qué? —El estallido de esa palabra captó mi atención. Nick me estaba mirando—. No tienes nada por lo que disculparte, por Dios. —Con un paso se plantó donde yo estaba sentada, y tras agazaparse delante de mí, me rodeó las manos con las suyas, lo que me hizo pensar en la enfermera que me sujetaba la mano la noche anterior—. Stephanie, no te disculpes. No…

—Sé que estás decepcionado. No imaginabas que tendrías un… bueno, sé que querías tenerlo.

Escudriñó mis ojos con su mirada.

—Sé que tú también querías tenerlo —replicó—, pero bueno… son cosas que pasan. Dios mío. —Agachó la cabeza y se llevó nuestras manos juntas a la frente—. Joder. No sé qué decir.

Inspiré, temblorosa. Yo tampoco sabía qué decir. Se le tensaron los hombros y, después, alzó la cabeza. Esos ojos suyos tan extraordinarios lucían brillantes, demasiado brillantes, y se me partió el corazón.

—Muy bien. Vale —comentó inspirando hondo—. ¿Tenemos que ir al hospital? Puedo…

—Ya fui al hospital.

Nick separó despacio los labios sin dejar de mirarme con los ojos desorbitados.

—No hay nada más que pueda hacerse ya. Quiero decir, no ahora mismo. Me haré un seguimiento para asegurarme de que todo está bien, pero no hay nada que debamos hacer ahora mismo. —Eso era cierto, y no hacía falta que le explicara todos los… demás detalles de lo que estaba pasando—. No es necesario que faltes al trabajo ni nada. Yo voy a estar aquí… bueno, relajándome… —Tragué saliva con fuerza—… hasta el lunes.

Me soltó las manos.

—¿Cuándo… cuándo fue?

—Ayer por la noche. —¿No se lo había dicho? No conseguía recordarlo.

Nick se puso las manos en los muslos.

—¿Y fuiste al hospital ayer por la noche?

Asentí con la cabeza y me pasé las manos por las piernas.

—¿Por qué no me llamaste?

Su cara se volvió algo borrosa cuando sacudí la cabeza.

—No lo sé —respondí.

Hubo una pausa.

—¿Cómo dices?

¿Por qué no lo había llamado? Tendría que haber sido la primera persona a la que llamara. Es verdad que había sido presa del pánico cuando fui al hospital, pero tendría que haberlo llamado una vez estuve allí o cuando la enfermera me lo había preguntado. Seguía sin saber por qué no lo había hecho. Me apreté las sienes con los dedos y sacudí la cabeza.

—No quise molestarte —respondí.

—¿Molestarme? ¿Me estás…? —Se levantó de repente y dio un paso atrás. Se pasó la mano por el pelo otra vez—. Vale. ¿Cómo es posible que pensaras eso?

Sacudí la cabeza.

Nick se hizo a un lado con las manos en la cintura.

—¿Estamos teniendo realmente está conversación?

—No quería… —dije cerrando los ojos.

—¿Qué no querías?

No había querido decepcionarlo, porque ya había sufrido muchas pérdidas. No había querido hacerle daño, porque ya le habían herido bastante. Y no sabía cómo lidiar con nada de aquello: el bebé, tener una relación, perder el bebé y Nick. No sabía cómo hacer aquello, y lo había hecho mal, muy mal.

Al alzar los ojos hacia él, supe que esas no eran las únicas razones. Me había enamorado de Nick, profundamente, y ese bebé era lo que nos mantenía juntos, lo que hacía que estuviéramos atrapados el uno con el otro, y ahora ya no estaba. Nick nunca había dicho que me quería. No habíamos hecho planes para el futuro que no incluyeran al bebé. ¿Qué éramos sin lo que nos había unido?

Sabía que iba a perderlo.

Tuve un calambre, que me pilló desprevenida. Me llevé la mano al vientre cuando el dolor me atravesó el cuerpo.

Nick se arrodilló de inmediato delante de mí.

—¿Estás bien?

—Sí —contesté con los labios apretados.

—¿Qué puedo hacer? —preguntó tocándome el brazo.

—Nada. Solo… —El dolor remitió y desapareció cuando me levanté—. Solo tengo que relajarme un rato.

Abrió las manos a sus costados.

—¿Puedo traerte algo? —preguntó.

—No —respondí sacudiendo la cabeza—. Solo quería que lo supieras. Nada más.

—¿Nada más? —Dio un respingo hacia atrás como si le hubieran dado un empujón, y quise desviar la mirada. Quise esconderme, porque sentía que aquello… que todo aquello era culpa mía—. Stephanie, no sé qué decir.

Dime que todavía quieres estar aquí.

Dime que todavía ves un futuro para nosotros.

Dime que me quieres.

—No hay nada que decir —susurré, apartando los ojos de él.

—Te equivocas —me contradijo, y la esperanza arraigó hondo en mi pecho—. Hemos perdido un bebé.

—No estaba ni de trece semanas —comenté, porque era más fácil no pensar en ello de otra forma—. La doctora me dijo que puede que hubiera dejado de desarrollarse hacía semanas.

—¿Hacía semanas? —murmuró con una mueca.

—Lo que estoy tratando de decir es que por lo menos ha pasado ahora y no en unas semanas, no cuando… —No cuando se me notara ni cuando fuera mucho más difícil de aceptar y de entender.

Solo que ya era difícil de aceptar y de entender. Yo no lo pillaba. No sabía por qué había pasado, y no estaba simplemente decepcionada, estaba hecha polvo, y…

—Yo tendría que haber estado allí, Stephanie. No solo para ti, sino también para mí. ¿Y no hay nada que decir? Hay mucho que decir sobre todo esto. No sé las palabras ahora mismo. Ni siquiera sé qué pensar, pero… Joder. —Se pasó la mano por la cara. Le temblaba el brazo—. ¿Por qué no me llamaste, Stephanie?

—Yo… —respondí, parpadeando.

—¿Sabes qué? Este no es el momento para tener esta conversación.

—¿Por qué no? —Me había dado un vuelco el estómago.

—No necesitas tener que lidiar con nada más —comentó dirigiéndome una mirada de incredulidad.

«Allá vamos», pensé.

—Estoy bien —le dije, enderezando los hombros—. ¿Qué conversación quieres tener?

—¿Estás bien?

—Sí.

Le centellearon los ojos.

—No puedes estar bien. Acabas de perder el bebé, Stephanie. Coño, no me jodas. Eres humana. No estás...

—Estoy bien. —El corazón me latía con fuerza—. ¿De qué quieres hablar?

Sacudió la cabeza y empezó a andar hacia la mesa, donde estaba su casco. Se marchaba, y el pánico arraigó en la boca de mi estómago. Me puse delante de él.

—¿Por qué no me dices lo que quieres decir?

—¿Por qué? —Se puso colorado—. Porque ahora mismo estoy intentando comportarme como un ser humano decente, Stephanie. Estoy intentando no echarte más mierda encima ahora que no lo necesitas. Estoy...

—¿Qué? —solté. La frustración y el desconcierto se arremolinaron en mi interior hasta convertirse en una rabia amarga—. ¿Estás qué?

—¡Estoy cabreado! Estoy muy decepcionado, joder —replicó, y yo me estremecí—. ¿Cómo pudiste encargarte de esto tú sola? —Avanzó hacia mí con los puños apretados a los costados—. ¿Cómo no se te ocurrió pensar que yo habría... que yo lo habría dejado todo para estar allí? Joder. No sé, ¿pensaste en mí siquiera cuando estaba pasando? ¿Se te pasó siquiera por la puta cabeza que yo querría estar ahí para ti? ¿Y por mí?

Abrí la boca, pero no había palabras.

—No pensé nada cuando empecé a tener dolores. Conduje yo misma hasta el hospital y...

—Lo pillo. ¿Vale? Esa parte puedo entenderla, pero esperas hasta hoy para pedirme que venga a través de un puto mensaje de texto, ¿me estás tomando el pelo? Vale. —Se irguió, inspiró hondo y se le tensó todo el cuerpo—. Lo estoy haciendo ahora. Y tú no necesitas esto —comentó, rodeándome—. No tengo que hacer esto ahora. ¿Vale? Necesito aclararme las ideas. Tú necesitas aclararte las ideas.

Crucé los brazos alrededor de mi cintura.

—Lo siento —dije.

Nick se giró hacia mí.

—Deja de disculparte, Stephanie. Lo que ha pasado no es culpa tuya. —Alargó la mano hacia mí, pero mi cuerpo tenía vida propia. Retrocedió al oír sus palabras, porque ¿cómo no iba a ser culpa mía? Sus manos tocaron el aire, y la piel alrededor de sus labios palideció.

—¿Pero qué...? —soltó.

—Márchate, por favor —susurré. Por favor. Vete.

—Steph...

—Por favor. —Mi autocontrol se estiró, se adelgazó y, finalmente..., se partió—. ¿Qué haces aquí todavía?

Nick dejó de moverse. Puede que dejara de respirar, y por un momento, largo y tenso, no hubo nada más que silencio. Cerré los ojos, oí el ruido del casco al dejar la mesa, y un segundo después, el de la puerta al cerrarse de golpe.

28

Nick me había dejado, aunque averiguaría que no a mí como tal, sino que simplemente se había ido de mi casa. Había llamado a Roxy y se había quedado en el aparcamiento hasta que ella llegó unos quince minutos después.

Lo supe porque, cuando Roxy llamó a mi puerta, oí cómo rugía el motor de su moto.

Roxy entró antes de que tuviera ocasión de decir una palabra.

—Sé lo que ha pasado, y Nick no quiere que estés sola en este momento. No deberías estar sola en este momento.

—Estoy…

—Sí. Estás bien. Me dijo que no paras de decir eso. —Se quitó la chaqueta—. Será mejor que cierres la puerta, porque no me marcharé.

Una parte enorme de mí quiso pedirle que se fuera, pero, de repente, estaba demasiado cansada para discutir. Exhausta hasta la médula, cerré la puerta y pasé por delante de Roxy rumbo al sofá. Tras sentarme, cogí la manta y me la puse encima para taparme hasta la barbilla.

Roxy dejó la chaqueta colgada en el respaldo de la silla de la cocina y se me acercó. No habló hasta estar sentada al otro lado del sofá, y yo no la miraba. Tenía los ojos puestos en la pantalla de la tele, aunque en realidad no la veía.

—Ahora mismo quiero darte un abrazo —comentó, y se me tensaron los músculos a lo largo de la columna vertebral—. Pero tienes pinta de darme un puñetazo si lo intento.

Sacudí la cabeza despacio. No supe muy bien si estaba accediendo o no.

Roxy espiró con suavidad el aire.

—No sé qué decir, Steph, aparte de que lo siento mucho, muchísimo.

Cerré los ojos para contener las lágrimas, aferrada al borde de la manta. Sentí un calambre en el vientre y fue doloroso, pero, en cierto sentido, no tenía ni punto de comparación con la devastación total y absoluta que sentía.

—No lo entiendo —dije pasado un instante.

—¿Qué no entiendes? —preguntó en voz baja.

No sabía dónde quería ir a parar, pero mi lengua se movía e iba uniendo palabras al dolor que burbujeaba en mi interior.

—No entiendo por qué duele tanto. Tampoco es que estuviera de tanto tiempo, ¿sabes? Ni siquiera se lo había dicho aún a mi jefe. Tal vez no tendría que habérselo dicho a nadie. No sé, tan solo estaba empezando el segundo trimestre. —Una punzada aguda me recorrió el cuerpo—. De hecho, puede que hasta distara mucho de eso. La médica del hospital me dijo que el be... dijo que seguramente había dejado de desarrollarse hace una semana, por lo menos.

Y ahora que lo había dicho en voz alta, las cosas empezaban a tener sentido. El agotamiento que sentía. La pérdida del poco peso que había ganado.

—Había habido indicios —le expliqué. Estaba empezando a ver puntos blancos al cerrar los ojos—. Indicios de que estaba perdiendo al... de que lo estaba perdiendo, y no les presté atención. Creí que eran normales.

—¿Cómo ibas a saberlo? No podías saberlo —replicó Roxy—. Y abortar es habitual, Steph. Es algo que pasa, y nadie tiene la culpa.

¿Nadie tenía la culpa? Yo no estaba tan segura de eso. Puede que no me hubiera tomado el embarazo en serio. Sé que una vez se me había olvidado tomarme las vitaminas prenatales. Podría haber seguido una dieta más saludable. Y si el bebé no había dejado de desarrollarse y yo hubiera prestado atención al dolor de la noche anterior en lugar de irme a la cama, ¿podría haberse evitado el aborto?

Estos pensamientos me aturdían tanto que tenía ganas de vomitar. Tenía la sensación de… de merecérmelo. Como si fuera alguna clase de castigo que me hubieran impuesto. La había cagado y ni siquiera sabía qué había hecho mal.

Roxy se acercó a mí y me puso una mano en el hombro.

—Esto no es culpa tuya.

Abrí mis ojos cansados.

—Son cosas que pasan —prosiguió con una voz que apenas era un susurro—. Sé que ahora mismo te parecerá una tontería y que no ayuda en nada, pero son cosas que pasan, Steph, y nadie tiene la culpa.

Mi mirada se posó en el árbol de Navidad y, al instante, mis pensamientos se dirigieron hacia el día en que lo elegí con Nick. Recordé cómo habíamos deambulado por la sección de bebés y mirado todas…

Interrumpí esos pensamientos inspirando con fuerza, pero no logré dejar de mirar el árbol. Dios mío, ¿de verdad hacía solo dos semanas de eso? ¿Estaba todavía vivo el bebé entonces?

Roxy me apretó el hombro.

—¿Qué puedo hacer por ti? —preguntó.

—Nada —susurré.

—¿Te ves con ánimos de comer? —dijo, y yo sacudí la cabeza—. ¿Qué tal algo de beber? ¿O algo para el dolor? —Al ver que no le contestaba, apartó la mano—. No voy a dejarte, así que más te vale aprovechar que estoy aquí.

—Ahora mismo no necesito nada —aseguré con los labios fruncidos.

—No creo que sea verdad —comentó pasado un instante—. Ahora mismo necesitas a Nick.

Inspiré con fuerza, tensa.

—Y ahora mismo él te necesita a ti. —añadió.

—Él... él no me necesita —la corregí sacudiendo la cabeza.

—A mí me ha dado la impresión de estar a punto de que se le fuera la olla. —Sus ojos se clavaron en los míos cuando la miré—. Puede que no quieras oírlo ahora, pero nunca he visto a Nick disgustado de verdad. Jamás. Y hoy estaba disgustado de verdad.

—No quiero que esté disgustado —dije con voz ronca—. Lo último que quería era que volviera a sufrir. Ha perdido... —Se me apagó la voz, en parte porque no quería revelar asuntos personales de Nick y porque las palabras de Katie me vinieron a la cabeza para perseguirme.

«Vas a romperle el corazón».

Separé los labios despacio. Hostia puta. Katie y sus superpoderes de estríper vidente lo habían clavado. Había pensado que era una locura por, bueno, por motivos obvios, y porque en todo ese tiempo nunca creí que tuviera la capacidad de romperle el corazón a Nick. Pero lo había hecho. Era el bebé, comprendí... era lo de perder el bebé. Parecía una locura, pero Katie tenía razón.

—¿Qué ha pasado con Nick? —preguntó Roxy con dulzura.

Inspiré entrecortadamente.

—Que... que le he roto el corazón.

La tarde del jueves se volvió borrosa hasta dar paso a la noche.

En algún momento fui del sofá a mi cuarto y, aunque estaba acostada en la cama, no dormí. No podía dormir. Mi cabeza repasaba todo lo que había hecho y lo que no había hecho desde que me había enterado de que estaba embarazada, buscando incansablemente ese paso en falso.

Roxy no se marchó, pero me dejó espacio, y solo entraba en la habitación cuando habían pasado las horas suficientes como para volver a insistirme en que me comiera la sopa de pollo que no sabía de dónde había sacado, porque yo no tenía en casa, pero esa sopa me recordaba a Nick.

Lo que hacía que mi dolor resurgiera.

Me pareció oír la voz de Reece. El jueves por la noche y, después, más tarde, me pareció oír a Calla. Al principio supuse que lo estaba imaginando, pero entonces recordé vagamente que Calla estaba ahí esos días. El semestre en Shepherd había terminado. Recé para que no entrara en mi cuarto, y no lo hizo.

Me pasé toda la noche despierta y no lloré. Había un vacío inmenso que consumía mis pensamientos. No podía alejar nada de aquello como había hecho en la sala de urgencias el miércoles por la noche. Solo quería que terminara: el dolor físico y el dolor más profundo, más intenso y lacerante.

En algún momento, durante las horas tranquilas de la madrugada, caí en la cuenta de que había querido tener ese bebé mucho más de lo que había admitido. Era como ese dicho tan manido de «no sabes lo que tienes hasta que lo pierdes», y era del todo cierto. El escozor en mi garganta y en mis ojos creció.

Me acurruqué, acercándome las rodillas al pecho. No era justo. Nada de aquello era justo, y no había sufrido tanto desde que esos dos marines uniformados se presentaron en nuestra casa cuando tenía quince años.

En el fondo sabía que tenía que esforzarme por dejarlo atrás. Tenía que levantarme, sacudirme aquello de encima y seguir adelante con mi vida. Era lo que siempre había hecho, y tendría que volver a hacerlo, pero no solo había perdido el bebé.

Había perdido un futuro.

El viernes por la mañana, Roxy trató de hacerme desayunar, y cuando salió de la habitación, pensé que se la veía tan mal como yo me sentía, con el moño medio deshecho. Quise decirle que no tenía por qué quedarse. Tenía una vida a la que volver. Yo estaría bien.

Yo siempre estaba bien.

Unos minutos antes de las once de la mañana oí abrirse la puerta y estaba esperando ver a Roxy, pero quien entró en mi cuarto y cerró la puerta al hacerlo fue Katie, a la que casi no reconocí.

Con la cara desprovista del menor indicio de maquillaje y el largo pelo rubio recogido en una cola de caballo, llevaba el atuendo más sencillo que le había visto nunca. Unos vaqueros azules y un jersey de lana blanco. Nunca la había visto tan… discreta.

Katie se acercó hasta la cama y se sentó al borde, y los ojos azules le brillaban sin la menor sombra de ojos o delineador oscuro.

—Roxy ha tenido que irse a casa.

—No hacía falta que vinieras —dije con la garganta seca—. Solo estoy… tomándomelo con calma.

—Es más bien difícil tomárselo con calma después de perder un bebé.

Inspiré con brusquedad. Al parecer no había perdido su franqueza habitual. No supe qué decir.

—Debes de encontrarte mal —añadió, cruzando una rodilla sobre la otra—. Sé que cuando alguien tiene un aborto se siente fatal un par de días. No solo mentalmente. Roxy me ha comentado que no has desayunado.

—No tengo hambre —dije pasado un instante.

—Seguramente tendrías que intentar comer algo —insistió juntando las manos en su regazo.

Me retorcí bajo las sábanas sin responder. Una sensación bochornosa, asfixiante, se adueñó de mí. Me avergonzaba la atención… el hecho de que mis amigos creyeran que necesitaba un canguro, cuando lo único que yo necesitaba era…

No me permití a mí misma acabar ese pensamiento.

—Estoy bien —le dije prostrada en la cama. Era muy probable que tuviera la mejilla pegada a la almohada.

—Te lo advertí —soltó con una ceja arqueada.

Mi respiración se ralentizó.

Katie sacudió la cabeza despacio, con tristeza.

—Tenía como una sensación, ¿sabes? Sabía que ibas a romperle el corazón y lo estás haciendo.

Cerré los ojos. ¿Me estaba Dios castigando o algo así? No necesitaba eso en aquel momento.

—Pero jamás pensé que fueras tan… estúpida.

—¿Perdona? —solté abriendo los ojos de golpe.

—Bueno, eres una mujer segura de sí misma, inteligente y atractiva. Podrías tener a cualquier hombre de rodillas si tú quisieras. Y te estás portando como una auténtica tonta del culo. —Me miró—. Roxy me ha contado que prácticamente echaste a Nick a patadas de tu casa… después de decirle que habías perdido el bebé. Ya sabes, el bebé que creasteis los dos juntos.

Noté algo caliente e incómodo removerse en mis entrañas.

—Sé cómo hicimos el bebé, Katie. Gracias. Y sé que le he roto el corazón al perderlo, así que no necesito que me lo recuerden, la verdad.

Katie pasó de mi tono y prosiguió:

—También me ha explicado que él le mencionó que ni siquiera se lo dijiste hasta después de haber vuelto del hospital. ¿Qué coño te pasa, tía?

Se me desencajó la mandíbula cuando la culpa me recorrió el cuerpo como una humarada negra.

—Mira, comprendo que tengas miedos y preocupaciones por lo que Nick siente realmente por ti, pero tienes que ser una jodida estúpida para no ver la realidad.

—Vale —dije pasado un segundo—. Es como la segunda o tercera vez que me llamas estúpida, y te aseguro que no me gusta ni tengo la paciencia necesaria para tener esta conversación ahora mismo.

—Una pena —respondió con ojos penetrantes—. Porque hay algo que no estás pillando.

Me puse boca arriba y apreté la mandíbula.

—Creo que lo pillo.

—No. Qué va. —Esperó a que mi mirada se cruzara con la suya—. Pero lo harás.

Espiré con fuerza, esforzándome por no perder la paciencia.

—Estoy muy cansada. Creo que necesito…

—¿Hablar sobre lo injusto que es que hayas perdido el bebé? ¿O sobre lo mucho que duele? —respondió por mí—. Podemos hablar de ello.

—No necesito hablar de eso.

—No es verdad —aseguró arqueando ambas cejas—. No estás bien. Hablar es importante. Para sacar la rabia y las emociones. —Hizo una pausa—. O, cuando te encuentres mejor, subirte a la barra vertical. Es un ejercicio de cojones y una forma excelente de sacar la rabia.

Me la quedé mirando, estupefacta.

—¿Eres vidente y terapeuta?

—¿No son lo mismo?

—¿Pero qué…? —Levanté la mano para presionarme con ella la frente—. No puedo gestionar esto ahora.

—Nadie espera que lo hagas. Esto es algo trágico, amiga. Pasa todo el tiempo, a gente de todo el mundo. Lo que no implica que no sea una putada. Y no significa que tu dolor sea menor. No estás bien.

—Estoy bien. —El aire se me quedó atascado en la garganta.

—No —dijo Katie sacudiendo la cabeza.

—Sí que lo estoy. —Entrecerré los ojos.

—Tú sigue diciéndote eso.

Me incorporé y me quedé mirándola.

—¿Pero qué coño? He dicho que estoy bien. Estoy bien, por el amor de Dios.

Cruzó sus esbeltos brazos alrededor de su cintura.

—Puedes decirme todo lo que quieras, pero yo sé lo que hay. Todo el mundo sabe lo que hay.

—Todo el mundo sabe… —Sacudí la cabeza, dolorosamente consciente de los mechones de pelo sueltos que me caían sobre las mejillas. Diría que en ese momento no había nadie a quien detestara más que a Katie—. No puedo lidiar con esto ahora —repetí, cerrando el puño.

—Claro que no —dijo Katie ladeando la cabeza—. ¿Quién podría lidiar con esto ahora?

No había palabras, porque, por todos los santos, estábamos entrando en un bucle gigantesco e insoportable.

Una oleada de emociones violentas e inestables surgió en mi interior cuando bajé la mano para sujetar el edredón. Me destapé las piernas con mano temblorosa. Me puse de pie apartándome el pelo de la cara con un movimiento frenético.

—Estoy bien.

Katie no dijo nada.

El temblor me danzó por los dedos y me subió por los brazos.

—Estoy bien —repetí, y la oleada me alcanzó y me cubrió, como si se hubiera roto un dique—. Estoy bien —insistí, dándome contra la pared—. ¡Estoy bien!

Katie se levantó de la cama.

—No pasa nada —susurró con cara larga.

No.

Esa era la cosa. Sí que pasaba. Madre mía, nada de eso estaba bien.

Algo fuerte se rompió en mi interior. Ya no podía controlar el escozor en mis ojos y en mi garganta. La figura de Katie se volvió borrosa, y en alguna parte alguien estaba gritando esas dos puñeteras palabras una y otra vez, y era mentira. Era una puta y estúpida mentira.

Y la había cagado. Sabía que lo había hecho de más formas de las que alcanzaba a pensar, y eso no estaba bien. Y no sabía cómo hacer que estuviera bien, ni siquiera sabía por dónde empezar. No había ningún manual de instrucciones, ninguna cantidad de búsquedas en Google iba a arreglarlo.

Las lágrimas me resbalaron por la cara mientras el pecho se me movía con un sollozo entrecortado. Los brazos de Katie me rodearon y me sujetaron con fuerza justo cuando me flaquearon las rodillas y me resbalé por la pared, llevándomela conmigo. Recosté la cabeza en su hombro.

—No lo estoy —susurré—. No estoy bien.

29

Por fin dormí.

La verdad es que no me quedó más remedio. Había llorado hasta la saciedad, hasta sollozar sin lágrimas, y había llorado hasta acabar tan exhausta que lo único que podía curarme era meterme en la cama. No sé cuánto rato dormí, pero despertarme fue como lograr salir a rastras de un terreno de arenas movedizas. Tenía la sensación de tener los ojos hinchados y cansados, con los párpados pegados, no estaba preparada para intentar abrirlos y enfrentarme a la realidad, enfrentarme a la pérdida de un futuro que no había sabido cuánto quería hasta haberlo perdido. Enfrentarme a la fea realidad de que mis inseguridades en lo relativo a mi relación con Nick, válidas o no, me habían llevado a tomar decisiones egoístas y cobardes a la hora de contar con él en lo que estaba pasando. Además, no… no quería que sufriera, y tratar de protegerlo de lo que sucedía había acabado siendo contraproducente.

Lo quería, y lo había hecho sufrir todavía más.

Como un fantasma, la imagen de esos zapatitos que Nick y yo habíamos mirado cuando estábamos comprando el árbol de Navidad me vino a la cabeza, y el dolor creció, intenso e interminable. En ese momento no podía más que dar las gracias por no haber empezado a comprar nada para el bebé. No estaba segura de que pudiera soportar tener que devolver o guardar la ropita. Ya me había costado bastante ver la ecografía.

Todas las células de mi cuerpo estaban como si les hubiera pasado un tren por encima, y así era. Lo último que quería hacer era levantarme, pero tenía que hacerlo por lo que le estaba pasando a mi cuerpo. Mientras estaba acostada diciéndome a mí misma que tenía que levantarme, poco a poco me fui dando cuenta de que había alguien más en la habitación.

Alguien que estaba muy cerca, literalmente conmigo en la cama. Podía oír sus respiraciones regulares. Aunque no me habría sorprendido que Katie se hubiera metido en la cama conmigo, tenía la clara sensación de que no era ella. Sentí un hormigueo en la piel al inspirar hondo y captar una fragancia fresca con una nota de pino.

Mi corazón se saltó un latido. La fragancia... la fragancia era muy conocida, perfecta.

Contuve la respiración mientras obligaba a mis ojos a entreabrirse y solté el aire con brusquedad en cuanto se adaptaron a la tenue luz que se colaba desde el pasillo por la puerta abierta del cuarto.

Acostado en la cama a mi lado, boca arriba, estaba Nick.

Todavía debía de estar dormida.

Nick volvió la cabeza hacia mí. A pesar de la falta de luz, pude ver las oscuras sombras que tenía bajo los ojos. Cuando habló, lo hizo con voz ronca.

—Estás despierta.

Incapaz de articular palabra, empecé a incorporarme. Nick lo hizo conmigo sin desviar su mirada de mi cara.

—Katie pidió a Roxy que me llamara. Estamos solos.

Tenía la cabeza todavía aturdida del sueño y solté lo primero que me vino a la cabeza.

—Tengo que ir al lavabo.

—¿Necesitas ayuda? —Fue su respuesta inmediata.

—Yo... —Sacudí la cabeza. Lo miraba sin ser capaz de encontrar las palabras.

—Te espero aquí, ¿vale? —dijo en voz baja—. Si necesitas cualquier cosa, grita y ahí estaré.

La fuerza que me oprimía el pecho aumentó, y me obligué a mí misma a salir de la cama antes de perder otra vez el control. Arrastré los pies hasta el cuarto de baño y me encargué de lo que tenía que hacer. Antes de salir, me paré el tiempo suficiente para salpicarme agua fría en la cara y peinarme el pelo, ahora sucio, hacia atrás.

Nick estaba ahí.

Había regresado incluso después de que yo lo hubiera echado.

Estaba ahí.

Con un nudo en la garganta, miré mi reflejo en el espejo y vi que estaba hecha unos zorros, pero sabía que no había nada que pudiera hacer al respecto. El aspecto que tenía era lo menos importante en ese momento.

Volví despacio al dormitorio, con la sensación de haber envejecido cincuenta años, pero ver a Nick apoyado en el cabecero fue como recibir un chute de adrenalina. El nerviosismo y las bonitas expectativas que iban siempre ligadas a él combatían entre sí mientras yo avanzaba hasta la cama para sentarme cerca de sus piernas.

Nick había encendido la lámpara de la mesita de noche mientras yo estaba en el cuarto de baño, y ahora podía verlo entero. Una barba de días le cubría la mandíbula y el mentón, y las ojeras que tenía eran muy marcadas. Su camiseta, la misma que llevaba el día antes cuando lo vi, estaba arrugada. Llevaba el pelo alborotado, y se le veía tan mal como yo me sentía.

Se le elevó el pecho al inspirar hondo.

—Sé que no me quieres aquí —aseguró, y antes de que pudiera responderle, siguió adelante—. Pero voy a quedarme justo aquí. Me costó un mundo salir ayer por esa puerta y no voy a poder hacerlo otra vez. No después de saber por lo que has estado pasando y de verte ahora. Sé que estás sufriendo. No tendrías que estar sola y debería ser yo quien esté aquí para ti.

Bajé la mirada mientras levantaba las piernas para doblarlas debajo de mí.

—No es que no te quisiera aquí, Nick. Eso no es así para nada.

Hubo un brevísimo silencio.

—Voy a ser del todo sincero contigo, Stephanie, esa es exactamente la impresión que dio ayer.

¿Cómo podría explicar lo que estaba sintiendo y dónde tenía la cabeza cuando mis pensamientos estaban esparcidos por tantos sitios y todo era tan horrible? Había muchas palabras, muchas cosas que podía decir, y, aun así, no conseguía hilar un buen pensamiento. Era como intentar atrapar la lluvia.

El día anterior había forzado una confrontación, pero hoy, en ese momento, lo único que quería era que me rodeara con sus brazos. Lo único que quería era que me sujetara. Lo único que quería era estar con la única persona que compartía el mismo dolor que yo estaba sintiendo.

Alcé los ojos, y la cara de Nick se volvió borrosa ante una nueva oleada de lágrimas.

Él ladeó la cabeza y me habló con voz entrecortada.

—Ven aquí.

Mi cuerpo se movió antes de que mi cerebro asimilara del todo las palabras. Me encaramé sobre sus piernas mientras él acababa de incorporarse con los brazos abiertos para recibirme. Me senté justo en su regazo y apoyé mi cara en su pecho, prácticamente fundiendo mi cuerpo con el suyo.

La reacción de Nick fue inmediata. Hundió una mano en mi alborotada coleta, y se me doblaron las rodillas a cada lado mientras él me rodeaba la cintura con el otro brazo y curvaba su cuerpo hacia el mío. Era como si me estuviera envolviendo, y esas lágrimas que se habían ido acumulando se derramaron. Apenas podía creer que me quedaran, pero empecé de nuevo con los sollozos, y eran tan fuertes que me sacudían el cuerpo… y sacudían el suyo al sujetarme.

—Así, muy bien. Así, muy bien —me decía todo el rato, una y otra vez—. No pasa nada por no estar bien. Yo tampoco estoy bien. No lo estoy.

Y no lo estaba. Noté cómo le temblaba el cuerpo y, cuando le rodeé la nuca con los dedos, la culpa y la angustia se entrelazaron entre sí y formaron un nudo corrosivo.

—Lo siento. Lo siento mucho.

—Stephanie, cariño, no te disculpes, por favor. —Se le volvió a quebrar la voz, y eso me mató—. Lo que ha pasado no es culpa tuya. Lo sabes ¿verdad? No ha sido culpa tuya.

No sabía muy bien si me estaba disculpando por perder el bebé o por cómo lo había tratado mientras ocurría. O puede que me estuviera disculpando por ambas cosas.

Y entonces lo dijo:

—Me estás rompiendo el corazón, Stephanie. Deja de disculparte. Me está destrozando.

«Vas a romperle el corazón».

Lo sujeté con más fuerza. No era haber perdido el bebé. Ni siquiera era la forma en que me había comportado. Era eso. Joder. Katie era una auténtica vidente.

Así abrazados nos convertimos en el pilar del otro, y compartimos aquel dolor. El tiempo se volvió irrelevante. No tenía ni idea de cuánto rato había pasado antes de abrir los ojos y no tener más lágrimas que las que seguían aferradas a mis pestañas. Le habían dejado de temblar los brazos y, con el mentón apoyado en lo alto de mi cabeza, me deslizaba una mano por la espalda, arriba y abajo, acariciándome de un modo que era relajante y reconfortante.

—¿No estás… trabajando? —pregunté, haciendo una mueca al oír lo chirriante que me salía la voz y lo ridícula que era mi pregunta.

—Jax me ha dado fiesta el finde, y Kira está con mi abuelo. —Me rodeó la nuca con una mano—. No me voy a ir a ninguna parte, Stephanie.

—No quiero que me dejes —susurré las palabras, y no me mató admitir algo tan vulnerable. A decir verdad, hizo justo lo contrario. Surgió el alivio, pequeño y frágil, pero ahí estaba.

—¿Cómo puedes pensar eso? —preguntó Nick mientras su mano se detenía.

Encogí un hombro.

—No hagas eso. —Su voz era suave y su mano empezó a moverse de nuevo, masajeándome los tensos músculos del cuello—. Habla conmigo.

Desplacé la mano hacia su pecho y la dejé allí, sobre su corazón.

—No quiero que te vayas, porque yo… creo que vas a hacerlo. Estábamos juntos porque estaba embarazada. Por eso estábamos juntos. No por nada más, y ahora que eso se acabó, ya no hay ninguna razón para que sigas haciendo esto…

—¿Ninguna razón? —La incredulidad impregnaba su tono de voz.

—Bueno, sé que te sientes atraído físicamente a mí, pero… no sé —suspiré—. Nada de esto es importante ahora. Podemos…

—Esto es importante ahora —aseguró, y levantó la otra mano para apartarme un mechón de pelo que se me había soltado de la coleta y se me había quedado pegado en la mejilla—. ¿Cómo diablos puedes pensar que el embarazo era la única razón por la que he estado contigo?

Cuando lo decía así, realmente sonaba absurdo, pero nuestra relación había distado mucho de ser normal.

—No querías volver a verme después de la primera noche que nos enrollamos —comenté.

—Yo…

—Ya sé que te disculpaste y, a decir verdad, eso me la suda, pero cuando volviste a acercarte a mí, solo querías que fuéramos amigos. No hubo nada más hasta que me enteré de que estaba embarazada —dije, y proseguí a toda velocidad—: Nunca dijimos que fuéramos novios, y tú comentaste que estábamos atrapados el uno con el otro. Que íbamos a tener que sacar el mayor provecho de aquello y… —Y se me apagó la voz porque, a ver, ¿qué más había que decir después de eso? Esas habían sido sus palabras.

Nick se quedó callado un momento y, después, maldijo en voz baja.

—Joder, Stephanie, la cagué. A lo grande.

Desconcertada, me eché hacia atrás y mi mirada se cruzó con la suya.

—¿Qué?

—Mierda. —Levantó una mano y se la pasó por la cara—. ¿Recuerdas la noche que vine aquí para disculparme por la forma en que me había portado en el bar? ¿Cuando dije que deseaba que las cosas fueran diferentes entre nosotros? No estaba de coña. No tienes ni idea de lo mucho que me costaba no volver a verte después de la noche que nos enrollamos. Quería hacerlo. Joder. Lo quería más que nada de lo que he querido hacer en mucho tiempo.

¿Pero qué coño…?

—¿Y por qué no lo hiciste?

Sacudió la cabeza.

—Este último par de años he estado concentrado en mi abuelo, y no quería ninguna otra complicación. No tenía tiempo para ninguna. —Bajó la mano—. Pero también soy un puto idiota. Es algo de lo que no me había dado cuenta hasta que te conocí. No es una buena excusa, pero con todo lo que ha pasado en mi familia… ¿Haberlos perdido prácticamente a todos, y después de que la chica de la que creía estar enamorado en la universidad me dejara cuando las cosas se pusieron chungas? Empezar una nueva relación no era algo que me apeteciera. Voy a serte sincero. La idea me sigue... sí, me sigue asustando un poco.

Abrí la boca, pero no supe qué decir, así que sacudí la cabeza.

—Quería ser distinto para ti, quería que todo fuera diferente para ti, y eso fue antes de saber que estabas embarazada —aseguró encorvando los hombros mientras sacudía la cabeza—. Solo que no creía ser capaz de ser esa persona.

—Lo eres —dije arqueando las cejas.

—Mira, hace un par de meses no habría estado seguro de esa frase y, la verdad, no lo supe hasta que viniste a pasar el día de Acción de Gracias —comentó bajando los ojos—. Verte con mi abuelo me hizo comprender lo idiota que era al no haber ido a por ti en cuanto salí de tu casa. Y también hablar contigo sobre lo que le había pasado a mi familia, en cómo está relacionado con Calla. De hecho, contar esa mierda en voz alta me ayudó a soltar lastre. Tendría que... tendría que habértelo dicho, porque comprendo por qué creías que no había nada más entre nosotros. De verdad. Tendría que haberte dejado claro que estaba sintiendo mucho más.

Se apoyó una mano en el pecho.

—Estaba sintiendo más cosas por ti, aquí, y eso no tenía nada que ver con que estuvieras embarazada.

Apenas podía creerme lo que me estaba diciendo.

—Pero si no me hubiera quedado embarazada, ¿habríamos llegado a estar juntos?

—No lo sé, sinceramente. No lo sé, pero me gusta pensar que habríamos encontrado el modo de llegar al otro. —Me miró con ojos centelleantes—. Quiero creerlo. Tengo que hacerlo.

Me esforcé por contener todas las emociones que estaban surgiendo de nuevo. Había esperanza, que crecía, maravillosa, pero que estaba empañada por la pérdida y por un desconcierto intenso y persistente. Me temblaban los labios y los fruncí un momento.

—No sé. Fuiste maravilloso, has sido maravilloso. Tendría que haber sabido que había algo más. Pero he estado tan… todo era nuevo para mí.

—Sí. —Me escudriñó los ojos con los suyos—. A ninguno de los dos se le da demasiado bien lo de las relaciones, ¿eh?

Se me escapó una sonora carcajada irónica.

—No. No se nos da nada bien —dije, y bajé la barbilla—. Pero se nos daba de lujo cuando no sabíamos que teníamos una.

—Ahí le has dado —murmuró, tocándome con cariño el mentón. Me echó la cabeza hacia atrás para que nuestras miradas se encontraran—. ¿Te gustaría ser mi novia? Marca sí o no.

Solté otra carcajada ronca mientras levantaba un dedo para dibujar una crucecita en su pecho.

—Esta soy yo marcando sí.

Los labios de Nick esbozaron una sonrisa.

—Puede que tuviera que habértelo preguntado hace tiempo.

—Puede que tuviera que habértelo preguntado yo a ti.

Su sonrisa se desvaneció, y se inclinó hacia delante para poner sus labios en mi sien.

—¿Sabes qué? —susurré, cerrando los ojos mientras trataba de aferrarme a esa esperanza y, casi de inmediato, sintiéndome culpable por ello. ¿Cómo podía sentirme feliz por algo en ese momento? Pero, al mismo tiempo, ¿cómo podía no sentirme feliz, ahora que sabía que el hombre del que estaba enamorada quería estar conmigo? Aunque no hubiera pronunciado esas dos palabras, lo que me había dicho significaba muchísimo.

Me rodeó la cintura con un brazo.

—¿Qué? —preguntó.

—Desearía… desearía que esto no hubiera pasado.

—Lo sé. A mí me pasa igual.

Inspiré superficialmente.

—Duele. No me puedo creer lo mucho que duele, y no puedo dejar de pensar que… podía haber hecho algo de otro modo.

—Cariño —dijo besándome la frente—, no dejes que tus pensamientos vayan por ahí. Prométeme que no vas a permitir que tus pensamientos sigan ese rumbo.

Era más difícil cumplir la promesa que hacerla, pero se la hice, y él me rodeó la mejilla con una mano.

—Va a ser duro. Lo sé. Para los dos, pero ¿sabes qué?

—¿Qué?

—Nos tenemos el uno al otro. Pase lo que pase. Somos tú y yo. —Nick acercó su frente a la mía—. Y en este momento no necesitamos nada más.

30

uando volví a trabajar el lunes, mi cuerpo seguía experimentando los efectos del aborto, pero tuve suerte por partida doble. Las oficinas estaban cerradas desde el jueves, día de Nochebuena, hasta el lunes, y pude conseguir hora para ir a mi ginecóloga el martes siguiente gracias a que alguien había cancelado su visita.

No me permití pensar por lo que estaba pasando mi cuerpo mientras me encontraba en la oficina. Me concentré en los recados que tenía que hacer y en la propuesta de reforma de las instalaciones recién adquiridas en Virginia Occidental. Quizá toda esa rutina de evitar lo que había ocurrido no fuera la más inteligente, pero era lo que me ayudaba a superar cada día, y creo que era importante ir día a día.

Pero no estaba sola.

El domingo había recogido algo de ropa y algunas cosas más, y había seguido a Nick hasta la casa de su abuelo. Cuando me pidió ir a casa con él, yo no había titubeado. El domingo por la noche habíamos pasado tiempo con su abuelo y, después, me había quedado dormida en sus brazos. Que estuviera conmigo y comprendiera mi dolor impidió que los peores momentos, aquellos en los que la culpa y la duda empezaban a asediarme, me abrumaran. Despertarme con él rodeándome el cuerpo con el suyo me sirvió de mucho, puede que más de lo que él se imaginaba.

Aunque, bueno, creo que Nick lo sabía. Creo que fue por eso por lo que insistió en que me quedara con él hasta que mi madre viniera a pasar las Navidades. Él estaba ahí en esos momentos en los que me despertaba en mitad de la noche y no podía volver a conciliar el sueño. Esos momentos en los que el intenso malestar acaba en desesperación. Yo sabía que mi cuerpo estaba pasando por muchas cosas y que mi estado de ánimo cambiaba sin cesar, pero es que también era... era muy difícil gestionarlo todo.

Una parte de mí tenía la sensación de que debía recuperarme enseguida. Avanzar de una puta vez, porque eran cosas que pasaban. Pasaban todos los días, y yo tenía suerte de no haber sufrido complicaciones importantes hasta el momento, como una infección, o de no haber estado en un punto más avanzado de mi embarazo. En esos momentos lúgubres en mitad de la noche era difícil expresar lo que estaba sintiendo exactamente, pero no tenía que hacerlo.

Nick parecía presentir cuándo lo necesitaba. Aunque estuviera durmiendo, me rodeaba con más fuerza con los brazos y, a veces, cuando mi agitación lo despertaba, hablaba conmigo hasta que volvía a dormirme, distrayéndome con algunas de las locuras que había visto mientras trabajaba en el Mona's. Simplemente estaba ahí para mí, y yo le abrí del todo la puerta.

Y era imposible negar lo mucho que quería a aquel hombre.

Mamá llegó la mañana de Nochebuena, y después de registrarse en un hotel cercano, vino directamente a mi piso. Cuando llamó a la puerta, eché un vistazo a Nick, que se levantaba del sofá.

—¿Estás preparado? —pregunté.

—Por supuesto —respondió esbozando media sonrisa.

Yo no lo tenía tan claro cuando abrí la puerta. Mi madre podía ser... demasiado, y casi me placó cuando cruzó la puerta abierta como una exhalación y me rodeó con los brazos. Acabé envuelta en su perfume cálido y con aroma de vainilla.

Me pasó la mano por la parte posterior de la cabeza.

—Oh, mi chiquitina… —Me abrazó con fuerza, y de repente volví a ser la niñita que solo… solo necesitaba a su madre, porque entonces todo iba a ir bien.

El ladrido apagado de Loki nos separó. Miré por encima de su hombro y vi al perrito observándonos desde su transportín. Bajé los brazos y retrocedí.

—Será mejor que saque al perro antes de que se abra paso entre los barrotes a mordiscos.

Mamá puso los ojos en blanco, pero sabía que eso era posible. Cuando Loki quería salir de algún sitio, Loki salía de ese sitio. Ese perro podía escalar vallas. Cogí el transportín y cerré la puerta al entrar en casa con él. No me sorprendió que hubiera traído a Loki con ella en lugar de dejarlo en el hotel.

No dejaba a Loki en ninguna parte.

Nick avanzó, alargando una mano mientras su media sonrisa se ensanchaba.

—Hola, señora Keith.

—Y este tiene que ser Nick. Ahora comprendo por qué estabas tan distraída cuando hablabas conmigo por teléfono y él estaba aquí. —Mamá lo observó mientras le estrechaba la mano.

Nick sonreía al cruzar su mirada con la mía.

—Me gusta —comentó.

—Cómo no —murmuré mientras mamá le echaba un buen vistazo.

—Vaya, Stephanie. Guau. —Volvió la cabeza para mirarme—. Estoy muy orgullosa de ti.

—Oh, por Dios —solté, ruborizada—. Mamá.

Soltó una risita al girarse de nuevo hacia Nick.

—Es un placer conocerte por fin. —Entonces le soltó la mano y le dedicó uno de sus abrazos maternales. Pude ver que Nick alucinaba, pero le devolvía el gesto sin la menor incomodidad, y lo quise todavía más por ello—. Siento muchísimo lo que ha pasado —comentó en voz baja cuando me agaché para abrir el transportín de Loki—. Estas cosas nunca son fáciles, pero das la impresión de tener los hombros lo bastante fuertes para llevar esa carga.

—Voy a hacer todo lo posible para que así sea —respondió Nick, lo que le valió una sonrisa de aprobación de mi madre.

Loki salió como pudo del transportín e inició el maratón de olisqueos mientras Nick le ofrecía algo de beber a mi madre. Nerviosa, observé cómo se dirigían hacia la cocina con los brazos cruzados alrededor de mi cintura. Estaban hablando sobre el viaje en coche de mi madre hasta aquí, del tiempo que iba a quedarse y cosas sin importancia en general mientras él le preparaba café. Yo me quedé atrás, fingiendo estar pendiente de Loki mientras el perro corría por el sofá y saltaba después al suelo para salir disparado hacia el dormitorio. Cuando mamá me miró y me guiñó un ojo, esbocé una sonrisa. No tuvo que decirlo, pero supe que ya se estaba quedando prendada de Nick.

Fui hacia la cocina inspirando hondo, y el estómago me dio un agradable vuelco cuando Nick se situó a mi lado y me rodeó los hombros con un brazo. Mientras mi madre se servía azúcar y leche, Nick se agachó y me rozó la mejilla con los labios.

Tragué saliva con fuerza y alcé los ojos hacia él.

—¿Estás bien? —susurró.

—Sí. —Sonreí—. Muy bien.

Después de que mi madre regresara al hotel con el gamberro de Loki, preparé una bolsa y volví a casa de Nick para pasar el resto de la Nochebuena allí y que Kira, la enfermera, pudiera pasar esa noche en su casa. Mamá iba a reunirse con nosotros en casa de Nick por la mañana, y parecía un paso importantísimo, pero Nick estaba tranquilísimo con la visita de mi madre.

Mientras Nick estaba arriba comprobando cómo se encontraba su abuelo, saqué el regalo que le había comprado por Navidad y lo llevé a la sala de estar. Con la tele apagada y solo con la parpadeante luz blanca del árbol, me invadió una sensación de lo más apacible al sentarme en el sofá.

No pasó demasiado tiempo antes de que Nick se reuniera conmigo en el sofá.

—¿Cómo está tu abuelo? —pregunté.

—Está durmiendo. —Me miró las manos—. ¿Qué es eso?

Levanté el paquetito envuelto.

—Es un regalo de Navidad —respondí—. Quería dártelo ahora.

—¿No quieres esperar?

—Soy impaciente. Además no es un regalo demasiado bueno. —Sonreí cuando él soltó una carcajada—. Bueno, se me da fatal comprar regalos. No soy la persona más original del mundo cuando se trata de estas cosas, pero, sí, quiero dártelo ahora.

Nick sonrió al coger el regalo que le ofrecía, pasó un dedo por debajo del papel que lo envolvía y lo quitó la mar de deprisa. Cuando abrió el estuche, fruncí los labios.

—Ostras —exclamó sacando el reloj del estuche—. Es muy bonito, Stephanie.

—¿De verdad?

La sonrisa le llegó a los ojos.

—Ya lo creo. Llevo meses diciendo que tengo que comprarme un reloj. Me va a ir de coña en el trabajo.

—Y es sumergible —señalé, sintiéndome un poco boba—, y... bueno. Me alegro de que te guste.

—Mucho. —Se inclinó hacia delante para dejar el reloj en la mesita auxiliar y, al enderezarse, me rodeó la mejilla con una mano—. Gracias.

—De nada —susurré.

Nick me besó despacio y con ternura, y sus labios y sus dedos se entretuvieron en mi piel antes de separarse del todo de mí.

—Espera aquí, ¿vale?

—No voy a irme a ninguna parte.

Me sostuvo la mirada un momento antes de levantarse y desapareció por el otro lado del sofá. Me dio la impresión de que iba al dormitorio. Regresó enseguida y se sentó de nuevo a mi lado. Llevaba un estuche cuadrado de terciopelo oscuro sin envolver en la mano.

—Como me has dado tu regalo, quiero darte el mío.

Alcé los ojos hacia él mientras cogía sin decir nada el estuche, que era un poco más pequeño que la palma de mi mano. No tenía ni idea de qué esperar al abrirlo, pero, cuando vi lo que había dentro, me quedé sin respiración.

Dentro del estuche había un par de placas de identificación de plata.

—Madre mía —susurré mientras pasaba el pulgar por una de ellas. Se me hizo un nudo en la garganta.

—Hay dos —comentó mientras alargaba la mano para dar la vuelta a una. Llevaba grabado su nombre—. La otra lleva tu nombre. Sé que suena más bien cursi. Placas de identificación. Pero las vi en la tienda y me hicieron pensar en tu padre y en tu madre, que lleva sus placas de identificación. Fue una especie de impulso del momento. No tienes que llevarlas…

Le rodeé el cuello con el brazo y tiré de él hacia mí para besarlo.

—La llevaré. Todos los días.

—¿Sí?

Me sorbí la nariz y asentí con la cabeza mientras me recostaba y me quedaba mirándolas. Fruncí los labios. Era todo un detalle.

—¿Y tú… llevarás la otra?

—Claro que sí.

Solté una carcajada y una vez más me costó respirar. Tras sacar con cuidado la placa con su nombre de la caja, me la puse al cuello y dejé que el frío metal se deslizara por debajo de mi jersey. Cogí la que llevaba mi nombre y la levanté. Con una sonrisa, Nick agachó la cabeza para que se la pusiera. Se separó la camiseta del cuerpo para que la placa con mi nombre se situara sobre su pecho.

Y, entonces, sonreí por primera vez en días. Las palabras me salieron tal cual, sin el menor esfuerzo:

—Te quiero.

Nick se quedó petrificado y la camiseta volvió a entrar en contacto con su piel. Me miró como si fuera a decir algo, pero volvió la cabeza hacia mí. Separó los labios.

—¿Qué?

—Te quiero —repetí, sosteniendo su mirada penetrante. Tenía las pupilas dilatadas y el verde de sus ojos parecía más fuerte. No me podía creer lo fácil que era decir aquellas palabras—. Estoy enamorada de ti. Me enamoré de ti hace semanas, hace meses, y solo quería que lo supieras.

Se me quedó mirando.

—Y no hace falta que tú me digas lo mismo. No…

Las grandes manos de Nick me sujetaron las mejillas y en un instante tuve sus labios en los míos. Su beso, suave y tierno, me dejó sin respiración.

—Déjame oírlo otra vez —pidió con voz ronca, pero me besó otra vez y me separó con cuidado los labios con la lengua—. Dímelo.

Le rodeé las muñecas con las manos.

—Te quiero, Nick.

—Dios mío. —Apoyó su frente en la mía, y le temblaban las manos al sujetarme las mejillas—. Nunca creí que te oiría decir eso.

—¿Qué? —susurré.

Me llevó la mano hacia la cabeza y hundió los dedos en mi pelo.

—Jamás creí que sería lo suficientemente afortunado para oírlo, para saber que lo que sentía por ti era lo mismo que tú sentías por mí.

Me quedé petrificada. Es muy probable que no respirara. Sentí un revoloteo en el pecho.

—¿Qué estás diciendo?

—No solo te quiero. Estoy enamorado de ti. Joder, hace tiempo que lo estoy, y he querido decírtelo mogollón de veces, pero… pero no me salían las palabras, coño. Ni siquiera creo merecerme esto.

El corazón me latía a toda pastilla. Las lágrimas me nublaban los ojos, y un dulce anhelo surgió en lo más profundo de mi vientre, alejando de él todo lo demás.

—Te mereces esto.

—Voy a demostrártelo, Stephanie. Ni te lo imaginas. —Sus labios se posaron de nuevo en los míos, y el beso fue más intenso, más apasionado—. Y vas a hartarte de oírmelo decir. Te quiero. Estoy enamorado de ti hasta las trancas, Stephanie.

—Nunca me hartaré de oírlo. —Bajé las manos por sus fuertes brazos—. Ni de coña —aseguré, y cerré los ojos—. Esto es lo que había estado esperando. Tú eres lo que había estado esperando.

La mano de Nick me acarició el pelo.

—Ya no tienes que esperar más. Ya no tenemos que esperar más.

31

Job Blanco, el hombre bueno y trabajador que había mantenido unida a su familia durante la peor de las tragedias, falleció tranquilamente, mientras dormía, el 18 de abril. Cuando se fue a primera hora de esa mañana, no había perdido su batalla contra el alzhéimer. No. Job había luchado mucho tiempo, muy duro y con mucha valentía para haber perdido ninguna batalla.

Simplemente lo había dejado correr.

El momento de su muerte no fue del todo inesperado. Hacía varios días que Nick sabía que iba a pasar. Para él fue igualmente una conmoción cuando ocurrió, pero estaba escrito, y aunque era un mensaje que nadie desearía tener que ver, permitió a Nick tomarse tiempo libre para estar junto a su abuelo.

Durante una semana, más o menos, se pasó las noches en su casa, y yo estaba de lo más agradecida de estar ahí con Nick, rodeándole la cintura con los brazos, mientras él se sentaba en la cama de su abuelo y se despedía de él para siempre.

Despedirse nunca era fácil, pero creo que había alivio mezclado con el dolor que Nick estaba sintiendo. Su abuelo había dejado de sufrir.

En el testamento había solicitado que se llevaran a cabo ciertos ritos de acuerdo con su tradición, y Nick había cumplido sus deseos, que no eran demasiado diferentes de los procesos con los que yo estaba familiarizada. El funeral fue menos de una semana después de su muerte, y fue enterrado al lado de su mujer y del resto de su familia, que había fallecido mucho antes que él.

El siguiente finde ayudé a Nick en la casa. Ordenamos el cuarto de su abuelo, dejando los objetos que quería donar en un montón y los pequeños efectos personales que Nick quería conservar en otro.

Con la primavera en el ambiente, había algo refrescante en aquel proceso, no solo para Nick, sino también para mí. Las ventanas estaban abiertas. La brisa circulaba por las habitaciones. Todo daba la sensación de estar abierto y de ser nuevo. Con cada montón de ropa que preparaba, era como si estuviera doblando la culpa y el dolor que seguían ahí y los estuviese guardando, porque cada día me resultaba algo más fácil lidiar con la pérdida del bebé. Me resultaba algo más fácil aceptar que nadie había hecho nada malo, y cada día los dos estábamos un pelín más cerca de pasar página. Pero era un proceso, igual que ordenar el cuarto de su abuelo. Uno en el que había días en los que daba la impresión de que un paso adelante era, en realidad, cinco pasos atrás. Había días en los que costaba no intentar aislarse del dolor, no sucumbir a las conjeturas del pasado y del futuro.

Como esperaba, cuando fui a la ginecóloga tras el aborto, no hubo respuestas a por qué había pasado y ninguna forma de garantizar que no volviera a pasar. Simplemente no lo sabríamos hasta la siguiente vez que me quedara embarazada. Y el hecho de no saberlo era difícil de asimilar. No le daba vueltas todos los días, pero había momentos en que una incertidumbre casi paralizante se adueñaba de mí. ¿Podría tener hijos? No lo sabía, pero no paraba de decirme a mí misma que, si no podía, no pasaría nada.

Como Nick había dicho, nos teníamos el uno al otro.

Y eso era lo que necesitábamos.

Nick no sabía muy bien qué iba a hacer con la habitación de su abuelo, si dejarla como cuarto de invitados o convertirla en otra cosa.

De pie, delante de la cama individual recién hecha, entrelacé mi brazo con el suyo y me recosté en él.

—No hace falta que decidas nada ahora.

—Tienes razón. —Volvió la cabeza y agachó la barbilla para rozarme con los labios la parte superior de mi moño alborotado y seguramente lleno de polvo—. Creo que la dejaré así de momento. Me gusta como dormitorio.

Recorrí la habitación con la mirada. En el tocador, ahora vacío, había fotos enmarcadas de su abuelo a lo largo de los años como soldaditos de la memoria. Dejar aquel cuarto como estaba entonces era buena idea.

—A mí también.

—Gracias por ayudarme. Lo valoro mucho. —Nick se soltó el brazo y bajó una mano para sujetarme la mía. La levantó—. Pero vas muy sucia.

—Tú también, cariño —repliqué sonriéndole.

—Pues me da que tenemos que solucionarlo.

Mi cuerpo se apuntó de inmediato a esa idea. Nick me sacó de la habitación y me llevó al piso inferior, hacia el dormitorio principal, pasada la cocina. Quiso lucirse al desnudarnos, y nos llevó más de lo necesario, pero no había ni un solo ápice de mí al que le decepcionara ese ritmo. Creo que, antes de abrir el grifo de la ducha y de que el vapor tenue llenara el cuarto de baño, había besado hasta el último centímetro de mi cuerpo. Y todavía no había acabado.

—Me encantan tus labios. —Me besó—. Y esas mejillas —dijo, y sus labios enfilaron hacia ahí—. Me encantan tus ojos. —Me dio un beso en la ceja y empezó a descender—. Me encanta tu garganta.

—¿Mi garganta? —Reí con voz ronca.

—Ajá. Y me encantan tus omoplatos. —Me besó la clavícula.

—Hay que ver qué raro eres.

—Hay que ver lo enamorado que estoy de ti.

Sentí una opresión en el corazón. Me pasaba cada vez que oía esas palabras.

Adoraba cada centímetro de mi cuerpo, y cuando rodeó la punta de mi pecho con la boca y la succionó con fuerza, me provocó un gemido entrecortado que desató en mí un deseo intenso.

—Y me encantan estos.

Me derretí, lo necesitaba hasta un punto que casi me resultaba doloroso.

—Dios mío.

Nos tomamos nuestro tiempo en la ducha, y estuve segura de que no dedicamos más que un puñado de minutos a toda la parte de la limpieza. Pasó poco rato antes de tener la espalda presionada contra los resbaladizos azulejos, y de que Nick estuviera de rodillas, logrando que yo soltara toda clase de gritos. Me flaqueaban las rodillas, y el cuerpo me seguía temblando tras un orgasmo intensísimo cuando se puso de pie delante de mí con el agua resbalándole por su piel morena mientras me penetraba con los ojos verdes clavados en los míos, con una mirada posesiva, apasionada.

Tiró de mí de un modo de lo más delicioso y me sujetó con muchísimo cariño, incluso cuando su cuerpo se tensaba contra el mío. Nuestros cuerpos estaban acalorados, caderas contra caderas, pecho contra pecho.

—Madre mía, estás demasiado buena como para tomarme mi tiempo.

—No te lo tomes. —Deslicé mis dedos por su piel, pecho abajo.

Nick gimió. Le temblaron los músculos cuando se movió, y mis manos resbalaron por su piel. Nos perdimos enseguida el uno en el otro mientras él me empujaba frenéticamente, y mis caderas se encontraban con las suyas, y fue un auténtico milagro que no nos cayéramos y nos partiéramos la cabeza allí mismo.

Después, mucho después, estábamos acostados en la cama, cara a cara, con la piel seca desde hacía rato mientras él jugueteaba con los mechones mojados de mi pelo.

—He estado pensando —dijo.

—Felicidades —solté arqueando una ceja soñolienta.

—Listilla —comentó con una risita.

—¿En qué has estado pensando? —pregunté con una amplia sonrisa.

—Es una especie de impulso. —Me pasó un mechón de pelo por encima del hombro y me cogió otro—. Pero he estado pensando en hablar con Calla y contarle quién es mi padre.

Me quedé sin respiración y algo de mi somnolencia se desvaneció.

—¿En serio?

—Sí —respondió con una media sonrisa en los labios—. ¿Qué te parece?

—¿Qué me parece? —Me acerqué a él y lo empujé con suavidad para que se pusiera boca arriba. Me senté a horcajadas de su cuerpo y le puse las manos a cada lado de la cara.

—Me gusta el rumbo que esto está tomando —murmuró.

—Cállate —dije—. Me parece una idea excelente.

—¿Lo de hacerlo contigo encima?

Ladeé la cabeza y le lancé una mirada inexpresiva.

—No. No estoy hablando de eso.

Se rio de nuevo, y hacía días que no había visto esos ojos verdes tan ligeros.

—Ya lo sé —dijo.

—Estoy orgullosa de ti —aseguré agachándome para besarlo con suavidad.

—¿Por qué? —preguntó con las manos puestas en mis caderas.

Levanté un hombro.

—Porque sé que va a ser una conversación difícil, y sé lo mucho que le has estado dando vueltas a todo esto. Hablar con Calla es un paso enorme para dejar todo eso atrás. —Lo besé de nuevo y me incorporé—. Cuando estés preparado para tener esa conversación, si quieres que esté contigo, allí estaré.

—Quiero que estés conmigo.

—Pues allí estaré.

Levantó una mano y la entrelazó con mi pelo. Guio mi boca de nuevo hacia la suya, pero se detuvo justo antes de que nuestros labios se tocasen.

—¿Sabes qué? —soltó.

—¿Qué?

Tiró de mí hacia abajo de manera que, cuando volvió a hablar, sus labios rozaban los míos.

—Te quiero.

Mi corazón se hinchó tan deprisa que lo raro fue que no nos elevara a los dos hacia el techo. Esas dos palabras eran unas palabras que nunca, jamás, me hartaría de oír. Lo besé de nuevo, y esa vez no hubo nada de suave ni de casto en ello. Le susurré esas mismas palabras y acto seguido le mostré cuánto.

A la mitad de la semana siguiente, mientras estaba en el trabajo organizando la agenda de Marcus para los próximos meses de verano, Nick me escribió para hablarme de una cena con Calla y Jax el domingo siguiente.

Salir con ellos o con Reece y Roxy no era ninguna novedad. A menudo salíamos dos o tres parejas, pero sabía que, en aquella ocasión, Nick tenía un motivo oculto para ese encuentro, y yo estaba atacada por él, porque sabía que no le iba a resultar fácil. Y esperaba con toda mi alma que la impresión que tenía de Calla fuera correcta, no creía que fuera a guardarle ningún rencor.

El domingo por la tarde tardé más rato del normal en arreglarme. Era como acicalarme llena de esperanza. Me hice una manicura y una pedicura con Roxy y Katie por la tarde y, después, probé una de esas mascarillas de arcilla verde que había comprado por internet la semana anterior. Gracias a Dios, no me manchó la piel ni me hizo nada raro. Luego, tras una larga ducha, me sequé el pelo y me maquillé con mucho arte.

Lo que equivalía a ponerme una tonelada de maquillaje, pero, aun así, lograr que no se viera que llevaba un montonazo de maquillaje.

Al pasar a la parte de decidir qué ponerme, me planteé la idea de llevar un bonito vestido primaveral, pero todavía no hacía demasiado calor, especialmente por la noche. Así que me decidí por unos vaqueros ajustados azul oscuro, un jersey ligero y unas sandalias de tacón alto que todavía no me había puesto este año.

Alargué la mano hacia el estante de arriba y bajé la caja de zapatos. Un papelito se soltó y cayó despacio hacia el suelo. Me metí la caja bajo el brazo y me agaché para recoger el papel.

Me quedé sin respiración.

Tendría que haber sabido qué era en cuanto noté la textura satinada del papel, pero no recordaba haber metido esto en el armario. Es probable que lo hubiera hecho cuando había intentado eliminar todo rastro de mi embarazo.

Me acerqué a la cama con la mano algo temblorosa. Tras sentarme, dejé la pequeña foto a mi lado, y no la miré hasta que me hube puesto los zapatos. Inspiré hondo y la cogí.

Sinceramente seguía sin ver ningún bebé en la ecografía. Era solo una mancha en blanco y negro, pero había sido mi mancha y había sido la mancha de Nick. Sacudí la cabeza frunciendo los labios. No me dolió tanto como antes verla. Seguía sintiendo desconcierto. Jamás sabría por qué había pasado y no sabría si había algún problema importante a la hora de quedarme embarazada hasta que volviera a pasar, pero ahora sabía que no había nada que pudiera haber hecho de otra forma.

Y sabía que estaba bien que todavía me doliera.

Me levanté, me acerqué al estante y puse la ecografía apoyada en la foto de mi padre. Tenía sentido que estuviera allí. Tal vez algún día la quitara de nuevo para guardarla. Igual que algún día Nick convertiría el cuarto de su abuelo en otra cosa.

Algún día.

Nick llegó con un aspecto tan apetitoso como siempre con sus vaqueros y su camisa. Silbó con suavidad cuando salí al pasillo y cerré la puerta detrás de mí.

—Gracias —dije haciendo media reverencia.

Soltó una risita mientras me rodeaba los hombros con un brazo.

—Qué rarita eres.

—Lo que tú digas.

Nos encontramos con Jax y Calla en un asador local. Ellos ya estaban allí, sentados a una mesa, porque nosotros llegamos tarde a pesar de haber salido pronto. Nick se puso un pelín… juguetón en el coche delante de mi casa y otra vez delante del restaurante.

Calla me dirigió una mirada de complicidad cuando nos sentamos delante de ellos. Avergonzada, levanté la mano y me la pasé por el cabello ondulado.

Jax se rio entre dientes.

—Me alegro de que hayáis podido venir.

—Cómo no —respondió Nick mientras cogía la carta con una ligera sonrisa en los labios—. Es una bendición contar con nuestra presencia.

Calla soltó una risita y Jax puso los ojos en blanco. Yo me puse el pelo hacia atrás, dirigí una miradita a Nick y, después, me volví hacia ella.

—¿Qué vais a pedir?

Calla miró la carta que tenía abierta delante de ella con el ceño fruncido.

—Yo creo que tomaré solomillo.

—Chuletón —dijo Jax dándose palmaditas en la barriga plana—. Chuletón al cien por cien.

Nick dio unos golpecitos en el centro de la carta con un dedo.

—Tienen entrecot —me comentó—. Con hueso. Seguro que te lo pides.

Sonreí. Sí, desde luego. Llegó la camarera, y una vez hubimos pedido lo que queríamos, la conversación fluyó. Yo había pedido vino, y Nick me vaciló cuando acabé tomándome un refresco, porque era incapaz de comer bebiendo agua o vino. Era raro y no tenía la menor lógica. Era plenamente consciente.

Calla habló sobre lo que había planeado hacer cuando terminara sus estudios de enfermería. Como se había cambiado a uno de los centros superiores locales para cursarlos, no le habían aceptado dos de los créditos, por lo que iba a tomar clases en verano para acabar. Jax mencionó que planeaba reformar un poco el Mona's. Quería quitar el viejo suelo del bar y deshacerse de las mesas y las sillas. Había un tema que sabía que no iban a sacar, por lo que nos había pasado a nosotros, así que sabía que iba a tener que ser yo quien cruzara ese puente.

Tras dar un sorbo de cola, la dejé al lado de mi plato.

—Habéis visto las fotografías de la hija de Avery y Cam, ¿verdad?

Calla asintió con la cabeza tras fijar sus ojos en los míos. Pasó un instante.

—Jamás había visto una bebé con tanto pelo rojo —comentó.

—Podría ser uno de los hermanos Weasley —dije, poniéndome las manos en el regazo. Nadie me había enviado fotos al principio ni me había informado de que Avery se había puesto de parto una semana antes de cumplirse los nueve meses. Había visto a Roxy enseñándoselas a Katie hacía dos semanas, y pasados unos días le pedí el número de Avery y le envié un mensaje para felicitarla. Tras unos cuantos mensajes arriba y abajo, recibí la foto de la recién nacida.

La hija de Avery y de Cam era guapísima.

Jax soltó una risita.

—No se lo digas a Cam, porque creo que Avery quería llamarla Ginny.

—Pero Ava es un nombre precioso —comenté con una carcajada.

—Les va un montón, diría yo. —Se mostró de acuerdo Calla, que sonrió tímidamente.

Atando cabos de lo que había oído decir a todos, el parto de Avery no había sido fácil, y surgieron algunas complicaciones. Desconocía los detalles y no me había sentido cómoda preguntándolos. Me alegraba que, al final, fueran una feliz familia de tres miembros.

—¿Qué planeas hacer con la casa de tu abuelo? —preguntó Jax al coger la cerveza que había pedido.

—Como mi abuelo me dejó la casa a mí, es mía y está libre de cargas —explicó Nick—. No sé muy bien qué voy a hacer a largo plazo, pero de momento quiero conservarla.

—Es una casa espléndida —intervine.

—Ya te digo —asintió Jax—. Estás sentado sobre un buen montón de dinero.

—Sí. —Nick se recostó en su asiento y extendió un brazo a lo largo del respaldo. Sus dedos me rozaron el pelo y jugaron después con él, pero su postura había cambiado. Se había puesto tenso, y supe que estaba a punto de soltarles la bomba.

Alargué una mano por debajo de la mesa y se la puse en la rodilla para que supiera que le cubría las espaldas.

—Hay algo que quería contaros, chicos —empezó a decir—. Algo que seguramente tendría que haberos dicho hace mucho tiempo.

Jax miró con el ceño fruncido a Calla, que estaba desconcertada, y dijo:

—Vale. Has despertado mi curiosidad. ¿Qué pasa?

Cuando Nick se volvió hacia Calla, deseé haber tenido la precaución de pedir una segunda copa de vino. Nick irguió los hombros, inspiró hondo y respondió.

—Blanco es el apellido de mi abuelo, el apellido de soltera de mi madre, pero el apellido de mi padre era Novak.

Calla parpadeó despacio y su cara palideció un poco.

—¿Novak? —Se recostó y dejó caer las manos en su regazo.

Junto a ella, Jax miró a Nick desde el otro lado de la mesa con el ceño fruncido.

—Espera un segundo. Novak era...

—Novak Construction —confirmó Nick en voz baja.

—Oh, Dios mío. —Calla se llevó una mano a la mejilla, pero se detuvo a un milímetro de tocarse la cicatriz.

Sentí una opresión en el pecho cuando Jax alargó el brazo para rodearle la muñeca con los dedos y bajarle con cariño la mano.

—¿Qué estás diciendo, Nick?

Nick soltó el aire con brusquedad y se lo contó todo: lo de su padre y el electricista que contrató, y lo que su padre había hecho al final. Explicó a Calla que su madre había sabido quién era su padre y que, al principio, cuando él la vio, se había quedado de piedra porque jamás se había esperado verla entrar en el bar.

Cuando Nick terminó, Calla sacudió ligeramente su cabeza rubia. Pasaron unos instantes, y empecé a temerme lo peor, pero finalmente habló.

—¿Por qué no dijiste algo antes?

—No lo sé —respondió Nick, y añadió después—: No, miento. Estabas lidiando con muchas cosas entonces y no quería añadir nada más. No quería poner tu vida más patas arriba de lo que...

—Espera —lo interrumpió, levantando una mano con los ojos muy abiertos—. ¿Por qué ibas a poner tú nada patas arriba? Lo que le pasó a mi familia no fue culpa tuya. No sé, tenías que ser apenas un niño entonces.

Nick inspiró con dificultad mientras yo sentía que un enorme alivio me recorría el cuerpo. Jax asintió a modo de conformidad.

—Tiene razón —dijo—. Tú no tuviste nada que ver con todo aquello.

—Pero saber quién es mi padre tiene que ser un recordatorio de mierda —se quejó Nick—. No puede ser fácil.

—Desde luego es sorprendente. Estoy flipando un poco, pero también siento mucho, muchísimo oír lo que les pasó a tu padre y a tu madre —soltó Calla, con un brillo en los ojos azules—. Sé lo que se siente al perder a alguien, y no tuvo que ser fácil para ti.

Nick cerró los ojos.

—¿Te estás disculpando? —preguntó con voz entrecortada, y yo le apreté la pierna—. No hay nada por lo que tengas que disculparte.

—No hay nada por lo que tú tengas que disculparte tampoco —insistió, y su tono rezumaba sinceridad—. Entiendo por qué no dijiste nada, pero quiero que sepas que saber quién era tu padre no cambia la opinión que tengo de ti.

—Yo… —La voz de Nick era ronca, y yo me recosté en su costado. El brazo que tenía en el respaldo del asiento me rodeó los hombros—. Es un… alivio enorme oír eso.

—Una parte de mí quiere darte un puñetazo por pensar que eso cambiaría algo, joder —dijo Jax.

Nick soltó una risita mientras se pasaba la otra mano por la mandíbula y la dejaba después en la mesa.

—Sí, yo como que también quiero darme un puñetazo a mí mismo, pero una vez pasado tanto tiempo, se me ha hecho más difícil decir algo.

—Lo entiendo. —Calla alargó el brazo por encima de la mesa y le apretó la mano—. Mira, lo que pasó… ¿el incendio? Destruyó muchas vidas. No solo la mía o mi familia, sino también la tuya. —Su mirada buscó la mía—. Una tragedia es una tragedia, se mire como se mire, pero he aprendido que no define quiénes somos y no nos debilita. Nos hace más fuertes. Me llevó mucho tiempo averiguarlo. —Echó un vistazo a Jax y sonrió—. Alguien me ayudó a hacerlo.

El brazo de Nick me rodeó con más fuerza, y yo recosté mi mejilla en su hombro.

—Y a mí —susurró sonriendo ligeramente a Calla.

32

Una mujer mayor con el pelo castaño sentada en la primera fila del salón de baile hacía el caballito a la niña de cuatro meses que soltaba gorgoritos. Sus mechones pelirrojos la delataban.

Ava Hamilton estaba de lo más adorable con su vestidito blanco y su cinta para el pelo. Había perdido los zapatos, y en algún momento un calcetín, y no estaba segura de cuánto rato pasaría antes de que esos ruiditos se convirtieran en llanto, pero me costaba no acercarme a ella. Quería cargarla en brazos. Sentía una punzada apagada en el pecho, pero estaba… estaba todo bien.

La mujer que estaba con la niña me recordaba a Teresa, con el cabello castaño y los ojos brillantes, y me imaginé que sería la madre del novio, la señora Hamilton.

Contemplé cómo Ava abría y cerraba sus regordetes dedos aferrándose al aire hasta que un hombre mayor y alto captó mi atención. Estaba recorriendo el amplio pasillo central que separaba las dos secciones de sillas con pasos rígidos e incómodos. El corte del traje negro del hombre y su corte de pelo rezumaban dinero.

Redujo la marcha al acercarse a la señora Hamilton. Ella alzó la vista, y su semblante reflejó desconcierto antes de sustituir la sorpresa por una sonrisa. Movió los labios, pero yo no tenía ni idea de lo que estaba diciendo.

El hombre estaba mirando a Ava, y yo solo podía verle el perfil. Estaba pálido y su expresión era tensa, con los hombros rígidos cuando se arrodilló junto a ellas. La señora Hamilton volvió a Ava hacia él. Dijo algo y el hombre asintió con la cabeza. Entonces le entregó a Ava.

Me quedé sin respiración al ver cómo cargaba a la bebé en brazos y se la acercaba al pecho como si fuera algo muy frágil. La señora Hamilton le estaba hablando, pero tuve la impresión de que aquel hombre solo oía y veía a Ava. Le temblaba la mano al pasársela por los mechones pelirrojos.

—¿Quién es ese? —pregunté.

A mi lado, Roxy entrecerró los ojos al mirar hacia delante.

—No lo sé —respondió mientras yo me alisaba el dobladillo de mi falda color lila—. No lo había visto nunca.

Quienquiera que fuera ese hombre, daba la sensación de que tenía que conocer muy bien a Avery o a Cam. Al final devolvió a la pequeña a la señora Hamilton y se puso de pie. Después retrocedió por el pasillo con movimientos menos tensos.

Suspiré mirando de nuevo a la señora Hamilton.

—Quiero coger a la niña —anuncié.

—Estoy segura de que te dejará hacerlo —respondió Roxy, poniéndose bien las gafas. Hoy eran azules, a juego con su vestido.

—No la conozco, así que me da que queda un poco rarito acercarme a ella arrastrando los pies y ponerme en plan «¿Puedo coger a la niña?» mientras alargo las manos hacia la bebé. Lo más seguro es que le hiciera poner el grito en el cielo.

—Bien visto —rio Roxy.

Hice un mohín, pero antes de que pudiera cambiar de parecer y hacer el ridículo a lo grande a la vez que traumatizaba a una niña tan pequeña, los chicos regresaron de lo que quiera que estuvieran haciendo, lo que sin duda incluía hacérselo pasar muy mal a Cam.

Nick se sentó a mi lado mientras que Reece ocupó su asiento al otro lado de Roxy. Aunque ya había visto a Nick con su traje, no pude evitar contemplarlo, porque estaba buenísimo vestido de etiqueta.

Se recostó en mí, extendiendo el brazo a lo largo del respaldo de mi silla. Agachó el mentón para susurrarme algo al oído:

—Si no dejas de mirarme así, vamos a perdernos la boda.

—¿Y por qué íbamos a perdernos la boda? —le susurré de vuelta.

Me rodeó el hombro desnudo con una mano.

—Porque vamos a usar esa habitación que hemos alquilado para el finde en el piso de arriba. O el cuarto de baño de aquí al lado. También hay un armario pasillo abajo en el que tendremos espacio suficiente.

Me mordí el labio inferior, tentada más de lo que debería por esa idea.

—Qué malo eres.

—Y tú... —Me besó en la sien—. Tú estás estupenda con ese vestido. ¿Te lo había dicho?

Me incliné hacia delante con una sonrisa para rodear su mano con la mía.

—Sí. Un par de veces.

—Bueno, añade otra a la lista —dijo, apretándome la mano—. Estás espectacular.

—Me vais a provocar diabetes, parejita —suspiró Reece.

—Cállate. —Roxy pegó un codazo a Reece en el costado—. Tú eres igual de empalagoso, así que ni se te ocurra disimular.

Solté una carcajada, básicamente porque Reece no lo negó. Detrás de nosotros empezó a sonar música, y las pesadas puertas de madera se abrieron. Nos volvimos en nuestros asientos para ver cómo Cam recorría el pasillo, tan atractivo como siempre.

Llevaba el pelo, normalmente alborotado, bien peinado y estaba guapísimo con su esmoquin negro con notas azul cielo. Al pasar por delante de nosotros, Nick chocó los puños con él.

Me giré despacio hacia Nick.

—¿Un choque de puños de boda? —pregunté.

—Me ha parecido oportuno —fue su respuesta.

Sacudí la cabeza con una risita y, después, hubo un momento que me conmovió un montón, porque Cam se detuvo junto a su madre antes de dirigirse hacia el arco decorado con rosas azules y aspérulas, se agachó y dio a su hijita un beso de lo más tierno en su mejilla regordeta.

—Mierda —murmuró Roxy—. Allá van mis ovarios.

Reece le dirigió una larga mirada.

—¿Qué? —susurró Roxy—. No puedo evitarlo.

Sonriente, observé cómo el cortejo nupcial avanzaba por el pasillo. Primero iba Jase, el mejor amigo de Cam, y Teresa, la hermana de Cam, y los dos parecían salidos de una pasarela. No existía una pareja tan despampanante como ellos dos, y me imaginé que estarían casados antes de lo que nadie esperaba.

Después estaban Brit y Ollie, y mi sonrisa se ensanchó al verlos. Con el mismo vestido azul cielo sin tirantes que Teresa, Brit estaba increíble con su mata de pelo rubio, pero era Ollie quien acaparaba toda la atención. De algún modo, incluso con esmoquin, lograba dar la impresión de estar en la playa. Llevaba el pelo más corto que cuando iba a la universidad, pero seguía teniendo ese aire de surfista. Se separaron cuando llegaron al arco.

Calla y Jax iban a continuación, y por supuesto, eran la perfección absoluta. Con el largo pelo rubio de Calla y los rasgos más morenos de Jax, eran como la noche y el día, complementándose a la perfección.

Después estaba Jacob, con un aspecto tan maravilloso como siempre al recorrer el pasillo con su novio. Yo lo había conocido la noche anterior, y era justo lo contrario de Jacob:

callado, algo más reservado, pero estaba claro que estaban enamorados.

Jacob se unió a la dama de honor, y a pesar de llevar un esmoquin a juego con el de los chicos, estaba la mar de guapo allí de pie.

El último que incluía el cortejo nupcial era Brock Mitchell, *La Bestia*, lo que seguramente hacía que el corazón de fan de Cam se llenara de alegría. No tenía ni idea de si Cam conocía tan bien a Brock o de si había sido un favor. Brock ya no llevaba el brazo en cabestrillo, evidentemente, pero todavía no había vuelto a la academia a tiempo completo. Había habido complicaciones en su recuperación.

No reconocí a la chica superbronceada que lo acompañaba, y me llevé una decepción al ver que no había ido con Jillian. Ni siquiera sé por qué había esperado algo así. No había visto a Jillian desde aquel día en el almacén. Hasta donde yo sabía, después de eso nunca volvió a la Lima Academy.

Una vez el cortejo nupcial ocupó su lugar, se inició la marcha, y Avery apareció. Era una novia preciosa. Su largo cabello rojo le caía ondulado alrededor de la cara pecosa, e incluso desde donde yo estaba sentada, pude ver el brillo de las lágrimas en sus ojos. Su vestido, de un sencillo estilo griego, le quedaba perfecto.

No podía creerme que hubiera tenido un hijo hacía unos pocos meses, porque estaba asombrosa cuando alzó la vista hacia el hombre que tenía a su lado. Era el hombre que había hablado antes con la madre de Cam y que había cargado después a Ava. Ahora tenía la respuesta a quién era.

El padre de Avery.

Él la acompañó por el pasillo mientras nosotros nos poníamos de pie. Antes de llegar a su futuro marido, Avery se detuvo, rodeó la mejilla de la pequeña Ava y se agachó para darle un beso en la parte superior de la cabeza. La bebé soltó un gorgorito de felicidad a modo de respuesta.

—Y allá va mi corazón —suspiró Roxy—. Se marchó. Junto con mis ovarios.

Fruncí los labios para contener la carcajada que estaba a punto de escapárseme cuando el padre de Avery se la entregó a Cam. Habría sido una carcajada extraña, en parte de risa, en parte de llanto. Mientras miraba cómo la madre de Cam giraba a Ava para que pudiera ver bien a su madre y a su padre, volví a sentir aquel dolor atravesándome el pecho, y tuve que recordarme a mí misma que no pasaba nada. Algún día pasaría.

Nick me apretó la mano, y cuando lo miré, me escudriñó intensamente los ojos, y supe que sabía el rumbo que habían seguido mis pensamientos. Le dirigí una sonrisa, y él tiró de mí contra su costado con el brazo con el que me rodeaba la espalda.

La ceremonia empezó, y las palabras fueron casi ininteligibles mientras Cam Hamilton y Avery Morgansten formalizaban por fin su unión. Fue hermoso, y tuve que contener las lágrimas una vez más.

—¿Los anillos? —pidió el oficiante.

Ollie dio un paso adelante, y en sus manos llevaba dos tortugas. Una tenía una cinta azul cielo alrededor del caparazón, y la otra, una cinta negra. Las alianzas estaban atadas a ellas. No tenía ni idea de dónde había tenido las tortugas todo ese rato, y cualquiera sabía tratándose de Ollie, así que no quise pensarlo demasiado.

—Oh, Dios mío —murmuré con una sonrisa.

Nick soltó una risita.

—Yo me pido tortugas en mi boda —susurró Roxy a Reece.

Alguien, supongo que él, se atragantó.

Los gritos ahogados y las risitas se transformaron en carcajadas cuando Ollie levantó las tortugas y las acercó donde estaban Cam y Avery. Ninguno de los dos pudo quedarse serio mientras cogían las alianzas en medio de las risas, y Ollie regresó después donde estaban los padrinos del novio. Se agachó para guardar las tortugas en algo que no alcancé a ver. Después se giró e hizo una ostentosa reverencia. Al otro lado de él, Brit puso los ojos en blanco.

A Cam le temblaba la mano al deslizar el sencillo aro en el dedo de Avery.

—¿Estarás conmigo para siempre?

Avery respondió con voz temblorosa mientras le ponía el anillo a Cam:

—Estaré contigo para siempre.

Los ojos se me llenaron de lágrimas, y eché un vistazo a Nick. Nuestras miradas se cruzaron y, entonces, se me cayó una lágrima. Sin decir una palabra, Nick me pasó el pulgar por debajo del ojo para quitármela, igual que me había quitado todo el dolor y la culpa, y me había abierto un futuro que no había planeado pero que esperaba con ansias.

El oficiante habló de nuevo, pero no oí las palabras. Apenas capté los vítores cuando Nick acercó sus labios a los míos para besarme con ternura, y ese beso contenía todas las palabras que había tenido tantas ganas que me dijera todos esos meses.

«Dime que todavía quieres estar aquí.
Dime que todavía ves un futuro para nosotros.
Dime que me quieres».

Nick había dicho antes esas palabras, muchas veces el último par de meses, pero también me las prometía con ese beso, y esa promesa era para siempre.

AGRADECIMIENTOS

No puedo empezar esta sección sin darle las gracias a mi agente, Kevan Lyon, que siempre ha trabajado incansablemente para mí. Un agradecimiento inmenso para Tessa Woodward, mi increíblemente fabulosa editora, que me ha ayudado a dar forma a *Contigo para siempre*. Muchísimas gracias a mi equipo de publicidad, en especial a Caroline Perry, y no por tus fabulosas gafas y mechas púrpura. Gracias a mi otro publicista, alguien tan excepcional como K. P. Simmons, por ayudarme a hacerlo todo para dar a conocer este libro.

Me volvería loca si no fuera por las siguientes personas: Laura Kaye, Chelsea M. Cameron, Jay Crownover, Sophie Jordan, Sarah Maas, Cora Carmack, Tiffany King, y muchos otros autores maravillosos e inspiradores, demasiados para mencionarlos a todos. Vilma Gonzalez, eres una persona increíble, especial, y te quiero. Valerie Fink, has estado conmigo siempre, desde el principio, junto con Vi Nguyen (mira, he escrito bien tu nombre), y Jessica Baker, además de muchos, muchísimos otros blogueros espléndidos que a menudo apoyan todos los libros sin recibir el reconocimiento que merecen. GRACIAS. Jen Fisher, te quiero y no solo por tus *cupcakes*. Stacey Morgan, eres más que una asistente, eres como una hermana. Seguramente olvido a alguien, pero ahora mismo estoy atrapada en un hotel y tengo el cerebro frito.

Un agradecimiento especial a todos los lectores y críticos. Nada de esto sería posible sin vosotros y hasta daros las gracias se queda corto.